人よ、花よ、

上

今村翔吾

朝日新聞出版

上巻 目次

下巻目次

装幀　芦澤泰偉＋五十嵐徹
装画・口絵・扉絵　北村さゆり
題字　北村宗介

第一章 英傑の子

多聞丸《たもんまる》は馬を駆る。両側には田園が広がっている。その中に真っすぐに引かれた最も広い畦道《あぜみち》を走り抜けていくのだ。

すでに田植えは済んで水が引かれており、陽《ひ》を受けて光の膜が張られているかのように見える。風が来た。葛城《かつらぎ》の連なる山々から吹き下ろす強い風だ。遠く、向かう方から順に水面がさざめき、撒《ま》いた銀鱗《ぎんりん》が躍るかの如《ごと》く煌《きら》めいている。

その光の蠢動《しゅんどう》が眼前まで来た時、頬を撫《な》でる風が一層強くなった。すでに春も終わり、夏が顔を覗《のぞ》かせているのに、今年も葛城の風はやや冷たかった。

「あっ」

八、九歳であろう。田に入って父母の手伝いをしている童《わらべ》が声を上げた。多聞丸がちらりと見て、童と目が合い、頬を微《かす》かに緩めた。

「まただ」

童は高い声で笑う。

近くにいた母と思《おぼ》しき者が、慌てて童の口を両手で塞ぐ。母の手が汚れていたため、泥が頬にべったりと付いてしまっている。申し訳なさが込み上げて来て、

——悪い。

といったように、多聞丸は片目を瞑《つむ》った。しかし、童は一向に気にしていないらしく、満面の笑みで己を目で追いながら手を振る。

童がまたと言ったように、多聞丸がこのように馬を駆るのは初めてではない。一年に二度か三度、このようなことがあるのだ。

己を見るのは、童だけではない。田仕事をしている全ての者たちの視線が集まっている。ただどの者も、童のような好意的な眼差《まなざ》しではなかった。苦虫を噛《か》み潰したような顔である。

特に年嵩《としかさ》の者ほどその傾向が強い。中には隠そうともせず、忌々《いまいま》しそうに舌打ちを放つ翁《おきな》もいる。当然、音は聞こえないが、あまりに大袈裟《おおげさ》な素振《そぶ》りであるため判《わか》る。気付いても構わない。いや、むしろ気付かせようとしているのだろう。妻と思しき媼《おうな》が、翁の怒りを落ち着かせようと背を摩《さす》っているのも目の端に映った。

二十から三十歳ほどの、比べて若い夫婦などは困惑したような顔となっている。年配の者ほど怒りは湧かぬものの、童ほど無邪気ではいられぬ。仮に何とも思わずとも、父母や親族への体面もあろう。良しとせぬ恰好《かっこう》だけは取らねばなるまい。

「御屋形《おやかた》様だ！」

また別の童が声を上げた。

兄弟であろうか。一回り小さな童と共に、ばしゃばしゃと水音を立てて水田の端を走る。

多聞丸が駆け抜けた後には、畦道に上がって追い掛けて来た。

だが馬の速さに追いつけるはずもない。諦めて足を止めたが、多聞丸が振り返ると、兄弟揃《そろ》って大きく手を振ってみせた。

多聞丸は手綱から片手を離し、後ろに向けてぐっと拳《こぶし》を突き出す。すると兄弟はぱっと顔を明るくさせて、わっと歓喜の声を上げた。

一体、どうした訳か。多聞丸はこのように童や、若い者たちの間では頗《すこぶ》る人気がある。従兄弟《いとこ》の新兵衛《しんべえ》などに言わせれば、

——兄者を見ていると、何となしに楽しゅうなるのだ。

とのことであるが、己では皆目判らない。少なくとも尊敬されるような「御屋形様」でないことだけは確かである。むしろ年嵩の者たちが、苦々しく思う気持ちのほうが理解出来た。

後ろの方からまた声が飛んで来た。先ほどと違う声色。弟の方であろう。

「楠木様《くすのきさま》！」

弟の方は姓で呼んだ。

楠木多聞丸正行《まさつら》。それが己の名である。

多聞丸が再び拳を上げて応えると、先ほどに増して大きな歓喜の声が上がり、それを連山からの爽やかな風が巻き上げていった。


多聞丸は千早《ちはや》の赤滝へと向かった。

誰が名付けたのかも判らない。少なくとも多聞丸が生まれるより、ずっと前から呼ばれていたのは間違いないらしい。

途中、険しい道となるため、多聞丸は地上の人となった。

「香黒《かぐろ》、ゆるりと行こう」

多聞丸は鬣《たてがみ》を撫でながら愛馬に呼び掛けた。

六年前、とある馬喰《ばくろう》が近隣に馬を売りに来た。他の馬喰から最近買った一頭が極めて気性が荒く、誰も乗りこなすことが出来ないという。二束三文で売るのでおかしいと思ったが、こういった訳かと馬喰は憤慨し、殺して肉にしようとしているとの噂《うわさ》が聞こえて来た。

多聞丸はそれを聞くや否や、

「俺が乗ってみよう」

と、馬喰のもとへと嬉々《きき》として足を運んだ。

全身黒一色で艶《つや》のある見事な青毛である。意気揚々と跨《また》ってみたが、すぐに暴れ出し、棹立《さおだ》ちとなって多聞丸は振り落とされてしまった。

上手《うま》く乗れれば買って貰《もら》えると期待していたのだろう。その算段が外れたことで、馬喰は眉間《みけん》を摘《つ》まんで溜息《ためいき》を零《こぼ》した。

が、多聞丸は尻の砂を払いつつ立ち上がると、

「買わせてくれ」

と、笑みを浮かべて言ったものだから、馬喰は驚き、気が変わらぬうちにと慌てて銭のやり取りをして馬を売った。

多聞丸が乗りこなすようになったのは、それから一年後のことである。当初は無理に乗ろうとはせず、自ら世話をし、時に手綱を曳《ひ》いて散歩をし、草原で解き放ってやったりもした。

そうして、多聞丸は仰向《あおむ》けにごろりと寝転がる。それでも馬は逃げ出すことはなかった。時折こちらを見ては、少し走ったり、草を食《は》んだりするのみである。

そのようなことを繰り返していると、やがて次第に馬の方から、多聞丸に近付いて来るようになった。

「乗ってもよいか?」

多聞丸は寝転んだまま問い掛けると、馬は頷《うなず》くように首を振った。少なくとも多聞丸にはそう見えた。

邂逅《かいこう》以降、そこで初めて多聞丸は跨ったのである。乗ってみれば、凄《すさ》まじい健脚で風を切って走る。あまりの速さに鼻孔に風が入り込んで、奥がつんと痛くなるほど。その時、感じる香りが多聞丸は嫌いではなく、むしろ心地よくさえある。

故に毛色と合わせ、

――香黒。

と、名付けたのだ。

香黒と共に赤滝までの山道を行く。香黒は賢《さか》しく、多聞丸が誘導せずとも道の窪《くぼ》みを避けた。清らかな水の流れる音、森のさざめき、そして遠くに滝の落ちる音が聞こえる。肌だけでなく、耳朶《じだ》にも涼しく、背に滲《にじ》む汗もすっかり乾いていく。

「今日中に戻れると思うか?」

多聞丸は香黒に尋ねてみた。

香黒は言葉では答えてくれないが、ひょいと首を捻《ひね》ったような気がし、多聞丸はふっと苦く頬を緩めた。

こうして香黒を駆ってここに来たのは誰かに会うためではない。鍛錬のためでも、香黒の気晴らしのためでもなかった。自らの館から、

――逃げてきた。

のである。

その相手は母の久子《ひさこ》であった。母は当年で三十九歳。多聞丸は齢《よわい》二十一であるから、十九歳の時に産んだ子である。

普段は極めて温厚で、郎党だけでなく、女中、小者にも分け隔てなく接する優しい母である。だが年に数度、決まってある時、怒りを露《あら》わにする。

このような時は多聞丸が何を言っても無駄というもの。声は時を追うごとに大きく、鋭いものに変わっていき、最後には烈火の如く怒るのである。

そのような母を見たくないという気持ちもある。だが母が心配だという気持ちの方が大きい。過去には怒りのあまり卒倒してしまい、館中が蜂の巣を突《つつ》いたような大騒ぎになることもあったのだ。故に多聞丸はそのような事態になる前に、誰にも気付かれぬようにそろりと忍び足で、あるいは今日のように適当な理由を付けて勢いよく、館を抜け出してしまう。童が以前にも見たというのも、全く同じ理由で逃げ出している時のことである。

そして、半日から一日、時には三日ほど空けて館に帰る。すると母の怒りは随分と冷めている。この一点においてだけは、感情が堰《せき》を切ったように溢《あふ》れ、自身でも制御出来なくなるらしい。眼前に己がいなければ、次第に落ち着いていくのだ。

ただ怒りは、呆《あき》れに変わるらしい。館に戻った多聞丸を正面に座らせ、懇々と一刻《いっとき》ほどの説教はされるものの、声を荒らげるようなことはなくなる。この数年、ずっとこれを繰り返しているのだ。

「今年はもう二度目だぞ」

多聞丸は香黒に話しかける。が、香黒は俺に言うなといわんばかりに鼻を鳴らした。

年に数度。厳密には二度ほどである。春と秋が多い。

だが今年に限っては、正月早々に一度目。そして今、四月にして早くも二度目である。このままだと三度目、四度目も来そうな嫌な予感がしている。

やがて赤滝へと辿《たど》り着いた。三丈ほどの高さの岩壁で、中央に岩が突き出ているため、滝は二手に分かれる。向かって右の方は水量が多いため太く、左の方が少ないために細い。

雨が少ない年などは、左の滝は今にも消えそうなほどか細くなる。

――心配はなさそうだ。

今年に限っては、今後もまず水が涸《か》れることはなさそうである。水が絶えれば、田に水を思うままに引けず、実りもやはり悪くなる。ひいては民は困窮してしまう。

多聞丸は軽い安堵《あんど》を覚えると、急に喉《のど》の渇きを感じ、滝の元へと近付いていった。然程《さほど》深くはなく、数匹の鱒《ます》が悠々と泳いでいるのも見える。

多聞丸が川べりに屈《かが》むのに合わせ、香黒もすぐ横で首を伸ばして水を呑《の》み始めた。

両手で水を掬《すく》って一度目に顔を洗うと、二度目には洗いつつ口の中も潤した。指の隙間から落ちる水が川面《かわも》に波紋を作り、すぐに流されて消えていく。残ったのは川面に映る己の顔である。

一重ではあるが大きな目。瞳が茶味掛かっているのは朧気《おぼろげ》な水面ですら判る。鼻梁《びりょう》は高く真っすぐに通っているが、決して大きくなくやや頼りない。眉は細く、尻の部分は鋭くなっている。唇は二枚とも薄い。

――似ていないな。

いつも己の顔を見るとそう思う。父と比べてである。

父ははきとした二重瞼《ふたえまぶた》、少年のような円《つぶ》らな目をしていた。その上には意志の強そうな太い眉が走っている。鼻は雄々しく顔の中心に聳《そび》え、唇もしっかりとした厚みがある。己とは似ても似つかぬ相貌《そうぼう》であった。似ているといえば、やや浅黒い肌だけであろう。多聞丸は完全に母似であった。

多聞丸の顔立ちがしかとして来た頃、

——お主は母上に似てよかった。

父はそう言って快活に笑っていた。

その弾んだ笑い声は、まるで昨日のことのように、多聞丸の耳朶にはきと残っている。

父の名は楠木正成《まさしげ》と謂《い》う。その名は天下に轟《とどろ》いて知らぬ者はいない。果敢な驍将《ぎょうしょう》として、稀代《きたい》の軍略家として、そして、報国の忠臣として——。


楠木家の本姓は橘《たちばな》氏である。遥《はる》か昔は御家人であり、守護に任じられていた家が国替えとなった際、そちらに付いて行かず、河内《かわち》に土着したなどと言われている。が、実際のところはよく判らない。そのあたりの来歴がよく伝わっていないのである。むしろ伝えないようにしている節さえある。

国替えになった守護家に付いていかなかったのではなく、何か悪事を起こして帯同を許されなかったのではないか。ならば、そのあたりを曖昧《あいまい》にしていても辻褄《つじつま》が合う。父はそのような仮説を立て、苦く頬を緩めていたのを覚えている。

ともかく楠木家は曽祖父の代には河内国に根を張る豪族、在地領主であった。本拠は金剛山《こんごうさん》の西《せい》麓《ろく》、千早、赤坂《あかさか》である。楠木家の傘下にある者、あるいは対等に結ぶ者などが近隣には多く、その勢力範囲は石川郡を北流する石川の東岸にまでわたる。この辺り一帯は広く、

――東条《とうじよう》。

などとも呼ばれていた。楠木家はこの東条の在地領主だった訳である。

父が楠木家の家督を継いだ時、鎌倉が武士を統べてから百五十年近くの月日が流れていた。鎌倉は守護を派すものの、数代に亘《わた》って地に根付いている在地領主の中には反発する者も続出する。各国、各地で両者の間に摩擦が起き始めていた。

当初はこの争いに鎌倉も積極的に介入しようとはしなかった。地のことは、地で解決しろということだ。

しかし、時を経るうちに争いが激化していき、荘園、寺領が侵され、不法に占拠されることも増え始めた。この段になって鎌倉は事態を重く見て、取り締まりに力を入れるようになった。

守護と対立する在地領主、土地を持たずに海で割拠する者、あるいは野盗の類までひっくるめて、

――悪党。

と、鎌倉が呼称するようになったのもこの頃からである。広い意味では、楠木家もまた悪党の中に含まれていた。

各地で悪党との諍《いさか》いが起これば、銭、米、塩、各地の特産などを運ぶ時に略奪されることも間々起きる。

父はこれに目を付けた。運搬、物流を一手に引き受けることで銭を得ようとしたのである。

これは多聞丸の祖父、正遠《まさとお》が始めたことであるが、その頃はまだ然程大掛かりにやっていた訳ではない。田畑からの収益に比べれば、ほんの一割程度だったらしい。

だが、父が家督を継いだ時、

――これからは此方《こちら》を本分とする。

と、一族郎党に宣言した。

これ以上の益を上げようとすれば、田畑を新たに拓《ひら》くことになるが、これには相当の時を要する。他には民からより多くの年貢を取るほかない。ただでさえ民は度重なる凶作、跋扈《ばっこ》する野盗に苦しんでいる。これ以上の年貢を取るどころか、こちらから支援してやらねばならぬほどである。故にこの物の流れに活路を見出《みいだ》したのである。

端的に言えば、これは大いに当たった。九州、四国から畿内へと流れる物は、瀬戸内の海を通って大半が摂津《せっつ》国、河内国に荷揚げされる。

摂津に荷揚げしても野盗や、在地領主に奪われることが多いとなれば、安全に通してくれるどころか、京までの護衛を引き受けてくれる河内国に荷揚げするほうがよいとなって当然である。

楠木家は西国から流れる物資の運搬役として重宝され、数カ年のうちに富を築くに至った。こうして得た富は、困窮する民の救済にも使われ、さらには自然と増えた郎党によって野盗たちも一掃していったのである。

この父のやり方には、近隣の豪族らも強く興味を抱いた。何処《どこ》も似たような悩みを持っていたことに加え、土地から引き離そうとする守護と戦っていく中で銭が必要だったのだ。

父は各地の豪族らと連絡を取り合い、大規模な物流網を整備していった。やがてその網は河内国のみに留《とど》まらず、和泉《いずみ》、摂津、大和《やまと》、伊賀《いが》、果ては京のある山城《やましろ》の南部まで広がっていった。

「香黒……」

多聞丸は石の上に腰を据え、赤滝のさらに向こう、木々の間から覗く蒼天《そうてん》を見つめていた。すると香黒がそっと鼻先で肩を押したのである。

「恐ろしい顔をしていたか？」

多聞丸は苦く頬を緩めて息を漏らした。無理やりにでも笑みを作ったことで安堵したのか、香黒は再び少し離れて水を呑み始めた。父の来し方を思う時、多聞丸は自然と顔が強張《こわば》ってしまう。

その頃の楠木家は銭の巡りこそ良かったものの、所詮《しょせん》は小豪族である。しかも父は守護とも争うことは避け、むしろ物の運搬を手伝う代わりに、在地支配を黙認させることで折り合いをつけてきた。

やがては鎌倉さえも楠木家を認め、所領没収の命《めい》に背く者たちの討伐を命じたほどである。父もまた討伐軍を出してそれに応えた。

世が一応の泰平《たいへい》を保っていれば、在地領主から北条得宗家《ほうじょうとくそうけ》被官になった楠木家中興の祖として名を留めたであろう。そして、それ以上はさして目立つこともなかったはずだ。

父も平穏とは言い切れぬものの、笑いの絶えない一生を送っていただろう。いや、壮健で風邪一つ引かぬ父のことだから、今も存命であったに違いない。そして共に馬を駆り、共にこの空を見上げては、

——多聞丸、よい空だな。

などと、語っていたに違いないのだ。

だが、父はいない。時代は父が世に埋もれることを許さなかった。

元徳《げんとく》二年、秋も終わろうかというある日の夕刻のことであった。父と母、多聞丸で夕餉《ゆうげ》を取ろうと思っていた矢先のことだ。一人の男が赤坂の水分《みくまり》という地にある楠木館を訪ねて来た。

父正成は三十七歳。多聞丸はまだ五歳であったが、その時のことを今もまざまざと覚えている。二歳の赤子であった弟の次郎《じろう》が、唐突に火が付いたように泣き始めた。次郎なりに剣呑《けんのん》な気配を感じ取っていたのかもしれない。

男は生地の薄くなった煤《すす》けた僧衣を身に纏《まと》い、頭には網代《あじろ》の編み笠を目深に被《かぶ》っていた。郎党が用件を尋ねたものの、当主正成に会いたいと繰り返すのみ。郎党が追い払うべきかと訊《き》いたところで、父は何か思うところがあったらしく、

「会おう」

と、短く答えた。母も何かのっぴきならないものを感じたらしい。泣き喚《わめ》く次郎の世話を女中に任せ、接待の支度をしようとした。

「お主は次郎を」

父は微笑《ほほえ》みながら、母に向けて言った。母は不安を必死に押し殺して頷き、次の間で泣いている次郎をあやしにいく。

自然、多聞丸は父と二人きりになった。父は暫《しば》し己をじっと見つめた。多聞丸はその目に躊躇《ためら》いを感じた。きっとこの決断が自らだけでなく、子である多聞丸の運命をも大きく左右すると父は感

じていたのだろう。

「多聞丸……」

父は静かに名を呼んだ。

「またいつでも一緒に食べられます」

父は多忙であった。共に夕餉を取る機会も月に数度しかない。だからこそ多聞丸にとってはその時が幸せだった。故に父に気を遣わせぬように、笑みを作ってそのように言った。

それと同時に、共に夕餉を取るようなことは無くなってしまうのではないか。あったとしても和やかなその時はもう戻って来ないのではないか。そんな不安が脳裡《のうり》に過《よ》ぎっていたのも事実である。

「ああ、そうだな」

父は微笑みを浮かべ、そっと多聞丸の頭を撫でた。

訪ねて来た僧と、父は一人で会った。後に知ったことだが、その僧の名を文観《もんかん》と謂った。帝《みかど》の腹心であり、師とも仰ぐ僧であった。文観は帝の御言葉を伝えにきたのである。帝とは、後醍醐《ごだいご》天皇のことである。

帝は天皇親政の頃を取り戻さんとしておられる。そのためには鎌倉を討ち滅ぼさねばならない。ただ帝には兵が無い。帝は檄《げき》を飛ばせば、名のある武士や、百騎、二百騎を率いる大名が続々と馳《は》せ参じるとお思いである。が、文観はそこまで楽観していない。

「私もそのように存じます」

多聞丸は直《じか》に聞いた訳ではないが、父もそう答えたらしい。

「しかし、このまま指を咥《くわ》えていても何も変わらぬ。天下に火種を投じれば、やがては燎原《りょうげん》の火の如く広がるものと思う」

文観はそのように言った。

まず御家人たち以外の在地領主、野盗、海賊の類まで広げて勧誘する。いわば「悪党」による決起を企てているのだ。そこに寺院の僧兵も加わるだろう。そして、城の一つや二つを陥落させ、鎌倉の役所を焼き払いでもすれば、やがて御家人の中にも鎌倉に弓を引く者が現れるに違いないと語った。

確かに一理はある。だが帝ほどは楽観しておらずとも、文観の見通しも父から言わせれば、

――甘い。

と、感じていたらしい。

仮に悪党が呼応したとしても寡兵で大軍に抗《あらが》えるのか。文観が想像している以上に僧兵は集まらないのではないか。城や役所を少々潰した程度で、御家人が賭けともいえる行動を取るであろうか。

何よりこの計画、余程上手くやらねば鎌倉にたちまち露見して帝の御命が危うい。帝や、その廷臣などが、果たしてそこまでしたたかに事を運べるか。父は激しい危惧を抱いた。

「帝が……私のことを？」

父は尋ねた。ご存知《ぞんじ》であるのか。と、いう意味である。

「拙僧がお教えした。何とも頼もしい男。是非とも力を貸して欲しいと仰せだ」

「勿体《もったい》なき御言葉……」

父の胸中は知れぬ。が、それ以外に返す言葉は無いだろう。

「で、如何《いか》に」

迫る文観に対し、父は二つ条件を出した。帝に条件を出すなど畏《おそ》れ多いことで、文観もむっと怒りの表情を浮かべる。しかし、この時点で帝の御意思に応える者はかなり少なかったのであろう。背に腹は代えられぬと考えたか、

「まず聞こう」

と、文観は渋々といった様子で答えた。

「一つは、帝御自らお声掛け下さったということにして頂きたい」

「実際、そうではないか」

確かに文観が河内国千早、赤坂の領主、楠木正成を帝に紹介した。そして帝がそれを呼べと言ったのだから、御自ら声を掛けたことになる。文観はそう言う。

「似て非なるものです」

父はぴしゃりと言い放った。これには文観も流石《さすが》にたじろいだという。

もし父が帝の許《もと》へ馳せ参じたとしよう。だが帝の側に侍《はべ》る公家にとっては一介の地下人《じげにん》。必ずや侮る者が出て来ると父は読んだ。

「そのようなことは……」

「無い訳ありますまい」

父は諾としなかった。

別に侮られることは何とも思わない。仮に官職を賜ったところで、公家たちのそれには遠く及ばず、侮りの気持ちが消えることはないだろう。だが侮るあまり、戦の仕方にまで口を出されては堪《たま》

らぬ。公家の中にも戦の才を有する者が皆無とはいえまいが、浮世離れしている彼らの大半が戦の何たるかも知らぬ者であろう。戦は此方《こちら》に任せて欲しい。そのために帝御自らが発念し、楠木正成を呼び寄せたという「事実」が欲しいと。

これにもまた一理あると思ったのだろう。文観は暫し唸《うな》りながら考えた後、

「近頃、帝は変わった夢を御覧になった」

と、突拍子もないことを言った。

庭に枝が長く伸びた大きな木があった。その木の下には、多くの官人が位の順に座していた。中には顔の知った者もいたが、未《いま》だ会ったことのない者もいたらしい。

その最も上座は空席となっており、一体どうした訳かと首を捻ったという。するとそこに一人の童子がとことこと走り寄って来て、

——その席に座るがよい。

と、凡《およ》そ童子とは思えぬ厳かな口調で命じた。そして、童子は目を細めて頷くと、宙に浮きあがり、そのまま空に吸い込まれていったという夢だ。

吉夢か、あるいは凶夢か。帝は文観にお尋ねになった。文観は正直なところ判らなかった。実は帝があまりに思い悩んでいたため、そのような夢を見たのではないかとも思ったという。だが少しでも帝を励ましたいと思い、文観はやがて親政に至ることを暗示する吉夢だと答えた。帝は不安を払拭《ふっしょく》し、大層満足しておられたらしい。

「その木、南向きに立っていたやもしれぬ」

文観はあらましを話した後、そのように続けた。実際、帝はそのようなことは仰《おつしや》っていない。ただ陽の光は差し込んでいませんでしたかなどと訊けば、そうだったかもしれないとお答えになるのではないかと文観は語った。

「南向きの木……そういうことですか」

「左様。合わせると楠の一字になる」

よくよく考えてみれば、これは楠木を頼れという天の啓示である。ということに、文観はしようとしているのだ。これならば公家もあからさまに蔑《ないがし》ろにすることは出来なくなる。この僧が清濁併せのむ性質だということが、この一点からだけでもよく解《わか》る。

「今一つは？」

文観は前のめりになって訊いた。

「主上にお目に掛かりたい」

「それは……」

「私にも妻がおり、子がおります。その他にも弟を始め多くの一族が」

父が話を転じたことで、今度は文観が眉間《みけん》に皺《しわ》を寄せる番であった。

「このことは私だけでなく、一族郎党に累を及ぼすこと。せめてご尊顔を拝し、身命を賭して尽くすべき御方《おかた》かどうか見極めとうございます」

「何を……」

不遜、不敬の二つの言葉が、文観の頭を激しく駆け巡っていたことだろう。その点、幾ら柔軟な頭を持つ僧とはいえ、既存の枠の中で生きている男なのだ。

父も帝を敬う想《おも》いがなかった訳ではない。ただ楠木という家は、体制の枠外にある。己たちが幾らこの地を故郷と主張しようが、世間から見れば悪党に過ぎないのだ。

そして今は、家を守るために御家人として、枠外から枠内に入ろうとしている最中のこと。その方針を転換し、別の枠内に飛び込めという。ならばその枠を創る者、いや枠そのものの本質を見極めたい。

楠木家一族郎党の、さらには未だ顔を見ぬ子々孫々の命運まで左右することならば猶更《なおさら》。枠外に生きる今なればこそ、不遜も、不敬も、関係ないとばかりに、父は断固たる決意をもって目通りを求めた。

「よかろう」

熟考した後、文観は唸るように答えた。

以上が父正成と、文観のやり取りである。このやり取りの六年後、建武《けんむ》三年の一月に、齢十一の多聞丸は父からこの話を聞かされた。

この話だけではない。この年が始まると、父は様々な話を多聞丸に語るようになった。父は己の命がそう長くないことを悟っていたのだろう。二月には建武から延元《えんげん》へと改元され、延元元年の五月、父はこの世を去ったのである。

つまりこの時の文観との話を切っ掛けに、父は六年後に命を落とすことになったとも言える。

「母上の怒りはもう収まったかな?」

多聞丸は手頃な石に腰を掛けて過去に想いを馳せていたが、吹き抜けた一陣の風で我に返って香黒に尋ねた。

やはり香黒は言葉を発しない。ただそれがよいこともある。数々の言の葉は人に力を与えてくれることもあるが、時に迷いを生じさせることもある。

香黒は言葉を発するどころか、此度《こたび》は嘶《いなな》くことも、首を振ることも無かった。

――当然だろう。

とでも言いたいのだろう。

「まだか」

多聞丸は苦く頰を緩め、木々の隙間から覗く狭い蒼天《そうてん》から、赤滝へと再び視線を落とした。赤滝は大小二つに分かれて水を落とす。一つは太く、もう一つは細い。それが何処かの親子によく似ていると思うのは、今に始まったことではない。

また風が吹いた。さざめく新緑、赤滝の水音、入り混じって何とも心地よい調べを奏でている。

※

今宵《こよい》は満月であり、空も晴れ上がっているため月明かりだけで十分に見通しがよい。

多聞丸が赤滝を後にし、ゆっくりと時を掛けて楠木館に戻ったのは、陽も暮れた後のことであった。館は静寂に包まれており、蛙《かえる》の鳴き声以外の音は聞こえない。すでに皆が夕餉を食し、大半の者は床に就いているだろう。

多聞丸は館の隣の厩《うまや》に香黒を繫《つな》ぐ。すると香黒が軽く嘶いた。

「おい、静かに」

多聞丸は囁《ささや》くようにして制すが、香黒はさらに声を大きくする。このような時まで付き合わせたのだから、とっとと飼葉《かいば》を食わせろといったところだろう。

「解っている」

多聞丸は立て掛けられた熊手を取ると、厩の端で押し固められている飼葉を崩し、香黒の前に移していく。香黒は一転、一切嘶くことはなく多聞丸をじっと見つめている。飯を急《せ》かしている訳ではなく、

――いい加減、逃げずに話したらどうだ。

と、言いたいのかもしれない。

「それも解っている」

多聞丸は手を動かしつつ苦笑した。

いつまでも逃げ通せる訳ではない。いつかは向き合わねばならない。母自身とも勿論《もちろん》だが、何より母がこうなる原因とである。だが今はまだ逃げていたい。それがただ事を先送りしているだけだとしても。

多聞丸が飼葉を寄せ終えると、香黒はもうなにも言わなかった。黙々と飼葉を食み始めた。それを見届けると、多聞丸は忍び足で館に入った。人の動く気配は幾つかある。まだ眠っていない者もいるのだ。

自室に戻るためには、母の居室を通らねばならない。一層、気を付けて跫音《あしおと》を殺して廊下を行く。しかし、母の居室の前を通っていると、

「多聞丸」

と中から呼ぶ声が聞こえ、多聞丸は片足をそろりと上げた恰好のまま顔を顰《しか》めた。そして、大きな溜息と共に足を下ろす。

「はい」

「何処に行っていたのですか？」

「赤滝へ。今年の水がどれほどか気になりまして」

幸いにも母の声色からして、怒りの頂点は過ぎ去っているらしい。

「そうですか」

中へ。とは言わなかったが、このまま去ることは許されないだろう。多聞丸は観念し、ゆっくりと障子を開いた。

母は寝衣になることもなく、畳の上に正座している。庭に面した障子が少しだけ開けられていて、月光の筋が畳の上を、母の座る前を、真っすぐ走っている。

「入れますか？」

障子を半ばまでしか開かないのは、夜風が冷たいからだと思った。ならば閉めて灯台に火を入れたほうが良いかという意味である。

「いいえ」

「助かります」

多聞丸だけではなく、皆が荏胡麻《えごま》油を使えばよいと言っているのだが、母は灯台には頑《かたく》なに魚油を用いる。荏胡麻油より魚油の方が安価であるため倹約になるからと。ただ魚油を用いると部屋中が酷《ひど》い臭いに包まれ、煙も多いため目に沁《し》みる。臭いはともかく、長くいると涙が出るほどに沁みるため、多聞丸は苦手であった。

多聞丸は母に向き合って座った。

「如何《いかが》致しますか」

母は単刀直入に訊いた。

「そうですね……」

多聞丸は曖昧に答えた。これまで数年、ずっとこのようにしてはぐらかして来た。が、そろそろそれも限界になりつつある。まっとうな返答が無いことで、母は丸い溜息を零すと、

「霊光院《れいこういん》様……いえ、御父上の話を」

と、月の光に添わせるが如く静かに言った。霊光院とは、父正成の戒名である。普段は戒名で呼んでいるのだが、今の己にはそのように言ったほうがよいと言い直したらしい。

多聞丸はぐっと唇を引き締める。それだけでは不安で、多聞丸は自らの頰をつるりと撫でた。表情が苦いものに変わっていないか不安だったのだ。

これまで母は幾度となくこの話をした。だが、耳に胼胝《たこ》が出来るほど聞いたとは間違っても言えない。多聞丸は真っすぐに母を見据えて頷いた。

「元徳二年の秋、帝より御言葉を賜りました。その時には……」

「はい。私も覚えております」

文観が楠木館に来たあの時のことである。

「御父上は、弓矢取る身であれば、これほどに名誉なことはなく、是非の思案にも及びませぬとお

答えになり、帝のもとに馳せ参じました」

この辺りは少々事情が違う。確かに父はその発言をしたが、それは表向きのこと。実際は多聞丸が父から聞いたようなやり取りが、文観との間であった。だがこれは文観のほかは、誰も知らぬこと。母も、弟も、一族の皆がそうである。すでに崩御された後醍醐帝すらご存知ないのではないかと父は語っていた。それを父は己だけには教えてくれたのだ。

故に多聞丸も母にその時のことを語ったことはない。それを知らぬ母とは、微妙に話が食い違うのは仕方がないことである。

「そして、御父上は帝に拝謁《はいえつ》されました」

文観が訪ねて来てから約一月後。父は京に向けて館を発《た》った。そのいでたちは文観と同じ僧形である。これまでも父は他国の豪族と物流の話をするため、商人や、山伏に変装して訪ねることが間々あった。故に髪こそ剃《そ》らぬものの、菅笠《すげがさ》を被ってしまえば、僧形もぴたりと板に付いていたのを覚えている。

――行ってくる。

父はそう言い残して京に向かった。笠の庇《ひさし》を少し持ち上げ、白い歯を覗かせていたのが印象に残っている。

父は密《ひそ》かに京に入って後醍醐帝に拝謁した。後醍醐帝は親政への情熱をお話しになった後、さらに父の力が必要だと述べられたという。

――俺が思っていたより遥かに純な御方よ。

父は後醍醐帝をそう評した。

親政のほうが世は良くなると心より信じておられる。次第に廷臣の中にも賛同する者が多くなるにつれ、一層その考えを強くするようになった。

どうも周囲の者の想いを吸い上げる性質である。それは帝としては当然なのかもしれない。ただそれが良いほうに運ぶか、悪いほうに運ぶかは判らない。今は気運に乗って強気になっているが、一度夢が破れたら消沈することも有り得る。そう感じつつも、父は起《た》つことを決めた。

それだけならば、わざわざ謁見《えつけん》せずとも決め得たのではないか。多聞丸が疑問を抱いているのを鋭敏に察したらしい。

後醍醐帝の近くを見渡しても、戦が何たるかを知っている者は皆無。だが仮に父が断ったとしても、熱意のままに走り出すのは明らか。父はそこまで語った後、

――これは放っておけぬ。そう思ってしまったのだ。

と、悪戯《いたずら》っぽく頰を緩めた。

「そして……心を決められたのです」

母は膝の上に置いた手を重ねた。これらのやり取りも母は知らぬ。ただ母でさえも、決起の前に父が誘われたことは知っている。

しかし、近頃では後醍醐帝が起たれて劣勢になった後、件《くだん》の「楠の夢」を見て、父に声を掛けたという風説が流布されている。それを耳にする度に、

――おかしなものだ。

と、多聞丸は思う。誰かが意図的に流したことも有り得るが、多聞丸は別の理由を感じている。このような甘美な話ほど、人の口を介する間により劇的なものへと変貌《へんぼう》するのだ。実際にこの話だ

けでなく、父に関する話で事実よりも誇大に広まっていることは他にもあるからである。

「日夜、御父上は鎌倉を討つ方策を思案なさっていました」

母は少し間を空けて言葉を継いだ。

父は鎌倉を討つのは容易《たやす》いことではないと痛感していた。これを成し遂げるためには、幾重もの策を講じねばならぬし、水面下で多くの味方も集めねばならない。畿内周辺の悪党だけではなく、九州、四国にも範囲を広げて声を掛ける必要があると思っていたらしい。少なくとも二、三年は掛かると踏んでいたという。

だが、明けて元徳三年の四月、父が危惧していたことが真《まこと》となった。鎌倉討滅に向けて策を練っていることが漏れたのである。帝の側近である吉田定房《よしださだふさ》が鎌倉方に密告したのだ。

事実を知った鎌倉方は計画の中心にある日野俊基《ひのとしもと》、そして父を勧誘した文観らを捕縛する。さらには帝まで追及する構えを見せた。父はこの段においても、

――時期尚早。今少しお堪《こら》え下さい。

と、残る帝の側近に向けて書状を送って諫《いさ》めた。だが徐々に迫る鎌倉の影に、後醍醐帝の焦りと恐れは頂点に達した。

その年、元弘《げんこう》と改元された直後の八月二十四日、後醍醐帝は僅《わず》かな側近のみを連れて京を脱け出した。そして奈良の東大寺を経た後、相楽郡和束《そうらくぐんわづか》の鷲峰山金胎寺《じゆうぶさんこんたいじ》に入り、さらには笠置山《かさぎやま》へと移った。この笠置山で味方を集めるべく各地に檄を飛ばしたのである。

この時も父の予想は的中してしまった。数百騎を率いる大名は一人として集まらず、集まったのは悪党と呼ばれる在地領主、奈良寺社の僧兵、神人《じにん》のみ。しかも後醍醐帝は一万を下るまいと思っ

ていたらしいが、蓋を開ければ僅か三千余に過ぎなかった。

帝が笠置山にいることを突き止めた鎌倉方は、早くも九月一日には宇治《うじ》に兵を参集させた。その数、実に七万を超える。この大軍をもって、翌日には笠置山を取り囲んで総攻撃を開始したのである。

「この時のことは覚えていますね」

母は少しばかり語調を強めた。

「はい。鮮明に」

このやり取りも何度目か。毎度、同じように答えているのだが、母はそれでも繰り返す。父が、楠木家が、天下という大海に向けて櫓《ろ》を漕《こ》ぎ出した日といっても過言ではないため、毎度熱が籠もるのも納得は出来る。

後醍醐帝が京を脱出したこと、笠置山に拠《よ》って決起したという報が、この河内国赤坂の楠木館に矢継ぎ早に入って来た。父は片手で額を押さえ、深淵《しんえん》に届きそうな溜息を漏らした。さらに早くも鎌倉の大軍が笠置山を包囲したことも伝わったところで、

――籠もる。

と短く言って、自室に引き籠もった。

そこから一両日、父は部屋から出てこなかった。その間、飯も食わず、水もほとんど飲んでいない。その日、多聞丸は夜遅くに厠《かわや》に行きたくなって目が覚めた。

父の部屋の障子がほんの少し開いており、茫《ぼう》と滲んだ光が零れ出ている。多聞丸が息を殺してそっと中を覗き込むと、そこには文机《ふづくえ》の前で頭を掻《か》き毟《むし》る父の姿があった。その周りには幾枚もの紙

が散乱しており、絵図のようなもののほか、少しの文字が書かれているのも見えた。

今思えば、後醍醐帝が想定よりも早く起ってしまったことで、戦略の見直しを行っていたのだろう。この時点で、父はもはや見捨てるという選択は持っていなかったように思う。今、やれる中での最善の道を模索していたのではないか。

翌日、父は部屋から出て来ると、すぐに一族郎党に急ぎの参集を命じた。そして貪《むさぼ》るように湯漬けを三杯搔っ込んで、床に入ると泥の如く眠った。食える時に食い、眠れる時に眠る。これも父の軍法の一つである。

そして夕刻、皆が楠木館に集まったところで、帝が楠木家を頼っておられることを告げた。叔父の正季《まさすえ》、一部の腹心は決起に向けて支度していることを知っていたが、この時に初めて耳にした者もいる。

何故、一介の土豪にという困惑も見られたが、帝が見たという「楠の夢」の話をすると、顔に歓喜の色を浮かべ、口からは感嘆の声を漏らした。身内の結束を強め、士気を高めるという意味でも、父はこの夢を上手く使ったのである。そして父は皆を見渡した後、

――楠木はこの地で起つ。

と、高らかに宣言したのである。

籠もるのは、金剛山から連なる山々の端、甲取山《かぶとりやま》に築かれた下赤坂城である。後に本城である上赤坂城を築いたことで、今ではそのように呼ばれているものの、当時はただ赤坂城や、楠木城などと呼ばれていた。

父は来たる時に備え、こっそりと造り始めていたのだが、後醍醐帝が予定よりも遥かに早く決起

したため、この時点ではまだ築城の途中であった。しかし、一刻も早く決起せねば、笠置山は鎌倉の軍勢を一手に引き受けることになってしまう。完全には到底至るまいが、突貫で普請を進めることを命じた。

一定のめどがついたところで、父は河内国内の守護、地頭に、

――故あって、鎌倉に楯突《たてつ》く。

と、書状を送った。それだけでなく、これまでに整えて来た情報網を駆使し、東条一帯に楠木家が起つ旨を言い触らしたのである。守護、地頭らはさぞかし仰天したであろう。これまで楠木家は悪党でありながら、彼らとはよろしくやっていたし、北条得宗家からも御家人として認められつつあったのだから。

一方で守護や地頭たちは驚きつつも、これが笠置の後醍醐帝の決起に呼応したものであることは解ったらしい。彼らは後醍醐帝と共に起つことが如何に無謀であるか、今ならばまだ鎌倉にも知られておらず、無かったことにして穏便に済ませるなどと説得の返書を送って来た。

これは真に楠木家のことを心配しているというより、このような事態を招いたことで、自身が鎌倉に咎《とが》められるのを恐れたということの方が大きいだろう。もしここで父が思い直すならば隠蔽《いんぺい》しようとしていた節がある。

だが父の気持ちはすでに定まっている。もはや考えを翻すつもりが無い旨を通達し、存分に掛かってくるようにと挑発の言葉も添えた。

「私たちが和田《わだ》に移ったのはその頃ですね」

多聞丸はその時のことを思い出していた。

父が下赤坂城に籠もった時、多聞丸はすでに赤坂の地を離れている。母や弟の次郎と共に、和泉国和田に移っていたのだ。

多聞丸の祖父である正遠の弟、親遠《ちかとお》が移って本拠としたのが和田である。この時、親遠は土地から姓を取って和田氏を称した。つまり姓は異なれども楠木一族であり、此度の決起に和田家からも当主と郎党が加わっている。父は戦いの舞台は主に河内になると見通し、多聞丸らを避難させたという訳だ。

母は視線を少し外し、遠くを見つめながら口を開いた。

「東条は蜂の巣を突いたような騒ぎになると思っていました。私たちが和田に移るのも一筋縄では行かぬだろうと……」

「存外、そのようなこともなく」

「はい」

多聞丸が受けると、母は首を縦に振った。

決心が揺るがぬことを告げたことで、守護も鎌倉に事態を告げたのは確かである。だがその正確な時期まではきとしない。守護側としても、際《きわ》の際まで告げるのを躊躇っていたのであろう。あるいはすでに告げていたとしても、大した反乱ではないように報じたのではないか。

多聞丸らが和田に移る時も、畑仕事に出ている者がいたり、行商人の往来はあったりし、東条では常とさして変わらぬ光景が流れていたのである。

「ただ幾人かの御家人は、当初より楠木こそ真に厄介な相手だと見ていたようです」

「そうなのですか」

多聞丸は別に大袈裟に相槌《あいづち》を打った訳ではない。今の話は初耳であった。近頃、母も耳にしたばかりの事実であるらしい。こうして母の語る父の物語は、時を重ねるごとに厚みを増していく。

決起の時点で父は知る人ぞ知る人物であったのは確か。そして何より、後醍醐帝その人の決起より、後に続く者が出たという事実を重く見ていた者がいたのは確かであろう。

とはいえ、鎌倉方の大半はさほど楠木家が呼応したことを大きく捉えていなかった。後醍醐帝の籠もる笠置を攻めるため、動員されていた兵は七万五千ほどに上っていたが、その一部も割くことは無く、

――河内の兵で追い込め。

と、指示を出したのが何よりの証左であろう。

故に当初、下赤坂城を取り囲んだのは河内守護、地頭の兵、千五百ほどであった。

「相当、焦ったでしょうな」

多聞丸は苦笑した。

下赤坂城に父と籠もる兵の数は五百。千五百はその三倍には当たるものの、後に軍神とも称される父に挑むにしては少な過ぎる。最近ではそのことを思う時、痛快さを通り越し、不憫《ふびん》にさえ思えて来る。

実際、守護勢千五百では城を落とすどころか、雨の如く降り注ぐ矢のせいで近付くことすら難しかったと聞く。とても敵《かな》わぬと見て、守護や地頭たちは、六波羅《ろくはら》に何度も助けを懇願したとのことである。

「笠置山が落ちたのは九月二十八日のことです」

鎌倉方は九月二日から笠置山に猛攻を加えていた。帝側は三千に満たぬ兵しかなかったものの、笠置山の峻険《しゅんけん》さを利用して健闘していた。

しかし、九月二十八日の夜半、鎌倉方の陶山義高《すやまよしたか》らが山に火を放った。これが折からの強風によって山全体に広がった。やがて小雨も降り出したものの、すでに業火の如くなっていた火勢にとっては、まさしく焼け石に水といったところ。帝の軍勢はこれをきっかけに総崩れとなり、笠置山はそれまでの善戦虚《むな》しく、一夜にして呆気《あっけ》なく陥落したのである。

「先帝は数日の後には囚《とら》われの身に……」

母は声を落として言葉を紡いだ。

この時、後醍醐帝は髪を振り乱したまま、庶民の恰好に身を窶《やつ》し、雨に地がぬかるんだ山間を逃げ落ちようとした。

が、鎌倉方の探索は苛烈を極め、山中に潜んでいたところを捕らえられてしまった。

「天魔の所為《せい》……ですな」

多聞丸が苦々しく零すと、母はきっと睨《にら》みつけ、

「口を慎みなさい」

と、ぴしゃりと窘《たしな》めた。

後醍醐帝は挙兵したことを鎌倉に詰問された時、

――これは天魔が取り憑《つ》いた所為だ。朕《ちん》の意志ではない。

と、強烈な言い訳をして追及を逃れようとしたのである。

「申し訳ございません」

多聞丸は詫《わ》びたものの、内心では納得していなかった。

帝の御為《おんため》、帝の掲げる理想のため、一体どれほどの者が笠置山で命を散らせたのか。帝の側近である日野《ひの》資朝《すけとも》、日野俊基、北畠《きたばたけ》具行《ともゆき》、武士の足助《あすけ》重範《しげのり》なども、後に鎌倉の手によって処刑されている。

楠木家もそうだ。すでに帝に奉じるべく兵を起こしているのだ。戦に負けたことはともかく、これほど馬鹿にした言い訳はないと思う。

これまでぐっと堪えて感情を露わにしてこなかったが、今日は父のことを思う時が長かったせいか、思わず口を衝《つ》いて出てしまった。

「ただ、多くの者が死んだのは確かでございます」

多聞丸はそっと付け加えた。一瞬、無言の時が流れた後、

「しかし、それも忠義のためです」

と、母は厳かな声で応じた。

そのような言い訳をしたとしても、後醍醐帝は大義のために生きねばならなかったということ。では、その忠義とは何なのか。多聞丸はその根本に疑問を抱いている。だが、そこに踏み込むことは出来ない。少なくとも楠木家の者としては、疑問を呈することさえ許されないことである。

「承知しました」

多聞丸は自身を欺くように曖昧に答えた。

「父上の話へ」

母も何か不穏なものを感じたのか、それ以上は何も言わずに話を戻した。

笠置山が陥落したことで、鎌倉にとっての目下の敵は楠木家となった。笠置山攻略の最中も、鎌倉からは続々と正規軍が上洛《じょうらく》していた。

その正規軍は四軍から成っており、その全てが東条赤坂の地に向けて進発したのである。まず大仏貞直《おさらぎさだなお》率いる一軍は宇治から大和国へ抜け、金沢貞冬《かねざわさだふゆ》を将とする二軍は石清水八幡宮《いわしみずはちまんぐう》から河内国讃良《ささら》郡を通り、北条時見《ほうじょうときみ》が纏める三軍は山崎から淀川《よどがわ》沿いを下って四天王寺へ、最後に足利《あしかが》高氏《たかうじ》、後の尊氏は四軍を統率しつつ険しい伊賀路を経てやってきた。その数ははきとしない。後に聞いた話だが、その時に鎌倉方にいた者すら正確な数は把握していなかったらしい。

ただ鎌倉方はこれを総勢三十万と号していた。実際に相対した父は、

――凡そ四万と少しではないか。五万には届いていまい。

と、語っていた。それでも途方もない大軍には変わりない。東条はすでに戦が始まったとは思えぬほど平穏であったが、方々から鎌倉方の軍勢が攻め寄せて来ることが伝わり、ここに来てようやく騒がしくなった。家財を持ちだし親類を頼って離れる者はまだましで、着の身着のまま行く当てもなく取り敢《あ》えず逃げ出す者も続出した。

「心配したものです」

母はぽつんと言った。

鎌倉が途方もない大軍で攻め寄せて来ることは、多聞丸や母が逃れていた和田にも伝わって来た。しかもすでに笠置山は陥落しており、後醍醐帝をお助けするという名分すら失われていたのだ。

母は飯も喉を通らず、夜も眠れずといった有様《ありさま》で、暇さえあれば武運を祈って念仏を唱えていたことを覚えている。だが多聞丸は正直なところ心配しておらず、

——父上が死ぬはずがない。

と、心より思っていた。

さしたる根拠がある訳ではない。まだ幼くて世のことを知らなかったこともある。ただ多聞丸にとって父は強く、優しく、何でも出来る憧れの人であった。そんな父には、幾ら鎌倉といえども勝てないと無邪気に信じ抜いていたのだ。

「しかし、城に籠もる者たちの士気は頗る高かったとのこと。大塔宮《おおとうのみや》が逃れてこられたのも大きかったと思います」

大塔宮とは後の護良《もりよし》親王。後醍醐帝の第三皇子である。齢六つの時、天台宗《てんだいしゅう》三門跡の一つ、梶井《かじい》門跡に入り、正中《しょうちゅう》二年には僅か十八歳で門跡を継承して門主となる。さらには弱冠二十歳で天台座主《ざす》に就いた。東山岡崎の法勝寺《ほっしょうじ》九重塔、通称大塔の近くに門室を構えていたから、当時はそのように呼ばれていた。

護良親王は幼い頃から極めて聡明《そうめい》な御方であったという。若くして門跡を継ぎ、天台座主にまで上ったのは、父帝《ちちみかど》たる後醍醐帝の働きかけも勿論あったが、護良親王の素質が大きかったであろう。

当節、護良親王は仏教の修行、学問などは一切することなく、日々僧兵を相手に武芸の鍛錬に明け暮れていたと語る者がある。だが、そのような振る舞いをしていて座主の地位に就けるはずがない。比叡《ひえいざん》山の者たちは揃いも揃って、護良親王を熱烈に支持していたのだ。これは護良親王を快く思わぬ者が捻り出した拙《つたな》い讒言《ざんげん》であろう。

ただ、武芸や兵法に熱心であったというのは真らしい。天台座主になった時にはすでに武芸は皆伝の腕前であり、様々な兵法書を諳《そら》んじていたという。

その護良親王もまた、父帝を援《たす》けて鎌倉討滅、天皇親政を樹立するという志を抱いておられた。しかし、計画が早期に露見してしまったことで、後醍醐帝だけでなく、護良親王にも鎌倉の追手が迫った。この時点で鎌倉は捕らえ次第、護良親王を殺すことを決めていたらしい。それほど鎌倉は護良親王の存在を重く見ていた。

護良親王は後醍醐帝を東大寺に隠そうとしたが、すでに寺内に六波羅の手の者が入っていることを察知した。鎌倉の動きが速いと見て、比叡山に後醍醐帝が上ったように見せかける陽動を行ったのも護良親王の策であった。

やがて後醍醐帝が笠置に向かう途中、別行動を取っていた護良親王は山城国和束の鷲峰山金胎寺で合流を果たす。父正成が赤坂の地で挙兵する半月ほど前のことである。

護良親王は共に一度は笠置に入ったものの、思った以上に味方が集まらぬ。護良親王もある程度は見越していたものの、予想を遥かに超える集まりの悪さであったのも確か。後醍醐帝も動揺を隠せぬようで、このままでは一戦する前に崩れることも有り得ると見た。そこで護良親王は、

――各地を巡って檄を飛ばします。

と、兄である尊良《たかよし》親王と共に、鎌倉軍が迫り来る前に笠置を発ったのである。

護良親王は身を潜めつつ山城、大和の土豪や寺社に味方になるように働きかけ、葛城の山々を伝って父正成の籠もる下赤坂城にまで到達したのだ。そして、護良親王はここに留まった。

これと前後して下赤坂城に河内守護の軍勢が迫ったこともあるが、別にまた葛城山から金剛山へと連なる尾根を伝って行けば、紀伊《きい》の方にも抜けることは出来る。

父は多聞丸にこの時のことも語っていた。護良親王は父のことを大層気に入られ、

——楠木の手並みを見たい。

と、共に戦う旨を告げられたという。

「父上もまた大塔宮……護良親王のことを讃嘆《さんたん》しておられました」

多聞丸は、語る父の姿を思い出しながら言った。

武芸、兵法に通じていることだけではない。後醍醐帝の理想を実現しようという情熱の強さは、思いを同じくする他の公家《くげ》たちの比ではない。何があろうとやり切るという皇子らしからぬ不屈の闘志を抱いておられ、それは激情と呼んでも過言ではなかった。それが父には果てしなく眩《まばゆ》く見えたという。

ともかく父と護良親王はこの時から心を通わせた。雲泥の身分の差はあるが、俗っぽく言えば、うまが合ったということであろう。

「儲君《もうけのきみ》は……」

暫し、無言の時が流れた後、母は重々しく口を開いた。儲君は護良親王に対する最大限の敬称である。母が敬意を抱いているのは間違いない。が、それ以上は言葉が続かない。

護良親王はこの後、あまりに不幸な一生を送ることになる。それには父である後醍醐帝も大きく関わっているのだ。迂闊《うかつ》なことを口にしては、先帝のことを批難してしまうことになりかねない。そのことが母の口を重くしている。

「進めましょう」

多聞丸は口籠もる母を見かねて言った。説教は甘んじて受ける。別に母を追い詰めたい訳ではないのである。ただ、

――父上は違った。

と、多聞丸は思う。父は帝に対してでも、誤っていることには諫言する人であった。たとえそれで死を賜ることになろうとも。そういった意味では、父はやはり真の忠臣だったといえよう。

己はどうか。父とも母とも違うのは確かである。これまで数年、それを明確にはせず、曖昧にして逃げ通して来た。

ふと障子の隙間から零れる月光が弱くなった。が、すぐに元通りになる。風に流れる雲が月を遮り、また通り過ぎていったのだろう。風が流れるように、時もまた流れている。己にもはきと考えを口にせねばならぬ時が、やはり迫っているのかもしれない。多聞丸はそのようなことを考えながら、明暗を繰り返す月光を茫と見つめていた。

※

風はさらに強くなり、木々のさざめきも聞こえる。少し開いた障子の隙間から風が入り込み、部屋の中を巡っている。灯台に火を入れると大きく揺れる。

「障子を」

多聞丸は腰を上げ、障子に手を掛けた。

伸びていた月光の線が糸のように細くなり、やがて影に圧《お》されるようにして消えた。それでも何処かから隙間風が入っているようで、やや揺れは小さくなったものの火は震えている。

「少し動かします」

消えては面倒だと、多聞丸は断りを入れて灯台の位置を変える。母はそれを目で追うものの、一言も発することはなかった。ただ怪訝《けげん》そうな表情である。

「如何致しました?」

多聞丸は尋ねた。隙間風の通り道に差し掛かったからか、それとも多聞丸の息に触れたからか、また火が大きくうねった。

「いえ……」

これまで説教を受ける時、多聞丸は心中で早く終わってくれと願っていた。それが返事や態度にも滲み出ていたかもしれないし、時には上の空だったこともある。

それなのに今の一連の動きから、今日は続けるように望んでいると母は取ったらしい。故に怪訝そうに、そして少し困惑しているのだ。

「まだ風は強くなりそうですね」

母はそう言って話をはぐらかした。何か踏み込むのを恐れているようであった。

「そうですか」

多聞丸は再び母の前に腰を下ろした。

「続けましょうか……」

「はい。赤坂での戦のところからですね」

風の音に負けぬように、多聞丸は声に力を込めた。

父いわく、鎌倉の大軍に包囲を受ける前日も、今のように山が哭《な》いていたという。失火への備えを念入りに指示した後、父は短くとも眠ろうと床に就いた。しかし、なかなか寝ることが出来なか

ったという。父でも不安になることがあるのかと多聞丸が尋ねると、

――流石にな。

と、父は苦く頬を緩めていた。

これまで戦をしたことはあった。だがそれは鎌倉方として謀叛人《むほんにん》を討つというもの。つまり強者の側についての戦である。だがこの時は弱者として強者に挑むもの。緒戦で守護の軍勢は退けたものの、ここからはそれとは訳が違う。

楠木軍五百余に対し、敵勢は膨れ上がり五万にも迫る大軍。その差は実に百倍である。しかもそれらは弱兵ではなく、勇猛と名高い坂東《ばんどう》の荒武者なのだ。軍勢を率いる将も、畿内までその名がつとに知られた者たちなのだ。

今では軍神の如く語られているが、多聞丸はその時に、父も諸人と同じく恐れを抱くことを知った。ただ余人と違うのは、自らが恐れていることを認めながらも、

「父上は立ち向かわれました」

と、いうことである。多聞丸は恐れにといった意味で言ったが、母は鎌倉方にと取ったらしい。

「大軍を相手に」

と、相槌を打った。この辺りも多聞丸と母には微妙な違いがある。二人、当時のことを振り返る話が続いた。

戦は大方の予想に反して、楠木軍が鎌倉の寄せ手を圧倒した。

鎌倉武者が攻め掛かる前に名乗りを上げているところ、楠木軍は容赦なく矢を雨が降るが如く浴びせた。中には高らかに口上を述べている途中、額に矢を受けて絶命する者もいたという。鎌倉武

士からは卑怯《ひきょう》、卑怯と激しく痛罵されたが、父は一向に気にしなかった。

——こちらは御家人ではない。

多聞丸に語り聞かせる時、父はそう言って虚《うつ》けたような顔を作った。

一時は御家人になろうと鎌倉の命に従った。しかし、華々しい功績を挙げても、鎌倉は楠木家を御家人として正式に認めなかった。

もう少しで鎌倉も認めたのかもしれない。そうなっていれば、父の人生はまた違うものになっていたことも考えられる。だが、これも全ては縁である。ようやく父も吹っ切れたのだろう。

——我らは悪党なのだ。

父はそう続けて、不敵な笑みを見せた。

悪党には悪党の戦のやり方がある。戦端が開かれる前から弟の正季に三百の兵を預け、連なる他の山に潜伏させていた。降り注ぐ矢に辟易《へきえき》し、鎌倉方が一時兵を休めた時、正季らはわらわらと姿を現して三方から奇襲を仕掛ける。それと同時に父も木戸を開き、残る二百の兵と共に突貫。鎌倉方は大混乱に陥り、態勢を立て直すために退いた。

「死人怪我人《けがにん》で千を超えたと」

多聞丸はこれを見ていない。だが父からつぶさに話を聞いたことで、脳裡にその光景がはきと描けるようになっている。

鎌倉方は日を置いて態勢を立て直し、今度はじりじりと慎重に攻めて来る。ようやく城の塀にまで迫った。

だが城の中から喊声《かんせい》はおろか、囁き声の一つも聞こえない。すでに城を捨てて逃げ去ったならば追わねばならない。鎌倉方が慌てて塀を乗り越えようとしたその時である。塀がどっと倒れて来たのだ。

実は塀は二重になっており、外側は地に据えられておらず、縄を張られて立っていただけ。その縄を一斉に断ち切ったのである。

塀が倒れて来たことで、寄せていた鎌倉方は押しつぶされて坂を滑り落ちる。さらにそこに予め《あらかじめ》用意していた大石や丸太を次々に落としたものだから堪らない。

大石、丸太は坂を凄まじい速さで転がり、兵を巻き込み、撥《は》ね飛ばしていく。そこにそれまで息を潜めていた楠木軍が喊声を上げ、空を覆うほどの矢を射掛けるものだから、鎌倉方は阿鼻叫喚《あびきょうかん》の様を呈した。

「東条の民も役に立てたことを喜んでいたと聞きました」

母は付け加えた。戦が始まる前、東条の民も協力して大石を運んだり、丸太を切り出したりと力を貸してくれた。鎌倉に弓を引くと解りながら、それでも楠木家に力を貸してくれたのは、父が如何に民と関わって来たか判るというものである。

「ここからさらに鎌倉方の攻めは激しくなったとのこと」

多聞丸は父の語り口を思い出しながら続けた。

緒戦で多くの死傷者を出したことで、鎌倉方の御家人たちも、楠木家が想像以上に手強《てごわ》いことを痛感し、気を引き締めて慎重に攻め始める。

また塀が倒れることを危惧し、鉤縄《かぎなわ》を使って遠くから引き倒そうとしたのもそうだ。

その時、塀の内側から柄杓《ひしゃく》がにゅっと伸びて来た。長さは二丈と尋常の柄杓ではない。それが左右に振り回されると、鎌倉方の頭上に飛沫《しぶき》が舞って悲鳴が巻き起こった。熱湯を振り撒いたのである。矢ならば外れることもあろうが、これならば寄せていたほぼ全ての者が浴びることになる。武士たちは踊るように跳ね回り、鎧《よろい》の隙間に手を入れて体を掻き毟り、兜《かぶと》を放り投げて転がっていく。これも御家人の戦の常識を覆す戦法であり、父が言うようにまさしく悪党の戦である。

攻める度に甚大な被害が出たことで、鎌倉方が力攻めを止《や》め、兵糧攻めに方針を切り替えたのはこの後すぐのことである。

「大軍を擁する鎌倉が、そうせざるを得ないほどだったということ」

「そうでしょう」

母のこの言には、多聞丸も同じ意見であった。鎌倉の御家人たちにとって、父が言うところの「悪党の戦い方」は新鮮であり、それに対抗する術《すべ》を見出せなかった。

そのことは早馬で北条得宗家にも報《しら》され、不甲斐《ふがい》なさに憤るであろうことは容易に想像出来る。これ以上の失態を犯せばどのような処罰が下るかもしれぬ。実は父以上に鎌倉方の諸将のほうが追い詰められていたのだ。

鎌倉方は陣に櫓《やぐら》を築き、逆茂木《さかもぎ》を張り巡らせて下赤坂城を包囲するだけで攻め寄せることは無くなった。まるで鎌倉方が籠城しているような有様に、父はその時を振り返って、

——はて、こちらが攻めているのかと勘違いした。

と、愉快げに笑っていた。

だがすぐに頬を引き締め、正直なところこの策には困ったとも付け加えた。すでに後醍醐帝が捕

まったことで、今回鎌倉を滅ぼすことは出来ない。ただ後醍醐帝は決して諦めるような御方ではない。次の機会が必ず巡ってくると、すでにこの時点で父は見通していた。

その来たる時に備え、この戦では楠木正成の名を出来る限り上げておくつもりであったのだ。こちらが講じた策はまだまだ残っており、鎌倉方が攻め寄せてくれさえすれば、散々に蹴散らせる自信はあった。だが、持久戦に持ち込まれれば打つ手が無い。

幾ら攻略が遅々として進まぬからといって、誇り高き御家人たちがこのような策を取るのは、父としても意外であったらしい。その後、鎌倉方にどのような動きがあったのかを父も知ることになった。

——ここは糧道を断ち、立ち枯れるのを待つのが良策。

と、主張した男がいる。それこそが、

「足利尊氏……」

多聞丸は静かにその名を口にした。

河内源氏義国《よしくに》の流れを汲《く》む武の名門、足利家の八代目棟梁《とうりょう》である。当時の諱《いみな》は高氏であったのだが、後に後醍醐帝の諱である尊治《たかはる》から偏諱《へんき》を受け尊氏と改名したのである。

尊氏は鎌倉正規軍四軍のうち、一軍を率いる将として下赤坂城を取り囲んでいた。残る三将が力攻めを続行しようとする中、尊氏だけが兵糧攻めに切り替えるように訴えたのだ。

「小狡《こずる》い男です」

母の表情が一気に曇った。尊氏のことを母は心底嫌っている。

「そもそも足利家の者たちは士気が乏しかったのでしょう」

尊氏の父、貞氏《さだうじ》が大攻勢の一月前、九月五日に没している。鎌倉から出陣を命じられた時には喪に服している最中であった。尊氏はそれを理由に一度は辞退したものの、鎌倉はそれを聞き入れることはなかった。尊氏だけでなく、足利家の一族郎党みなが不満を抱いていたことは想像出来る。

「それに賢い男です」

多聞丸が褒めるようなことを言ったものだから、母は明らかにむっとした表情になる。

だが、事実は事実である。尊氏は阿呆《あほう》の類ではない。この時点でまだ世の乱れは続くと見ていてもおかしくない。いや、さらなる乱が訪れると看破していただろう。

故にこの戦でこれ以上の被害を出さず、来たる乱に向けて一族郎党を温存しておこうと判断していた節がある。そう語っていたのは、何を隠そう父であった。

「それに……尊王の念も強い」

「正行」

母はぴしりと諱を呼んだ。

先ほどまでの表情とは比べものにならない。もはや隠せぬ憤怒が形相を覆っている。そして、多聞丸の正気を疑うような冷たい視線を向けていた。

これまで説教を受ける時、多聞丸は地蔵の如く固まっていることが大半であった。何か物申すにしても、ちくりと皮肉を零す程度。今のようなことは口にしたことはない。

ただ、もはやそうせねばならぬ季節《とき》が来ている。当初は迷っていたが、話を進める中でその決意は固まりつつある。

「尊王の念が強いからこそ、以後も尊氏の動きには躊躇いが常にあります。この時からすでにそうなのでしょう。故に自らの行いが正しいのか、この時から迷いが――」

「仮にそうだとしても、あの男が逆賊であることに間違いはありません」

母は悲痛な声で訴えた。

まだ、早い。今宵は多聞丸の想いを吐露するところまで行きつかねばならぬ。このままだと母は席を立ってしまうだろう。加えて確かに、後に尊氏が帝に弓を引いたことは事実である。多聞丸は細く息を吐きながら言った。

「続けましょう」

「はい……」

もはや母も、多聞丸が常と様子が違うことに気が付いている。だが話を打ち切ろうとはしない。それは母も避けては通れぬと感じているからだろう。

「兵糧攻めに遭ったところからですね」

母は間を嫌うように話を先に送った。

鎌倉方は一切の攻撃を止めてひたすら取り囲むのみ。後醍醐帝の決起が急であったことから、楠木家はさほど多くの兵糧を城に入れることは出来なかった。故に、父は時が来ればどちらにせよ城を捨てて逃げるつもりでいたのである。

戦が始まってから一月と少し経《た》った十月二十一日の夜半、突如として下赤坂城から火が上がった。失火か、それとも裏切りか。鎌倉軍は総攻撃を開始しようとするが、炎は囂々《ごうごう》と燃え盛り、黒白入り混じった煙を吐き出しており、とてもではないが近づけない。

遠巻きに様子を窺《うかが》っていたところ、払暁よりぽつぽつと雨が降り出し、陽が高くなるにつれて強さを増していった。それでようやく火勢も鈍り、鎌倉方の軍勢は下赤坂城の中へと踏み込んだのである。

そこで御家人たちが見つけたのは、掘られた大きな穴の中、折り重なるようにして横たわる二十数体の骸《むくろ》である。

黒焦げになっているため、顔は勿論のこと、歳《とし》もはきとしない。ただ焼け残った鎧から察するに、雑兵の類ではないのは明らかであった。鎌倉方はこれが父と楠木一族の者たちだろうと断定し、乱は収束したとして関東へと引き揚げていったのである。

「まんまと騙《だま》された訳です」

重い雰囲気を払拭《ふっしょく》しようと、多聞丸はふっと息を漏らす。

その時、父は数人の供と金剛山の山中を歩んでいた。失火でも裏切りでもなく、父が命じて城に火を放たせたのである。穴の中の屍《しかばね》はこの戦で死んだ者たちである。父や主だった将の鎧に着せ替えて身代わりに仕立てたのである。

——申し訳ないことをした。

父は目を細めて深い溜息を零していた。

脱出する時、死した者を身代わりにすることは予め伝えており、皆も快く了承してくれていた。だが、家族の元に戻してやりたいというのが本音である。死してなお己のために働かせることを心苦しく思い、せめてもと父自ら念仏を唱えて弔ったという。そのような父だからこそ、如何なる苦境にも皆が付き従っていたのだろう。

「その後、父上の足取りは杳《よう》として知れず」

そこから約一年、父は消息不明となった。多聞丸もこの間のことは詳しくは聞いていないが、叔父の正季の他、数人と共に行動をしており、どうも紀伊方面へと落ち延び、そこからは伊勢《いせ》、伊賀、大和の辺りを転々としていたらしい。

一方、共に籠もっていた護良親王は十津川《とつかわ》を経て熊野《くまの》に潜んでいたことが判っている。共に逃げては目立つこと、そして来たる時に別々の場所で再起しようという話し合いをしていたらしい。このようなことを相談するほど、父と護良親王の間には絆《きずな》が生まれていた。

その時、多聞丸はどうしていたか。母や弟次郎と共に和田に留まり続けた。戦が始まる前、城が落ちる前に必ず脱出すること、その時には東条には戻らぬようにすることなどを父から言い聞かされていたのである。

一方、この間の後醍醐帝は如何《どう》だったか。鎌倉方に笠置近くの山中で捕らえられた後、遠く隠岐《おき》へと流された。伊豆《いず》や土佐《とさ》なども流罪地になることがあるが、島国である隠岐が選ばれたのはより脱出しにくいためであろう。

後醍醐帝は隠岐守護である佐々木清高《ささききよたか》が造った黒木《くろき》御所に入れられた。皮を削って加工された木材のことを白木、赤木などといい、手の加えられていない木材を黒木という。つまり黒木御所とは自然のままの木を用いて造られた粗末な御所のことである。

隠岐の黒木御所は、小さな砦《とりで》の如き野卑なものであったらしい。佐々木清高の厳重な見張りのもと、後醍醐帝はそこで不自由な生活を強いられていた。

「この間、先帝は悲惨な日々を過ごされたとのこと。御労《おいたわ》しい……」

何度話しても、母はこの件では言葉を詰まらせ、時には涙ぐむこともあった。己と母の差異を感じるところの一つである。

「しかし……ここからです」

母は膝の上に置いた拳を少し握りしめた。

「はい。父上から文が届いたのは、翌年の秋のことでした」

元弘二年、木々は焼けた空の如く赤く染まり、一つ、また一つと葉が落ち始めていた。丁度、下赤坂城が陥落してから丸一年が経った頃である。和田にいた多聞丸らのもとを、一人の男が訪ねて来た。風体は山伏であるが、楠木家の郎党の一人である。

郎党いわく、父は無事に暮らしているとのこと。目立つのを避けるため大塔宮とは別に行動しており、各地の悪党と頻繁に繋ぎを取り合っているとのこと。ただ、母や多聞丸であっても、今どこにいるか言う訳にはいかぬし、聞いたところですぐに所を移すため無駄だということであった。加えてもう一つ、郎党は重大なことを伝えた。

――今冬、再び起つ。

父は機が熟したと見たらしい。前回よりも遥かに綿密な計画を練っており、共に起とうとする者もいる。そうなれば鎌倉もさらに本腰を入れてくることが考えられ、場合によっては和田にも手が伸びることも有り得る。故に心積もりをして欲しいとのことだった。

「護良親王の令旨《りょうじ》にも限界があったのでしょう」

薄暗い部屋の中、灯台が作る二つの影が揺れる。声は多聞丸であった。

を出し続けた。

護良親王は畿内周辺を転々としながら、隠岐に囚われている後醍醐帝に代わり、鎌倉打倒の令旨
畿内の諸豪族、寺社に留まることなく、遠く九州、東国の武士にまで送ったというからその数は実に膨大である。それが徐々に功を奏し始め、紀伊の粉河寺《こかわでら》衆徒などは親王に協力を申し出るようにもなっていた。

だが、出した令旨の数からすれば呼応する者は少数であり、大部分の者が動くことはなかった。鎌倉に恩義があって一顧だにせぬ者、中には唾棄《だき》すべきものと令旨を破り捨てた者もいるだろう。が、護良親王は成り行きを見守っている者が大半だと見た。

これ以上の呼応を増やすには、再び起って鎌倉に弓を引く者が現れねばならない。そして自らもまた身を隠して令旨を出すのではなく、表舞台に出る覚悟を決めた。その証左に、還俗《げんぞく》して護良親王となったのもこの頃のことである。

「父上が動いたのは師走《しわす》十七日」

当時、多聞丸は齢七つ。しかし、この日のことを鮮明に覚えている。これから長き動乱が始まるなどという考えは流石に微塵《みじん》も無かった。ただ、父が帰って来たということが、無性に己の心を躍らせたのだ。

その日、父が現れたのは紀伊国隅田《すだ》荘。楠木軍七百は山野から湧くように突如として現れた。その地を治める隅田党の連中は、

――天から降って来たのか！

と激しく狼狽《ろうばい》し、急いで戦支度をするものの間に合わない。楠木軍は鎧袖一触《がいしゅういっしょく》で隅田党を散々に

打ち破った。

何故、父は本拠である東条に戻らず、まず紀伊国に攻め入ったのか。この後、父は天下の大軍勢を一手に引き受けて戦うつもりである。

各地の情勢を知るため、兵糧の搬入のため、最悪の場合の退路を確保するため、一方面は開いておきたい。そのため、隅田党に大打撃を与え、紀伊方面での敵の動きを鈍らせたのだ。

楠木軍は紀伊国で勝利を収めると、再び山中に溶け込むように消えた。再び姿を見せるのは、三日後の二十日。その地は東条である。

この時、父が築いた下赤坂城には湯浅宗藤《ゆあさむねふじ》と謂う男が詰めていた。湯浅党は紀伊国有田《ありだ》郡に根を張り、訴訟の裁定を執行する使節を務める有力な武士団であった。紀伊は東条に近いこともあり、鎌倉は彼らを見込んで地頭職にして下赤坂城を与え、金剛山一帯の押さえとしていたのである。

紀伊国に楠木軍が出現したことはすぐに湯浅にも伝わり、

——すわ、次はここぞ。

と、すぐに籠城のための兵糧を運び込む指示を出した。これは父の思惑通りであった。むしろ紀伊国を襲ってから日を空け、湯浅に戦支度をする猶予を与えたのである。

やがて下赤坂城に荷駄隊が兵糧を運んで来た。楠木軍が来る前に間に合ったと、湯浅は嬉々として城門を開いて中へと迎え入れる。

次の瞬間、荷駄に掛けられた布が払われると、そこに兵糧はなく、甲冑《かっちゅう》に身を固めた武士が飛び出して来たのである。荷駄を引いて来た人夫、周りを固めていた武士も同様、武器を手に襲い掛かった。

湯浅は顔を蒼白《そうはく》にしながら応戦を命じるも遅い。羽交い締めにされて首に刃《やいば》を当てられ、武器を捨てて降《くだ》ることを迫られた。湯浅がこれを呑んだことで、呆気なく下赤坂城は陥落した。

勿論、この荷駄隊は湯浅の配下ではなく楠木軍である。湯浅が兵糧を運び込むのを見計らい、事前にその荷駄隊を襲って縛り上げた。そして荷駄隊に偽装して、まんまと下赤坂城に入り込んだという訳だ。

「この時、一人たりとも殺さなかったからこそ、湯浅殿はお味方になって下さったのでしょうね」

母はしみじみとした口調で言った。

その通り、この時は数人の怪我人こそ出たものの、一人たりとも死人が出ることはなかった。

父は湯浅たちに、城から落ちていけば命を奪わぬ、鎌倉と共に攻めて来るならばそれでもよい、その時は存分に戦おうと語り掛けたという。

湯浅としては己の命を差し出す代わりに、配下の命乞いをしようと思っていたらしい。父の言葉に驚いて茫然としていたが、我に返って暫し考えた後、

——我ら、楠木殿に従い申す。

と、配下に入って戦うことを誓った。

こうして父は下赤坂城を奪還すると、すぐに金剛山に点在する城の補修を行い始めた。全て長年に亘って築いてきた城である。何故これらの城を前回の戦では用いなかったのか、多聞丸は父に尋ねたことがある。父は苦い笑みを零しつつ、

——どうせ負けるのだ。奥の手は取っておこうとな。

と、語っていた。密謀が露見し、碌《ろく》な支度もなく起った時点で、一度目の戦はどちらにせよ勝ち

目がない。ならば来たる時に備え、己の名を天下に轟かせるためのものと割り切っていたという。だが今回は違う。全ての手を惜しげもなく出し、この時に賭けると決めていたのだ。

大小様々な城の中でも、特に補修に力を入れたのは二つ。まず一つ目は、下赤坂城の南南東約半里、金剛山に連なる桐山《きりやま》の上にあったことから、桐山城などとも呼ばれていた城である。こちらもまた赤坂城と同名で呼ばれることが多くややこしかったため、今では上赤坂城などと使い分けて呼称する者も多くなっている。

二つ目はその上赤坂城から南東に一里半、金剛山の西に連なる山々の先端にその城はある。河内と大和を繋ぐ街道を見下ろす要衝にあり、北は北谷、東は風呂谷《ふろんたに》、南東は妙見谷《みようけんだに》と、四方が渓谷に囲まれる要害でもあった。

「千早城……」

多聞丸はその名を口にした。それまで無名に近かったこの地は、この時をもって天下にその名を轟かせることになった。

父はこれら二つの城に逆茂木、板塀などを増築することを命じると、自身は二百の兵を率いて河内平野へと進出した。

これも前年の戦から学んだ教訓である。前回、後醍醐帝が笠置で起ったことで、父は急いで下赤坂城に籠もって鎌倉の軍勢を引き受けようとした。

だが鎌倉の軍勢の大半は笠置に向かい、それを陥落せしめてから下赤坂城にやってきた。つまり引き付けるのに失敗したということだ。

故に父は此度、護良親王よりも早くに決起した。さらに河内、和泉で暴れ回ることで、天下の耳目を集めて、鎌倉の軍勢を己に集中させたいと考えたのである。

「まずは甲斐荘安満見《かいあまみ》」

年が明けて正月五日、赤坂の南西、河内国甲斐荘に楠木軍は乱入した。この地も湯浅党と同様、先の戦の後で紀伊国御家人、井上入道、山井五郎らが領地を得ていた。これを合戦の末にあっという間に駆逐したのである。

「父上は恐るべき速さで敵を討って回られた」

多聞丸は言葉を継いだ。

九日後、楠木軍は再び動いた。河内国守護代で赤坂の北北西に居を構える丹下氏、同じく守護代で赤坂の北西を治める池尻氏を撃破。続けて池尻よりさらに北西に荘園を持つ花田地頭の俣野《またの》氏、さらに和泉国内に地頭職を得ている成田、田代、品川などの諸氏を立て続けに破ったのである。

これを何と一日で成し遂げた。まさに神速と呼ぶに相応《ふさわ》しい。

「さらに翌日も和泉へ」

「和田の屋敷を嬉々として跳ね回っている貴方《あなた》を覚えています」

いつもは受け身一辺倒の多聞丸が、いつになく前のめりに話を進める。故に胸騒ぎが収まらぬ様子である。多聞丸の心のうちを探るように、母は不安げに口元を緩めながら言った。

「はい。あれほど心が躍ったこともないかもしれません」

多聞丸が答えると、母は幾分安堵したように丸い息を漏らす。

今、多聞丸が言ったことは嘘《うそ》ではない。約一年間、会うことが叶《かな》わなかった父がすぐそこまで来ている。ただそれだけで堪らなく嬉《うれ》しかった。

父は手勢と共に和泉国を席捲《せっけん》し、御家人の当器左衛門尉《とうきさえもんのじょう》、中田地頭、橋上地頭代を打ち破って気勢を上げた。

和泉国の御家人、地頭たちは、銘々で戦っていては最早《もはや》止めることは出来ぬと考えて結集。八百余の軍勢を成し、堺《さかい》の地で楠木軍を待ち構えた。

和泉国の御家人、地頭連合軍は、楠木軍の数が劣っているため、すぐには攻めて来ないだろうと決め込んでいた。だが楠木軍は姿を見せると、勢いを緩めることなくそのまま突撃して来た。連合軍は百以上の死者を出してあっという間に瓦解《がかい》した。

「六波羅が腰を上げたのは、この後のことでしたね」

楠木軍が破竹の勢いで両国を席捲していることは、鎌倉の京の出先である六波羅探題にも伝わった。

六波羅探題は楠木軍が勢いを駆って京にまで上ってくることを恐れ、直属の在京人と呼ばれる侍、篝屋《かがりや》と呼ばれる京警固の詰め所の武士、さらには畿内五カ国の御家人に動員を掛けた。

御家人は続々と集まり、六波羅はそれらが纏まったところで、隅田次郎左衛門、高橋又四郎を軍《いくさ》奉行《ぶぎょう》として摂津国四天王寺《してんのうじ》へと送った。その数、約七千である。

――多聞丸、お主ならばどうする？

この話をしている時、父はそのように尋ねた。六波羅軍は七千であるが、なおも各地の御家人が集まっておりさらに増える見込み。

一方、楠木軍にも湯浅宗藤率いる湯浅党を始め、河内、和泉の豪族の中にも付き従う者が出始めていた。しかし所詮は小豪族、悪党の類であるため高が知れている。騎馬武者五百と、徒歩《かち》の雑兵千五百、合わせて二千ほどの軍勢である。まともに戦っては勝てるはずはない。

「私ならば退いたでしょう」

多聞丸は当時、そのように父に答えた。

この時期には千早城、上赤坂城の補修もほぼ終わっていたこともあり、多聞丸は退却して籠城に切り替えるだろうと答えた。

だが、父はこの六波羅軍に攻撃を仕掛けることを決めたのだ。それには理由があったという。

まず一つ目は兵糧のため。前回は潮時と見たこともあるが、そうでなくても急な戦であったため兵糧は枯渇しかけており、どちらにしてもあれ以上戦うのは無理だった。此度は一月どころか、三月でも半年でも戦い抜く覚悟を父は決めていた。そのためには河内、和泉の兵糧だけではまだ足りず、摂津守護の貯《た》め込んでいる米を奪う必要があった。

二つ目はさらに鎌倉方を引き付けるため。この後、父に続いて護良親王が起つことは、予め打ち合わせしていたことである。

その時に護良親王に兵を向ける余裕もないほどに、鎌倉の軍勢を一手に引き付けたいと思っていた。前の戦いではそれが出来なかったから、笠置山に兵が集中して陥落してしまったのである。

さらに引き付けが成功すれば、各地が手薄になることを意味する。そうなれば鎌倉に不満を持つ者は起つことに踏み切りやすい。起った後も敵は少なく有利に戦える。父と護良親王はその流れを作ろうとしていた。

そのためには、今の戦果ではまだ足りぬ。六波羅軍を破れば、鎌倉もいよいよ焦って天下の兵を河内に送り込むと父は見ていた。

とはいえ、倍以上の敵に勝つのは容易ではない。当然、負ければ命を落とすこともある。多聞丸が、勇敢だったのですねと羨望の眼差しを向けると、父は鷹揚《おうよう》に首を横に振り、

——怖かったさ。

と、苦く頰を緩めた。

多聞丸は吃驚《びっくり》して父を見つめた。数倍の敵にも挑んで来た父が、天下の大軍を向こうに回して奮戦する父が、そして劣勢になってもなお戦い抜く決意を示す父が、恐れを抱くなどとは露程も思っていなかったのだ。世の人が思うように、いやそれ以上に、多聞丸にとっても父は英雄そのものだったのである。

——人は弱い。誰もが恐れを抱く。ただ人にはそれでもやらねばならぬ時がある。

父は諭すように己に語ってくれた。

この時もまさしく、やらねばならぬ時だったのだろう。父は軍勢を率いて進軍。六波羅軍と淀川を挟んで対峙《たいじ》した。が、この時、父が率いていたのは三百であった。六波羅の軍奉行二人は、大軍に恐れを成し、楠木軍に従っていた者が逃げ散ったのだろうと嗤《わら》った。

二千でも敵ではないのに僅か三百である。六波羅軍は一斉に淀川を渡河して突撃してきた。ばらばらと遠矢を放ちつつ、楠木軍は逃げる、逃げる、逃げる。六波羅軍は勢いを増して肉迫する。軍の半ばが淀川を渡ったその時である。突如として周囲から喊声が上がった。森、草叢《くさむら》、避難して空となった村から、湧き出すようにわらわらと人が現れたのだ。

やがてそれは三つの大きな塊となる。逃げていた楠木軍は踵《きびす》を返し、塊の一つと合わさって六波

羅軍の正面に、残る二つは左右から襲い掛かった。

三倍を誇る六波羅軍であったが、淀川を渡る間に陣形は伸びきっており、先頭は千ほどの集団となっていた。そこに二千の楠木軍が三方から攻撃を仕掛けたのだから堪らない。

天から見れば、獣が口を開いたところに、蛇が頭から飛び込んでいくような恰好に見えただろう。六波羅軍は浮足立って崩れ、這《ほ》う這《ほ》うの態《てい》で京へと退却していった。

「見事なまでの勝ちはすぐに伝わり、東条はお祭り騒ぎだったそうですね」

母は目を細めて言った。

その時、母も多聞丸もまだ和泉の和田にいたが、東条が沸きに沸いているということは、様子を見て来た郎党が語っていた。

「次に出たのは宇都宮公綱《うつのみやきんつな》」

多聞丸はその名を口にした。

宇都宮公綱は坂東一の弓取りとも言われる猛将である。配下に「紀清両党《きせいりょうとう》」と呼ばれる精兵を抱えており、鎌倉の命を受けて度々戦に出て華々しい活躍をして来た。公綱は楠木軍が六波羅軍を打ち破ったことを知り、

――楠木が強いのではない。六波羅が弱いのだ。

と言い放って、自らが出ると主張した。

が、公綱はたまたま京に居合わせただけで、郎党を三十騎ほどしか連れてきていなかった。それでもなお、公綱は出ると言い張ったのである。

六波羅の武士は無茶だと止めたが、公綱は耳を貸さずに遂に三十騎のみで摂津に向けて出陣した。

六波羅の中には、公綱を死なせてはならぬと慌てて追従する者も出たが、それでも三百騎ほどである。楠木軍は二千であるため、此度は相手のほうが小勢である。だが父は公綱の軍勢と対峙すると、早々に退却することを決めた。

——どう転んでも損だ。

と、父は周囲に漏らして苦く笑っていたという。

公綱が武勇に優れていること、その郎党が死をも厭《いと》わぬ者たちであり、損害が大きくなることもある。だがそれ以上に大きな理由があったらしい。

敵の数が少ないのだから勝ったとしても当然。公綱の勇敢さが喧伝《けんでん》されて鎌倉、六波羅の士気を高めるだけ。負けようものならば目も当てられぬ。

父は常に小勢で大軍を翻弄《ほんろう》することでその名声を高めてきた。公綱もそれを見抜いていたのだろう。全く逆の構図になるように仕向けてきた訳だ。

だからといって不用意に退却すれば、公綱は死を覚悟して追撃してくる。父は配下に無数の篝火《かがりび》を焚《た》かせて未だ陣に残っているように見せかけ、夜のうちに河内まで軍を退いたのである。こうして見れば父はただ敵を打ち破ることだけを考えていたのではなく、常に鎌倉打倒の気運を高め、それが挫《くじ》かれぬことを最も大切にしていたことが判る。

※

「いよいよ赤坂での……」

母が言いかけるのを、多聞丸は首を横に振って制した。

「その前に護良親王のことです」

多聞丸の語調が強くなり、母は唇を結んだ。暫しの静寂が訪れ、風に揺れる木々の音が耳朶に大きく届く。

自覚しているのか判らないが、母は護良親王のことに触れようとはしたがらない。いや、これは母に限ったことではなく廷臣の多くも同じではないか。

だが、護良親王の話を横に置いて進める訳にはいかない。護良親王こそが鎌倉討滅の最大の立役者であるからだ。

これは多聞丸の意見というより、父が生前に中でも熱く語り聞かせてくれたことの一つである。

「そうですね」

母は絞るように答えて頷いた。

「護良親王は吉野の地で再び起たれました」

元弘三年、雪が舞う日が続いた正月、父の挙兵より一月遅れて護良親王が吉野で兵を挙げた。その数は三千と決して多くはないものの、打倒鎌倉を心に固く誓う者たちばかりであったという。

六波羅はいずれ護良親王が起つと覚悟はしていたものの、すでに父が河内、和泉を席捲し、摂津に進出し始めており、とてもではないがすぐに軍を送れる状態ではなかった。先の戦で後醍醐帝が籠もる笠置山に、鎌倉の兵が一極集中したような事態は回避した訳である。

護良親王が起ったという報は瞬く間に各地に伝播《でんぱ》し、全国の御家人、寺社、そして鎌倉にも強烈な衝撃を与えた。

「鎌倉の焦りは相当なものだったでしょう」

一方、護良親王に兵を送る余裕のなかった六波羅だったが、それ以前に父が破竹の勢いで躍進していた時点で、もはや単独での鎮圧は難しいと見て、鎌倉に援軍の要請を行っていた。

これを受け、北条氏九代得宗、北条高時《たかとき》は畿内の動乱を鎮めるため、一門衆の阿曽治時《あそはるとき》を筆頭に、名《な》越宗教《ごえむねのり》、大仏貞直、大仏宣政《のぶまさ》、伊具《いぐ》有政、大仏家時、長崎高貞《ながさきたかさだ》、千葉貞胤《さだたね》、工藤高景《くどうたかかげ》、二階堂貞《にかいどうさだ》藤《ふじ》、佐々木清高、小山高朝《おやまたかとも》、結城親光《ゆうきちかみつ》など、関東八カ国の有力な御家人に出陣を命じた。その数、実に三十万とも言う。

だがさらに護良親王が決起したことで、これでも足りぬと考えたらしく、西国、四国、甲斐《かい》、信《しな》濃《の》、北陸などの御家人にまで追って出陣を命じている。

その数を含めると、八十万などと言われているが流石に多過ぎる。実際はこれらも含めて三十万ほどだったのではないか。とはいえ、天下の兵が挙《こぞ》って畿内に向かっていたのは確かである。

「ここに播磨《はりま》の赤松《あかまつ》殿」

多聞丸がそう言った時、母の顔はまた顕著に曇った。この名も今では「殿」といったように、敬称を付けて呼ぶ者は近くにはいない。が、母はもはや口を挟むことはなく、多聞丸は言葉を継いだ。

「決起されたのは、一月二十一日のこと」

父が宇都宮公綱と対峙する少し前、またも天下を揺るがす事態が起こっていた。

赤松則村《のりむら》と謂う男がいる。この人は則村という諱以上に、法名である円心《えんしん》の方が世に通っている。

この赤松円心、播磨国佐用《さよ》の小領主であり六波羅に出仕していたのだ。

故に六波羅が楠木家討伐のために出した軍勢の中にいたのだが、突如として領地である佐用に引き揚げると、鎌倉に対して叛旗《はんき》を翻したのである。

「これはかねてより決まっていたことだったとのこと」

「え……」

母は吃驚《きつきょう》の声を上げた。

「父上から聞いたことです」

赤松円心が起ったのは、父が奮戦し、護良親王が再起したのを見て心が動かされたからだと世の人は思っている。だが、それは違う。これも父と護良親王の綿密な企ての中でのことであった。

赤松円心は六波羅に出仕しながらも、自らの三男である則祐《のりすけ》を護良親王の側《そば》に置いていた。もっともきっかけは偶然で、則祐は比叡山延暦寺《えんりやくじ》に入っており、天台座主であった護良親王の人柄に触れて心服していたからである。

やがて護良親王が打倒鎌倉を志すことを知り、則祐は義絶する覚悟で付いて行きたい旨を父の円心に告げた。だが円心は縁を切るどころか、むしろ忠節に励むように伝えたという。

この時点では鎌倉を討つなど、

——夢のまた夢。

と、世のほぼ全員が思っていた。

しかし、円心は実現し得るかもしれぬと思っていたからこそ、子の則祐を護良親王の側に残した訳だ。一方で護良親王の志が破れた時は、則祐を見捨てる腹積もりもあっただろう。

ただ結果として則祐がいたからこそ、護良親王の令旨は円心のもとにいち早く届いた。これに円心は乗ることを決意したのだ。しかも、父が決起する以前、潜伏していた時期にすでに心を決めていたというのだ。

まず父が一番に起って六波羅軍を引き付ける。第二に護良親王が決起して鎌倉方には衝撃を、反鎌倉を考える者には希望を与える。そして時を置かず、三番手として赤松円心が鎌倉に弓を引くことで、早くも付き従う者が出たことを天下に示す。これこそが父と護良親王が描いた「流れ」というものであった。

「何故……」

母は細い声で尋ねた。

これまで赤松円心がかねてより同心していたことを、母のみならず誰も知らない。知っていたのは父、護良親王、円心の三人だけであり、今となってはそのうち二人までもが鬼籍に入っている。多聞丸がこのことを知ったのも、父が死ぬ間際のことであった。

円心が鎌倉に特に不満を抱いていたという話はない。そして鎌倉打倒など真に成るかどうか皆目判らなかった。母が疑問に思っているのは、それなのに何故、この段に円心が起つことを決めていたのかということである。

「夢だと」

これを語った時の父の儚《はかな》げな表情、寂しそうな声色、拳を少し握る仕草、それらがまざまざと多聞丸の脳裡に思い浮かんだ。

「夢……?」

鸚鵡《おうむ》返《がえ》しに母は問い返した。

「はい。赤松殿はそうお答えになったとのこと」

赤松円心もまた広義には悪党と呼ばれる身分であった。佐用を中心に播磨国に物流網を広げ、小領主の割には実入りも随分とあった。さらに手を広げて物流の路《みち》を開いて銭を多く得て、六波羅に出仕して端役でも頂戴し、子にそれらを託して生涯を終える。

――それに何の意味がある。そう思ってしまったのです。

二人きりの時、円心は後にそう父に語っていたらしい。

円心は己の一生が見えてしまっていた。かといって何が出来る訳でもなく諦めていたところに、後醍醐帝の決起があった。しかも共に戦う護良親王の側には、自身の子が侍っている。その時、円心は未だ考えたことのないもう一つの一生を見た。

元々、然程の身代ではない。ならばその全てを擲《なげう》って、その一生に賭けてみたい。円心はそう思ったというのだ。

この辺りの想い、父は己と円心は酷似しているとも話していた。

「そうですか……」

「父上も、赤松殿も、後醍醐帝への忠義から立ち上がったと皆は言います……しかし、少なくともこの時においては、夢であったことは間違いないのです」

忠義と夢、仮に真実を知ったとしても、どちらでも良いと言う者もいよう。だが、それは大きく違うのだ。多聞丸はここだけはどうしても母に理解して欲しく、自然と声が大きくなってしまった。

「……心得ました」

母は黙考の末、蚊の鳴くような小さな声で答えた。

「そして、上赤坂城、千早城。父上が最も輝いた瞬間です」

多聞丸は真正面から断言した。

赤松円心が佐用の地で蜂起したのが一月二十一日のこと。父が宇都宮公綱と引き分けて東条に撤退したのがその翌日の二十二日。楠木軍が先に引き揚げてから、円心は起つ予定であったらしいので多少の齟齬《そご》はあったものの連携は上手くいっていた。

父は波濤《はとう》の如く迫り来る鎌倉勢を東条で待ち構えた。河内、和泉だけでなく摂津からも得たため兵糧は十分。さらに在地の守護、地頭を蹴散らすだけでなく、六波羅軍にも挑むという賭けにも勝った。これにて天下万民の耳目は、楠木正成という男に集まっている。

父は東条に戻るや否や、下赤坂城、上赤坂城、そして千早城を中心に、金剛山系に築いた大小の城、砦に兵を振り分けた。

——千早城に全て籠めるのでは駄目だったのですか。

多聞丸は話を遮り、そのように父に尋ねた。

これから迫る鎌倉方は圧倒的な数で押し寄せてくることになる。事実として、そのようになった。数に劣る側が兵を分散させれば各個撃破されてしまうだけ。数ある兵法書でも愚策だとされている行為だ。

それなのに父が分散させる方策を取ったのはどういう訳か。その後の結果は皆が知っているため誰も訊かなかったかもしれないが、多聞丸はこの時の父の思考が気に掛かったのだ。

父は精悍《せいかん》な頬を微かに緩め、

――戦は点より線が肝要なのだ。

と、教えてくれた。

楠木家が持つ城が全て独立した「点」でしかない場合、それぞれの城が陥落すれば、そこに籠もっていた兵は死ぬか、そうでなくとも捕虜となる。

千早城が最後に残されたとしても、その時には楠木軍の八割が脱落していよう。これでは千早城の本来の力を引き出せず、早々に陥落してしまうだろう。ならば兵法書にある通り、最初から千早城に兵を集結させて迎え撃ったほうが、城の力を遺憾《いかん》なく発揮して長い時を稼げるはずなのだ。

だが各城が落ちた時、兵が死にもせず、捕虜ともならず、次の城に逃げ込むことが出来ればどうか。常に最前線の城は最大の力で戦えることになり、千早城だけが残った場合もそれは変わらない。そうなれば各城が限界まで時を稼ぐ分、最も戦を長引かせることが出来るはずだ。それを成すためには、城が落ちた時、いや陥落する前に、次の城に逃げ込む道が必要となってくる。父はそれを「線」と呼んだ。

父は城から城に通ずる幾つもの抜け道、経路を予め見つけ、あるいは作っておいた。いずれの道も馬が入れるようなものではなく、人一人が何とか通れるような獣道に近いものである。それを将兵の頭に徹底的に叩《たた》き込んでいた。少ない兵力で天下を向こうに回すに当たり、父は何よりもこれを重要視してきたという。

「東条に攻め寄せた鎌倉の兵は二十万とも」

今日の説教。ここまで何もかもが常とは異なっており、母の困惑の様子は強まるばかり。それを常に引き戻すように、母は声に張りを戻した。だが、ここでも多聞丸は反論する。

「いえ、どれほど多くても五万騎ほどだったと思います」

「そんなはずありません。世の多くの人が語っていることです」

「世の多くの人が間違っているのです」

母の抵抗に対し、多聞丸は間髪を容《い》れずに答えた。

実際、鎌倉方が動員した全ての兵を足し合わせれば、二十万はともかく、十万は超えていたには違いない。だがその全てが東条に攻め寄せた訳ではない。すでに吉野に向けて進発している数万の鎌倉の軍勢もあったし、赤松円心を抑えるべく割かれていた軍勢、六波羅の守備を固める軍勢もあった。それらを鑑みると五万でも多過ぎるほどで、三万余というのが妥当なところであろう。それが人の口を介する中で、僅か十数年の間に十万、二十万と膨大なものにすり替わっている。

「そんな……」

母の瞬きが多くなる。一方、多聞丸は瞬き一つせずに真っすぐ見据えて言い放った。

「それこそ楠木正成という人が偉大だという証《あか》しなのです」

父を貶《おとし》めるつもりなど毛頭ない。そもそも鎌倉方が一度に掛かれる数など数千から一万ほどであり、五万であろうが二十万であろうが、そのことはもはや然程問題ではないのである。むしろ父が慧眼《けいがん》たる所以《ゆえん》は、そのような大軍の利を生かせぬ地を見抜いて城を築いたことであろう。

それに加えて今、多聞丸が言ったことである。何故、世の人は実際よりも数を膨らませて語るのか。それは父が前代未聞の活躍をしたからであり、駆け抜けた一生が人々の記憶に鮮烈に残るものであったから。死してなお人々が語り、その足跡は留まることなく大きくなっていく。この現象こそが父が偉大たる証しである。

楠木正成という極めて優れた武人は、こうして、

――英傑。

と、なったのだ。

「そのようなことは……」

多聞丸が真意を告げても、母は釈然としない様子である。膝の上に置いた両の拳を頼りなく握った。その白い手に、ふと多聞丸の目が留まった。

――歳を取られた。

母は相貌こそいつまでも若々しい。だが、やはり誰しも歳を取ることに変わりなく、昔に比すれば肌の潤いは少なくなり、冬に出来た皹《ひびわ》割れの痕が残っている。

父亡き後、母はこの手で懸命に己たち兄弟を育んでくれた。己は帝のために命を擲って戦った英傑の妻だということを支えに。

いつか、いつか、多聞丸が一人前になり、父のような男になってくれる。そのことを心の支えに。

父が偉大であることは変わらぬとしても、このような話をするのは酷であろう。故にこれまでずっと黙して来たものの、今日こそは必ず言うと固く誓っていた。

だが、この母の手を見て、たったそれだけで、己でも信じられぬほど心が揺らいでしまっている。

――今である必要はあるのか。

多聞丸は自問自答した。今年、確かに朝廷からの使者が来る頻度は高いが、それは偶然かもしれない。もう今年は来ないかもしれないし、来年になればぴたりと止むことも有り得る。

また、縁起でもないが母が来年まで息災とも限らない。もっとも若いとはいえ己も同じである。

昨年の冬、水分村の百姓、岩治が齢二十で死んだ。前日までぴんぴんとしていたのに、畑仕事に朝出た時に突然倒れて、そのまま看病の甲斐なく逝ったのだ。このようなことは決して珍しいことではなく、人の一生とはどのように転ぶか判らないものなのだ。ならば際の際まで、言わずともいいことは言わぬままでもよいのではないか。

全うな道理か、それとも言い訳か、様々なことが多聞丸の頭の中を駆け巡り、それはやがて溜息に変わって強張る躰《からだ》を一気に緩めた。

「母上、お疲れのように見えます。お休み下さい」

「心配せずとも……」

「いや、そのほうがいい。必ずまたお話は聞きます。それに十分に悔いております。まことに申し訳ございませんでした」

多聞丸は居住まいをただすと、母に向けて深々と頭を下げた。

すぐには返答がなく、少しの静寂が訪れたが、やがて、

「解りました」

と、母の細い声が頭上を越えていった。

「では、お休み下され。火の始末は私がしておきます」

多聞丸は立ち上がると、母を続きの寝室へと促す。

灯台の火を消そうと近付いた時、襖《ふすま》を閉めかける母と目が合った。多聞丸はにこりと笑みを作ると、母も弱々しくであるが頬を緩めた。

とんと、小さな音を立てて襖が閉まる。一人きりとなった部屋の中、暫し揺れる火を見つめてい

た。

　やがて多聞丸がふっと息を吹きかけると、すぐに闇が伸びて来て、自嘲気味であろう笑みを覆っていった。

第二章

悪童

まだ青さの漂う早朝、多聞丸《たもんまる》は屋敷を出て厩《うまや》の方へと向かった。金剛山《こんごうさん》の稜線《りょうせん》に光が滲み始めている。すでに香黒《かぐろ》は目を覚ましており、多聞丸が入るなり、

――どうだった。

とばかりに小さく嘶《いなな》く。

「まあな」

多聞丸は苦笑しつつ鍬《くわ》を摑《つか》む。それだけですでに香黒には伝わるのか、小馬鹿にしたように再び鼻を鳴らした。

「知っているだろう?」

己がこの点だけは優柔不断であることを。飼葉《かいば》を寄せながら、多聞丸は語り掛けた。香黒はもう呆れてしまったのか、何の反応も示さずに飼葉を食《は》み始める。

「あっ」

多聞丸が茫《ぼう》とそれを見つめていると、厩の戸が開くと同時に声がして振り返った。

「おう」

郎党の石掬丸《いしすくいまる》である。身丈もまだ低く、円《つぶ》らな瞳のせいであどけなさが際立っている。

元々、石掬丸は孤児であった。父親の記憶は無い。母のことは朧気《おぼろげ》に覚えている。ある日、河原に連れて行かれ、

――ここで待っていな。

と、言われた。恐らくは五歳くらいだったとのこと。というのも、石掬丸も己の年齢が正確に判らないのだ。名も判らなかった。母はただ、石掬丸のことを、あんたと呼んでいたのである。

石掬丸はその場で待っていたが、三日ほど経って己が捨てられたのだと幼いながら悟ったという。小さな手で石を掬《すく》うようにして持ち上げ、えいと放り投げる。そのようなことをしていたのはただの暇潰しか、あるいは母に憤りを感じていたのかもしれない。

四日目の朝、十人くらいの男女の集団が通り掛かった。まだ子どもである。そのほとんどが十歳前後、最も年嵩《としかさ》の者でも十五に満たなかったのではないか。彼らもまた孤児であり、力を合わせて生き抜いているらしかった。

しかし、彼らのほとんどは石掬丸を仲間に入れることを拒んだ。皆よりもさらに幼いため、足手《あしで》纏《まと》いになると考えたらしい。

だがその孤児の集団の中に、

——放っておけない。

と、断固として反対した者がいた。

名をふいと謂《い》う娘である。正確な歳は判らないものの、石掬丸よりは六つ、七つは上だっただろう。後に聞いたことだが、ふいは幼い弟を亡くしたことがあり、石掬丸と重なったのだという。この時、皆に石を放り投げているところを見られていたこともあり、ふいが、

——石掬。

と、名付けてくれたのが初めての名となった。ただ、その名に「丸」が付いて呼ばれるようになるのは、まだ先のことである。

こうして石掬丸は孤児の仲間に入った。生きていく手段は盗み、追剝《おいはぎ》の真似事《まねごと》である。石掬丸は仲間たちと、その日を凌《しの》ぐようにして育った。後に橋の下では目立ち過ぎるからと、山に分け入っ

て、打ち捨てられた茅舎《ぼうしゃ》を見つけ、それを下手なりに修復して暮らしていたという。

そして、六年ほど経った。恐らく十一、二歳の頃である。孤児の集団も二十人近くに増えていたらしい。

そのような時、浮浪の者が悪事を働いているということで、遂に地頭が兵を送って狩りに乗り出した。追剝を仕掛けたところを、待ち伏せされたのである。

皆、散り散りに逃げたため、仲間たちのその後を全て知っている訳ではない。石揚丸は少なくとも三人、斬られているのを見たという。その中に、石揚丸が姉のように、母のように慕っていた、ふいもいた。

ふいは背を斬られながら叫んだ。

──あんたは逃げて！

石揚丸はその時の光景が瞼《まぶた》に焼き付いているとかつて語った。助けたいとは思った。それは嘘ではない。が、石揚丸は振り切るように前を向いて懸命に駆けた。その後、どこをどのように逃げたのかも覚えていないらしい。全身に擦り傷、打ち傷を作りながら、一晩中走り続け、とある寺に駆け込むと気を失うように倒れ込んだ。

そこが東条《とうじょう》、龍泉《りゅうせん》村にある龍泉寺であった。遥か昔の推古《すいこ》天皇二年、蘇我馬子《そがのうまこ》が建立し、弘法大師《こうぼうだいし》が中興したとされる真言宗の古刹《こさつ》である。

まだ年端も行かぬ子どもが倒れていたことで、寺の者たちは騒然となっていたかというとそうでもない。このようなことはよくあるとまでは言わずとも、決して珍しいというほどではないのだ。住職とかねてより約束があり、多聞丸が龍泉寺を訪ねたのは、この者を如何《いか》にするかと相談し合っていたところであった。

多聞丸が住職の顔を窺うと、こちらの意図を察して鷹揚《おうよう》に頷いてくれた。目を覚ました石掬丸は驚いていたが、多聞丸が、

――ゆるりと話せばいい。

と努めて優しい言葉を掛けると、やがて生い立ち、自らの身に起こったことを、ぽつぽつと話すようになった。

石掬丸は今から戻って仲間たちの安否を探ると主張したが、多聞丸がそれは止めた。代わりに多聞丸が地頭のもとに探りを入れたところ、十八人の「賊」を斬ったということが判った。そのことを伝えると、石掬丸は膝から頽《くずお》れて号泣した。石掬丸以外、全てだったのである。

石掬丸に行く当てはなかった。その顔は幽鬼の如くなっており、放っておけば自死しかねないと多聞丸は感じ、

――俺の元へ来い。

と、半ば強制的に引き取った。これが多聞丸と石掬丸の出逢《であ》いであった。

その後、自らの郎党に加えるに当たり、石掬の名はどうも相応しくない。かといって、亡き仲間たちとの絆ともいうべき名を変えるのも望まないだろう。そこで多聞丸は、自らと同じように「丸」の字を付けることを提案した。さらに仲間たちとの出逢いが河原であったことから、河辺《かわべ》の姓を名乗るように言った。

こうして河辺石掬丸となって四年、凡《およ》そ齢《よわい》十五といったところ。今では多聞丸の馬丁を務めており、このように香黒の世話もしているという訳だ。

元来、利発な性質であったのだろう。文字の読み書きも出来るようになっていた。

「御屋形《おやかた》様、私が」

石掬丸は鍬を渡すように促し、多聞丸も頓着なく応えると、桶《おけ》を引っ繰り返して腰を据えた。飼葉を寄せる石掬丸を茫と見ていると、

「御乗りになるのですか？」

と、尋ねてきた。

もしそうならば、急いだほうが良いと考えたらしい。

「いや、今のところは考えていない」

「承知しました」

石掬丸はてきぱきと厩を清め、香黒の背を束ねた藁《わら》で撫ぜる。

「すっかり心を許しているな」

多聞丸を乗せるまで打ち解けた後も、香黒は他の者には近付かれることさえ嫌った。だが、石掬丸には近寄ることをすんなりと許したのである。

香黒も殺される寸前であったためか、石掬丸が心に傷を抱えていることを感じたのではあるまいか。そのような気がしてならない。

香黒が小さく嘶く。まるで、

――当然だ。

と、言っているかのように思え、多聞丸は苦く笑った。

「俺も飯を食うか」

「そうなさって下さい」

石掬丸は藁を使いながら口元を綻《ほころ》ばせた。

多聞丸は厩を後にすると屋敷へと戻った。すでに厨《くりや》からは炊煙が上がっており、朝餉《あさげ》の支度が進められている。

多聞丸が居間に入ると、女中の津江《つえ》が膳を運んで来た。強飯《こわめし》、瓜《うり》の漬物、菜の入った糠味噌《ぬかみそ》汁である。味噌汁から立ち上る湯気が鼻先を擽《くすぐ》った。

多聞丸は箸を取ると、給仕のために控えた津江に向け、

「母上はお疲れだと思う。起こさぬように」

と、頼んだ。津江は少し困惑したように、

「すでに御起床されたようですが……」

と、答える。

「そうか」

母はやはり凡そのことは気付いている。昨夜、話を途中で打ち切ったばかり。どのような顔で会えばよいのか、まだ心の整理がついていないのだろう。

多聞丸は漬物を口へ放り込むと、強飯を掻《か》っ込む。そして味噌汁を啜《すす》っている時、どたどたと忙《せわ》しない跫音《あしおと》が近付いて来た。誰か、明白である。

「あ、兄上。おはようございます」

「おはよう」

多聞丸は椀《わん》越しに応じた。

三つ下の弟、次郎《じろう》である。四年前に元服し、楠木正時《くすのきまさとき》と名乗っている。二重瞼《ふたえまぶた》の大きな瞳、その上にはぐいと吊《つ》り上がった意志の強そうな眉が掛かっている。顔の中央には堂々たる鼻梁《びりょう》が走り、唇もやや厚みがある。彫りの深いこの相貌《そうぼう》は、亡き父にそっくりであった。

「寝過ごした」

次郎は苦笑しつつ、畳の上に腰を下ろす。ややあって、次郎の前にも津江が膳を運んで来た。次郎は手を合わせると、まず汁を先に啜った。それも父と同じである。

「遅かったのか？」

多聞丸は漬物を齧《かじ》り、次郎に目をやった。

「どうも眠れなくて。外で素振りをしていた」

多聞丸は楠木家の当主であり、御屋形という立場である。次郎は弟であるが家臣である。故に主君として接しなければならないし、言葉遣いもそれに相応しいものでなくてはならない。

次郎も公の場では切り替えているものの、二人きりの時や、気心の知れた者しかいない時はこの調子である。これが己たち兄弟の形であった。

「夜にか？」

多聞丸は碗《わん》のへりに付いた米粒を摘まみながら尋ねた。

「月明かりはあったから。丑《うし》の下刻くらいにはなっていたかもな」

昨日、多聞丸が戻った時には屋敷は静まり返っていた。次郎も床に就いたと思っていたが、実は起きていたらしい。

「そうか……気を揉《も》ませたな」

多聞丸は箸を置いて詫びた。

「何のことだ?」

次郎は惚《とぼ》けて首を捻る。多聞丸は小さな溜息を零すと、

「嘘をつくな。何故、気付いた」

と、静かに尋ねた。

「何となく」

次郎は頓着なく言うと、茶碗に山盛りにされた強飯を箸で崩すように口に入れる。

「そうか」

本当に理由は無いのかもしれない。そもそも次郎は勘働きが強いようだ。文観《もんかん》が訪ねて来て父に決起を促した時、赤子であった次郎は珍しく火が付いたように泣き喚《わめ》いた。兄弟のこととなれば猶《なお》更《さら》であろう。

「話したのか?」

次郎はまた汁を啜りつつ訊いた。

「そのつもりだったがな」

「止《や》めたのか」

「ああ」

多聞丸は苦々しく言った。

「それでいいさ」

次郎は瓜の漬物を小気味よく咀嚼《そしやく》する。多聞丸は部屋の端に控える津江に目配せをした。津江は

それだけで察して席を外した。

「前は話してはどうかと勧めただろう？」

津江が部屋を出たのを確かめると、多聞丸は声を落としながら訊いた。

昨年、母が激昂《げきこう》して眩暈《めまい》を起こした。少し前に風邪を引いて病み上がりだったということが悪かったのだろう。

以前にも寝込むようなことがあったため、そろそろ真意を話すべきか、それとも今暫《しばら》く時機を見るべきかと多聞丸は深く思い悩んでいた。そのような時、次郎が母の様子を見舞った後にふらりと自室を訪ねて来て、

——兄上の考えを伝えたらどうだ。

と、ふいに提案してきたのだ。

次郎は前々から己が何に苦悩しているのか、朧気ながらも解っていたらしい。そこで初めて多聞丸は次郎には本心を打ち明けた。

母が聞いたならば卒倒するか、憤慨するか、それとも号泣しそうなこの話も、次郎はやはりそうだったかと落ち着き払って最後まで聞いた。その場ではいずれ時を見て話すと答えて終わっていたので、多聞丸は次郎の態度に疑問を抱いたのだ。

「それは兄上が悩んでいたからさ。後押しして欲しいのかと思ったからな」

次郎は口元に付いた飯粒を摘まんでひょいと口に入れた。

「では、お主はどう思う」

多聞丸は尋ねた。

「母上に言うか否かだ？」

「いや、俺の考えることについてだ」

根本の話である。多聞丸が如何に考えているかを聞いた時も、次郎は聞き役に徹しており、自らの意見を言ったことが無いのに気付いた。

次郎は首を少し捻ると、

「どちらでもいい」

と、微かに白い歯を覗かせた。

「おい」

多聞丸も思わず苦笑して窘《たしな》める。

「本心だから仕方ないだろう。俺は兄上が決めたことならば、それがどのようなことでも付いて行くと決めているから」

次郎は恥ずかしげもなく平然と言った。

昔からそうである。次郎は幼い頃から、とたとたと覚束《おぼつか》ない足取りで己の背を追い掛けて付いて来た。父は朝廷に出仕して忙しく、共に過ごす時がほとんど無かった。さらに次郎が齢八つの時には父は他界した。故に歳は三つしか離れていないが、兄でありながら、父代わりに思っているところもあるのだろう。

長じてからも次郎が己を慕ってくれることは変わらず、多聞丸が母の怒りを鎮めるために一人で消える時を除き、何処へ行くにしても行動を共にしている。そのような次郎だから、今言ったことも真に本心なのだろうとは思う。

「お主は気楽で良いな」

多聞丸が揶揄《からか》うと、次郎は少し拗《す》ねたように返す。

「いい弟だろう?」

「ああ、そうだ」

「きっと叔父上も同じ想いだったはずさ」

「そうかもな」

次郎は残った汁を啜りながら言った。叔父上とは、楠木正季《まさすえ》のことである。何処か奔放な父とは異なり、正季の性格は温厚そのものであった。多聞丸のことも気に掛けてくれ、

——しかと学べよ。

と、頭を撫でてくれたことをよく覚えている。

そのような正季は、ずっと兄である父を支えながら行動を共にした。戦場では老練に敵を翻弄《ほんろう》したかと思えば、隙を見つければ果敢に攻める勇猛さも見せ、父も呵々《かか》と笑いながら、

——俺より戦が上手い。

と、言っていたものだ。

もっとも正季は生涯それを否定していたが、多聞丸も後に足跡を調べてみるに、局地戦においては確かに卓越した技を持っていたらしい。

その正季は、最期の時まで父と一緒だった。その胸中は知るべくもないが、同じような境遇の次郎にとっては憧れの人であるのは間違いないだろう。

「ところで、今日は何かあったかな？」

次郎が話題を変えて尋ねて来た。

「野田《のだ》の親仁《おやじ》が来る」

「ああ、そうか」

多聞丸が言うと、次郎は思い出したように膝を打った。

名を野田四郎正周《しろうまさちか》と謂う。野田の親仁などと呼んでいるが、橘諸兄《たちばなのもろえ》の九代目に当たる歴《れつき》とした出自である。同じく橘氏である楠木家とは三代前に分かれた遠縁の一族であった。河内《かわち》国野田に根を張る豪族でもあった。

父とはある時を境に義兄弟の契りも結ぶほどの間柄となったという。故に父が決起した後も共に戦い続けた。父の最期となった湊川《みなとがわ》の戦いにも加わっていたが、途中で重傷を負って気を失い、郎党たちに引きずられて戦場を脱したという。意識が戻った時にはすでに父は討死《うちじに》した後であった。

父とは死を共にすると約束していたのに、己だけが生き残ったことを強く恥じ、本貫地を捨てて姿を晦《くら》ませた。その間、縁故を辿《たど》って尾張《おわり》国中島《なかしま》郡荒木《あらき》荘馬引《まびき》に住み、世捨て人同然の暮らしを送っていたらしい。野田は仏門に入って父の菩提《ぼだい》を弔うことや、玉砕覚悟で再び河内で起《た》つことも考えたというが、

――俺に何かあれば多聞丸を頼む。

という父の言葉を思い出し、七年前に再び河内に舞い戻ったのである。当初、野田は本貫地を取り戻したいのだと多聞丸は思った。

が、野田はもはや領地には未練はない、楠木家のため、多聞丸のため、好きに使えばいいと言い

放った。

そこで多聞丸はこの野田に、楠木家の財の根幹である「物流」を任せることにした。悪党と呼ばれた時代から、これに関わった者の大半は父と共に討死しており、なかなか差配を任せられる者がいなくなっていたのである。その点、野田は父の若き頃から一緒におり、楠木家の物流網を共に作って来た男である。これ以上の適任はなかった。

野田は多聞丸の頼みを引き受け、衰退していた物流網の復活に尽力し、七年経った今では往年と同じほどにまで戻していた。

齢は四十七。鬢《びん》に白いものも混じり始めている。だが元来の豪放な性質は消えておらず、再び戦場に戻ることがあれば十騎、二十騎は容易く討ち取ってみせると言って憚《はばか》らぬ。それでいて頗《すこぶ》る情が深く、多聞丸が元服した時などは周りを気にせず涙を流す。そして、時に父のことを思い出すのか、ふっと顔に翳《かげ》を覗かせる。昨今、少なくなった「悪党」を地で行くようなこの男のことを、多聞丸や次郎は大好きであり、愛着を持って、

——野田の親仁。

と、呼んでいるのだ。

野田は一月に一度、自らが任されている仕事の報告に屋敷を訪ねて来る。今日がその日なのだ。その物流の大元締めというのが、楠木家当主である多聞丸の一つ目の顔である。

「今後は伊勢《いせ》にまで手を伸ばすつもりだ」

「あの国は面倒なんじゃあないか？」

次郎は不安そうに首を傾《かし》げた。伊勢国は、とある人の影響が強い地である。多聞丸の考えと、そ

の人の考えは決して相容《あいい》れぬだろう。故に次郎は厄介なことにならぬかと心配しているのだ。

「だからこそだ。俺が考えを主張したとて、すんなりと聞き入れられる訳ではない。来たる時に我《わが》儘《まま》を通すためにも、お膝元にまで手を伸ばしておきたい」

「なるほどな。いいか?」

次郎は碗を宙に持ち上げた。津江を戻してもよいかという意味である。

多聞丸が頷くと、次郎は津江を呼んで飯のおかわりを頼んだ。津江が飯を盛っている間に、多聞丸はふと思い出して訊いた。

「水で揉めていた件はどうなった」

一つやらねばならぬことを考えていると、一つ、また一つと頭の中に浮かんで来る。仕事とはそのようなものである。楠木家が支配する石川郡の白木村と平石村で水争いが起こっていた。双方に言い分があり、長老からの聞き取りを次郎に頼んでいたのだ。

「両長老から話を聞いたよ」

次郎は津江から碗を受け取って礼を述べると、

「互いの話は凡そ嚙み合っていた」

と、言葉を継いだ。

両村の境では川から水を引く時期を定めていたのだが、平石村の番の時に水量が少なく、白木村の時になって雨の影響もあって潤沢になった。平石村がもう少し日延べして欲しいと訴え、白木村はこれをけんもほろろに突っぱねた。

当初は口喧嘩《くちげんか》だけであったが、やがて熱が籠もり始め、双方の若い衆どうしが乱闘する事態に発展したのだ。そこで事態を収束するべく、両長老が楠木家に裁きを委ねたという流れである。

「今年は水が涸《か》れることは無い。数日ごとではなく、手間だが一日おきに水を取るように伝えろ」

「解った。でもまた……」

「ああ、それではまた同じことが起こる。そもそも平石村の水路が一本なのに対し、白木村は二本あった。平石村にもう一本作ることを許す」

「そんな余裕があるか？」

今は農繁期であるため人手は割けない。さらに稲刈りが終われば、冬には二毛作として麦を育てねばならないのである。

「銭と人を出す」

水路作りを手伝える者には銭を出す。それでも足りないだろうから、楠木家の郎党も出すということである。

「承知しました」

御屋形としての裁決ということもあってか、次郎は急に畏《かしこ》まった口調で答えた。

この裁決、決して普通ではない。もし他国の百姓が聞けば、喜ぶ以上に仰天するに違いない。何故ならば、他の武士たちは自らの屋敷の建築や修繕、築城などに百姓たちを一銭も払わずに駆り出すのが当然としてそれが罷《まか》り通っているのだ。

そもそも楠木家は、他の武士と年貢からして違う。通常は四割、半分を搾り取る者すら珍しくはない。だが楠木家は父の代から三割五分と定めている。これらのことが出来るのも、全ては物の流れを掌握する中で銭を得ているからである。

「また何か要望があったならば教えてくれ」
「満足すると思う」
次郎は元の口振《くちぶ》りに戻って頰を緩めた。

今から六年前の延元《えんげん》五年の初春、多聞丸は僅か十五歳で朝廷から河内国の国司、並びに守護に任じられた。正直なところ寝耳に水であった。

確かに父を失った後も、河内国での楠木党の威勢は一定を保った。だがこれは一族で和泉《いずみ》国の守護代を務め、河内北部を治める大塚惟正《おおつかこれまさ》が、亡き父の、幼い多聞丸の代わりに奮闘していたからである。このまま大塚が河内の国司、守護に任じられると思っていたし、多聞丸が任じられるにしても今少し先のことと思っていたのだ。事実、大塚には朝廷からそのような打診があったらしい。だが大塚はこれに対し、

——あり得ませぬ。楠木党の屋形は正行《まさつら》殿です。

と、一蹴したという。朝廷が多聞丸を国司、守護に任じたのはその直後のことである。結果として、大塚の発言が多聞丸の任官を早めたことになった訳だ。

その後、多聞丸は一族の助けも得ながら、国司として行政と司法を、守護として軍事、警察を司《つかさど》ることになった。故に先ほどの村の諍《いさか》いなども裁決を行うのである。

河内国国司、守護、これが多聞丸の二つ目の顔である。

——これでよいのか。

多聞丸は何かを決める時、いつも自問自答している。

国司、守護としての決断は、人の一生を左右しかねない。それが一人ではなく、何百、何千の人々の人生を変えるのだ。大塚や、野田など、一族のうち年嵩の者たちが支えてくれているとはいえ、たかが齢二十一の若輩が人の一生を決めるなど、正直なところ荷が重かった。

だが多聞丸の危惧とは裏腹に、楠木家が執る政《まつりごと》の評判は頗る良い。故に朝廷も己に過度な期待を寄せるようになったのであろう。

では何故、河内の民、特に年長者たちは多聞丸の事を快く思っていないのか。それは朝廷と違って、己が一族の補佐を受けていることを十分知っており、今の政が多聞丸の実力だけでは無いと解っているからということもある。

だがそれ以上に大きな理由がある。彼らは楠木家の惣領《そうりよう》に良き施政者である以上に、求めている像というものがある。多聞丸が一向にそれに近付こうとしないからだ。詰まるところ、母と同じような理由で憤り、まだ若いからと幾分好意的な者でも歯痒《はがゆ》く思っているのだ。

では、多聞丸は求められている像に近付こうと努めているのか。答えは否。多聞丸は皆の望みと正反対の道を行こうとしているのである。

「津江、母上は？」

多聞丸は今一度尋ねた。

「まだのようです」

津江は少し顎を引いて首を横に振る。

まだ津江は齢三十四であるが、鬢に白いものが出て来ており、それが差し込む朝陽の加減で光った。父が逝ってからというもの、ただでさえ母の情緒には波がある。そこに加えて己の煮え切らぬ態度のせいであの有様である。津江を始め女中たちは、常に母のことを気遣ってくれるが、気苦労も絶えないだろう。それもまた、己のせいだと思うと申し訳なさが込み上げて来る。

「御屋形様」

津江はふいに呼んだ。

「ああ、聞こえている」

馬の断きが聞こえたのである。やがて蹄《ひづめ》が大地を踏む音も聞こえて来る。どうも馬は二頭。何者かが屋敷を訪ねて来たのだ。

「野田の親仁かな？」

次郎が首を捻った。

「いや、違うだろう」

それにしては少し早過ぎる。さらに野田はいつも一人で楠木館にやって来る。息子もいるのだが、自分が報告に離れる時はそちらに差配を任せるため、滅多に連れて来ることは無い。

「じゃあ……」

箸と椀をさっと置き、次郎は顔を曇らせた。朝廷よりの使者だと思ったのだろう。ならばすぐに衣服を整え、部屋を清め、出迎えの支度をせねばならない。ただ次郎が微妙な表情になったのは、それらに忙しくなるからという訳ではなく、昨日の今日でまた母の心をざわつかせるからであろう。

廊下を足早に進む跫音が聞こえる。どうもその足取りから石掬丸らしい。馬丁だけでなく、普段は雑役《ぞうやく》も務めている。

「御屋形様」

やはり石掬丸であった。ただ常とは異なり囁《ささや》くように呼んだ。

「そういうことか」

多聞丸は全てを察した。次郎もまた同じらしく、その顔に喜色が浮かんでいる。

「和田様御兄弟が訪ねて来られました」

石掬丸はやはり声を落としている。その後、津江が側に控えていることに気付き、あっという表情になった。

「津江」

「ご心配なさらぬよう。奥方様には」

「頼む」

津江もまた、今の母にはこの来訪者のことは、わざわざ伝えぬほうが良いと解っている。

「離れに回せ」

「承知しました」

多聞丸が命じると、石掬丸は短く答えて下がっていった。

「兄上」

次郎は今の間に残りの飯を搔っ込んでおり、すでに腰を浮かしている。

「ああ、行こう」

多聞丸も頷いて立ち上がった。

※

屋敷から僅か三十間の所に、その離れはある。家族や郎党、女中、七十を超える者が暮らす母屋と比べれば、遥かに小ぢんまりとしたものである。

多聞丸が生まれる前、まだ父が若い頃に建てたものだ。多聞丸が幼い頃は、仕事に纏《まつ》わる書類や文に目を通したり、書見を行ったりと穏やかな時を過ごしていたものである。

後醍醐帝に請われて決起した後は、すっかり使うことは少なくなったものの、それでも河内に戻った折にはここで過ごすこともあった。

この離れにいる時は落ち着いたらしい。その頃の父は険しい顔をしていることが多かったが、離れにいる時だけは以前と変わらぬ顔に見えたものだ。

父が世を去った後、母はこの建家に入ることが出来なくなった。母屋にも思い出はあるものの、他にも多くの者が住んでいることで幾分薄まるのだろう。一方、この離れは父の面影しか残っていない。穏やかに話しかける父の姿、快活に笑う父の姿、時に軽口を飛ばす父の姿がありありと思い出されるのだろう。母の目にはすぐに涙が浮かび、時には嗚咽《おえつ》が込み上げてしまう。

母が立ち入らないのだから、他の郎党たちも同じで、手入れをする以外には入ろうとはしない。主《あるじ》を失ったこの建家は酷く寂しげに見えたものである。

――私が使わせて頂きます。

多聞丸が言ったのは元服して間もない頃のこと。異論を挟む者はいなかった。母などは楠木家の当主としての自覚が生まれたと思ったらしく、むしろ喜んでいたほどである。

その後、多聞丸も一人になりたい時や、次郎を始めとする気心が知れた僅かな者と、他者を憚らずに話したい時などに使っている。その気心の知れた僅かな者の中に、訪ねてきた和田兄弟も含まれている。

次郎が軽い足取りで少し前を歩き、多聞丸はその後を行く。離れに着いた時、案内を終えた石掬丸が出て来た。

「ご案内致しました」

母屋から足を清めるための湯を運び、続いて取り敢えず離れの裏の雑木に繋《つな》いだ和田兄弟の馬を、改めて厩に連れていくところだという。このように石掬丸の機転が利くところを重宝している。

「三の厩でよろしいでしょうか」

石掬丸は念を押すように尋ねた。

楠木家には大小三つの厩があり、それぞれに数を振って呼んでいる。一の厩には多聞丸の乗馬である香黒を始め、次郎のものなど一門の馬が繋がれている。二の厩はそれよりも数倍大きく家臣の馬が。三の厩も元は家臣の馬が繋がれていたが、父の死後は屋敷に常駐する者がぐっと減ったことでほとんど使われていない。

「頼む。終わったらお主が世話をしてくれ。白湯《さゆ》でよい」

「かしこまりました」

石掬丸は答えると、小走りで離れの裏へと向かって行った。次郎が先に離れに入り、

「久しぶりだな」

と、声を弾ませる。

「お、次郎か。兄者は……」

この声は弟のほうである。多聞丸はその問いに答えながら入った。

「いる」

和田の兄弟は土間で盥《たらい》の湯を使っているところであった。

「お久しぶりです」

兄の方はすでに足を清め終えており、さっと板間に膝を突いて頭を下げた。その背筋は鉄芯が入ったかのように真っすぐ伸びている。

「新兵衛《しんべえ》、そのように畏まるなよ」

名を和田《わだ》新兵衛行忠《ゆきただ》と謂う。齢は多聞丸と同じ二十一。切れ長の涼やかな目、その上には墨で描いたような高く吊り上がった細い眉があり、中央を真っすぐに整った鼻梁が通る。唇も薄い。幼い頃はよく女と間違われていたし、今でも衣服さえ変えれば騙《だま》される者が多いのではないか。ただ美しい相貌とは対照的に、眼光は龍の如く鋭く意志の強さが滲みでている。

「まずは。兄者は御屋形の身であらせられます。親しき仲にも礼儀ありと申しますれば」

新兵衛はまだ相好を崩さなかった。

「半年ぶりか」

「ご無沙汰しております」

「何かと忙しいだろう?」

「いかさま」

ようやく新兵衛は頬を苦く緩めた。

多聞丸の大叔父である親遠《ちかとお》が和田に移って称したのが和田家である。親遠には子はいなかったため、叔父の正季が養子となり和田家を継ぐことになった。

養子になったのは、父と共に楠木家の名も轟《とどろ》いた後のこと。故にその弟である正季も「楠木正季」として記憶されることが多かった。だが、正式には「和田正氏《まさうじ》」と名も改めていたのだ。兄弟はその叔父の子であるため、和田の姓を名乗るのは自然という訳である。

和田家のことは、叔父の郎党たちで取り仕切っていたが、昨年に嫡男《ちゃくなん》である新兵衛が正式に家督を継いだ。その辺りも多聞丸と似た境遇である。

和田家の当主となったからには、当然やらねばならぬことも増え、これまでのように気軽に会いに来ることが出来なくなっていたのだ。

「正直なところ荷が重く、今すぐにでも投げ出したい思いです」

新兵衛は苦笑を強めた。

「ようやく俺の気持ちが解ったか」

多聞丸も口元を綻ばせる。

「その点、こいつは気楽なもので」

新兵衛は横に目を滑らせた。

「俺か?」

「他に誰がいる」

新兵衛は呆れたような溜息を零す。

盥の中に大きな足を突っ込み、ごしごしと手で擦《こす》る巨軀《きょく》の男。新兵衛の二つ年下の弟、和田新発意賢秀《しぼちけんしゅう》である。

多聞丸の世代の楠木一族は大柄な者が多い。

多聞丸は身丈五尺七寸、次郎はそれを上回る五尺九寸もある。新兵衛とて五尺五寸と決して小さい訳ではない。ただ新発意は六尺二寸と群を抜いて高い。しかも身丈だけではなく、胸の辺りには肉が隆々と盛り上がり、肩は巌《いわお》の如し、腕などは女の胴回りほどもあった。

しかし、その相貌は目が丸く、眉太く、団子鼻で、何処か冷たい印象を与える新兵衛と比べて遥かに温かみがある。二、三年前から顎鬚《あごひげ》を蓄えたせいで、やや厳《いか》めしさも増したかに思われたが、

「いや、これでも忙しいつもりだがな。ここに来るのも久しぶりだ」

と笑いもすれば、溢《あふ》れる愛嬌《あいきょう》が抑えきれていない。

「お主は月に一度は訪ねているだろう」

新兵衛が言うと、新発意はばつが悪そうに口を歪《ゆが》めた。

「知っていたか」

「御母堂様に余計な心配を掛けるな」

新兵衛が苦々しく零した。

多聞丸の母久子《ひさこ》のことだ。新兵衛だけでなく、敬意を込めてそのように呼ぶ楠木党は多い。

「御母堂様には知られていないはず。なあ？」

「いいや、はきと知られている」

次郎が虚《うつ》けた顔で返すと、新発意は、

「本当か」

と、太い眉を開いて驚きの顔となった。

「その目立つ躰《からだ》で見つからぬとよく思ったな」

その姿が何処か滑稽で、多聞丸は思わず噴き出してしまった。

母は別に和田兄弟のことを嫌っている訳ではない。むしろ多聞丸と同世代であり、将来の楠木党の中核になるだろう二人を心強く思っている。ただこれまでこの面々が集まれば、母からすれば碌でもないことばかりをする。それを心配する想いが大きいのだ。

「早くしろよ」

次郎が新発意を急《せ》かす。

「待て、待て……よし」

新発意はばしゃばしゃと盥の湯を波立たせて洗うと、石掬丸が用意した手拭いで足を拭く。

「何がよしだ。まだ指の間に泥が挟まっているぞ」

次郎は眉を顰《ひそ》めながら、新発意の足を指差した。

「あっ、いけねえ」

「どれだけ不器用なんだよ」

次郎が呆れたように言うと、新発意は気恥ずかしそうに笑い、足指の間の泥を湯に削《そ》ぎ落とした。

この二人、互いに次男どうしであり、歳も近いということもあって頗る仲が良い。新発意はしばしば訪ねて来るが、多聞丸が昔より多忙になったこともあり、その大半は二人で何処かに出掛けている。この二人の様子を見て、多聞丸と新兵衛は顔を見合わせて苦笑した。

土間を上がれば、囲炉裏がある板間、あとは座敷が二つと納戸が一つの小さな建家である。この面々で話をする時は、いつも囲炉裏を囲むようにして座る。

暫くすると、石掬丸がやってきて竈《かまど》で湯を沸かし始めた。

「石掬丸、水でいい」

「俺も」

新発意に続いて次郎も呼び掛け、石掬丸は承知の意を返す。石掬丸が極力物音を立てぬように動く中、多聞丸は雑談を止めて切り出した。

「で、何があった」

この二人が訪ねて来たということは、何かがあったと察している。

「あの阿呆の――」

新発意が口を開こうとするのを、新兵衛はさっと手で制した。

「二つあります」

「聞こう」

多聞丸は鷹揚に頷いた。

「一つは宮のことです」

「なるほど」

宮とは、朝廷のことを指す。だが今の世には朝廷は二つある。もっとも互いに相手を朝廷とは認めていない。ともかく新兵衛が言う「宮」とは、楠木家も戴く吉野《よしの》の朝廷のことである。

「兄者の元に使者は今も?」

「来ている。今年に入って二度。二度目は昨日だ」

「それは……兄者は如何に」

新兵衛は問うた。とはいえ、己が如何にするか予想は付いている。心変わりが無いか念のために訊いたに過ぎないだろう。

「いつも通り。姿を晦ませたさ」

「御母堂様は」

「当然、お冠だ」

多聞丸は自嘲気味に笑った。

「……兄者、正直にお話ししては如何ですか」

「次郎にも言われた。もっとも今はそう思っていないらしいが」

新兵衛は黙然と腕を組む次郎をちらりと見やり、再び口を開いた。

「無理にとは申しません。しかし、いつか躱《かわ》せぬ日が来ます。しかもそれはそう遠いことではないかと」

「何かあったか」

本題は別にあると感じ、多聞丸は身を少し乗り出した。

「二十日ほど前、私の元にも宮の使者が」

「和田家に？」

「左様。宮のために働けと」

「なるほど」

多聞丸は両膝に手を置いて唸った。
和田新兵衛の和田家、和泉守護代である大塚惟正の大塚家、野田の親仁の野田家、他にも橋本《はしもと》家、神宮寺《じんぐうじ》家、佐備《さび》家、安間《あんま》家などの楠木一族を纏めて、

――楠木党。

と、俗に呼称される。その楠木党を取り纏めているのが、多聞丸が当主を務める楠木本家という訳だ。

とはいえ、それぞれは楠木家の家臣という訳ではなく、形の上では連合に近い。故に朝廷から見れば陪臣ではなく、各家が朝廷に直に出仕している恰好となっているのだ。

朝廷が和田家にこのような使者を送ったのは初めてのこと。即ちそれは楠木家を外し、和田家に楠木党を率いろという意味である。

「遂にそこまでか」

多聞丸は嘆息混じりに言った。

これまで再三、多聞丸は様々な理由をつけて朝廷の命を躱して来た。朝廷に仕える廷臣もいよいよ痺《しび》れを切らし、このような手段に出たのだろう。

「朝命に逆らう気は毛頭ござりませぬが、和田家は党を率いること叶《かな》わず。それでは却《かえ》って帝《みかど》の威光に傷を付けることにもなりかねませぬ。党を率いることが出来るのは楠木本家のみ……そう申し上げました」

「気苦労を掛けたな」

「いえ。私より早く大塚殿の元へも使者は向かったようです。ご存知でしたか？」

「いや、聞いていない。だが言うまでもないということだろう」

大塚惟正は父の部将として働き、死後は楠木党を取り纏めて奔走した。だがそれは若過ぎる多聞丸の名代《みょうだい》としてのことであり、河内守護の打診があった時も一顧だにせず断っている。その大塚が引き受けるとは到底思えなかった。

「大塚殿に兄者の考えは？」

新兵衛の問いかけに、多聞丸は首を横に振った。

「話してはいない」

昨年、多聞丸は次郎を相手に初めて胸中を語った。それから間もなく、新兵衛と新発意にも語ったのである。新発意は驚いていたが、切れ者の新兵衛は気付いていたらしい。

「兄者だから合わせている訳ではありません。正直、私も同じ想いです」

間をたっぷりと取った後、新兵衛は答えた。

その顔には失望の色はなく、むしろ安堵が浮かんでいたことを覚えている。新発意は当初こそやや不満そうであったが、全幅の信頼を置いている己と新兵衛が同じ意見ということで、それが正しいのだろうとすぐに納得した。

ただ和田兄弟が同調してくれたからといって、大塚がそうとは限らない。野田の親仁もまた同様だろう。父と共に生きた世代の者たちにとっては、多聞丸の考えは容易には受け止められぬはずだ。大塚、野田らに本心を吐露するならば、まずは母に打ち明けるのが順序としては正しいと考えている。

「昨日、母上に話しかけたらしい」

次郎が口を挟んだ。

「かけた……ということは」

「結局、話せなかった」

「賢明な判断かと。時勢は刻々と変わります。焦る必要はありません」

「解った」

優柔不断なことを恥じていたが、新兵衛の一言で少し楽になった。新兵衛は己のことを常に慮《おもんぱか》るが、大事に際して嘘を言うことは決して無いからである。多聞丸が誤っていると思った時は、足に縋《すが》りついてでも諫《かん》止《し》するだろう。

「お持ちしました」

石掬丸が白湯と水を椀に入れて運んで来た。話の区切りがついたと見たのだろう。この辺りの配慮が出来るのも石掬丸を重宝する理由の一つである。

「そこにいていい」

多聞丸は湯気に顔を埋《うず》めるように啜ると、下がろうとする石掬丸に向けて言った。

「承知しました」

石掬丸も無用に辞さず、板間の端にちょんと腰を下ろす。

「もう一つは？」

次郎はぐっと水を飲んで喉を潤すと、新兵衛と新発意を交互に見て尋ねた。

新発意は二つ目の話に早く移りたかったのだろう。先ほどから胡坐《あぐら》を搔いた膝をゆさゆさと揺らしており、待ってましたとばかりに口を開いた。

「あの阿呆の灰左《はいざ》がまた暴れてやがる」

一つ目が朝廷のことだっただけに、二つ目はもっと大きなことも有り得ると思って身構えていたため、多聞丸は気が抜けて息が漏れた。

「灰左か」

名を青屋《あおや》灰左と謂う。この一年の間、多聞丸は国司、守護として、物流の長として日に日に多忙になっている。かつては毎日のように聞いた名だが、今日ではその名には何処か懐かしささえ感じた。

「放っておけよ」

多聞丸が続けると、新発意は不満げに口を突き出す。次郎もそれは同じである。灰左の名が出て、一瞬のうちに嬉々と目を輝かせていたのだ。一方、新兵衛はどちらかというと己の心情に近いらしく、苦々しく話し始めた。

「私も当初は同じことを言いました。和田のことで精一杯で構っている間が無い。河内国の全てに目を配らねばならぬ兄者ともなれば猶更だと」

「当初は……か」

「しかし灰左の野郎、一向に暴れるのを止めません」

この話になると、もっと若い頃の自分に立ち戻ってしまうのか、新兵衛の口も悪くなる。

「狙いは相変わらず俺か?」

多聞丸の問いに、新発意が大きく頷く。

「ああ、兄者を出せ。今度こそ勝つ。臆して出られぬかと」

「吹きやがって」

新兵衛は目を細めて舌を打った。

新発意は喜怒哀楽が豊かなため、比べて目立ちはしないものの、新兵衛も心より慕ってくれている。それだけに己が侮辱されれば、怒りが抑えきれぬ様子である。

「あいつは変わらんな」

多聞丸は苦く頰を緩ませた。が、内心では変わらぬことに、ほんの少し嬉しさを感じるのも確かである。

父の時代、楠木家は鎌倉から悪党と呼ばれていた。このような悪党は他にも多く、畿内周辺だけでも河内国、摂津《せっつ》国に縄張りを持つ平野将監《ひらのしょうげん》、伊賀《いが》国を拠《よりどころ》とする服部持法《はっとりじほう》、大和《やまと》国の真木定観《まきじょうかん》、そして播磨《はりま》国の赤松円心《あかまつえんしん》など挙げればきりがない。

楠木家がそうであるように、彼らも物流を生業にしたり、あるいは荘園の押領《おうりょう》を行ったりと、鎌倉の支配の外で生きていたのである。

だが彼らの多くは、後醍醐《ごだいご》帝に呼応して鎌倉討滅に力を貸したことで、やがて朝廷より臣として取り立てられることになった。つまり悪党が朝廷の臣下になったのだ。

ならば悪党は消えたのか。答えは否である。悪党は朝臣となったことで、これまで通りに物流に力を注ぐことが出来ない。荘園の押領などもってのほかである。そうなると彼らが手放した利権を得ようと、また新たな悪党が何処からともなく湧いて来るのだ。

とはいえ、その実はこれまでと大きく異なる点がある。以前は鎌倉という一つの体制があり、その枠に収まらぬ者を包括して悪党と呼んでいた。

だが鎌倉はすでに崩壊しており、天下は今、宮方、武家方によって二分されている。宮方にとって悪党であるが、武家方にとっては悪党ではない。またその逆も有り得る。そのような恰好となっている。悪党の定義が変化、あるいは進化しているのだ。

そもそも何故、このようなことが起こるのか。対立する両者にとって、味方は一人でも多い方が良い。そして、そのような枠外の者は、武士や寺社には命じることが出来ない「汚れ役」などもさせることが出来て、何かと都合のよい存在でもある。

灰左もそのような新しい形の悪党の一人である。では、灰左はどちらの陣営か。多聞丸に突っかかって来ることだけ聞けば、敵である武家方だと思うだろう。だが灰左は宮方、つまり味方の陣営に属する悪党であった。

「久しく会っていないな」

多聞丸はその姿を思い浮かべた。

青屋灰左は当人曰《いわ》く、多聞丸より一つ上の齢二十二。元は京の近くで染物《そめもの》を行う紺掻《こんかき》と呼ばれる者たちの出である。彼らは武士からは当然の如く、百姓、商人などからも蔑まれ、庶民の枠に含めて貰えぬという差別を受けていた。

藍染めの発色を良くするのに人骨を用いるため、墓場のことを生業とする者たちと密接に関わりがあったことが原因か。また藍は抽出した染料の時は限りなく黒に近い色をしているのに、染めてから風に触れさせると皆が知る鮮やかな藍色に変わる。藍の持つ何らかの作用であると思うのだが、これが妖しい術だと忌諱《きき》されたからだとか。あるいは染料の入った甕《かめ》に手を深く入れて染めるため、常に肘から先が青く染まっており、それが嫌悪されたからだとも聞く。

が、実際にはそのはきとした理由は判らない。ましてや紺搔が差別を受けるのは西国だけで、東国では庶民と同じどころか、卓越した技を持つ職人として尊敬さえされているという。差別とはそれほど曖昧な理由から始まるという証左である。

ともかく灰左はその紺搔を代々生業とする一族に生まれ、当人も幼い頃から、周囲より侮蔑の眼差しを向けられていたという。

灰左の一族に転機が訪れたのは、あの後醍醐帝が一度目に決起した時のことであった。後醍醐帝に味方する者は少なく、名のある御家人は一人も馳せ参じず、頼みにしていた寺社からも思ったほど兵が集まらぬ。後醍醐帝は一兵でも多く集めたいと思った末、

——勤皇の志ある者は、身分を問わずに馳せ参じよ。

と、畿内を中心に呼び掛けた。

灰左の父は紺搔を取り纏める者であった。その父が仲間に呼び掛け、笠置山《かさぎやま》に籠もる後醍醐帝のもとへと馳せ参じたのだ。

当初、紺搔たちは味方からも忌み嫌われた。だが後醍醐帝が彼らの志を褒め称《たた》え、むしろ朝廷に刃を向ける武士の方が浅ましいと仰《おつしや》ったことで、他の者たちも心を入れ替え、あるいは少なくとも表立っては蔑まぬようになった。後に後醍醐帝は幾つもの失敗をするものの、純な想いを胸に抱いていたことは間違いないようである。

紺搔たちは後醍醐帝の厚遇に感激し、笠置山で身を粉にして戦った。やがて笠置山が落ちた時、そこで死んだ者も多かったらしい。だが一部は笠置から逃げ出し、後醍醐帝の再起を信じて山野に

潜伏する。その中に灰左の父も含まれていた。

後醍醐帝が再度起った時、彼らはまたそのもとに馳せ参じて戦った。その功績を認められ、灰左の父は紺掻の別名である「青屋」を、姓として堂々と名乗ることを許されたのである。

青屋の一族はやがて後醍醐帝と共に吉野へと移り住んだ。出自を理由に公家《くげ》からは流石に正式な家臣にすることには反発があったが、そこで藍染めを行い、今度は自らそれを売ることによって、乏しい財政に大きく寄与している。さらに事が起これば刀、弓矢を取り、粉骨砕身戦うことを誓っている。手ずから作った藍染めを売る中、敵の荷を強奪するようなこともある。故に武家方にとっては「悪党」である。一方、宮方は彼らのことを、

――吉野衆。

などと呼んで頼りにしているのだ。

「あいつは兄上が気に食わないからな」

次郎はこめかみを指で掻きながら言った。

灰左は十四の時に父を病で亡くし、吉野衆の頭の地位を受け継いだ。以降、自らの一族を拾い上げてくれた後醍醐帝に、朝廷に、強い崇敬の念を抱いており、少しでも力になりたいと奔走している。廷臣たちも吉野衆や灰左の功績を認めていない訳ではないが、次代を期する者として口に上るのは、楠木多聞丸正行の名ばかりである。

灰左は帝のためならば、いつ命を擲《なげう》っても惜しくないと思っている。父の跡を継いですぐに貢献もしている。一方の多聞丸は一族に仕事を任せているだけなのに、皆から強い期待を寄せられている。さらに何もしていないのに、河内の国司や守護にも任じられた。

端的に言えば、灰左はそれが、

——面白くない。

のである。

それ故、灰左は事あるごとに多聞丸に突っかかって来るようになった。楠木党の物流の拠点を吉野衆に譲るように迫ったり、楠木家の傘下にある小規模の悪党と小競り合いを起こしたりと、切っ掛けは何でもよいから己を引っ張り出そうとしてくるのだ。そして多聞丸らが出て行くと、決闘だの何だのと訳の解らない理由で喧嘩を吹っ掛けて来る。

とはいえ、流石に刀を抜いて襲って来るようなことはしない。己を殺せば帝への不忠になるからだ。故に木剣や、薙刀《なぎなた》の如き長い棒を用いるあたり、一抹の可愛《かわい》げがあるのも確かである。

ただ、多聞丸も黙ってやられるほど人が出来ている訳ではない。いや、何処かでそれを楽しんでいるところもあった。こうして灰左とは、時に一対一、時に衆と衆で、何度も喧嘩に毛が生えたような戦もどきを行ってきた。

「今は放っておきたいがな」

多聞丸は口角を下げた。

朝廷も多聞丸と灰左が諍いを起こしていることは知っている。だがそれを止めようとしないのは、刃傷沙汰になっているならばまだしも、干渉してどちらかの気分をわざわざ害することは無いと思っているのだろう。

とはいえ、青屋との小競り合いは伝わる。朝廷からの使者が頻繁に来ている今、わざわざ話題に上ることを増やしたくはなかった。

「そんな今だから、灰左も我慢がならないのでしょう」

新兵衛は苦々しげな笑みを浮かべた。

「なるほど」

今、朝廷では己の話題で持ち切りになっている。それが灰左には不満でならないのだろう。東条に乗り込んででも決着を付けると息巻いているらしい。

「兄上、それは……」

次郎は顔を歪めた。

「ああ、まずいな」

多聞丸は溜息を漏らす。東条で騒動を起こせば、母の知るところになる。どう転んだとしても面倒なことになるのは目に見えている。

「新兵衛、灰左は何処にいる?」

「よし、来た」

多聞丸が訊くと、新発意は早くも胡坐を掻いた自身の膝を叩いた。

「昨日、池田の衆と揉めたというからその辺りかと」

東条より西に約三里の辺りに拠を置き、紀伊国の武家方の荷を奪っている二十数人の小さな悪党である。彼らも楠木党の下におり、多聞丸のことを慕っている。

「数は?」

「五十を超えます」

「多いな」

普段は多くとも三十人程度で来るのだ。余程、今回は息巻いている証左であろう。

「こっちはどれほど集める」

次郎も前のめりになっている。

「成り行きだ。池田の衆と行く」

「池田の連中は二十ほど。俺たちを合わせても二十五。半分にしかならないぞ？」

多聞丸が一声掛ければ集まる者は百を下らぬ。それは国司、守護としてという意味ではない。

この五、六年の間、共に生きた同じ年頃の者たち。共に狩りに出たり、ひっそりと京の見物に向かったり、妖《あやかし》が出る峠があると聞けば肝試しに向かったり、そういえば、河童《かっぱ》がいるという噂の池の水を抜いたことなどもあった。

とある村に美しい女子《おなご》がいると聞けば一目見ようとしたり、それこそ仲間が灰左にやられたと聞けば血相を変えて向かったり。他愛も無い話で朝まで語り合ったり、反対に何もせずに原に寝転んで空を見上げたり。

恋破れて肩を落とす者を励まし、身内の死を嘆く者に寄り添い、ちょっとしたことでも肩を叩き合って喜び合った。集まるのはそのような者たちの、

――悪童の大将。

としての多聞丸にである。

「十分だ」

多聞丸が不敵に片笑むと、皆が「悪い」顔付きに戻って一斉に頷いた。

「あいつ次に負けたら何敗目だ？」

新発意が記憶を手繰るように指を折る。

「三十二戦、三十二敗だ。うち兄者との一騎打ちは十三、衆での合戦は十九」

新兵衛はこれまでの一々を覚えており、即座に答えを示した。

「次で三十三か」

次郎はにししと白い歯を覗かせた。

「行くか」

多聞丸は拳を掌《てのひら》に打ち付ける。それと同時に青い高揚感が湧き上がって来るのを感じる。やはりこちらの方が己の性分に合っているらしい。そのような事を考えながら、早くも腰を上げる皆を下から見渡した。


厩から石掬丸が香黒を曳《ひ》いて来る。己の表情から判るのだろう。

——また、やるのか。

と、呆れたように香黒は低く嘶く。しかし、蹄で地を掻くという高揚している時の癖が出ているあたり、気が乗らない訳ではないらしい。己と同じく、香黒もこちらのほうが気性に合っている。

「野田の親仁には、夕刻には戻ると伝えてくれ」

多聞丸は香黒に跨《また》がると、石掬丸に向けて言った。

昼過ぎには野田が月に一度の報告にやって来る。だが明日には灰左が東条に入って騒ぎになるかもしれないことを鑑みれば、今のうちに望み通り相手をしてやるほうが良いと考えた。石掬丸にはここに留まり、野田の応対をするよう命じたのである。

「承知しました。御母堂様には水争いの検分でよろしいでしょうか」

母への言い訳に最も適当なものを選ぶあたり、石揀丸は如才がない。

「頼む」

多聞丸は鐙《あぶみ》を鳴らした。

流れる白雲に逆らうかのように、多聞丸を先頭に四騎が西へと駆ける。一刻ほど進んだところで道を逸《そ》れて鬱蒼《うっそう》と広がる森へと入った。

ここには池田の衆の塒《ねぐら》があるのだ。木立の間に粗末な家が見えて来た。近くの切株に腰を掛け、あるいは地に座り込み、木にもたれ掛かっている者が数人。いずれからも暗い雰囲気が漂っており、項垂《うなだ》れている者も少なくはない。

「おい、安蔵《やすぞう》はいるか」

多聞丸がまだ距離があるうちから呼び掛けると、皆はっとして顔を上げた。

「あっ、大頭《おおがしら》！」

一人が声を上げる。池田の衆に限らず、こうしてつるんで来た者たちは、多聞丸のことを御屋形様ではなく、兄者か大頭と呼ぶ者が大半である。

「頭！　大頭が来てくれたぞ！」

先ほどとは別の者が家の中に向けて呼び掛けると、中からもぞろぞろと人が出て来た。どの者も、顔や躰のあちこちに擦り傷や、青痣《あおあざ》を作っている。

「大頭、すまねえ」

そう言うのは、池田の衆の頭である安蔵である。歳は当人もはきとしないらしいが、凡そ二十七、八といったところだろう。安蔵は額に大きな瘤《こぶ》、頬に砂に擦りつけたような傷が出来ていた。

「新兵衛に聞いた。酷くやられたな」

「面目ない」

安蔵は今にも泣きだしそうな顔になった。

「気にするな。放っておいてもいいのに」

「灰左の野郎、大頭のことをまた馬鹿にしやがったから、頭に来てよう……」

「まあ、ありがとうな」

多聞丸が微笑むと、安蔵の顔がぱっと明るくなった。

「灰左は何処だ」

「百舌鳥《もず》八幡宮の東の辺りに荒地があるだろう？　あの辺りで屯《たむろ》している」

安蔵は答えた。八幡宮の社領である。寺社には飢えに耐えかねて頼って来る者がいる。その全てをただ受け入れるだけでは流石に厳しく、八幡宮は社領に畑を作らせようとしたのだ。ただそれが何故、荒地になっているかというと、その者たちは畑を放り出して逃散《ちょうさん》したからだ。恐らくは山賊、野盗の類になったと思われる。そちらの方が楽して稼げると誘われたのだろう。追い詰められた時には涙を流して助けを請いながら、より楽な誘惑があれば恩を容易くかなぐり捨てて行く。何とも哀《かな》しい話である。

「近いな。怪我はどうだ？」

「まあ、あいつらも命まで取ろうって訳ではないからな。大したことはねえさ」

あくまで戦ではなく喧嘩。それは灰左たちも重々承知しており、これまでも一線を越えることは無かった。

「まだやれるか」

「おお……当然だ。だが、今回はかなり多い。あいつら五十人以上も……」

「その程度で負けるかよ」

安蔵が最後まで言い切るより早く、多聞丸は言い放った。安蔵は拳をぐっと握り、他の者たちも目を輝かせていた。

「行くか」

多聞丸が続けると、皆が一斉に頷いた。

安蔵ら池田の衆が十九人加わり、合わせて二十三人。灰左がいるという件《くだん》の荒地へと向かう。すでに陽は中天に差し掛かっており、百姓たちは田畑に出て励んでいる。一行を目にした彼らは、またかといったような苦い顔付きになっている。

それに比べると商人たちは好意的で、擦れ違った者などは、

「また暴れるんですかい。怪我だけないように頼みますよ」

などと、笑いながら声を掛ける。父の代から楠木家と彼らの結びつきは物流。父の死によって崩れかけたこの網を、多聞丸の代になって立て直したことを知っている。彼らにとっての、

――父正成《まさしげ》のように。

という像に応えることは全うしており、己のことを認めてくれている。彼ら商人の多くには、他のことは余事という割り切りもあった。

「いるぞ」

件の荒地に近付いたところで、新発意が馬から巨軀を乗り出して指差す。どうやら飯を食っているらしい。握り飯を手に踊るような仕草をする者、それに手を叩いて喝采を送る者、食いながら腹を抱えて笑う者。無頼漢を絵に描いたような集団である。

「兄者、如何に」

新兵衛が横に並び尋ねた。

「このまま行ってやろう」

「ならば……」

「貫くぞ。俺が灰左を取る」

「承知」

新兵衛は皆に向けて、一に新発意、二に次郎、三に御屋形様と己と、無駄なく指示を飛ばした。

多聞丸は香黒の手綱を絞って脚を緩めさせると、代わって新発意を含めて十人足らずが先頭に繰り出した。

「げっ！　あれを見ろ！」

「来やがった！　多聞丸だぁ!!」

互いの距離は三十間ほど。吉野衆もこちらに気付いて一斉に立ち上がる。握り飯を口に捻《ね》じ込み、あるいは放り出し、代わりに木刀、棒などを手に取って迎え撃とうとする。

その中に自らで染めたという深い藍の着物を身に付け、長い髪を無造作に束ねた男がいる。

青屋灰左で間違いない。大袈裟にこちらを指差しながら、仲間に向けて指示を飛ばす。

互いの距離が二十間を切った時、吉野衆も塊となって向かって来た。十間となった時、吉野衆はそこらに落ちていた礫《つぶて》を投げて来た。何人かは礫を受け、そのうち一人、二人は倒れたが、他は一切脚を緩めなかった。

「行くぞ、灰左!!」

先頭を行く新発意が雷鳴の如き大音声で叫ぶ。腰の刀は抜かぬ。携えた棍棒《こんぼう》を振りかざしながら、吉野衆の群れに突っ込んだ。新発意の振るう棍棒を腹に受け、腿《もも》に受け、吉野衆の男が悶絶《もんぜつ》する。

「俺は刑部《ぎょうぶ》だ！　馬鹿野郎！」

灰左が唾を飛ばして叫び返した。刑部とは刑部省のことで、そこの役人は刑部少輔《しょうゆう》や、刑部大丞《だいじょう》、刑部少録《しょうろく》などの職に就いている。

灰左はそれらの職に任じられた訳ではない。三年ほど前から勝手に刑部と名乗っている。刑部の下に続く職名を名乗っている訳ではないため、僭称《せんしょう》と言い切れるほどでもない。曖昧なところだ。他にもある省の中から、刑部を選んだのは、刑に処された罪人の骨も藍染めに使うことに関係するのかもしれない。ともかく灰左、刑部の名で呼ぶように言うのだが、多聞丸たちが無視するのでいつも怒っている。

「灰左は灰左だろうが」

新発意はさらに一人叩き落とす。

「だから刑部だ！　新発意を止めろ！」

灰左の指示を受け、吉野衆が新発意ら先頭に群がった。豪勇を誇る新発意であるが、数人から掛かられては流石に脚も鈍る。次の瞬間、新発意ら先頭を走っていた者たちがぱっと左右に分かれた。

「よし、行くぞ」

その間から次郎が七人を率いて突撃する。吉野衆の先鋒《せんぽう》は分かれた新発意らに抑え込まれて動けず、次郎らはさらに衆の深くまで踏み込む。

「灰左、どうせ負けるんだ。諦めろよ」

次郎は馬上から木刀を振るいながら呼び掛けた。

「うるせえ！　俺は負けたことはねえ！　それと刑部だ！」

木刀で次郎を差しながら、灰左は喚き返した。

「はいはい。そうですか」

次郎が虚《うつ》けたように答えた時、吉野衆の中から灰左に呼び掛ける者があった。

「灰兄、これはまずいぞ。前と同じだ」

譽田《こんだ》惣弥《そうや》。灰左の補佐をする二番手といったところ。その性格は飄々《ひょうひょう》としているが、熱しやすい灰左よりも、いつも冷静なだけ余程扱いづらい男である。

「刑部！」

灰左は惣弥の言葉にも反応する。刑部の名はどうも仲間内にも定着していないらしく、多聞丸は思わず苦笑してしまった。

「惣弥、俺が相手だ」

次郎は呼び掛けると、頭上で木刀を旋回させた。それを合図に、新発意らがそうであったように次郎の組も分かれ、惣弥を含めた吉野衆をぐいと押し込む。自然、灰左まで一本の細い道が拓《ひら》けた。脇を駆け抜ける時、次郎は振り向かぬままに呼んだ。

「兄上」

「任せろ」

多聞丸、新兵衛、ほか六人が一気にその隙間に駆け込む。灰左の周囲には十人も残っていない。長い棒を振りかぶって、香黒の脚を打とうと待ち構えている。

「兄者、抑えます」

新兵衛の声に多聞丸は頷き、

「香黒」

と、小さく呼び掛ける。が、香黒はそれよりも早く大きく飛び上がっていた。振るった棒は空振りし、香黒に触れた者は吹き飛ばされる。

「多聞丸！」

「懲りない奴だ」

灰左の頭に向けて木刀を振り下ろした。腕力に香黒の勢いが乗り、灰左は受け止めたものの仰向けに倒れた。刹那《せつな》、多聞丸は舞うように香黒から飛び降り、起き上がろうとする灰左の首に木刀を添えた。

「くっ……」

「灰左を取ったぞ！」

多聞丸が大声で言うと、味方からわっと歓声が上がった。

惣弥は次郎と立ち合っていたが、真っ先に木刀を捨てて、

「負けだ。止めるぞ。はい、はい、捨てろ、捨てろ」

と、手を叩きながら呼び掛ける。すると吉野衆も渋々ながら得物を放り出す。

「惣弥ぁ！」

灰左が呼ぶが、惣弥は両手を天に掲げつつ首を横に振る。

「灰兄、負けだって。潔くないのは嫌いだろう？」

「そりゃ、そうだが……」

灰左は口惜《くや》しそうに下唇を嚙みしめた。

「灰兄」

惣弥が再び呼ぶと、灰左は舌打ちをして、

「解ったよ。此度《こたび》は負けだ」

「此度もだろう？」

次郎がからりと笑う。

「うるせえ、次郎。次は負けねえ」

「おいおい、もう勘弁してくれ」

多聞丸は呆れながら木刀を引いた。

「俺に負けるのが怖いのか」

灰左は土を払いながら立ち上がった。

「ああ。怖い、怖い」

「思ってねえだろ！」

灰左は尖《とが》った八重歯を剝《む》いて言い返す。このやり取りがあまりに滑稽だったからか、敵味方関係なく噴き出す者が続出した。

「お前と争っても俺たちに得はないからなあ……」

「損とか得じゃねえ。これは男の勝負だろう」

「ふうん」

多聞丸は気の無い返事をし、膝を突いたままの吉野衆に怪我はないかと尋ねた。男たちは大したことはないと答え、ぺこぺこと頭を下げる。

それがまた癪《しゃく》に障るらしく、灰左は顔を赤くして言い掛かりをつける。

「俺はお前を倒して、帝に一の忠臣だと認めて頂くのだ」

そもそもお前は正式な臣ではないだろうと言いたいところだが、それは流石に可哀《かわい》そうに思えて呑み込む。

「忠に関しては確実にお前が上だ。少なくとも俺よりは」

「はぐらかすな」

「はぐらかしちゃいない。本気だ」

「じゃあ何故、廷臣の方々は楠木正行こそ一の忠臣だと仰るのだ」

「知るかよ。お前の働きが足りないのじゃないか?」

「ぐっ……でも、お前を倒す」

「止めろって。俺に何にも得が無い」

堂々巡りの話が繰り広げられる中、すでに他の者は腰を据えて歓談を始めている。争う時は争うが、終わってしまえば遺恨は無い。そのようなさっぱりとしたところも悪党の特徴かもしれない。

それに楠木党と吉野衆、別に仲が悪い訳ではない。ただ灰左が突っかかり、何だかんだ慕っている吉野衆はそれに続いているだけだろう。惣弥などは水筒を渡し、受け取った次郎は頓着なく喉を潤していた。

「じゃあ、それくれよ」

多聞丸は灰左の腰のものを指差した。

「ば、馬鹿……やるか！」

刀を隠すように、灰左は身を捻った。

今日のように喧嘩の後のことである。近頃、灰左が良き刀を手に入れたとかで自慢してきた。普段ならば聞き流すところだが、灰左が刀を抜いたところで目を瞠《みは》った。

見せてくれと頼み込むも、灰左はこの刀を頗る大事にしており、触らせるのも嫌とのこと。そこで手にすることなく見せて貰っただけである。

これはと思うところがあり、銘が切ってなかったかと訊くと、灰左は何か書かれているなとさして興味が無い様子。そもそも然程《さほど》字が読めないらしい。ただあまりに切れ味がよく、手にも馴染み、そして何より美しいということで気に入っている。

灰左に柄を外させ、茎《なかご》を見て、多聞丸はやはりと唸った。そこには、

――明空《めいくう》。

と、しっかり銘が切られていたのだ。

灰左は何処かの坊主が作ったのかなどと首を捻ったが、そのような訳がない。

明空とは、粟田口藤次郎久国《あわたぐちとうじろうひさくに》の隠し銘。奉授剣工として後鳥羽《ごとば》上皇の御作刀の相槌を許され、後に師徳鍛冶《かじ》を拝命するほどの名工中の名工である。言っては悪いが、灰左如きの身分が持てるよう

な一振りではない。

どうやって手に入れたのかと訊くと、何でも武家方の荷駄が伊賀路を行くところに出くわしたらしい。

相応の護衛も付いていたらしいが、荷の量も結構なものだったとのことで、灰左は強奪を決意。先回りして待ち伏せ、奇襲の末に追い散らして荷を奪ったという。その中に厳重に桐箱《きりばこ》に収められたこの刀があり、灰左は一目見て気に入って佩刀《はいとう》にしたという次第である。

多聞丸は刀剣が嫌いではない。別に戦に使いたいからという訳ではなく、その造形の美しさや力強さは見ていて心が躍る。これは何も多聞丸に限ったことではなく、老若問わず、大なり小なり世の男ならば同じではないか。

故に多聞丸は灰左に譲ってくれと頼み込んだのだが、灰左は断固として首を縦に振らぬ。刀の来歴を知ってしまったことにより、一層手放す気は無くなったらしい。触るのは勿論《もちろん》、もういいだろうと見せるのも嫌がって、そそくさと鞘《さや》に納めてしまった。

「それをくれるならまた受けてやる」

「駄目に決まっているだろう。お前も刀を寄越《よこ》せと言われて渡すか？」

「馬鹿。この刀が誰から受け継いだものか知っているだろう」

多聞丸は呆れて苦笑を零した。己の佩刀の名を、

――小竜景光《こりゅうかげみつ》。

と、謂う。

備前《びぜん》国長船《おさふね》の三代目、長船景光の作。その中でも極上の出来である。刃長二尺四寸三分。腰反り

やや高く、刃文《はもん》は小丁子刃《こちょうじ》、小互《こぐ》の目交じり。刀身の溝、いわゆる「樋《ひ》」の裏には梵字《ぼんじ》、表には倶《く》利伽羅竜《りからりゅう》の彫り物があることから、そのように名付けられた。

その名付け親こそ父正成である。正成が決死の戦いに向かう間際、多聞丸に託してくれた一振りである。

いわば父の形見とも言える。それを他人に渡す気など毛頭無いし、仮にそのようなことをすれば、母は多聞丸を殺して自らも命を絶つだろう。

「御父上のことは心より尊敬している」

灰左が熱っぽい視線を向ける。死後、父は勤皇の象徴ともいうべき人として語られるようになり、また多くの者がそう思っている。帝に、朝廷に忠節を尽くそうとする灰左ならば猶更憧憬《しょうけい》を抱くだろう。

「そうか」

「朝廷からのお声掛けに応じぬとは。その血を受け継いでおきながら情けない話だ」

「何処で聞いた？」

多聞丸は眉間に皺《しわ》を作る。

確かにこれまで幾度となく使者が来た。はきと断った訳ではないが、楠木党の力は未だ回復せず、まだその時には早いといったような理由ではぐらかしている。だがこのことは朝廷の中でも中枢しか知らぬはず。招聘《しょうへい》しようとして断られたとなると、帝の威光に傷が付くためだ。

「噂になっているよ」

そう言って歩み寄って来たのは惣弥である。はっきりとした二重の大きな目。目尻がやや吊り上がっているため猫を彷彿《ほうふつ》とさせる。確か齢二十と言っていたはずだが、童顔であるため、いつも歳よりも四つ、五つは若い印象を持つ。話が話ということもあり、次郎、新兵衛、新発意らも近寄って来て、自然と輪が出来た。

「その話を聞いた時、灰兄は酷く荒れてさ」

惣弥が苦笑しつつ続けると、灰左は横を向いて大袈裟に舌打ちをした。

灰左がその話を知ったのは昨年の暮れのこと。灰左との繋ぎを務める若い下級の公家が漏らしたらしい。それを聞いた灰左は朝廷の命に背くなど不敬極まりないと、憤懣《ふんまん》を撒き散らし、若い公家のほうが気圧《けお》されていたらしい。

「俺たちはお声が掛からないからね」

惣弥はさっぱりといったように、両手の指をぱっと開いて苦笑した。

朝廷が何のために多聞丸を召し出そうとしているのか。幾つか予想は立てられるものの、実際には判らない。日頃からどのような命であろうと、喜んでやり遂げると言っている灰左は、多聞丸ではなく己に声を掛けて欲しいと願っているのだ。

ただ灰左を含めた吉野衆には新たな命は下されない。これまで通り藍染めを行い、それを売って銭を稼ぎ、その途中に敵の荷駄に遭遇すれば奪えということのみである。

「それでも朝廷では、あんたに期待を寄せる者ばかり。だから灰兄は面白くないんだよね?」

「うるせえ」

惣弥がふわりと言うと、灰左はけっと吐き捨てた。

「兄者」

新兵衛の顔は曇っている。

「ああ、かなり……」

勤皇の志が篤《あつ》い灰左の前では続きは呑み込んだ。

下級の公家の耳に、正式な朝廷の臣でない末端の灰左の耳に、そのような話が入っていることは、余程それが話題になっているという証し。

――かなりまずい。

と、言わざるを得ない。

「どのような命《めい》が下されるのかは聞いていないのか？」

次郎が二人に向けて訊いた。

「知るかよ」

灰左は拗ねるように返す。

「俺も知らないな。だが常陸《ひたち》のことは聞いたからさ」

「常陸？」

新発意が太い首を捻る。常陸を知らないのだと察し、新兵衛が小声で遥か東の国であることを耳打ちする。

東国は敵方の勢力が強い。そのような情勢の中、故あって常陸国は味方が多い地である。ただそれも数年前までの話。敵に押されて徐々に力を削がれ、今ではほぼその地盤を失っている。

「ああ、常陸に行かせようという話が出ているみたいだよ」

惣弥は産毛《うぶげ》も無い頬をつるりと撫でた。

「そのために召し出すと……さっき知らないと言っていただろう」

次郎が問いかけると、惣弥は勘違いしていると前置きして答える。

「理由は本当に知らない。そうではなくて多聞丸が応じないから、常陸国の国司、守護に任じてはということらしい。意味が解らないけど」

「河内の国司、守護はどうなる」

新兵衛が低い口調で迫った。

「二国とも受け持つんだろう？　だから灰兄は……」

「黙れ」

惣弥がそろりと視線を送ると、灰左は睨みつける。

多聞丸は招聘に応じない。それなのに新たに常陸国の国司、守護に任じることが検討されている。多聞丸にも腹が立つが、口には出さぬものの、そこまでして懐柔しようとする朝廷にも不満があるのだろう。

「いや、違うな」

多聞丸が言うと、新兵衛は頷く。

「はい。恐らくは河内国を取り上げ、新たに常陸国をということでしょう」

楠木家と常陸国に全く接点がない訳ではない。一族に楠木左近正家《さこんまさいえ》という人がいる。多聞丸の大叔父の子に当たり、従叔父《いとこおじ》などともいう。正家は父と共にずっと戦ってきた。父の死後、大塚のように楠木党の本拠に残る訳でも、野田のように一度は遁世《とんせい》した訳でもなく、朝廷の命を受けて常陸国で戦ったのだ。

やがて敵方の反攻が強くなって城が陥落すると、行方知れずとなっている。生きているのか、死んでいるのか、それさえもはきとはしない。

ともかくその縁もあり、多聞丸を常陸国に入れて再起を図る——。

というのは名目であり、朝廷の真意は別にある。河内、和泉は楠木家の勢力が圧倒的であるが故、敵方としてもおいそれと手を出せない。だからといって、多聞丸から仕掛けるようなこともなく、朝廷の使者も上手く躱してしまう。

だが常陸国は今や完全に敵方の勢力圏。多聞丸が入れば、敵方が放っておかずに殺到するだろう。そうなれば多聞丸としても戦わざるを得ないという訳だ。そのような常陸国に行かされたくなければ、

——我らの招きを請けよ。

と、暗に脅して来ることが想定された。

「新兵衛……」

「はい。思っている以上に切羽《せっぱ》が詰まっているようです」

最近の朝廷の動き、そして今聞いた話を鑑みると、余程事態は切迫している。これまで通りの方法では躱せぬと悟った。

「多聞丸」

灰左がふいに呼んだ。先ほどまでの忌々しそうな顔つきではなく、頰は引き締まり、真っすぐと見つめて来る。

「何だ」

「何故、断る」

灰左も真の阿呆ではない。今の新兵衛との会話で、多聞丸が朝廷の召し出しを意図して断っていると確信を得たらしい。

「反対に訊く。お前は何故、朝廷のために働こうとする」

「先帝は我らを人として扱って下さった。与えられた恩には報いねばならぬ」

「勝てると思うか？」

多聞丸が踏み込んだ問いを投げたと思ったのだろう。新兵衛はぎゅっと薄い唇を結んだ。

「勝てる」

灰左は即座に答えた。

「どうだろうな」

多聞丸は視線を外し、雲が溢れ出て来た空を見上げた。

「たとえ勝てずとも最後まで戦うだけだ」

「正直に言おうか。俺は――」

「兄上」

次郎は鋭く言って首を横に振った。わざわざ明言すべきではない。するならば先に母だ。次郎の一言にはそのような思いが含まれている。

多聞丸は細く息を吐いて気を落ち着かせた。

「灰左、お前は与えられたと言ったな」

「ああ、その通りだ」

「俺は……奪われたと思っている」

多聞丸は灰左に目を落とした。普段の灰左ならば、今の発言だけでも激昂しそうなものである。だが、灰左ははっとしたような表情となっている。

「もう俺に絡むな」

多聞丸は身を翻すと、香黒のもとへ歩んでその背に跨った。

それを合図に、皆が帰り支度に入る。多聞丸と灰左のやり取りを聞いていた次郎たちも口を開かなかった。

快活に暴れていた先ほどまでと、喧嘩が終われば吉野衆とさえ馬鹿話をしていた先ほどまでと違い、その表情は何処か哀しげに見えた。きっと己もこのような顔をしており、灰左もそれに息を吞んだのだろう。

「多聞丸！」

暫し行ったところで、背後から呼ばれて振り返った。灰左はこちらの様子がおかしいことには気付いている。その顔は不安げだった。

多聞丸は小さく鼻を鳴らすと、再び前を向いて進み出す。こうした灰左との擦った揉んだの日々も、振り返ってみれば楽しかったと思える。

このような日々がいつまでも続くと思っていた。だが、すでに決断の時はもうすぐそこまで来ていたのだ。

「俺は諦めちゃいねえ。またやるぞ！」

灰左は叫んだが、もう振り返ることはなかった。一歩、また一歩進むと共に、青い日々が離れていくような気がする。多聞丸は後ろ髪を引かれるような思いで、少しだけ手を挙げて曖昧に応じた。

※

池田の衆と別れた後、次いでこのまま和田へ帰るという新兵衛、新発意と別れることになった。

「常陸に行くつもりはない」

別れ際、多聞丸は二人に向けて言った。河内は己が生まれ育った故郷である。そして父が残してくれた全てがある。それを捨てるつもりは毛頭無い。

「解っています」

新兵衛は当然とばかりに頷く。

「やはり、近く母上と話をする」

灰左の話を鑑みると、残された時は僅かしかない。今朝までは際《きわ》の際まで引き延ばそうと考えていたものの、もはや母に話すほかないだろう。

「俺たちも行こうか？」

新発意は太い眉を寄せて尋ねた。

「いや、心配ない。また追って呼ぶ」

「承知しました」

新兵衛は厳かに答え、新発意はゆっくり頷く。和田兄弟と別れた後、次郎と共に東条への帰路に就いた。

「兄上の勘は当たっていたな」

次郎は溜息混じりに言った。もう残された時は少ないのではないかということだ。

「ああ。まさか常陸に向かわせようとするとはな」

「ただの噂ということは?」

「真のように思う」

「かなり厳しいのか……」

「そうだろうな」

多聞丸は戦に出たことは無い。そのような己を引っ張り出そうとするあたり、余程状況は芳しくないのだろう。

「どうするつもりだ。いっそ逃げるか?」

次郎は悪戯っぽく笑った。

「それだと結局、河内を捨てることになる」

「何か考えがあるらしいな」

次郎は己の想いを知っている。だが今後、具体的にどうしようとしているかは未だ話してはいなかった。

「ああ……ずっと考えていた」

「聞いていいか」

「我らは——」

風が吹き抜ける。木々の騒《ざわ》めきが、多聞丸の声を包み込んだ。が、次郎の耳朶《じだ》には届いたらしい。

一瞬、次郎は吃驚《びっくり》して頬を強張らせたが、やがて穏やかな表情を取り戻し、

「兄上が考え抜いたことだ。俺はそれでいい」

と、言ってくれた。

「そうすれば、戦を終わらせられるかもしれないな」

さらに次郎は二度、三度頷きつつ零すように続けた。

多聞丸が子どもの時に始まったこの戦乱は、未だ終わりを見せてはいない。武士は望んで戦っているのかもしれないが、そのせいで民は塗炭の苦しみを強いられている。早々に戦は終わらせるべきなのだ。己の決断はその一助になるかもしれないと思っている。

「己のためだ」

多聞丸は苦笑しつつ言った。確かに戦が終われば民は救われるかもしれないが、そのために決めたという訳でもない。結局、己はこの戦が馬鹿々々しいと思っているだけなのだ。


屋敷に戻ると、石掬丸がすぐにやって来て、離れで野田が待っていることを告げた。次郎は母の様子を窺うと言って母屋へ、多聞丸は野田に会うために離れへと向かう。

野田は座敷にいた。開け放たれた外の景色を眺めながら、白湯を啜っているところであった。

「待たせた」

「お、戻られたか。思いのほか早かったようだ」

「飯の用意もせずに……」

また竈で湯を沸かそうとする石掬丸の方へと向くが、野田は顔の前で手を横に振った。

「石掬丸は勧めてくれました。儂《わし》が断ったのです」

「躰の具合が悪いのか?」

多聞丸は腰を下ろしつつ訊いた。

「いいや、歳を取れば誰しも食が細くなるもの。御屋形様もいつか解ります」

「大食漢の親仁でもそうなるか」

「実は……ここに来る前、飯を食って来たのです。碗に大盛り八杯ほど」

野田は虚けたような顔付きで言った。

「心配して損した」

多聞丸は笑みを漏らした。野田はすでに五十路《いそじ》に入らんとしているが、遊び心を失っておらず、軽口ばかり飛ばしている。このような類の男は武士にはあまり見ない。実に悪党出身らしい。

「これでも少なくなったのですぞ。御父上と一緒だった頃は、十五杯は朝飯前でした」

「朝飯の前に食えば、それが朝飯だろう」

「これは一本取られましたな」

野田は首に手を回して笑ったが、すぐにその中に寂寥《せきりよう》の色を滲ませ、

「申し訳ございませぬ」

と、詫びた。

「いや。十年ほど前か」

「はい。あの頃も楽しゅうござった」

あの頃も、と言うあたり、野田の己への優しさを感じた。野田は気を取り直すかのように話を転

じた。

「水争いは落着しましたか？」

野田に本当のことを言ってよいか判断が付かず、石掬丸は母に向けてと同じ理由を告げたのだろう。しかし、野田の目が笑っている。別件だと察しがついているのだろう。

「気付いているだろう」

「青屋灰左あたりですか」

「当たりだ」

「ふふ……奴もなかなか骨があるようで」

「笑いごとではない。これで三十三度目だ」

「あと十七度はあるかもしれませぬな」

「何故だ？」

五十度を区切りとする根拠が解らず、多聞丸は首を捻る。

「昔、御父上にその数だけ挑んだ男がおりましたので」

「ほう。初耳だ」

多聞丸は父の若い頃のことをあまり知らぬ。父は別に隠している様子はなかった。多聞丸が物心付いた時、父はすでに多忙を極めており聞く暇も無かった。最後に二人で語ったあの日も、残された時は決して多くはなく、決起前後から今に至るまでを語るだけで精一杯であった。

「その男、今は？」

「生きております」

「俺も知っている男……なるほど。そういうことか」

話している途中、多聞丸は野田の表情を見て気付いた。

「はい。五十度です。一度も勝てませんでした」

「親仁が灰左よりしつこいとはな」

「御父上は皆に絶大な人気がありましたからな。妬《や》いていたのですよ」

野田は気恥ずかしそうに続けた。

「当初はともかく、途中からは憎かった訳ではないのです。癖になっていたのでしょうな」

「どうして止めた」

「五十度負ければ止めようと決めていました。その時は生涯を懸けて付いて行くとも」

事実、野田は父と共に最後まで戦った。だが、大怪我を負って意識を失っている間に戦場から運び出された。それを今も激しく悔いている。

「そうか……」

「灰左は五十度で諦めますかな」

野田は悪戯っぽく笑った。

「いやいや、もう諦めて貰わねば困る」

「相手にしている暇が無い……という訳ですかな?」

野田は一転して真剣な面持ちとなった。

「何か聞いたか」

「些《いささ》か。その前に報告を」

野田はそう前置きし、自身が任されている物流について語り始めた。

「西国に流れる物の量はさらに多くなっています」

昨興国《こうこく》六年、肥後《ひご》の菊池《きくち》武光《たけみつ》が挙兵した。武光は敵方に属する一族の城を次々に陥落させ、遂には菊池氏の当主を廃し、自らがその地位に就いた。さらに後醍醐帝の皇子で、今上《きんじょう》の帝の御弟に当たり、征西大将軍として九州へ派遣された懐良《かねよし》親王と合流する動きを見せている。畿内では戦は小康を得ているが、こうして九州では激戦が繰り広げられつつある。そのため、九州の味方に向け、朝廷は出来る限り兵糧や武具を送ろうとしており、楠木党がその一助をしている訳である。

「菊池は」

「頗る強いようです。九州では宮方が席捲《せっけん》するかもしれませぬな」

「そうか」

多聞丸は静かに答えた。

楠木家は同じ宮方である。つまり菊池の躍進に歓喜してもおかしくないところ、多聞丸は素直に喜ぶことは出来なかった。菊池は菊池の想いで動いているのだろう。だがこれでまた、

――五年は戦が延びる。

ということが、真っ先に頭を過《よ》ぎったのだ。

「悔しいですかな」

野田は探るように顔を覗き込んだ。

菊池武光が華々しい活躍をするのに、己は未だ兵を率いて戦をしたことがない。それが口惜しいのだと、野田は取ったらしい。いつまでも若々しい野田の親仁であるが、やはりこの世代はこう考

えるのが普通である。

「そのようなところだ」

多聞丸ははぐらかし、野田の話の続きに耳を傾けた。

物の流れとしては、先月から他に変わったことは然程ない。ようやく先ほどの話に戻った。

「御屋形様が常陸の国司に任じられると噂に」

「やはりその話か」

「やはりというと？」

「実は灰左からもな」

灰左から聞いた話をそのまま伝えると、野田は顎に手を添えて唸った。

「噂は真ということですかな」

「真であったらどう思う」

「常陸はやすやすと挽回《ばんかい》出来るとは思えませぬ。ましてや河内と離れすぎております」

兵を引き連れて乗り込むことは出来るが、怪我人や死人が出ても補充することも儘《まま》ならない。現地ですぐに兵糧を確保出来るかも判らず、輸送するにしても必ずや滞りが生じる。現実的ではないというのが野田の見解であり、多聞丸もまた同様の意見である。

「常陸の話は、俺を動かすためのものだろう」

「なるほど。ならば辻褄も合う」

「というと？」

「伊勢のほうから噂が流れております」

「そういうことか」

今朝も次郎との話に出た。伊勢はとある男の影響が著しく強い。またその男は己とは相容れぬ思想の持主。多聞丸を、楠木家を、一刻も早く動かしたいと思っていそうである。

「親仁は如何に思う」

多聞丸は思い切って訊いた。

「時期尚早かと」

父の死の後、楠木党は勢力を大いに減退させたものの、今では随分回復した。とはいえ、最盛期に比べればまだ七割程度。元通りにするどころか、さらに力を蓄えて往時を超えるのが望ましい。これが野田の考えであった。

「正直、意外だった」

多聞丸は率直な感想を述べた。野田は死に場所を求めているのだと思っていた。故に勇み立って賛成すると思っていたのだ。

「戦は勝ったほうが面白うござる」

野田は不敵な笑みを見せた。

「つまり……」

「今ならば厳しいでしょうな」

「俺も同じことを考えている」

多聞丸が頷くと、野田は間を取って考え込んだ後に、

「それに御屋形様は勘違いなさっておられる」

と、低く言った。

「勘違い？」

「左様。儂は御父上の後を追いたいと思っている訳ではござらぬ。御父上に頼むと言われた約束を果たさんがために生きております。御屋形様が如何なる道を選ぼうとも、付き従う覚悟です」

野田は滔々《とうとう》と、噛んで含めるかのように言った。野田は父と生死を共にするという約束を果たせず、それに今も囚《とら》われているのだと思っていた。だが違う。野田は今度こそ、

——多聞丸を頼む。

という父との約束を果たそうとしているのだ。

「確かに勘違いしていたようだ。すまなかった」

「このような話をする機会もありませんでしたしな。ただ今は……その話をせねばならぬほど、世がきな臭くなっているということです」

「親仁、一つ頼んでもよいか？」

「何なりと」

「伊勢に手を広げたい」

「それは銭のためではありませぬな」

「ああ。かの御方の動きをいち早く知るためだ。何かことを起こす時、伊勢を使うのはこれで明白となった」

「承知致しました」

野田は力強く頷いた。

「泊まってゆくか？」

「いや、今日は帰らねば。嫁たちが腕によりをかけて飯を作ってくれているのです」

野田は目尻に皺を作った。

今から二十年近く前、野田はすでに妻を病で亡くしている。妻との間には二人の息子がおり、そのうち長男の妻、つまり野田にとっての嫁である。野田は畿内各地、時には中国筋に掛けて、年中動き回っている。そのような野田を労《ねぎら》うため、一月に一度は嫁が家族揃ってのささやかな宴を催してくれるのは聞いていた。それが本日であるらしい。

「相変わらず仲が良いことだ。そのような日に待たせてすまなかった」

「丁度良い頃合いです。これ以上お戻りが遅ければ、明日に出直すつもりでしたので」

「早く帰ってやってくれ」

「言われずとも」

野田はにかりと笑って腰を上げた。

若い頃、灰左の如く父に突っかかっていた時。父と共に戦に明け暮れていた時。後悔の念に苛まれて遁世していた時。多聞丸はこの目で見た訳ではないが、そのいずれとも今の野田は違うように思う。時というものは良くも悪くも、人を変える力があるらしい。そのようなことを茫と考えながら、軽い足取りで家路につく野田の背を見送った。

第三章

桜井の別れ

それから数日、さしたることは無かった。田仕事をしながらの百姓の唄い声、市が立つ日には行商の活気溢れる声、鍛冶屋からは鎚《つち》の小気味よい音が響く。今も、日ノ本の何処《どこ》かで戦が起きているなどとは想像も付かぬ平穏な日々である。だが、この東条《とうじょう》にも戦の兆しが刻々と忍び寄っているのは確かである。

あの夜、母と話した時、生涯本心を語らずとも済むのではないかと思い止《とど》まった。しかし、もはや猶予は無かった。常陸《ひたち》の一件が正式に告げられるより早く、

——母に話すべきである。

と、多聞丸《たもんまる》は改めて決意した。いや、決意せざるを得なかったといえよう。

ただこの間、母が風邪をひいて寝込んだ。三日ほどで本復したのだが、病み上がりであるため、あと数日とその時を日延べしていたのである。

「母上、お話があります」

多聞丸が切り出したのは、灰左《はいざ》の一件、野田《のだ》の報告を受けてから十日後の朝のことであった。

「前の続きですね」

母もやはり思うところがあったのだろう。すぐに察しがついたらしい。

「はい。部屋に伺います」

「陽が落ちてからに致しましょう」

「またお躰《からだ》に障ります」

母が夜にしようと言ったのは、他の者に聞かれないようにするためだと思った。だがそれならば、

人払いをしておけば事足りる。

「心配いりません。夕餉《ゆうげ》の後に」

母は首を横に振った。新たに話をするのではない。続きである。ならば前回同様、また夜が相応しいということか。母もまた気掛かりを残していたのだろう。


その夜、多聞丸は母の居室を訪ねた。この数日、穏やかであったのに、今日は風が強い。故に障子を開け放つことなく、端《はな》から灯台に火を灯《とも》した。二人の影が微かに揺れる。まさしく、あの日の続きである。

「父上の話から」

多聞丸が切り出すと、母はゆっくりと頷いた。

「再び起《た》ったあの時からですね」

先の決起は鎌倉方に敗れ、後醍醐《ごだいご》帝は隠岐《おき》に流されたが、父は姿を晦《くら》ませて再起の時を待ち望んだ。いや、潜伏しながらその時に向けて着々と準備を進めた。

そして父はいち早く紀伊《きい》で兵を起こし、河内《かわち》国、和泉《いずみ》国を席捲《せっけん》する。次いで吉野《よしの》で護良《もりよし》親王が起ち、さらに播磨《はりま》で赤松円心《あかまつえんしん》が起った。この三者は予め密談を交わしており、このように順に起つことで大きな流れを生み出そうとしたのである。

鎌倉は事態を重く見て、六波羅《ろくはら》軍だけに鎮圧を任せずに天下の武士に号令を発した。その総勢は約三十万。そのうち約五万が、父の籠もる千早《ちはや》城、赤坂城に向かって来た。だが母は二十万だったはずだと反論して納得しなかった。ここで擦れ違いが起こっている最中、多聞丸は話を打ち切ったのである。

「私は戦を知りません。五万……だったのかもしれませんね」

母はぽつりと言った。

「私も戦を語れるほどでは。ただ……東条の地に二十万は有り得ぬと。父上を貶めるつもりは毛頭ありませぬ」

世の中ではこの時の鎌倉の軍勢は二十万だったと流布されている。故に母もそれを固く信じていた。だが実際は様々なことを鑑みると五万程度のはずなのだ。話に尾鰭《おひれ》が付いて知らぬ間に大きくなっている。この件だけではなくそのようなことは幾つもあった。

何故、このようなことになるのか。父が偉大であった故、世の人はよりその像を大きく語ってしまうのだろう。ただもう一つ理由があるとすれば、何者かが事実以上に、

――父を英雄に仕立てようとしている。

と、いうこともあるかもしれない。

「進めましょう」

母に促され、二人で父の足跡を追う話が再開した。

「如月《きさらぎ》二十二日、鎌倉方の攻撃が始まりました」

楠木《くすのき》軍は金剛山《こんごうさん》の尾根に連なる城塞群で待ち構えた。中でも前回の戦いで用いた下赤坂城、再起と同時に修繕、新たに増築した上赤坂城、千早城の三城が要である。

「まず父上は下赤坂を打ち捨てられました」

父は鎌倉軍が東条に入ったとの報を得ると、叔父の正季《まさすえ》に火を放たせて上赤坂城へと移らせた。

「何か思惑と違ったのでしょうか」

今まで母は父の過去に疑いを挟むことはなく、幾度と話していながら、この問いかけも初めてのものであった。

「当初からそのつもりだったようです」

下赤坂城は山々の裾、丘の如きところに立つ城。前回はこの城で奮戦したものの、さらなる大軍を相手にするとなると心許《こころもと》ない。

さらに下赤坂城は父が再挙兵で奪還した城で、鎌倉方には再起の象徴のように見えていたはず。これを緒戦から捨てることで、鎌倉方を勢い付かせ、さらに東条の奥にまで誘い込む目的であった。

「上赤坂城に籠もるは五百」

大将は平野将監《ひらのしょうげん》、副将は叔父正季である。この平野将監は悪党としては名高く、それなりに影響力を持つ男である。多くの兵を集めるために父が引き込み、ここでも大将の座を楠木一族から譲った形である。

「千早城には千五百。鎌倉方は同時に攻め掛かります」

千早城の大将は当然、父楠木正成《まさしげ》である。この時、野田の親仁《おやじ》こと野田正周《まさちか》、今は和泉国の守護代を務める若かりし大塚惟正《おおつかこれまさ》も籠もっていた。

鎌倉方は五万の兵を展開し、上赤坂城、千早城の両城を取り囲み、さらには一部を護良親王の籠もる吉野を攻める鎌倉方の援軍に向かわせる。東条から吉野に掛け、敵勢が充満していたことになる。

「鎌倉方は上赤坂城で早くも痛手を負うことに」

楠木軍が下赤坂城を放棄したことで油断していたこともあろう。鎌倉軍は前回の失敗も忘れて、真正面から攻め寄せた。これに対し、上赤坂城からは雨の如く矢が射掛けられて、鎌倉軍は百数十人が討死《うちじに》、手負いは三百を超える甚大な被害を出したのである。

鎌倉軍はそれでも攻撃の手を緩めなかった。千早城を攻める味方から臆病の誹《そし》りを受けることを恐れたのであろう。

これが鎌倉方にとっては功を奏した。上赤坂城を攻めていた軍勢は約一万、それに対して守るのは五百。二十倍の兵で押し捲《まく》られれば、流石に上赤坂城とてもたない。

「合戦が始まって五日後の二十七日、平野将監が降《くだ》ります」

降伏すれば助命するという矢文を見て、大将の平野将監が降伏を決めて城門を開いたのである。

「嘆かわしいことです」

母は平野を指してそう零した。

これに関しては多聞丸とて同じ意見である。楠木党があの戦に文字通り、

——全てを賭けている。

のに対し、平野は鎌倉がひっくり返れば、莫大《ばくだい》な恩賞に与《あずか》れる程度の考えだったらしい。

父としても上赤坂城は十日ほど堪えると見ていたし、平野の裏切りは予想していなかったようで、

——正直なところ、肝を冷やした。

と、多聞丸に語っていた。

父は神算鬼謀《しんさんきぼう》を用いて、全てのことは思惑通りだったかのように今では語られているが、実際は違ったという証左である。ただ父は不測の事態が起きても、すぐさまそれに最善手で応じる智囊《ちのう》と

胆力を持っていたのは確かである。

副将を務めていた正季は、平野将監が降ろうとしているのを察知し、手勢を率いて千早城へと尾根を伝って引き揚げた。

「父上はそれでも平野将監を責めはしなかったとのこと」

すでに上赤坂城だけでも鎌倉方に五百を超える損害を出していたこと。少し前に水の手を切られて城兵は渇きに苦しみ始めていたこと。そこで助命を条件に降伏を促す矢文。平野が降ろうとするのも無理はない。父は全軍を千早城に引き揚げさせる段取りを始めていたが、それが数日遅かったと己を責めていたらしい。

その後、鎌倉方は約定を反故《ほご》にし、平野は六条河原で斬首に処されて獄門に掛けられた。鎌倉方が如何《いか》に河内東条の者たちに脅威を感じ、憎悪を抱いていたかを表すものである。ただこのことで降伏しても命が無いことが判り、楠木党は末端に至るまで改めて最後まで戦い抜く覚悟を決めた。

「護良親王も高野山へ退かれました」

護良親王は吉野で躰に七本の矢を受けるほどの奮戦をしたものの、吉野は陥落して高野山に退かれた。ここでさらに七千の兵を集め、鎌倉方の糧道を断つことで千早城を支援した。

一方、吉野を攻めていた鎌倉軍の大半は千早城に向かい、対峙する敵がまた増えることになる。両陣営共に、決して引かぬ構えである。

「この段になると鎌倉方の数は十万にも届くほど」

千早城から見下ろすと、四方二、三里に人が充満し、地肌が見える箇所がほとんど無かったという。古今未曽有の大軍であったのは間違いない。それに対し、千早城に籠もる兵は千ほど。数日のうちに陥落すると、世の誰もが思っていたに違いない。

「私たちを除いては」

母の声に力が籠もり、多聞丸は頷いた。あの時、母は和田《わだ》で毎日父の無事を祈りつつ、心配ないと多聞丸と次郎に語っていた。多聞丸もまた、父が負けるはずはないと理由もなくただただ信じていたのである。

「千早城への攻撃はまことに苛烈なものだったようです」

鎌倉軍は大挙して攻め寄せた。これに対し、城からは嵐の如く矢を射掛け、予め集めておいた大石を投げ落として反撃する。寄せ手の御家人は矢を受けて毛虫のようになる者や、楯を粉砕した大石を受けて四肢を散らす者。谷底には鎌倉方の兵の屍《しかばね》の山が高く重なり、まさに地獄絵図の如き光景であった。

後に伝わったところによると、鎌倉方の軍奉行《いくさぶぎょう》が死人や手負いの者を記すのに、十二人で三昼夜一度も筆を擱《お》くことが出来なかったほどらしい。

鎌倉方はあまりの死傷者の多さに持久戦に切り替え、これまでのように水を断つ策に出た。

「水船ですね」

母は短く言い、多聞丸は頷いた。

鎌倉方は水辺に陣を構え、水を汲《く》みに降りて来る者を討とうとしたのだが、城から一向に人が出る気配が無い。父は予め大木をくり抜いた水船を三百も用意し、そこに水をたっぷりと溜《た》めていたのである。

当初は水を汲みに来る者を今か今かと待ち構えていた鎌倉方であったが、あまりに出てこないので次第に気が緩んでいった。父はそこを見逃さず、二百五十の手勢を率いて夜陰に紛れて奇襲を掛けた。これに鎌倉方は持ちこたえられず、押さえた水源を捨てて元の陣まで退却したのである。父は決して深追いすることはなく、敵が打ち捨てた旗や大幕などを奪って城内へ退いた。

「父上はこの旗や大幕を城内に並べ、散々に鎌倉方を挑発したとのこと」

多聞丸は口元を思わず緩ませた。歳を重ねても子どものようなところがあった父は、その時もきっと、悪戯っぽく笑っていたのが容易に想像出来るのだ。

旗を奪われた御家人たちは激怒して城に向けて突撃。逆茂木《さかもぎ》を乗り越えて城のすぐ傍《そば》まで迫ったものの、そこに十数本の大木が降り注いで阿鼻叫喚の様となった。崖の上に大木を横たえ、繋《つな》ぎとめていた縄を切ったのである。

「ここからも父上の策は続々と」

多聞丸は口辺を緩めながら続けた。

甲冑《かっちゅう》を着せて薙刀《なぎなた》や弓を持たせた藁《わら》人形を三十体ほど作り、夜の間に城の麓に並べ、払暁に喊声《かんせい》を上げる。鎌倉方は楠木軍の決死の突撃と勘違いして反撃。しかし、藁人形を楠木軍だと思い込んだところを狙われて、鎌倉方だけが一方的に被害を蒙った。

鎌倉方が長梯子《ながばしご》を掛けて崖を登ろうとすれば、長い柄杓《ひしゃく》で熱湯や、煮詰めた糞尿《ふんにょう》をばらまく。大《おお》火傷《やけど》を負って落ちる者が続出しても、なおも鎌倉方が登ろうとすると、さらに油を撒いて松明《たいまつ》でもって梯子ごと燃やすといったようなものだ。

鎌倉方はやることなすこと裏目に出て、一向に千早城を落とせないどころか、士気はみるみるうちに下がっていった。大名衆の中には遊女を呼び寄せて遊興に耽《ふけ》る者さえおり、博打《ばくち》での諍《いさか》いから二百人の死者を出す事態にまで発展したこともある。さらにここで高野山で護良親王が糧道を断ったのも効いて来て、鎌倉方は陣を保つだけで精一杯の状態になりつつあった。

「そして、遂にその時が」

一呼吸置き、多聞丸は静かに言った。

「先帝が隠岐を脱けられたことですね」

父が千早城で奮戦して約一カ月、閏《うるう》二月二十四日に後醍醐帝が配流先である隠岐の黒木《くろき》御所から脱出して船に乗り込んだ。

そして伯耆《ほうき》国名和《なわ》の湊へと入り、その地の地頭である名和長年《ながとし》と合流。二十八日に共に船上山《せんじょうさん》にて兵を挙げたのである。

隠岐守護の佐々木清高《ささききよたか》は、帝《みかど》を逃すという失態を挽回すべく、手勢を率いて船上山に攻め寄せた。周辺豪族も加わりその数は三千。一方、帝を守る船上山の名和軍は五百に満たなかった。

二十九日より佐々木軍は攻勢を仕掛けたが、名和長年は峻険な船上山を駆使した老獪《ろうかい》な戦い振りを見せ、鎌倉軍は将を含む多数の死者、投降者を出すという被害を蒙った。

「流れが一気に傾いたのはここからでしょう」

船上山で勝利したことにより、鎌倉方であった出雲《いずも》国の富士名義綱《ふじなよしつな》、塩冶高貞《えんやたかさだ》らが寝返って馳せ参じた。その後も後醍醐帝はひたすら鎌倉追討の綸旨《りんじ》を発し続けた。それを受けて三月に入るとさらに続々と兵が集まり、もはや伯耆、出雲は守護や地頭の兵では抑えきれぬ状態となっていった。

この間、播磨で挙兵した赤松円心は破竹の勢いで鎌倉方に連勝を重ね、遂には軍勢を率いて京に向けて進発する。

さらにこの間も、父はなおも千早城で鎌倉方の大軍を引き付け続けている。護良親王が糧道を断ったことで、鎌倉方の人馬は飢え、毎日のように百騎、二百騎と離脱する始末である。さらに伊予《いよ》国河野《かわの》氏、肥後《ひご》国菊池氏も鎌倉に叛旗《はんき》を翻す。流れは、完全に帝側に傾いていた。

「そして……五月七日、足利高氏《あしかがたかうじ》が六波羅に」

源氏の名家にして鎌倉の御家人、足利高氏は船上山攻めを命じられて向かっていた。その途中、京を目指して猛進する赤松円心との戦いでは後方に陣取ったりもしている。だが唐突に鎌倉からの離叛を表明した。己が奮闘したとて、この勢いはもはや止められぬと思ったのではないか。

身を翻せば、足利高氏の行動は早かった。赤松らと同時に六波羅探題に攻め寄せたのである。裏切られると思っていなかった六波羅は大混乱に陥り、呆気ないほど簡単に陥落してしまった。

「翌八日には新田《にった》殿が挙兵」

同じく源氏の御家人である新田義貞《よしさだ》は千早城攻めに加わっていた。しかし、この時には勝手に陣を払って東国に帰っていた。義貞は以前から重い税を申し付けられたことなどにより、鎌倉とは険悪な状態に陥っていた。仮に鎌倉が鎮圧したとしても、新田家の存続は危うい。ならばいっそのこと、帝側に転じることに賭けるほかないという考えもあっただろう。

義貞は鎌倉に弓を引くことを表明すると、賛同する者たちを糾合しつつ鎌倉を目指した。途中、幾つかの戦に勝ちながら軍を進め、遂に二十一日には鎌倉に雪崩《なだ》れ込むと、翌二十二日には北条得宗《ほうじょうとくそう》家当主、北条高時《たかとき》を自刃に追い込んだのである。

両将が示し合わせた訳ではないが、互いにほぼ時を同じくして鎌倉に見切りを付けたということになる。

これらのことは瞬く間に全国に伝わって激震を呼んだ。千早城を取り囲んでいた鎌倉方の軍勢の耳にも入り、六波羅陥落のみ伝わった十日の時点で、潮が引くように全軍が退却を始めた。鎌倉方は南都奈良に退こうとしたが、混乱の中で死傷者を出しつつ、やがて瓦解して散り散りとなったのである。

「こうして父上にとって、生涯最大の戦いは終わりました」

たった数千で十万にも届かんとする敵を相手取って翻弄し、鎌倉が倒れる時まで持ち堪《こた》えたのだ。これは有史の中でも例は無く、まさしく空前絶後ともいうべき活躍であろう。ただこの時、父はきっと、

――口惜しがられていたのだろう。

と、多聞丸は思う。

「以前、夢の話をしたのを覚えておられますか」

多聞丸は静かに問うた。

「赤松……殿が語った……」

前回、母と話した時のこと。今は武家方に鞍《くら》替《が》えした赤松円心のことを母は快く思っていない。だがそれは夢が破れたからだと多聞丸は父から聞いている。

「はい。父上と赤松殿が何を狙っていたか。それは御家人のうちに寝返る者が出る前に、京を落とすということです」

「それは……一体……」

どういう意味か。母はこれだけでは意味が解らないようで怪訝そうにしている。

「後の政《まつりごと》のため、悪党の力だけで京を奪わねばならなかったのです」

父と護良親王、そして赤松円心は肝胆《かんたん》相照らす仲になっていた。この三人の考えは、如何に鎌倉を討つかだけではなく、その後のことにも及んでいたのだ。

仮に鎌倉を滅ぼしたとしても、そこに武士の力を借りれば、十分な恩賞を与える必要がある。そうなればまたぞろ力を持つ者が出来《しゅつらい》し、世の武士たちを取り纏《まと》めようとする野心を抱くだろう。武士たちも担ごうとするはず。これではまた新たな「鎌倉」を生むだけで、帝の親政の大きな障害になる。故に御家人のような既存の武士の力を借りず、悪党たちの手だけで鎌倉を討とうとしたのだ。

父が千早城で雲霞《うんか》の如き大軍を引き付けている間に、赤松が単独で京を落として帝を迎え入れる算段であったのだ。そうなればまだ鎌倉は健在でも、一応は帝の親政を始めることが出来る。その後、寝返った御家人たちが出たとしても、政権の後に加わった者として恩賞を抑えることも出来ると考えた。

策は途中までは上手くいっていた。父は実際に鎌倉軍の大半を引き付けた。赤松も播磨から連戦連勝で一時は京のすぐ傍まで迫った。

だが六波羅軍はまだ赤松の倍ほどの兵を残しており、ここで一進一退の攻防となって時が流れていった。赤松が乾坤一擲《けんこんいってき》の決戦を仕掛けようとした矢先、足利高氏が寝返ったのだ。

「それで夢が破れたと……」

母はか細い声を漏らした。

「今思えば、この時にすでに破れていたのでしょう。しかし、父上も赤松殿もまだ諦めていた訳ではありません」

後醍醐帝は京に入り親政を始めようとした。だがこの時、後醍醐帝の召喚に応じなかった人がいる。あの護良親王である。

護良親王は足利高氏が武士たちからの信望が篤いこと、そして六波羅を落とした功績で多大な恩賞を得て力を付けるのが明白となったことで、

――あの男は次の鎌倉を創る。

と、警戒していたのだ。

故に護良親王は上洛《じょうらく》せずに高野山から信貴山《しぎさん》に移り、自らを将軍にするように父帝《ちちみかど》たる後醍醐帝に要求した。自らが宮将軍となることで、全国の武士を取り纏めようとしたのである。

「しかし、先帝が足利高氏を重く見ておられたのは御存知のはず」

護良親王の思いとは裏腹に、後醍醐帝は足利高氏のことを高く評価しておられた。それから間もなく、後醍醐帝が高氏に自らの諱《いみな》から「尊」の字を与え、尊氏《たかうじ》と名を改めたことからもそれは判るというものである。

後醍醐帝も足利尊氏が武士の信頼が篤いことは御存知であった。だからこそ尊氏を手元に置いて、まだ鎌倉の残党が跋扈《ばっこ》する不安な世情を一刻も早く鎮めようとされた。ただ後醍醐帝も尊氏を全く警戒していなかった訳ではない。尊氏に力が集中しないように、新田義貞も篤く遇し、武士の力を二分しようとされたのである。

「しかし、護良親王はあくまでも納得なさりませんでした」

護良親王は、新田義貞では足利尊氏を抑えきれぬと看破していた。だからこそ、ここだけはどうしても譲ることが出来なかった。護良親王があまりに頑強に自らを将軍にするように訴えるため、

やがて後醍醐帝も折れて護良親王を征夷大将軍《せいいたいしょうぐん》に任じた。護良親王はそれでようやく山を下りて京に入ったのである。

「しかし……」

母は言葉を濁した。後醍醐帝の批判に繋がりかねないから憚《はばか》ったのだろう。

「はい。やがて護良親王の危惧した通りに」

後醍醐帝による親政の是非を一々話してはきりがない。後に顧みれば善政と思われるものもあるだろう。が、結果として武士の中にも、かつて悪党と呼ばれた者たちの中にも、そして公家、民の中にも、多くの不満を持つ者が出たのは確かである。

「この時の父上のことを覚えておられますか？」

多聞丸は母に尋ねた。これまで母と幾度となく話して来たが、この時期の父について言及することは少なかった。

「お忙しかったこと……酷く疲れておられたことは覚えております」

母もこれは多聞丸と同じことを思っていたらしい。

父は多大な功績を認められ、河内、和泉の守護、河内の国司などの待遇を与えられたほか、記録所寄人《よりうど》、雑訴決断所奉行人、検非違使《けびいし》という要職にも任じられた。さらに出羽《でわ》、常陸などにも多くの所領を与えられた。一介の悪党であったことを考えれば、誰もが羨むほどの出世である。

だが父の表情は冴《さ》えなかった。厳密に言えば、たまに河内に戻り己たちに会う時、父は笑みを絶やすことはなかった。だがその笑みの中に疲れと、何処か儚《はかな》さを感じたのである。離れに一人で籠もり、何かを黙然と考えていることが増えたのもこの頃である。

父の才は戦場でのみ輝き、平時のことには向かなかったと思う人もいるだろうが違う。与えられた職務をそつなくこなし、瑕疵《かし》はほとんど無かったという。父はこの後、再び騒乱が起こることを予期していたのだろう。

「父上は護良親王のことに心を痛めておられました」

後醍醐帝の親政に早くも綻びが生じ、武士からの不満が出始めている。そうなれば足利尊氏に期する者も増えて来て、その求心力は高まっていくので、護良親王が危険視するのも無理はない。だが一方で、護良親王が蛇蝎《だかつ》の如く尊氏を嫌っており、排除に性急過ぎたところがあったのも確かである。

さらに護良親王が不幸であったのは、後醍醐帝の女房である阿野廉子《あのれんし》とも対立したことである。後醍醐帝には最愛の后《きさき》である禧子《きし》がいた。だが新政が始まって間もない元弘《げんこう》三年十月十二日に禧子は崩御し、次第に廉子が台頭するようになった。

廉子はすでに多くの皇子を産んでおり、我が子を帝にするためには、護良親王の存在が邪魔だったのである。故に廉子は尊氏と裏で手を結んで護良親王を除こうとしたのだ。

廉子は護良親王派に属する者の恩賞を少なくするように帝に讒言《ざんげん》した。父正成や、赤松円心などは護良親王派であるためその影響を受けた。

——河内の一介の悪党なのだ。十分過ぎる。

と父は語っていたが、その類まれなる活躍の割には、恩賞が抑えられていたのも事実である。ともかく、こうしたことにより護良親王派の勢力は削られ、立場が弱くなっていった。

そのような中、翌建武《けんむ》元年一月二十三日、廉子が産んだ皇子の中で最も長じている恒良《つねよし》親王が立太子された。つまり護良親王が後を継ぐことは無くなったという意味である。翌年の四月には廉子は准三后《じゅさんごう》となり、護良親王はますます追い込まれた。

護良親王は起死回生を図るため、

──尊氏には野心あり。追討の勅語を。

と、後醍醐帝に迫った。いや、懇願したと言ってよい。それほど護良親王は懸命に、何度も、何度も頼み込んだ。しかし、後醍醐帝はこれを受け入れることはなかった。

「何故……でしょうか」

母は蚊の鳴くような声で言った。

「何故、先帝は護良親王の上奏を受け入れなかったか……でしょうか」

多聞丸が問いの真意を紐解《ひもと》くと、母はこくりと頷いた。

今まで母は後醍醐帝のなさったことについて疑問を抱かなかった。厳密には不思議と思う出来事はあったのだろうが、不敬にあたると言及するのはおろか、考えぬようにしていたのだろう。しかし今、弱々しくもこの問いを口にしたのは、母の心境にも変化があったということ。己が何らかの覚悟を決めて話をしていることを悟り、母も誠心誠意向き合おうとしてくれているのだと感じた。

「後醍醐帝も足利尊氏を脅威には感じておられたはずです。だからこそ波風を立てず、共に歩む道はないものかと模索されていたのではないでしょうか」

すでに尊氏の弟直義《ただよし》は東国に下向し、北条残党を抑える名目で鎌倉将軍府を開いて東国武士を掌握しつつあった。その勢力は強大になっており、戦って確実に勝てる保証はなかった。故に尊氏との融和こそ最善と考えられたのではないか。

「しかし、あの男は忠義の欠片《かけら》も無い男です」

結果、足利尊氏は朝廷に弓を引くこととなった。

後醍醐帝の目が曇っていたことになり、護良親王の言が正しかったことになる。母は口が裂けてもそうとは言わぬ。これが精一杯の言い方であろう。

「どうでしょうか」

「それは一体……」

何が言いたいのか皆目解らぬようで、母は眉間に細い皺を浮かべた。

「足利尊氏に真に忠義の心が無かったのでしょうか」

「なにを……」

母は吃驚《きっきょう》に声を詰まらせる。薄暗い部屋の中でも、その顔がみるみる青くなっていくのが見て取れた。多聞丸がじっと無言を貫いていると、母は絞るように言った。

「幾度も言いましたが、あり得ませぬ」

「一度だけ、父上が足利尊氏のことを語ったのを聞いたことがあります」

父が世を去る数日前のことである。まさにその足利尊氏との戦いに臨む直前のことだ。父は尊氏がいるだろう西の空を見上げつつ、

──足利殿もさぞかし苦しかろう。

と、漏らした。

その時、多聞丸は朝廷への忠義云々《うんぬん》を考えていた訳ではなかった。ただ足利尊氏は今まさに父を滅ぼさんとする憎き敵と思っていたのは確か。何故、父が尊氏に同情したようなことを言うのか理

解出来ず、父に食い下がった。

「尊氏は帝を軽んじている訳ではない……と」

多聞丸はその時の言葉をそのまま伝えた。

父は護良親王派に属しているとはいえ、尊氏と口も利かぬという間柄ではなかった。むしろ尊氏の人となりを知ろうと、ことあるごとに交流を持とうとしたという。

父は尊氏が帝に対して畏敬の念を抱いていると、その中ではきと感じていたらしい。

「では何故、尊氏は先帝に弓を引いたのです」

「尊氏はそうであれども、足利という家はそうではなかったということです」

尊氏の弟の直義は政務に長《た》けており、御家人たちからの信頼も頗《すこぶ》る篤い。他にも執事の高師直《こうのもろなお》は類稀《たぐいまれ》なる軍才を有しており、戦においては一軍を率いて連戦連勝を重ねている。彼らは足利家には無くてはならぬ存在であり、尊氏にも迫らんとするだけの影響力を持っている。この両名を筆頭に、足利家の者たちは、

——尊氏を将軍にし、鎌倉に取って代わるべし。

という強い野心を抱いているのだ。母からすれば不忠極まりない考えだろうが、足利家の中に存在している彼らからすれば、そのように志向するのも無理もないことかもしれない。

ただ、尊氏だけがそれに躊躇《ちゆうちよ》している。帝に、朝廷に、弓を引いて万世まで朝敵の汚名を蒙るのは己であるから。それに尊氏は元来、後醍醐帝と気心が合っていたところもあっただろうと父は語っていた。両者の間がこじれる前、それは楽しそうに歓談していたのを何度も見たらしい。

そのようなことから、尊氏は野心に駆られた彼らの暴走を食い止めようとしていた節さえある。

足利家の者たちの中で、当主である尊氏だけが、二の足を踏んでいるという不思議な状態であった。故に後醍醐帝としても、尊氏との融和を諦め切れず、護良親王の言を退けたのだろう。

「やはり……信じられませぬ」

父がそう見ていたと語ったとしても、母はこのことだけは俄《にわ》かには信じられぬといった様子であった。

「足利直義、高師直、この両人さえ除けていれば、このようなことにはならなかったのかもしれません」

後醍醐帝はすでに御隠れになったものの、尊氏ら三人は今なお存命である。もし直義、高師直が死んだならば、戦を終わらせることが出来るかもしれない。裏を返せば、尊氏の両脇を支えているこの二人の目が黒いうちは、到底成し得ないとも言える。

「真にそのようなことが……」

やはり母は疑っており、俯《うつむ》き加減でか細く漏らした。

「尊氏のことはともかく……足利家としては親政に反対であり、武家による政を執らんとしているのは間違いないでしょう」

多聞丸は本題に戻すべくそのように話を纏め、

「故に、してはならぬ過ちを犯したと思います」

と、続けた。敢えて主語を抜いたのは、後醍醐帝一人にその責を押し付けるつもりもないから。これは帝を支えるべき近臣の者たちの責任でもある。

「私のような若輩から見ても、愚策としか言いようがありませぬ」

目を伏せて黙する母に向け、多聞丸は言葉を継いだ。

護良親王が後醍醐帝に謀叛《むほん》を企てているという噂が流れた。尊氏排除を容れられず、不満を抱いていたかもしれないが、身命を賭して父帝のために戦ってきた護良親王に限って、あり得ないことである。護良親王が邪魔な阿野廉子、対立する足利家の者が流した根も葉もない話である。しかし後醍醐帝はこの噂を信じた。護良親王はなおも、

――帝位を奪うなど考えもしておりませぬ。

と伝奏《てんそう》役に訴えるも、後醍醐帝の心を動かすことは出来なかった。

この時期、父は北条家の残党の鎮圧、紀伊、大和《やまと》、摂津《せっつ》の親政に従わぬ武士の討伐を次々に命じられた。護良親王と最も近しい父を遠ざけようとされたのであろう。

父が京を離れている間に、護良親王は捕縛された。そして、足利直義の在る鎌倉に送られたのである。尊氏との関係を修復するため、足利家の野心の火を消すため、我が子を売ったといっても過言ではない。

足利家がいずれ牙を剝《む》くのは必定で、護良親王の身柄を渡しても収まるはずはなかった。その時に朝廷の先頭に立って戦うであろう護良親王を掌中に収めたことで、餓狼《がろう》の如き足利家の者たちは小躍りしたに違いない。

「先帝は護良親王を見殺しにされたのです。誰よりも功のある皇子を、自らの血を分けた子を――」

「多聞丸」

声に熱が籠もる多聞丸に対し、母は悲痛に名を呼んで遮った。

「真のこと」

「解っています。故に口にする必要はありません」

母もこれが後醍醐帝の過失だとは理解している。だからこそ後ろめたい気持ちがあり、護良親王についてはは出来る限り触れないようにしてきたのであろう。

「さぞかし、ご無念だったはずです」

護良親王を送ってから一年足らず、北条家の残党が関東で蜂起し、鎌倉を奪還するという事件が起こった。この時、牢《ろう》に囚われていた護良親王は殺された。足利家はあくまで残党がやったと主張しているが、恐らくはどさくさに紛れて弑《しい》したのであろう。この報を耳にした時、父は膝から頽《くずお》れて慟哭《どうこく》し、

――もはやいかぬ。

と、呻《うめ》くように繰り返していたという。もはや、戦いは避けられぬということである。事実、情勢は刻々と不穏なほうへと傾いていった。

鎌倉にいた直義は逃れて、再奪還するため、京に留まっていた兄尊氏に援軍の要請を行った。尊氏は出陣の許しを得ようとするが、朝廷はこれを良しとはしなかった。尊氏を関東に送ってしまえば、そのまま独立するという懸念があったからである。これは後醍醐帝も危惧しておられたようで、尊氏を留めて、他の者を向かわせようとした。

「尊氏が出陣したのは御存知の通り」

再三の奏上も無駄に終わったことで、尊氏は鎌倉に向けて独断で軍を発した。尊氏が向かったことで、関東の武士たちは奮い立ち、あっという間に鎌倉を再奪還した。

「あの男は戻らなかった」

母の声には、やはり怨嗟《えんさ》の匂いが漂っている。

朝廷は京に戻るように命じたが、尊氏は関東の情勢を鎮めるためなどと言い訳をして、鎌倉に留まり続けた。

尊氏としてはこの時点でも、迷いがあったのではなかろうか。だが直義、師直が側に揃ったことで、尊氏としてはもう腹を括《くく》らざるを得なかっただろう。

「今も続く戦はこの瞬間から始まったといってもよいでしょう」

この後、朝廷は尊氏の討伐を決めて新田義貞を送るも敗退。尊氏は軍勢を率いて上洛を開始する。やがて足利軍は京に迫り、父も軍勢を率いて防戦に当たる。数の上でも、勢いでも朝廷は劣勢であった。

だが奥州《おうしゅう》に送っていた北畠顕家《きたばたけあきいえ》が兵を率いて、尊氏を追うようにして上洛を始める。北畠顕家は公家であり、弱冠十八歳という若さである。だがその軍才は光芒《こうぼう》を放っており、連戦連勝の破竹の勢いで上洛し、力を得た朝廷方は遂には足利軍の背後を衝《つ》いて木端微塵《こっぱみじん》に粉砕した。尊氏は命からがら西国へと落ち延びていく。

「何をおいても尊氏を追撃すべし。軍兵の半数が死に絶えようとも。父上はそう主張されたと聞いております」

家中の者たちに押され、帝に弓を引く以外に選択の余地がなかった尊氏に、父が同情の念を抱いていたのは確か。だが、こうなってしまっては仕方が無い。尊氏を討って禍根を絶やさねばならない。

しかし、これは二つの理由で叶わなかった。まず一つは、後醍醐帝や廷臣たちが足利尊氏を甘く見たこと。ここまでの大敗を喫したからには再起は不可能だと考え、追討はするものの、父が上奏したような全力を挙げてのものにはならなかった。足利討伐の最大の功労者にして、虎の子の奥州軍を率いる北畠顕家を、早々に陸奥に返してしまったのが楽観していた証左であろう。

二つ目に、足利追討を遮る強敵が出来したことである。

「赤松殿です」

足利軍が西へと敗走を続ける最中、突如として赤松円心が朝廷に叛旗を翻したのである。親政下で冷遇されたことが理由だと語られている。それもあったかもしれないが、その理由を父は、

——夢が破れたのだ。

と、語ったのだ。

武士の力を借りずに鎌倉を討ち、親政には介入させないということ。それはすでに成らなかった。だが、護良親王とならば、そこからでも武士を除いて真の親政が出来るのではないか。夢の僅かな残滓《ざんし》に、父も、赤松も賭けていた。いや、諦め切れずにいた。

しかし、その僅かな希《のぞ》みも護良親王の死と共に砕け散った。この瞬間から、赤松は別の新たな道を進み出したということである。つまり赤松は悪党の部分を捨て去り、武士として足利と共に歩むことを選んだのだ。

赤松は逃げる足利尊氏に対し、再起して戻ってくるまで、自分が追討軍を食い止めることを約束した。父が鎌倉を相手にやったように、朝廷の大軍を一手に引き受けるということ。それは容易くはなく、覚悟が必要なことである。

これまで徹頭徹尾、護良親王派だった赤松としては、足利方に寝返るために、それほど大きな恩を売らねばならなかったということもある。だが、その心中は護良親王を見捨てた、帝への怨嗟の気持ちの方が大きかったのではないか。

赤松は言葉通り、寡兵にもかかわらず朝廷の大軍を食い止めた。そして、尊氏が九州の朝廷方を打ち破り、武士たちを糾合して戻るまで、足利家の楯《たて》として孤城を守り抜いたのである。

九州に逃れた足利尊氏に味方は決して多くはなかった。筑前《ちくぜん》国守護の少弐頼尚《しょうによりひさ》など僅かである。

一方宮方には肥後で少弐氏と敵対する菊池武敏《たけとし》、帝に篤い忠義心を示す阿蘇惟直《あそこれなお》、筑前国では秋月種道《あきづきたねみち》、筑後《ちくご》では星野家能、蒲池武久《かまちたけひさ》などが付いて軍勢を集結させた。菊池ら宮方は少弐家の本拠である大宰府《だざいふ》を攻めて陥落させ、足利尊氏の命運も最早《もはや》尽きたかに思われた。

だが尊氏はこの敗戦を受けても諦めることはなく、九州の大名衆、土豪を味方に引き入れるべく粘り強く交渉を続けた。

「尊氏は不思議な男です」

多聞丸は振り返ってつくづくそう思う。尊氏という人は幾つもの顔を持っている。鎌倉にあって朝敵とされた時は、意気消沈して仏門に入って恭順しようとした。だが弟直義、高師直らが独断で戦端を開いて劣勢になると、

——見捨てる訳にはいかぬ。

と、自ら陣頭に立って新田軍を粉砕した。

その勢いのまま上洛したが、父や北畠顕家らと戦って敗走した時は、

——最早、これまで。腹を切る。

などと喚《わめ》き散らしていたという。だが九州でさらなる劣勢に陥っても、今度は不屈の意志を示して勢力を盛り返そうとする。まるで幾つもの人格があるような男なのだ。

「尊氏自身に批難が集まらぬようにという浅はかな考えなのでしょう」

「それはどうでしょう」

母は忌むように目を細めたが、多聞丸は小さく首を横に振った。

確かに母の言にも一理あるし、そのように思っている廷臣も少なくはない。だが多聞丸はこれらの言動全て、尊氏の本心からのものではないかと思うのだ。尊氏は陰陽の感情の波が極めて大きい。陰に入っている時は嬰児《えいじ》にも劣る愚将となり果てるが、一度、陽に振り切ってしまえば稀代の名将に化ける。これこそが尊氏という人ではないか。

それを直義や師直、重臣たちは知っているからこそ、名将たる尊氏を呼び起こそうと様々な絵図を描いてきたのではないかと思うのだ。そういう意味では、尊氏は家臣たちに上手く、

——乗せられている。

とも言えるだろう。

「ただ、こうなった時の尊氏は尋常ではありませぬ」

大宰府が落ちてなお、尊氏は周囲の豪族を味方に引き入れて二千騎を集めると、十倍からなる九州の宮方に多々良浜《たたらはま》の地で決戦を挑んで撃破してしまった。

こうなると尊氏の勢いは留まることを知らず、宮方から寝返る者が続出し、瞬く間に数万騎に膨れ上がった。

勢力を盛り返した尊氏が、再び上洛を開始したのは延元《えんげん》元年四月初めのこと。京で敗れてから僅

か二月で挽回したことになる。

足利軍は二手に分かれて中国筋の陸路と、瀬戸内《せとうち》の海路を進んだ。このことで中国、四国でも足利方に鞍替えする者が出た。

さらに安芸《あき》国の厳島《いつくしま》に至った時、光厳《こうごん》上皇の院宣《いんぜん》を得て朝敵の汚名を払拭したことで、尊氏のもとに奔《はし》る者はさらに増え、備後《びんご》国鞆《とも》に着く頃には陸海の両軍を合わせれば十万騎を超えていたという。


——尊氏迫る。

の報に朝廷は恐慌に陥った。

慌てて打った手というのは、奥州に引き揚げさせていた北畠顕家に再上洛を促すこと。さらに赤松円心の白旗《しらはた》城を攻めていた新田義貞に迎撃を命じることであった。

新田軍は、備中《びっちゅう》国福山の地で足利軍と激突した。足利軍は数で勝っていたが、勢いでも明らかに勝っていた。合戦が始まってから二刻もたずに新田軍は崩れ、義貞は残兵を率いて摂津の地まで退却するはめとなったのである。

「この頃ですね……」

母の声が一層重くなった。父が朝廷に参内を命じられたのだ。

「はい。私もしかと」

覚えている。何故ならばこの時、父は多聞丸を連れて上洛したのだ。これは初めてのことであり、まだ僅か十一歳だった多聞丸でも、ただ事ではないと感じた。

父と共に京に上ったのは五月十四日のことである。多聞丸はこの時、初めて父と共に後醍醐帝に謁見した。

後醍醐帝は何と御簾《みす》を上げられた。これは例外のことである。後醍醐帝がもともとそのような仕来たりに頓着が薄かったからか、あるいは楠木家への強い想いを表そうとされたのか、あるいはこれから父に出す命に対しての後ろ暗さからか。その御心は察するにあまりあるが、全てが含まれていたのではなかろうか。ともかくこの時、多聞丸は後醍醐帝を目の当たりにし、

——これが帝か。

と、拍子抜けしてしまったのである。

このような感想を抱いたと廷臣たちが知れば、何と不敬なことかと嘆き、罵《のの》しられることだろう。だが多聞丸はそう思ったのだから仕方が無い。帝とは如何に尊いか、母を始め多くの者が語るのを聞くうち、多聞丸の思い描く帝の像は甚だ神々しいものになっていた。だが眼前の帝は、己たちと変わらぬ人である。思い描いていた像が大きかっただけに、驚いたというのが本音であった。

後醍醐帝から御言葉を賜ったが、正直なところあまり覚えていない。父の意志を継ぎ、今後も朝廷に尽くしてくれ。そのような内容だったと思う。

その後、多聞丸だけが下がらされた。父は廷臣の一人として、朝議に加わるとのことであった。御所から下がり、京に与えられた楠木家の屋敷に多聞丸は入った。多聞丸は父が戻るまで待っていようとした。一刻、二刻、三刻経っても一向に帰って来ることはない。

やがて子《ね》の刻を過ぎたあたりで、いつの間にか微睡《まどろ》んでしまった。知らぬ間に床に寝かされてい

た多聞丸が目を覚ました時、そこには父の顔があった。

父はそっと己の額に手を触れていたのである。

「申し訳――」

多聞丸は謝って飛び起きようとしたが、

「寝ておればよいのだ」

と、父はそっと肩を押すようにして寝させた。

「しかし……」

すでに丑《うし》の刻は回っているという。この時刻まで父が帝のために働いていたのに、自分が寝そべっている訳にはいかぬ。だが父は首を横に振り、

「このように寝顔を覗き込むのも久しぶりだからな」

と、ふふと口元を綻ばせた。

「もう私も十一になります」

世の中ではこの歳で元服している者もいる。子ども扱いされたことが悔しかったというより、恥ずかしさの方が勝った。

「確かに大きゅうなった。だが親にとって、いつまで経っても子は子だ。このままで頼む」

そこまで言われれば、多聞丸も抗う訳にいかず得心して頭を床に着けた。

「どうかなされましたか……?」

暫くして多聞丸は訊いた。見下ろす父の表情が常と違って見えた。いや、違う。かつて見たことがある。父がまだ河内の小領主で悪党と呼ばれていた頃、多聞丸がまだ幼かった頃の顔である。多

聞丸は懐かしさが込み上げると同時に、酷い胸騒ぎを覚えた。

「眠くはないか？」

父が尋ねるのに、多聞丸はこくんと頷く。

「すっかり目が冴えました」

「話したいことがある」

父はこうして昔語りを始めた。


楠木家の来歴など、すでに多聞丸が聞いていたことのおさらいもあったが、主には父が帝の招聘《しょうへい》に応じてから今に至る話である。その中には父が誰にも話していなかったこともあった。母が知らぬことを、多聞丸が知っていたのはこれが理由である。

父はその時の状況、戦の詳細、関わりのあった人物の評、心に抱いていた夢を、時に重々しく、時に笑いを交えながら語った。多聞丸の疑問にも丁寧に答えながら。

一刻ほど経った時には現在、つまりは今日のことにまで追いついた。何故、父が参内を命じられたのか。多聞丸が下がった後、如何なる朝議が行われたのかにまで言及した。

今、十万を超える足利軍がこの京に迫っている。新田義貞は迎え撃ったが止められず、北畠顕家に援軍を要請したがすぐには来られない。絶体絶命の中、起死回生の策を出させるために父は呼ばれたのである。

父に頼るのがこの段になったのは、足利尊氏は再起出来ぬと侮っていたこと、足利軍が動き出してからあまりに迅速であったこと、さらに朝廷は恐れおののいて混乱の坩堝《るつぼ》と化し、当座のことを決めるのでやっとであったことなどが理由である。

――一つだけ、我に策が。

帝の求めに応じ、父は一つの策を献じた。

まず帝には比叡山《ひえいざん》に御動座して頂く。こちらは無用な抵抗をせず、足利軍に京を明け渡すというものである。一見、ただ逃げたように思えるが、これには意味がある。

まず足利軍は十万を超えるほどに膨脹していることから、兵糧不足に陥っているのは間違いない。地盤である関東からは宮方に阻まれて米は運べず、新たに勢力を築いた九州からも遠すぎてまた同様である。

行軍の途中に中国筋、四国の宮方を倒し、その治める村から略奪するつもりだったのだろう。足利方に味方する者が多く出るのは嬉しい誤算だったかもしれないが、そのせいで米を徴発することも儘《まま》ならないはずだ。

京には十万の軍を長く食わすほど米は無いが、それも出来る限り運び出して比叡山に持っていく。そうすれば足利軍は京に入るなり飢餓に襲われるだろう。

さらにもう一つの理由として、足利尊氏の勢いを止めるため。

「乗せるとあれほど厄介な人はおらぬ。一呼吸空け、気を削《そ》ぐ必要がある」

父は尊氏をそのように語った。この時の言葉を手掛かりに、後に多聞丸は尊氏の気質を推し量ったのである。

こうして足利軍を京に招き入れて兵糧攻めにする。京は攻めやすく、守りにくい地でもある。北畠顕家の奥州軍が来て、勝機が見えれば四方八方から攻撃して奪還する。その段階になっても手強いと見れば、新田を切って、足利と和議を結ぶのもまた一手。

ともかく、今の尊氏率いる足利軍は止められぬから退くというのが父の策であった。献策した後、朝議がどうなったか。多聞丸は己でも血の気が引いていくのが解り、

「そんな……」

と、絞り出すのがやっとであった。

結論からいえば、父の策は受け入れられることはなかったのである。

朝議に加わっていた公家の一人、坊門清忠《ぼうもんきよただ》が、つい半年前にも動座したばかりで度々となると帝の御威光を傷つけることになると真っ向から反対したという。

「その坊門という御方は戦を知っているのですか」

多聞丸は勢いよく身を起こした。いくら父の言いつけとはいえ、もはや寝てはいられなかった。

「いいや」

父は鷹揚《おうよう》に首を横に振った。

「何か他に訳でも」

「ないだろう」

「では、真に体面のために……」

「千里先の万人より、一里先の一人の方が時に恐ろしいものよ」

戦において、敵勢より身内のほうが恐ろしい。父はそのように言いたいのだろう。

「坊門清忠ですね」

多聞丸の中で何かが音を立てた。初めてのことである。十一歳の子にこのようなことが一瞬でも

頭を過《よ》ぎったと知れば、

——鬼が宿っている。

と、世の人は震え上がるだろう。だが、多聞丸は己がどうなろうともよいと思えた。父をただ救えるならば。

「愚か者」

この日、父は初めて叱った。それさえも尊く思えて、多聞丸は嗚咽《おえつ》を嚙み殺した。

「坊門殿を恨むな。他の御方も思っていたこと。汚れ役を買って出られたのだろう」

父は嚙んで含めるように続けた。朝議に加わっていた公家が、坊門と意見を同じにしていたのはありありと見て取れたらしい。ただ誰も口を開こうとせず、重苦しい雰囲気が場を支配していた。その中、坊門が細く息を吐いた後、そのように発言したという。そして、坊門は最後に、

——お主はそのようなものと思うだろう。だが……。

懸命に言葉を選ぼうとする坊門に対し、父は間を置かずに一言、解りましたと告げた。帝とはそのようなもの。そのようなものを守り続けるのが帝。と、坊門は言いたかったのだろうと父は悟った。

「解らぬでもないのだ」

父は達観したように言った。

何故、帝が敬われているのかと尋ねられて、すぐに答えられる者がこの日ノ本にどれほどいようか。多少の学のある者は、万世一系の血脈が尊いからと答えるだろう。が、それだけで説明が付くのか。もし同じように脈々と血を続かせる一族があったとして、果たして帝の如き崇敬を受けると

は思えない。

　父はずっと考えていた。時にやんわりと問い掛けたこともあるという。だが誰の答えも、見事に腑《ふ》に落ちることは無かったという。その真実は、当の帝さえご存知ないのではないかと父は語る。

　そもそも理由を求めてはならないかもしれない。ただ尊く、ただ敬うべき、太古の昔から帝とはそうであったという事実が全てであると。

　だが時に、それを崩そうとする輩《やから》が出て来る。少し前ならば鎌倉、今は足利。が、帝だけは決して崩そうとしてはならない。これこそが坊門を始めとする廷臣たちの考えの根幹にある。

「だから公家たちも……」

「これは分かれるだろう」

　公家にも二種いる。帝を敬って愚直なまでに守ろうとする者。帝の権威を利することが出来る己の立場を守ろうとする者。坊門はどちらか判らないが、結局のところ行きつく答えは、

「同じよ」

と、父は苦く頰を緩めた。

「帝は何と」

　公家たちが幾ら阻もうが、帝の御意思が優先である。

「行けと」

　父は静かに答えた。

　坊門に追随して他の公家も反対意見を述べる中、父は沈黙を守っておられた後醍醐帝と目が合っていたという。何か言葉を交わしたという訳ではない。ただ暫くして後醍醐帝が目を逸《そ》らされた時、

父は全てを悟った。

――正成、尊氏を討て。

後醍醐帝がそう仰せになったのは、その直後のことである。

京に足利軍を一歩も踏み入れさせるな。新田義貞を助け、摂津国で足利尊氏を討て。それが帝の御意思であった。

「真に行かれるのですか」

多聞丸が真に訊きたいのはこちらである。

「すでに河内には使者を送った」

父はここに来る前、河内で兵を集めるように家人に命じたらしい。

楠木家が動員出来る限界は五千。新田軍は二万ほどいたが敗れて、一万ほどに数を減らしているだろうとのこと。一方、足利軍は十万を超え、まだ増え続けている。誰がどう見ても勝敗は明白である。

「何か秘策があるのですね」

多聞丸は声を明るくした。

これまで神算鬼謀で鎌倉の大軍を翻弄し、幾度となく勝利を挙げてきた父である。此度《こたび》もまだ奥の手を隠しているのだろうと思った。

「さて」

父は少し悪戯っぽく笑った。このような表情を見せるのは間違いない。多聞丸は確信を強めると、

「私も行きます」

込み上げる想いをそのまま吐き出した。

「初陣を飾るか」

未だ多聞丸は戦に出たことはない。齢《よわい》十一では早い方であろうが、それよりも若年で戦に出た例は過去にごまんとある。

「そのために私をお連れになったのでしょう」

京に伴ったのも、帝に拝謁《はいえつ》させたのも、このような次第を話したのも、全てはそのため。多聞丸は話の途中からそう感じていた。

覚悟を決めたかと問われれば、正直なところ首を捻らざるを得ない。が、父と共にならば不思議と恐ろしさは感じなかった。

何の間か。父は暫し答えるのを控えてじっと多聞丸を見つめた。気のせいかもしれないが、父の目の端が光っているように見えた。

父は多聞丸の問いに答えることはなかった。何かを言い掛けて一度呑み込むと、

「解った」

と、だけ静かに言った。

一刻以上は話しただろう。外ではすでに山鳩《やまばと》が鳴き始めていた。片田舎ではなく、洛中にもいるのか。そのような愚にもつかぬことを考えたのも、多聞丸は今なおよく覚えている。

「それが出陣の前日のことです」

多聞丸は眼前の母に向けて言った。出陣の前日、寝所で父とそのような会話を交わしたのも初め

て語った。母もその時の光景がありありと浮かぶらしい。時折、涙ぐんで小さく洟《はな》を啜っていた。

「そうですか……」

母は相槌を打つと、指で鼻先を拭った。

ここから母にとってさらに辛《つら》い話になる。それは二つの意味において。一つはすでに父の死まで十日を切っているからである。未だに父がよく籠もった離れにも入れぬ母である。己に説教をする時も、父の最期の勇壮さを漠然と語るのみで、細やかなことには触れない。今なお哀しみが込み上げて語れないのだと、多聞丸は知っている。

そして今一つは、ここからまだ話していないことがあるのだ。それは母の思い描く父の像とは乖《かい》離《り》することもあり、困惑と苦悩を与えてしまうのは明らかであった。

だがこの後、己の本心を打ち明けるためにはどうしても言わねばならぬ。その時、その地で父と交わした会話が、今の多聞丸の考えを決定付けることになったのだから。

「桜井《さくらい》の話を」

多聞丸がその地の名を出すと、母は息を整えて頷いた。


翌日、多聞丸は初めて甲冑を身に付けた。本来ならば初陣の儀式を行うところだが、時が時だけにそれら一切を省いた。

ただ、父自ら甲冑を付けてくれながら、

「ここはしかと締めておけ。隙間が生じて矢が入る」

などと、丁寧に教えてくれた。甲冑の下は紫、上は藤、徐々に色が変じていく大人びた意匠。所謂、紫裾濃《むらさきすそご》と呼ばれるものである。幼い今は些《いささ》か似つかわしくなくとも、いつの日かしっくりと来るはず。父は穏やかな口調で語っていた。

京を発ったのは、昼前のこと。朝廷に参内するために伴って来た郎党、京の屋敷に詰めていた郎党を合わせて百騎ほどである。いつ他の楠木党と合流するのかと尋ねたところ、

「摂津に入ったところで合わさる段取りだ」

すでに昨日のうちに急ぎの使者が河内に走った。このような事態になることは予め想定していたらしく、叔父の正季に命じていつでも出陣がかなうように支度させていたらしい。その正季が軍勢を率いて来て、摂津で合流するという。

「驚きました」

多聞丸は感嘆の声を漏らした。

五千の楠木党に動員を掛けていたのもそうだが、いつの間に戦に臨むだけの兵糧を用意していたのか。父が戦に出る時は、兵の参集、兵糧の調達、また武具の支度などで、河内中が大わらわになる。

しかし、此度はそのような動きは無かった。足利方も宮方の様子を探るべく、先んじて密偵を放っているだろう。その者たちに楠木は動かないのだと油断させるため、水面下で支度をしていたのだと多聞丸は取った。父はそれに対し、

「まあな」

と、何故か曖昧に受け流し、思い出したように尋ねた。

「付け心地はどうだ？」

「悪くありません。ただ兜《かぶと》が少し……」

「やはり大きいな」

父は白い歯を少し覗かせた。多聞丸が初陣を飾るため、父はかねて鎧《よろい》と兜を用意してくれていた。ただ三、四年は先になるだろうと、それに合わせた大きさになっている。鎧もやや大振りだが締めればどうにかなるのに対し、兜は緒をきつくしても些か揺れて安定にかける。

「いずれ合います」

多聞丸がそう言うと、父は頰を緩めたまま頷いた。

京はすぐに噂が駆け巡る。洛中を百騎ほどの軍勢が行軍している。どうも楠木らしい。そのように聞きつけたのだろう。

洛中を行軍していると、往来に見物人が集まって来た。その中から、

「やはり楠木様だ」

などと声が聞こえる。一人や二人ではなく、多くの者が父を見知っている様子である。

「御屋形《おやかた》様は人気なのです」

多聞丸が驚いていると、郎党の一人が教えてくれた。父は鎌倉方の大軍を寡兵で翻弄し、獅子奮迅の働きを見せた人だ。故に当初、庶民たちは楠木正成という武人のことを、おどろおどろしい妖術使いか、厳《いか》めしい仁王の如き者と想像していたらしい。

しかし、実際に見ると、微笑みを絶やさず、目からは慈愛が滲み出ている。話しかけても無視するどころか、気さくに応じて嫌がる素振りも見せない。

後醍醐帝の政に期待が大きかっただけに、あまり暮らし向きに変化が無いことに庶民は落胆し始

めているが、それでも父の人気だけは落ちるどころか、今なおうなぎ上りであるという。

「俺が武士らしくないだけだ」

父は軽やかな笑みを零して否定した。

御役目の帰路、市に立ち寄ってうろついたり、声を掛けられて足を止めたりするのは珍しくなかった。そのような振る舞いに庶民は親近感を抱いてくれたのだろうと父は語った。

時を追うごとに往来の人だかりは増えていく。親しみの籠もった声が幾度となく掛けられ、父は頷き、時に片手を上げて応じ、その度に軽い歓声が上がったりもした。多聞丸はその光景を見て、ただただ父を誇らしく思った。

父はふいに行軍を止めた。京の有力な商人で懇意にしており、何かと世話になったことがある人が見送りに出てくれていたのだ。父が暫し話し込む間、多聞丸の耳朶《じだ》は群衆の中にあった年嵩《としかさ》の二人の会話を捉えた。

「流石、立派ないでたちや」

「それにしても少なくないか?」

「楠木様の国は河内。そこで兵を集めるんやろ。五千にはなる」

年の功というべきか、男たちはなかなか事情通であるようだ。とはいえ、足利軍が京に向かっているというのは、今や市井の端々にまで伝わっていることらしい。

「それでも足利は十万を超えるとか」

「どうせ話を盛っとるんやろう。仮に十万やとしても、楠木様なら心配いらん」

「そりゃ、ほうや」

多聞丸は声に出して自慢したい気持ちをぐっと堪えた。己の父なのだと。父もちらりとそちらを見たので、二人の会話に気付いてはいるだろう。

それから間もなく、父が商人に別れを告げて再び馬を進め始めた時も、多聞丸は父の名に恥じぬようにと、より一層背を伸ばした。

洛中を出れば人は一気に疎《まば》らとなる。桂川《かつらがわ》を渡り、南へと進路を切る。長岡《ながおか》を経て、やがて摂津国との国境に差し掛かった時、

「この先で落ち合う……間もなくだ」

と、父が言った。何故か妙に寂しげな口振りが気に掛かったが、それよりも叔父と合流する心強さ、喜びが勝って声が弾んだ。

「叔父上が来られるのですね」

叔父はこれまで戦場で父を補佐し、時には一手の将として勇敢に戦ってきた。それでいて日常では父に輪を掛けて陽気であり、己や次郎にも目を掛けてくれる。そんな叔父正季のことも多聞丸は好いているし、幼い次郎などは己にも増して酷く懐いていた。

「ああ、大原《おおはら》駅だ」

駅は別に駅家《うまや》とも謂う。律令制《りつりょうせい》で諸々《もろもろ》の道に対し、今でいうところの約四里ごとに駅家を配置した。駅家には駅馬《えきば》が飼われており、駅鈴《えきれい》と呼ばれる証しを持つ役人に限り、疲弊した馬を乗り換えたり、食事を摂ったり、宿所を使ったりすることが出来た。これらのことを駅制などともいう。

朝廷の力が弱まるにつれて管理は杜撰《ずさん》となっていき、さらに鎌倉が政を代行するようになってから諸道に宿場が置かれ、駅家は衰退の一途を辿っていった。

それでも京の近くなどでは、まだ一定の機能を残している駅もある。大原駅もそのような駅家の一つである。

「地の者は別の呼び方をしている」

「別の？」

父が続けるのに、多聞丸は問い返した。

大原駅には一本の立派な桜の木がある。誰が、いつ、何のために、どのような想いから植えたのかは判らない。

近くの古老の話によると、祖父の代にはすでにあったということで、植えられたのは少なくとも二百年ほど前ではないかという。

その桜の木が由来だろう。これも誰が、いつ頃から呼び始めたのかは判らないが、

「桜井の駅と」

そう呼ばれるようになっていると、父は教えてくれた。

「桜井の駅……そちらのほうが美しい名ですね」

多聞丸は反芻《はんすう》すると、猶更《なおさら》そのように思った。

「何か人の願いが籠もっていそうだ」

父は大きく頷いて見せた。

その大原駅、いや桜井の駅に入った時には未《ひつじ》の刻を回っていただろう。ここで休息を取って、馬にも飼葉《かいば》を食わせる。

「これだな」

話していた通り、駅には桜の木が一本立っていた。父はこの駅を通ったことはあるが、ゆっくり滞在したことはないらしく、こうしてこの桜を見上げたのも初めてだという。

大木というほど幹は太くはなく、何処かまだ若々しさも感じる。二百年ほど前に植えたというのは妥当ではないかと父は呟《つぶや》いた。

季節は五月。当然、すでに花は散り果てており、青々とした葉が生い茂っている。柔らかな風が吹き、揺れた葉の隙間から陽が漏れ落ちて来る。

「座るか」

父に促され、桜の木の近くの手頃な岩に腰を掛けた。

多聞丸は揺れる葉が象《かたど》る影を見ていたが、父が横顔をじっと見つめるものだから、

「どうかしましたか?」

と、眉を寄せて尋ねる。

「大きくなったと思ったのだ」

「昨夜も聞きました」

多聞丸はまた恥ずかしさが込み上げて苦笑した。

「そうだったな」

多聞丸は戦場での父を見たことは無いが、郎党たちが語るところによると威厳に満ち溢れているという。ただ昨夜から父は終始穏やかな笑みを見せており、聞いていた話とはやはり印象が違う。いざ敵を目の前にした時、豹変《ひょうへん》するのかもしれないと考えていた。

「来たか」

父が立ち上がった。正季が河内から率いてきた軍勢がやってきたのだ。

「遅くなりました」

正季は軽やかに馬から降りると、父に向けて会釈をした。

「我らが早く着いただけ。示し合わせた通りよ」

「おお、多聞丸も一緒か」

正季は快活に声を掛けてくれたが、それとは裏腹に怪訝そうな視線を父に送る。

「ここだ」

「なるほど」

と、短い会話が行われる。多聞丸には意味を解しかねたが、兄弟だからこそ、それだけで考えが通じるらしい。

「半刻《はんとき》ほど後の出立でよろしいか」

正季は父の顔を覗き込むようにして訊いた。

「そうしよう」

父が応じた時、多聞丸はあることに疑問を抱いた。

「叔父上、残りの者は間に合うのですか?」

河内、和泉の兵を総動員すれば五千にも届くと聞いている。それなのに正季が率いてきた兵の数が明らかに少ないのは、幾ら己といえども気付く。ざっと五、六百人といったところではないか。他の軍勢が遅れているのだと思ったのだ。

「うむ……」

正季は微妙な表情になり、言葉に窮するように唸った。

「これで全てだ」

代わりに答えたのは父であった。多聞丸は意味が解らなかった。だがすぐにこれが秘策に関係するのだと考えて小声で問うた。

「そのような策なのですね」

「いや、違う。合わせて七百騎。これで足利に当たる」

「策は……」

「策など無いのだ」

「どういうことです」

多聞丸は頭が混乱してしまった。ただ何か、間を空けぬように何かを話さねばならない。そのような衝動に襲われ、あわあわと必死に言葉を探す。

「多聞丸、よいか」

「私が聞いても解らないからそのように……」

「多聞丸」

「そういうことですか。策はどこから漏れるか判らない。味方といえども、我が子といえども内密にするのが――」

「多聞丸、聞け」

父は肩をぐっと摑んだ。

己でも狼狽しているのが解る。次の言葉を言わせたくないがため、必死に抗っていた。だが父の真っすぐな目を見て、唇が震え、やがてそれは躰全体に伝播し、目からは一筋の涙が零れた。

「父上……」

声まで震え、絞り出すのがやっとであった。

「嘘を吐《つ》いてすまない」

父は辛そうに目を細めた。

多聞丸が思っていたような、都合のよい秘策など無かった。この戦は勝ち目が極めて薄いと解っている。父はとうに死ぬ覚悟を決めているのだ。

「私も……行きます……」

「お主はここから東条へ帰れ」

供に若い郎党を二人付けて送り届けるつもりだという。その者たちにもすでに言い含めてあるらしい。

「何故……それなら……私にも鎧を」

抑えても、抑えても嗚咽が込み上げ、多聞丸の声は途切れた。

「一度だけでも見たかった。それに初陣は共に飾ってやりたかった。すまなかった」

何故、詫びるのか。そう問う代わりに、多聞丸は呻くように喉を鳴らした。

「なかなか言いだせずにすまなかった」

父はそっと背を摩《さす》ってくれた。

残り少ない親子の会話の邪魔をせぬようにとのはからいか、郎党たちは誰から言うでもなく距離を空けて遠巻きに見守る。

中には涙ぐむ者もおり、父と古い付き合いの野田正周などは憚《はばか》ることなく腕で目を擦っている。正季も遂にはさっと天を仰いだ。哀しみが伝わったのか、何処からか不如帰《ほととぎす》も鳴いている。

ほんの暫し。ほんの少し。多聞丸の息が整ったところで、父はゆっくりと語り始めた。

「多聞丸、よく聞け」

「はい……」

「七百しか連れて行かぬ訳は解るな」

多聞丸はこくりと頷いた。

この戦、百中九十九まで負ける。それは五千騎であっても、数百騎であっても変わらない。ただ五千騎の全てを動員して敗れてしまえば、楠木家はもはや再起不能に陥る。足利軍が勢いを駆って東条に迫れば、抗うことは疎《おろ》か、民を逃がす術《すべ》すら無いだろう。故に、兵力を温存しようとしている。

「では、七百騎も連れて行く訳は解るか」

「それは……」

父は五千でも七百でも変わらないと言った。ならば三百でも百でも同じはず。少しでも多くの者を残すためにはその方が良いのではないかということだ。

「一厘《いちりん》に賭ける」

勝てる見込みは万に一つも無いかもしれない。

ただ戦に必ずということは決してない。予期しないことが起こるかもしれない。例えば戦の最中に天変地異が起こり、それが味方に利することさえある。

「俺は生きるのを諦めた訳ではない。それをお主には解って欲しい」

父はゆっくりと続けた。

七百以下になれば、勝算は一厘さえ割ってしまう。目的を達するための際《きわ》がこの数ということらしい。

「尊氏を討つのですね」

「いや、違う。狙うのは別だ」

父は首を横に振った。

「誰を」

「足利直義、高師直の二人だ。これを同時に討ち取る」

父はこの二人こそが足利家の両輪であると思い定めている。大袈裟に言えば、この二人こそが世間の思う「足利尊氏」そのものであるとも。二人が死ねば、尊氏という器を満たす者はすぐには現れない。尊氏一人となれば、如何に軍勢が残っていて優勢であろうとも、必ずや和議を結ぼうとしてくると父は読んでいた。故に、この二人なのだ。

「向こうもそれは解っている。故に軍を二つに分けているのだ」

足利軍は二手に分かれ、尊氏と師直が海路、直義が陸路を進んでいる。これは同時に討死する危険を避けるためだという。

「陸で直義を討ち、海で師直を討つ。かなり難しいだろう。せめて一人は討ちたいが……」

父はなおも続けた。まず陸の直義に突撃を敢行して討ち果たす。この時、直義が踏みとどまろうとしたほうがやりやすく、逃げられたならば厄介である。

その後、兵を引き返して船に乗り込み、再び師直に向けて突貫。一人を討つだけでも困難なのに、それを一度の戦で二度やる。しかも桁違いの寡兵で。戦のいろはを習い始めたばかりの多聞丸でも、それが如何に難しいことかは解った。

「この者たちは、それに付き合ってくれる」

父は郎党たちを見渡しながら言った。

今日、ここに参集した七百の兵たちは、楠木党の中でも父と苦楽を共にしてきた年嵩の者ばかり。将来を託して若い世代から順に残してきている。

「帰って来られぬかもしれぬ。故にこれよりお主を楠木家の当主とする」

父が厳かに言った時、多聞丸はまた身を震わせた。それは哀しみから来るものではなく、あまりの責任の大きさからである。

「これを渡しておく」

父は自らの腰から刀を抜いた。

「小竜景光《こりゅうかげみつ》……」

初めて邂逅《かいこう》した折、後醍醐帝から拝領したものである。以降、父はこの刀を肌身離さずにいた。それを己に託すということは、そういうことである。

「父上のように私が出来るとは……」

「大塚惟正が輔《たす》けてくれる」

一介の悪党であった頃、後醍醐帝のために下赤坂で蜂起した時、山野に紛れて潜伏した時、再びの決起、大塚は常に父と共に在った。だが齢二十四と、同じく共にいた中では最も若い。今回、残るように頼んだ時に大塚は、

――共に、共に、共に。

と、壊れたように繰り返し同行を迫ったらしいが、最後は父が地に膝を突いて頼もうとしたところで、慌てて押し留め、了承したという。

不如帰がまた鳴いた。西の空から曇天が伸びて来ており、ぽつぽつと雨が降り始めている。父は頬に落ちた小さな雨粒を指で拭うと、

「今後のことで、もう一つ大切なことを伝えねばならない」

と前置きし、この戦で自らが地上から消え去ったならば、その後に起こることを語った。

「俺はきっと英傑にされてしまう」

「もうすでに皆がそう思っています。それにされてしまうとは……」

「今とは比べものにならぬ。英傑、英雄、そして忠臣だと祀《まつ》り上げられるだろう」

父が今、如何なる本心を抱いていたとしても、誰かにそれを語ったとしても、それはきっと違ったものに変わる。

誰かが意図して変えようとする訳ではない。人から人の口を経る度に、時には付け加えられ、皆が望む「楠木正成」が創られていくことになるというのだ。

やがてそれを誰もが真実として信じることになるだろう。父と会ったことの無い者は当然のこと、やがては身内でさえも。いや、身内であるほどその死に意味があったと信じたくなるもの。父のこ

とをずっと側で見て来た母でさえ、きっとそれを信じてしまうだろう。

自らの死後の話を滔々《とうとう》と語る父に対し、多聞丸は顔を背けて漏らした。

「もうそのような話は……」

「いいや、ならぬ。聞くのだ」

今日、最も強く厳しい口調で叱ると、父はさらに話を進めた。

「その時、お主は英傑の子として、忠臣の子として、世の中から父の如き男になって欲しいとの期待を一身に集めることになる」

帝、廷臣、民に至るまで。勿論、武士もそうだ。帝の味方の武士はそのまま期待を膨らませ、敵の武士は期待を恐れに変え、皆が楠木正成の嫡男の成長を見守ることになるという。

「そう……あれば良いのですね」

父の言いたいことを察し、多聞丸は望むだろう答えを返した。

やがて長じた時、帝の御為《おんため》、朝廷に尽くし、足利家の野望を食い止めろ。そういうことだろうと思った。が、父の一言は全く予想もしないものであった。

「その期待に添う必要はない」

「え……それは……」

「そのままの意味よ。お主はお主の道をゆけばよいのだ」

暫しの静寂の後、多聞丸は絞るように言った。

「私は……戦は止んで欲しいと……」

「そうだな」

父は穏やかな笑みを浮かべつつ頷く。

「何のための戦か……私には解らないのです」

「お主にはそう見えるだろう」

ずっと心に秘めて来たことを口にしても、父は否定することはなかった。父は少し考えた後、言葉を継いだ。

「戦を終わらせるためならば、足利家と和議する道もあるだろう」

「それも……?」

「構わぬ。楠木が足利家に降るという道もある」

父の発言に肝を潰し、多聞丸は半ば唖然《あぜん》となって訊いた。

「真にそれでもよいのですか」

「先ほども申した通り、世は今の親子のことさえも勝手に創り上げるだろう。父が死ねば世は足利のものとなってしまう。そうならぬためにお主を帰すのだ。お主は生き残って、長じるまで文武に励んで雌伏の時を経て、帝に仕え、日ノ本のために働くのだ……そのようなところか」

父は苦々しく、悪戯っぽく、そして哀しげな笑みを見せて続けた。

「だが、そのようなことは望んでいない。己の想うままに生きればよい。それでたとえ不忠と罵られようとも、臆病と嗤《わら》われようとも。それが父の真実だ」

多聞丸はぐっと拳を握りしめた。

父がそのような考えを抱いているとは思いもよらなかった。いや、本来の多聞丸が知っている父ならば、このように言ってくれたとしても不思議ではない。己も知らぬうちに父のことをすでに英傑、忠臣だと決めつけ、本当の姿が見えなくなっていたのかもしれない。

楠木正成という像が勝手に独り歩きし、留まることなく世間に流布されていく。それを裏切らぬように、皆が望む姿であるように生きようとしてきた。

その自身と虚像の乖離に苦しみ、時には己が別人に変わっていくような恐怖もあったに違いない。父の真の強さとは、十万の軍を翻弄することでも、死を賭して戦に臨むことでもなく、これに向き合い続けたことではないか。

ずっと側にいながら、子でありながら、今更そのことに気付いた。多聞丸の胸に申し訳なさと、悔しさが込み上げて拳が震えた。

「ならば……ならば、行かぬという道はないのですか」

多聞丸は思い切って口にした。子には想うままに生きて欲しいと望んでいる父なのだ。これまで必死に楠木正成を演じてきたのかもしれないが、今からでも決して遅くはない。父にも想うままに生きて欲しかった。

「俺も戦は早くに止めるべきだと思う。我らが足利に降れば、それに大いに近付くとも思う。だが……俺は自ら望んで行くのだ」

「朝命だからですか」

もう口に出した以上、多聞丸は儘よとさらに踏み込んだ。朝命だから無条件に従わねばならぬ。この二日間のやり取りだけでも、父にはそのような考えは無いように思えたのだ。

「違うな」

案の定というべきか、父は静かに否定した。

「帝のためですか」

「そうとも言えるかもしれぬ。が、正しいようで、正しくない」

「では、何故なのです」

「何故だろうなあ……それが人という生き物の妙なところよ」

父は天を仰ぐと、風に溶かすように言葉を継いだ。

「答えに……なっていません」

父はゆっくりと視線を降ろすと、多聞丸を真っすぐに見つめた。

「いつかきっと、お主にも解る。そのような気がするのだ」

父は抜けるような笑みを見せ、多聞丸の肩に手をそっと置いた。

もう話は終わってしまった。まもなくこの時も終わる。それが解ってしまい、また、嗚咽が込み上げてきた。涙と雨の境が無くなっている。

「美しいな」

葉が濡れて艶《なまめ》き始めた桜の木を見上げ、父は言った。

「花は……咲いておりませぬ……」

多聞丸はか細い声を漏らした。

灰色の雲間から一筋の光が零れ、桜の青葉を照らしていた。父は再びそれを見上げると、思いきり息を吸い込み、香りに顔を埋《う》めるように小さく呟いた。

「いや、咲いているさ」

多聞丸が父との別れの時のことを語る間、母は相槌も打たず、身動き一つせずに耳を傾けていた。思ったほどの衝撃が無いのかとも思ったが違う。時折、母の長い睫毛《まつげ》が震えているのは、動揺している証しであると知っている。

「これが全てです」

多聞丸はそのように結び、母の返答をじっと待った。が、母はやはり何も言おうとしない。必死に整理しようとしているが、追いつかないといった様子である。

「父上が討死されたのは、それから九日後のことです」

父は多聞丸を河内に向けて送り出すと、七百騎を率いて新田義貞がいる兵庫《ひょうご》を目指した。兵庫に到着したのは二十四日のこと。桜井から向かえば通常は二日もあれば十分であるにもかかわらず、八日も要していることになる。

何故、これほどまで時が掛かったのか。多聞丸はすでに行動を別にしているため真実は解らないが、これも何か意味があるはずだと思う。父は桜井の駅で、

——俺は生きるのを諦めた訳ではない。それをお主には解って欲しい。

と、言っていたからだ。

確かに死を覚悟はしていただろうが、僅かな勝機のために最善を尽くしたはず。父は足利方に援軍に向かうことを悟られぬようにしたのか。

いや、違う。精強な楠木軍とはいえ、七百程度では足利方も恐れはしないだろう。ここまで日数を掛けたのは、父が残した言葉の一つ、

——千里先の万人より、一里先の一人の方が時に恐ろしいものよ。

というのが手掛かりではないかと考えた。

新田義貞は歴《れき》とした源氏であり、率いている軍勢も目減りしたとはいえ楠木軍よりも遥かに多い。合流すれば指揮を執るのは新田義貞となるのが普通である。

義貞の将才の如何はともかく、少なくとも足利軍には連戦連敗を喫しているのは確かである。そのような義貞の指揮のもとでは、一厘の勝利さえ摑めないと判断したのではないか。

そこで父は義貞から何とかして指揮権を奪おうと考えた。

義貞は負け続きで気弱になっているという報も入って来ている。父が援軍を率いて合流するのを、一日千秋の想いで待っていたに違いない。だからこそ焦《じ》らしに焦らし、合流すると同時に頼らせるように仕向けたのではないか。事実、後に伝わった話では、義貞は父が到着すると諸手を挙げて歓迎し、二言目には何か策は無いかと縋ったという。

勿論、父はその間、密偵を出して足利軍の動きも探っていただろう。だからこそ戦いの前日の二十四日に、丁度兵庫に入るということが出来たのだと思う。父が諦めていないと知っている以上、これが最もあり得る話だと多聞丸は推察している。

「この夜、父上が新田殿と酒を酌み交わしたことは」

多聞丸は話を継ぐ。母は未だに虚《うつ》ろで、何とか小さく頷くのみである。

これは後に新田義貞が語ったことだから間違いない。二十四日の夜、二人は酒を酌み交わした。父は器量こそ尊氏より劣るとは思っていたが、どうも義貞のことを嫌っていた訳ではないらしい。新田義貞という男は、鎌倉が健在のままであれば、源氏の有力支族としてそれなりの待遇を受けて生涯を閉じたことであろう。

だが後醍醐帝の決起によって、その人生は大きく変わった。それは父もまた同様である。故に憐《れん》憫《びん》の情を抱いていたのであろう。恐らくこの時、父は義貞に自身の目論見を告げて了承を得た。

「合戦での布陣がそれを物語っています」

楠木軍は湊川《みなとがわ》を西側に渡って、新田軍の主力は渡らずに和田《わだ》岬に布陣した。和田岬を押さえれば、海からの足利軍は容易には上陸出来ない。上陸地点を探して東へ、東へと進むことになる。

父は僅か七百騎しか率いていないのに、二百余騎を割いて海岸線沿いの大小の湊《みなと》に配した。それぞれの湊には十数騎、多くとも数十騎しかいないことになる。これでは湊を堅守して海からの上陸を阻むことは出来ない。父の狙いは別で、

——何処から、何時《いつ》、上がって来るのか。

ということを確実に見極めるためだったのだろう。

「父上はその瞬間を待っていたのでしょう」

後に湊川の戦いと呼ばれるようになったこの合戦。多聞丸は図に描き、これまで何十度、何百度と検証してきた。その中で出した結論がこれである。

足利軍は陸海合わせて十万と号していたし、実際に周辺の兵を集結させればそれくらいはいたかもしれない。だが山と海に挟まれたこの地では、半数の五万も展開は出来ない。さらに足利軍には水軍が加わったとはいえ、五万を乗せる船団を作れたとも思えない。実際は陸で一万五千程度、海で二万程度だったのではないか。一方、味方は楠木軍、新田軍を合わせても一万五千程度。両方に挟み撃ちにされれば勝ち目は無い。

そこで海の足利軍の上陸地点を潰してさらに東に進ませ、離れた湊から上陸したその時、

「全軍を挙げて陸の足利軍に突撃をするというものです」

これで兵数は五分となる。決死の覚悟で攻め掛かり、背後を衝かれる前に足利直義を討ち取って瓦解《がかい》させる。

その後に全軍で反転し、勢いをそのままに高師直を討ち取る。これこそが父が言う「一厘の勝ち」に賭ける策であったのだろう。

「しかし、それは……」

多聞丸はゆっくりと首を横に振った。

結果、その策は上手くはいかなかった。想定通りに海の足利軍は、新田軍の主力がいることで和田岬から上がるのを諦め、湊を求めて東に移動を始めた。だがこの時、全軍が移動することはなく、船は長蛇の列を作ったのである。

一つの湊あたりのこちらの軍勢が少ないことを看破し、一つの湊から全軍を上げるのではなく、複数の湊より一斉に上がる構えを取ったのだ。この方法を取られてしまえば、海の足利軍はあっという間に陸に上がり、宮方は前後から挟み撃ちを受けることになって、逃げようとしても退路も塞がれてしまう。

後に伝わったところによると、宮方の陣容を見抜いて、これを進言したのは足利家随一の軍才を有する高師直であったという。父はこの時点で恐らく、

――もはや策はこれまで。

と、嘆息を漏らしたことだろう。父ほどの人だ。こうなることも想定のうちの一つだったのではないか。

だが他に打つ手はなく、足利軍がこの策に気付かぬことを祈るほかなかった。故に薄氷の上を行くような策、故に一厘の勝利なのだ。

当初から見抜かれたことで父の策は潰《つい》えた。ここで父は、絶望し思考を止めることはなかった。今後の戦のために新田軍を温存するべく、退却を促す使者を送った。

これもかねてより打ち合わせしていたのではないか。新田軍は呆気ないほどあっさりと和田岬を放棄し、海の軍勢が退路を断つより早くに東へと退却した。

その後、海の足利軍は悠々と上陸し、大将である尊氏は義貞が捨てた和田岬に上がった。この間、湊を見張っていた楠木の兵は持ち場を捨てて本軍に合流しようとする。その途中、早くも上陸した足利軍と小規模な合戦もあったらしい。野田正周が大怪我を負い、郎党に引きずられて戦場を離脱したというのはこの時のことだ。

この時点で合流が叶わなかった者もいるため楠木軍は六百騎ほど。三万五千の足利軍に囲まれる四面楚歌《しめんそか》の状態であったと思われる。

「父上はこの時点でも諦めてはおられなかったはず」

母の相槌が途絶える中、多聞丸は話を前へと進めていく。

この時点で当初の策は破れていたが、それでも直義、師直の二人は難しくとも、せめて一方だけでも討ち果たそうとしたに違いない。

その証左に、楠木軍は正面の直義軍に向けて突撃を敢行した。まさか数百騎のみで向かって来るとは思っていなかったのだろう。直義の軍は大いに浮足立った。その中、菊水《きくすい》の旗を掲げ、楠木軍は真一文字に突き進んだ。

「それは凄まじいものであったと……」

多聞丸は瞑目《めいもく》し、幾度となく思い描いた光景を瞼《まぶた》に浮かべる。

楠木軍は三十倍ほどになった直義軍を蹴散らし、何と須磨《すま》の上野まで退却させたらしい。

やがて直義に十間の距離まで迫ったというが、薬師《やくし》寺十郎次郎《じじゅうろうじろう》なる豪の者に防がれて辛くも逃した。その後も不屈の闘志を燃やし、楠木軍は突撃を続ける。

「その数……実に十六度です」

想像を絶する回数である。

だが結局は、最も直義に近付いたのは一度目の突撃だった。突撃の度に楠木軍は数を減らし、敵軍に切り込むのも次第に浅くなっていったらしい。

十六度目の突貫の後、残る兵は僅かとなっていた。もはやここまでと考えたのか。いや、その数でもまだ父は戦うことを望んだはず。恐らくは大きな怪我を負い、これ以上は戦うことが出来なかったのだろう。湊川の北の村に向かい、一軒の民家の中に入った。

「そこで父上は」

多聞丸はゆっくりと目を開いた。

父は死んだ。他の者たちも同様である。その場に残っていた者は七十三。父は叔父正季と刺し違える恰好で果てていたという。

郎党たちも互いの腹や首を刺し合い、あるいは自害していた。狭い民家の中には収まりきらず、外にも果てた者の姿があった。中には地に胡坐《あぐら》を掻《か》いたまま自ら首を掻き切った者もいたらしい。

「その後のことは知っての通りです」

後に湊川の合戦と呼ばれるようになるこの戦いで敗れたことで、朝廷は驚天動地の騒ぎとなった。廷臣たちは慌てふためき、この期に及んで比叡山への御動座を進言し、後醍醐帝はこれを容れた。

足利軍は入京すると、後醍醐帝や廷臣の命を救うことを条件に三種の神器を渡すように迫った。これを後醍醐帝は受け入れて、足利方が擁立した持明院統《じみょういんとう》の光明《こうみょう》天皇に神器を譲ったのである。

後醍醐帝は花山院《かざんいん》に押し込められるが、これで諦めるような人ではなかった。それが出来たならば、このような戦にはなっていなかっただろう。花山院から脱出すると、足利方に渡した神器は贋《にせ》物《もの》であると主張し、

――吉野へ。

と、逃れることを決めた。これが今なお続く吉野朝の始まりである。互いの位置関係から、足利方が奉じる京の朝廷を北朝、吉野朝のことを南朝などと呼ぶ者もいる。もっとも吉野の者は自らこそ唯一無二の正統と考えているため、吉野朝でも、南朝でもなく、ただ朝廷と呼んでいる。これは北朝の者も同様であろう。互いに共通するのは、北朝を武家方、南朝を宮方と呼ぶところくらいだろうか。

父が逃した新田義貞は、その後も武家方と幾度となく戦ったが、大勢を覆すことはなく敗戦を重ね、最後は越前《えちぜん》国藤島《ふじしま》にて討死を遂げた。

頼みの綱である奥州軍を率いる北畠顕家は、東国、東海の足利方に連戦連勝を重ねて破竹の勢いで京を目指すが、討死する者、怪我人は続出、兵糧も不足、長途の疲労もあって美濃《みの》国で上洛を断念。地盤である伊勢《いせ》に転じ、奉じていた幼い義良《のりよし》親王を吉野に送り届けた。

「河内、和泉のことはもはや語る必要も無いでしょう」

多聞丸も母もその当事者であったから。

湊川の戦いの後、高師直などは父を晒《さら》し首にすることで、楠木正成を討ち取ったことを世に示すべきだと主張したというが、これは尊氏が断固として拒んだ。そして、この河内の地に御首《みしるし》を丁重に送って来たのだ。父は尊氏の人物を認めていたように、尊氏もまたそうであったのだろう。時流の中で敵味方に分かれざるを得なかったが、立場こそ違えば刎頸《ふんけい》の交わりを結んでいたのではないか。時々、多聞丸はそのように思うのだ。

だが尊敬の念を抱くことと戦は別である。武家方は楠木党の地盤である河内、和泉に軍を乱入させた。

——ここからは私にお任せ下され。

大塚惟正が楠木館に颯爽《さつそう》と現れたのはその直前のこと。大塚は父に後を託されており、自らが死んだ後、必ず武家方が攻め寄ることも、それへの対策も伝えられていた。

東条の背に聳《そび》える金剛山系沿いに南南西に約六里進むと、和泉国と紀伊国の境に葛城山《かつらぎさん》がある。大和の葛城山と全く同じ名であるため、和泉葛城山などとも呼称される山だ。

大塚は多聞丸、次郎、母らの楠木一族、年若い郎党を連れてこの和泉葛城山に向かった。ここには事前に父が命じて築かせた隠れ家があったのである。

その後、大塚は楠木党を率いて武家方と戦った。とはいえ、正面からの合戦に及ぶことは殆《ほとん》どなく、各地に潜んで奇襲を掛け、敵が反撃してこようとすると山野に紛れることを繰り返したのである。戦を引き延ばすことで兵糧不足に陥らせ、さらに何時どこから襲われるかもしれぬ恐怖を与え、武家方の厭戦《えんせん》気分を高めようとしたのだ。

これはかなりの効果があり、武家方の軍勢は河内、和泉の両国に攻め入るのに消極的になっていった。だが、ここでも高師直が、

――このまま退いては禍根を残す。せめて楠木の力を削ぐべし。

と、反論した。河内、和泉の村々に焼き討ちを行うことを主張したのである。尊氏としては新たな帝を擁立したばかり。非道な振る舞いをすれば、やはり南朝こそ正統であるとの世論が起こりかねない。故にこのような手段は考えていなかったらしいが、楠木党だけはと師直の再三の進言もあって決行されたのである。

大塚は猶も夜襲、朝駆けを行って抵抗したが、大軍による乱暴狼藉《ろうぜき》の全てを防げる訳ではない。

河内、和泉が窮地に陥った時、一人の男がすかさず手を差し伸べてくれた。

吉野にて疲弊した奥州軍の立て直しを図っていた北畠顕家である。北畠顕家は一万余を率いて和泉国に援軍として現れ、武家方の軍勢を片っ端から撃破していった。

顕家は苦難を強いられる宮方にとって最後の希望であった。故に武家方としては何とか潰したい存在である。天王寺《てんのうじ》にいた高師直は、これが顕家を討ち取る絶好の機会と捉え、堺浦《さかいうら》に向けて出撃する。

父の死から約二年後の延元《えんげん》三年五月二十二日、両軍は堺浦で激突。顕家軍は修羅の如き戦いを見せるも、武家方に付いた水軍による側面攻撃を受けて苦戦を強いられる。さらに味方の増派軍が遅れるという不運もあり敗退。残り二百騎となっても猶も決死の突撃を敢行するが、そこで南朝にとって最も大きな希望の火が消えた。

倒幕に功のあった臣の大半は死に絶え、あるいは武家方に付いたのである。

さらに後醍醐帝もその翌年に崩御した。後に即位したのは、北畠顕家が送り届けた義良親王。今、南朝が戴いている後村上帝《ごむらかみ》である。

以後、宮方は終始劣勢であったが、一部の地では未だに根強く支持する者がいること、九州の菊池のように新たに活躍する者も僅かに出たこと、吉野という天険の地を本拠にしていることもあり、何とか武家方に対抗しているという情勢であった。


楠木党はその後、どうなったのか。顕家が獅子《しし》奮迅《ふんじん》の戦いを見せたことで、武家方も相当の被害を蒙った。そのため北朝によって任命された国司、守護を残し、軍を引き揚げていったのである。

そこから大塚は少しずつ武家方の勢力を削り、また大軍が現れたならば退くという、三歩進んで二歩下がるようなことを根気強く繰り返した。そして遂には東条の地を奪還し、多聞丸らが戻った時には、父の死から四年の歳月が流れていた。

それからさらに六年。大塚の猶もの奮闘、野田の復帰、そして多聞丸の成長もあり、楠木党はようやく往時の七割ほどにまで勢力を回復している。故に南朝では、

——今こそ再び楠木に。

との期待が高まり、再三に亘って出仕させようとしているという訳だ。

「母上」

多聞丸は静かに呼んだ。父の足跡を語るのは長い旅のようである。幾度となく旅をしてきたが、その終着地にはついぞ辿り着かなかった。が、今宵《こよい》、遂にその地を踏む。

「母上……お聞き下さい」

反応の薄い母に向け、多聞丸は重ねた。

「はい」

母もようやく覚悟を決めたのか、口をぐっと結んで顔を上げた。

「楠木はどうあるべきか。それをずっと考えて参りました……」

父が生前に語ったように、楠木正成は英傑となった。有史以来の忠臣となった。その子である多聞丸に寄せられる期待は空ほども大きい。

何故、この戦は始まったのか。何故、今なお戦っているのか。誰のために戦っているのか。何のために戦っているのか。多聞丸はこの数年、ずっとそれを考え続けて来た。それらの答えはついぞ出なかった。だが、如何にすれば終わらせることが出来るのか。その答えだけはとうに出ていた。

「楠木は北朝に従います」

多聞丸はずっと秘めていた答えを、胸から解き放った。

今、南朝は楠木家こそ挽回の鍵と考えている。それは単に実力だけではない。楠木家が幾ら力を取り戻しつつあるとはいえ、二国程度の兵しか動員出来ないのだ。それだけで大勢を覆せるとは思っていない。南朝が真に期待しているのは筋書き、物語ともいえる。

後醍醐帝を助けるために立ち上がった父。その子である後村上帝を、同じく子である多聞丸が助けるために立ち上がる。これはこの上ない美談として日ノ本を駆け巡る。それで宮方に従う者には勇気を、旗幟《きし》を鮮明にしていない者には決断を、武家方からは寝返りを呼び込もうとしているのだ。

だが、ここで己が北朝に従えば、その構想は一気に崩れ去る。それどころか、

――あの楠木さえ見限った。

として、流れはさらに北朝、武家方へと傾くだろう。そのまま行けば三年、いや早ければ一年ほどで南朝は立ち行かなくなり、日ノ本から戦は絶えることになる。

意外なほど母に驚く様子はなかった。話の流れから予想が付いたのかも。いや、それより以前から薄々感付いていたのかもしれない。

「多聞丸……」

母は乾いた声で何とか絞り出す。

「私は死にたくはありません」

多聞丸ははきと言い切った。

父の死後、己には南朝に報い、北朝を滅ぼすという道だけが敷かれていた。母も含め、南朝の人々は勝てると信じたいのかもしれない。だが、現実はかなり厳しい。十中八九は死ぬ。それでも命を賭して戦うことを望まれている。

――馬鹿にしている。

と、心から思う。人の一生を何だと思っているのか。これでは死ぬために生きているようなものではないか。

「これが臆病ですか」

多聞丸は低く問うた。

「それは……」

「私は母上や次郎《じろう》と、新兵衛《しんべえ》や新発意《しぼち》と、東条の民と……皆と生きたいのです」

これが紛れも無い本心である。北朝でも、南朝でも、多聞丸にとってはどちらでも良かった。ただ、己が愛する人々が生きていてくれれば。

多聞丸は真っすぐに見つめながら暫し待った。が、母は何も言わない。相当の覚悟であると伝わっており、幾ら激昂《げきこう》しようとも、如何に説得しようとも、翻らないと諦めていることもあろう。それとも、今は押し寄せる哀しさに耐えきれぬのか。ただ、肩を落とし、深く項垂《うなだ》れるのみであった。

随分と小さくなった母を見て、喉元まで言葉が込み上げた。だが、多聞丸はぐっと呑み込んで立ち上がると、もう振り向くことは無かった。

第四章

最古の悪党

ようやく西陽が和らいだものの、まだ闇が迫るには随分と時が残っている。日々、夏に近付いているのを感じる。

多聞丸《たもんまる》の眼前には常と変わらぬ夕餉《ゆうげ》の光景がある。違うことがあるとすれば、普段は飯を四杯食べる次郎《じろう》が、給仕を務める津江《つえ》に五杯目を今しがた頼んだくらいか。

武家は家族で共に飯を食わぬという。だが、父は揃っている時には共に食べることを望んだ。それは父が世を去った後も極力守られている。もっとも楠木家は旧来の武士とは違い、悪党上がりなのだから別に拘《こだわ》りは無かったのだろう。

「多聞丸はもうよいので？」

母が手を止めて尋ねた。

普段、多聞丸は飯三杯。まだ二杯目の途中である。次郎がいつもより多く食べようとするため、飯が無くならぬかと心配しているのだろう。

「まだありますので」

津江が答えると、母は微笑みを浮かべて再び箸を取った。

あの夜、母に想いを告げてから十日が経った。その間、あのことについては一切話していない。とはいえ、今のように険悪という訳でもない。あの時は酷く落ち込んでいた母だが、翌日からは何事も無かったかのように振る舞っている。あまりに自然なので、次郎などは、

——真に話したのか？

と、訝《いぶか》しがっていたほどであった。

「今日はよく食べますね」

母は次郎にも語り掛けた。

「岩魚《いわな》があるので」

次郎は嬉しそうに答えた。

普段は麦の混じった飯の他は、菜の汁と漬物だけ。だが今日は岩魚を焼いた物が膳にあった。昼間、次郎が川漁に出て自ら獲《と》ったものである。暇があれば、次郎はこうして漁をするため川に行ったり、狩猟のために山に入ったりする。

「確かに旨《うま》い」

白い身を解《ほぐ》して口に運ぶと、多聞丸は改めて言った。

「この頃の岩魚が最も脂が乗っているのさ」

難を逃れていた和泉葛城山《いずみかつらぎさん》から、楠木館《くすのき》に戻ってより六年。ずっとこのような光景が続いた。傍《はた》から見れば他愛も無いものかもしれないが、多聞丸にとってはこの日常こそが幸せであったのだ。そう思うのは、己以外にも河内《かわち》、和泉に住まう者の中には沢山いよう。故に、

——それを守るためならば、北朝に降《くだ》ってもよい。

と、決めたのだ。

ようやく母にも告げられた。それが母を苦しめるかもしれずとも、生涯理解して貰えないかもしれなくとも。そういう意味では、半ば強制的とはいえ十一歳の時に父を乗り越えたのに対し、母のことはこの歳まで乗り越えられていなかったのかもしれない。

夕餉を終えると、多聞丸は離れへと向かった。領内の寺社への返書、村々からの陳情、争いごと

の裁きなど、やらねばならぬことが少し溜《た》まっていたのだ。

――いつにすべきか。

多聞丸はずっと考えている。北朝に降る時期についてである。条件を吊り上げようとは思わないが、侮られて良いことなど一つも無い。父が、叔父が、楠木党が血を流して得た河内、和泉の両国は安堵して貰わねばならぬ。さらに楠木家が降ると表明すれば、南朝は代わりの国司、守護を任命するだろう。その時、領民がそちらに靡《なび》いてしまえば、実質的に両国を手放すことになる。そうならぬためにも善政を布《し》くことを心掛けねばならぬし、この様に身を粉にして働くのも厭わない。

辺りはすっかり暗くなった。灯台に火を入れて、黙々と自らが為《な》すべきことに没頭した。時刻は亥《い》の刻くらいであろうか。多聞丸がそろそろ終わりにしようかと思った時、離れに近付いて来る跫《あし》音《おと》が聞こえた。

「石掬丸《いしすくいまる》」

身の回りのことを手伝うため、隣の間に控えている。

「はっ」

襖を開けた時、すでに石掬丸の手には刀が握られている。曲者《くせもの》であるかもしれないと判っている。屋敷の者にしては跫音が激しい。そもそもこの時刻に呼びに来ることなど滅多にないのだ。

何者かの跫音が止まり、戸が激しく叩かれた。ただ事ではない。石掬丸が目配せをし、先にそろりと近付いた時、外から呼ぶ声が聞こえた。

「兄上」

「次郎だ」

石掬丸はさっと閂《かんぬき》を外して戸を開き、あっと声を上げた。

「これは……」

多聞丸も言葉を失った。月明かりの下、そこに立っていたのはまさしく次郎。驚いたのは、その次郎が何者かを負ぶっていたからだ。しかも薄暗くてよく見えないものの、負ぶわれている者のこめかみからは血が流れている。

「郎党の誰かか」

多聞丸が訊いた。だが、次郎はすぐに答えなかった。中に入って石掬丸に戸を閉じさせた後、

「惣弥《そうや》だ」

「譽田《こんだ》なのか」

多聞丸が吃驚《びっくり》すると、負われていた男が顔を擡《もた》げた。まさしく譽田惣弥である。

「すまない……」

惣弥は掠《かす》れた声で言った。怪我を負っているようだが、話すことは出来るらしい。

「石掬丸」

名を呼ぶだけで、石掬丸は大抵のことは察して動く。すぐに手当ての支度に入った。その間、多聞丸も手を貸しつつ惣弥を部屋に運んだ。寝かせようとするが、惣弥はそれを断り、壁にもたれかかるようにして座った。

「酷いな」

多聞丸は漏らした。灯台の灯《あか》りで判ったが、血が流れているのはこめかみだけではない。躰中《からだじゅう》に打ち傷、擦り傷があり、唇は裂け、頬には青痣《あおあざ》、右目も腫れている。

「何があった」

多聞丸が訊くと、惣弥は歯を食いしばりながら言った。

「灰兄《はいにい》を……助けてくれ」

「詳しく聞かせてくれ」

目尻に涙を浮かべる惣弥に向け、多聞丸は落ち着かせるように話しかけた。

次郎も近くに座って耳を傾ける。先刻、惣弥は楠木館の戸を叩いた。郎党が出ると、そこには力尽きて倒れ込んだ惣弥の姿があった。丁度、次郎が近くにいて、まずはとこちらに運んだため、事情は何も聞いていないとのことである。

「三日前、合戦があった」

惣弥は嗄《しわが》れた声で言う。

「合戦だと？」

多聞丸は次郎と顔を見合わせた。楠木党は物流の網を張り巡らせており、戦が起こればすぐに耳に入る。三日もあれば畿内は当然のこと、東は遠江《とおとうみ》、西は安芸《あき》あたりの話でも入っていておかしくない。だが、そのような話は一切聞いていない。

「相手は武士じゃあない。悪党だ」

「なるほど」

それで得心した。悪党と悪党の戦ということ。これは武士の合戦とは異なり、山中で人知れず行われる場合もある。故にそもそも耳に入らないことも、入ったとしても時が掛かることもある。

吉野《よしの》衆の成り立ちは悪党からではないが、その活動はそれと呼ぶのに相応《ふさわ》しい。特に北朝から見れば、南朝に与《くみ》して糧秣《りょうまつ》や物資を奪う吉野衆はまさしく悪党といえよう。

「御屋形様《おやかた》、支度が」

石掬丸が声を掛けた。

「まずは手当てを」

「先に話させてくれ。時が惜しい」

多聞丸が促すが、惣弥は首を横に振った。のっぴきならない事態ということだけは伝わっている。多聞丸は話している間に手当てをするように石掬丸に命じた。

「相手が悪党だということは解った。だが、吉野衆と合戦に及べる悪党など何処《どこ》にいる。不意打ちでも受けたのか」

多聞丸は話を戻した。吉野衆はこの辺りの悪党の中では勢力が突出している。悪党と数えるならば、楠木党以外には対抗出来る勢力などいない。小さな規模の悪党は、楠木党か、吉野衆の傘下に入っており、そもそも独立している悪党は数えるほどしかいないのだ。そのような悪党が幾ら奇襲を掛けても、容易く敗れるほど吉野衆は脆弱《ぜいじゃく》ではないのだ。

「うちと、あんたら以外に、もう一つだけあるだろう……」

手当てを受ける惣弥は、痛みに顔を歪めつつ言った。

「まさか」

「おいおい……」

多聞丸は顔を引き締める。確かに、一つだけある。次郎も察しが付いたらしく額に手を添えて漏らした。

「ああ、金毘羅義方《こんぴらよしかた》だ」

惣弥は下唇を噛みしめた。

金毘羅義方は高野山《こうやさん》領である紀伊《きい》国名手《なて》荘を本拠にしている悪党である。

今から五十五年前の正応《しょうおう》四年、高野山領の荒川《あらかわ》荘で悪党が起《た》ったのに応じ、名手荘で蜂起したのが義方の名が世に知られた初めである。義方の暴れ方は尋常ではなく、鎌倉方に味方する村々に火を放ち、村人たちを容赦なく殺した。相手が女子どもとて容赦することはなく、犯し、奴《やっこ》として売り飛ばすようなこともしたらしい。

一度火が付いた義方は名手荘で留まることはなかった。隣の荘園にまで踏み込み、田を刈り、道を封鎖して銭をせしめ始める。それは最初に蜂起した味方であるはずの荒川荘にまで及んだらしい。荒川荘の悪党がそのことに苦情を入れたが、義方はそれを殺して、荒川荘まで奪ってしまった。

この傍若無人の振る舞いに、守護や地頭の兵が鎮圧に出た。が、義方ら金毘羅党は山野に紛れてこれを翻弄した。

守護、地頭らは一旦撤退。それから数日後の払暁、彼らの役所の前に人知れず多くの桶が置かれていた。中を確かめると、そこには義方に捕らえられた兵の屍《しかばね》が押し込められていた。いずれも四肢をばらばらにされた、見るも無残なものであったという。義方、金毘羅党のことは他国にまで轟《とどろ》き、

――国中無双の大悪党。

と、呼ばれるようにもなっていた。

守護や地頭は義方の凶悪さに戦慄し、義方討伐に向かうのを拒む兵も続出した。しかし、鎌倉か

らは一刻も早く鎮圧するようにお達しが来る。如何《いか》にすべきかと困惑していた時、義方から一通の書状が来た。

——互いに利するところで手を打つべし。

義方は鎮圧されたことにする。代わりの首も送る。さらには守護、地頭に毎年、金も渡す。故にこれ以上の戦を止め、今後も金毘羅党を見逃せという交換条件を持ちかけたのである。

守護、地頭たちは談合の末、これを呑んだ。以降、金毘羅党は表立っての狼藉《ろうぜき》は行わず、村々から裏で銭を吸い上げ、面を隠した上で商人や、鎌倉の物資の略奪などを行っていたという。

そのため世間もいつしか金毘羅義方の名を忘れていった。が、未だに強大な勢力を築いていることを、楠木党、吉野衆は知っている。

——金毘羅とは関わらぬことです。

野田正周《のだまさちか》などは、物流を再開させるときに真っ先にそう言った。吉野衆もまた同様で関わらぬようにしていると聞いている。故にこれまで衝突は一切起きていなかったのだ。

「何故、金毘羅に手を出した」

多聞丸は低く問うた。

「帝《みかど》の物資が奪われたんだ」

「武家方に与したと?」

「いや、金毘羅党は武家方からも奪っている」

「そういうことか……」

もともと義方は鎌倉の物資といえども怯《ひる》むことなく強奪していた。建武《けんむ》の頃は曲がりなりにも朝廷の勢力は強く、しかも鎌倉の頃と違って、距離が近いため大軍を送られることを恐れていたのだろう。

さらにもう一つ、恐らくは父を警戒していた。

同じ悪党ということもあり、父は義方の戦術を熟知している。父の軍略に一目置いており、しかも領地は目と鼻の先。これでは派手なことは出来なかったのではないか。

宮方、武家方が激戦を繰り広げている間は、軽々しく手を出して敵に与したと思われるのを避けていたのだろう。

だが、こうして南北に朝廷が出来て情勢が固まってきた。物資を奪ったとしても、敵方に奔《はし》られるのを恐れ、南北朝ともに不用意には手を出せないと考えを改めた公算が大きい。

「義方は灰左《はいざ》を甘く見ていたな」

灰左の勤皇の志は篤い。いや、それこそが灰左の全てといっても過言ではない。南朝の物資を奪ったとなれば、激昂して金毘羅党を倒そうとするのは、多聞丸も容易に想像出来た。

「一度は上手くいったんだ」

惣弥は経緯を語り進めた。

朝廷の物資は二度奪われた。いずれも襲って来た金毘羅党は三十人ほど。次もさほど多くはないと予想される。そこで配下を隠した荷駄を四台作り、物資の前後に曳《ひ》かせたのである。

金毘羅党は三度《みたび》、襲撃して来た。その時、荷駄を覆い隠した筵《むしろ》を払い除《の》け、吉野衆が飛び出して逆襲した。乱戦となったが、数に劣る金毘羅党はすぐに森の中へと逃げ込んだ。吉野衆は怪我人が二人出たものの死人は無く、金毘羅党は四人の屍を作った。

「だが次の時、向こうも手を打って来やがった」

灰左も馬鹿ではない。同じ手を用いても、向こうは対策を講じてくるだろうと考えた。次は同じように荷駄に兵を潜ませるだけでなく、襲って来そうな隘路《あいろ》に兵を伏せたのである。

再び金毘羅党は襲って来た。しかも灰左が見通した隘路で。荷駄から兵が飛び出して応戦したが、此度は金毘羅党も数が増えて互角。

頃合いと見て、灰左は合図を出すように命じ、惣弥が指笛を鳴らした。これで伏兵が弓を射掛ける段取りになっていたのだ。両側の森から弓を携えた者が立ち上がり、一斉に矢を射掛けて来た。が、倒れるのは吉野衆である。いつの間にか伏兵は取り除かれ、逆に金毘羅党の兵が潜んでいたのである。

——切り開け！

灰左は即座に一方に兵を集中させて突破しようとしたが、金毘羅党はなおも続々と湧いて来てそれを防ぐ。そこで金毘羅党の中から大柄の男が踏み出し、鏖《みなごろし》にされたくなければ得物を捨てろと投降を呼び掛けた。

捕まったら殺されるかもしれない。だが、このまま戦い続けても待っているのは死のみである。

灰左は牙の如き歯を食いしばり憤怒と苦悶《くもん》の入り混じった形相で、

——得物を捨てよ。

と、配下に呼び掛けた。

その場にいる吉野衆は全員が捕らえられた。そこから目隠しをされて、山中の何処かへと連れて行かれた。

「お主はどうしてここに」

次郎が割って入って尋ねた。

囚《とら》われた吉野衆は灰左と惣弥も含めて二十八人。命こそ取られなかったが、激しく打擲《ちょうちゃく》されて吉野衆の陣容、銭を得る仕組み、さらには知り得る限りの南朝に纏《まつ》わることを尋問された。灰左は配下の分の責めも受けると言い張り、特に酷い暴行を受けたという。

吉野衆を人質にしても南朝は銭を出さぬ。吉野衆の蓄える銭を吐き出させるのが、人質の有効な活用方法だと判断したのだろう。今日の朝になって、

――十日以内に吉野衆の全ての財を運べ。一日でも遅れれば一人残らず殺す。

と、惣弥を解き放ったらしい。

「灰兄や皆を救うためだ。銭を出すのは厭わない。だが銭を出したとしても恐らくは……」

「殺されるか」

多聞丸は深い溜息を漏らした。

「だから救い出すしかない」

「吉野でなくこちらに来た訳は？」

吉野衆はまだ百を超える人数が残っている。時を鑑みると、惣弥は吉野には寄らず、真っすぐに東条《とうじょう》を目指したはずである。

「俺たちでは無理だ」

惣弥は悔しそうに首を横に振った。金毘羅党の手際の良さを目の当たりにし、仮に己が配下を率いて救出に向かっても敗れると見ていたらしい。惣弥は真っすぐに見つめて続けた。

「だが、あんたなら」

「そうか」

多聞丸は口を真一文字に結んだ。

「罠じゃないだろうな」

次郎が惣弥に詰め寄った。

これまで灰左は幾度となく己たちに敗れた。このような手の込んだ筋書きで誘《おび》き寄せ、罠に嵌《は》めようというのではないかという意味だ。

「信じられないだろうが……」

「灰左がそんな手の込んだことをするか」

惣弥が言い掛けるのを、多聞丸は眉を上げて制した。

「まあ、俺も解っているが……念のためにな」

次郎もふっと苦い息を漏らす。

「多聞丸……いや、楠木殿……」

惣弥は呼び方を改めて顔を覗き込む。

「多聞丸でいい」

多聞丸はゆっくりと首を振ると、

「次郎」

と、呼ぶ。次郎はすでに答えが解っており、先回りして訊いて来た。

「誰を？」

「新兵衛《しんべえ》と新発意《しぼち》を。今からならば朝には間に合う」

「よし来た」

次郎が早くも膝を立てる中、多聞丸は惣弥に向けて凜然《りんぜん》と言い放った。

「灰左を救い出す」


和泉国和田《わだ》に向け、郎党の一人が馬を走らせたのはそれから間もなくのこと。夜を恐れる馬は多い。が、楠木党の馬は夜も動けるように慣らしてあり、このような時にこそ大いに役立つ。

その間、惣弥には手当てを終え、冷や飯に湯を掛けたものを食わせると、朝まで休むように言った。全身に怪我は負っているものの、骨などが折れていなかったのは幸いである。

いや、端《はな》から惣弥にこのような役目を負わせるために手加減をしたのかもしれない。

朝餉は母と共にすることが多い。何も言わぬままでは訝しがるだろうし、何かしらの言い訳をせねばならない。

「お目覚めですか」

多聞丸は頃合いを見て母屋に戻ると、母のもとを訪ねた。

「昨夜、何かあったのですか？」

「実は……」

母には無用な心配を掛けぬように、これまではぐらかすことも間々あった。しかし、もうそれは止めたのだ。

「吉野衆の者が。頭の青屋《あおや》灰左が窮地に陥って助けを請いに。力を貸すつもりです」

多聞丸は先んじて断言した。

「解りました」

「吉野衆の者がいますので、今日は次郎と共に離れで飯を食います」

母が頷くのを確かめると、多聞丸は一礼して身を翻した。

「あの……」

「何でしょう?」

母に呼び止められ、多聞丸は振り返る。

「いえ……何でも……」

「騒々しいことにはならぬかと。ご安心を」

多聞丸は再び会釈をすると、女中の津江のところに行き、握り飯を多めに作るように頼んだ。これから食う分のほか、灰左のもとに向かうまでの兵糧代わりである。

離れで握り飯を頬張っている最中、

「お越しになりました」

と、石掬丸が部屋の中に声を掛けた。

「お主も食っておけ」

「承知しました」

それがどういう意味か。賢《さか》しい石掬丸はすぐに理解したようだ。

「兄者ぁ！　来たぞ！」

この野太い声は新発意である。部屋に入ってくるなり、

「旨そうだな」

と、握り飯に目を奪われる。

「食え、食え」

次郎が水を掬うような手振りをする。

「腹が減って……」

握り飯に手を伸ばそうとした新発意の後ろ頭を、軽くはたく者があった。新兵衛である。

「馬鹿者。まずは挨拶をせよ」

「さっき入る時に言ったぞ」

「あのようなもの挨拶になるか」

「それに次郎が……」

新発意は恨めしそうな目を次郎に向ける。

「次郎様のせいにするな」

「そうだ、そうだ」

次郎が虚《うつ》けるように言うと、新発意はぐっと歯を食いしばる。

そのような中、多聞丸は自然と口が綻んでいることに気付いた。己はこのような時を守りたいのだ。

新兵衛は新発意と共に腰を下ろすと、やや畏《かしこ》まった口調で、

「和田新兵衛、新発意、罷《まか》り越しました」

と、到着を報じた。

「よく来てくれた」

「遅くなりました」

「急に呼び立ててすまない」

「何があったので？」

新兵衛は声を落として訊いた。急ぎだったということもあり、実は和田兄弟には理由は伝えていない。ただ一言、

――急ぎ、二人で来てくれ。

と、だけ郎党に伝えさせた。

和田兄弟ならば、これだけで何をおいてもすぐ駆け付けてくれると信じていた。

そもそも多聞丸がこのような形で呼びつけることは滅多になく、それだけで余程のことだと察している。

「ああ、力を借りたい」

「当然のこと。物弥に何か関係あるのですな」

新兵衛は脇に控える物弥をちらりと見た。

「うわ、何でお前がここに！」

新発意が巌《いわお》のような肩をいからせて驚き、物弥はひょいと会釈をする。

「今、気付いたのかよ」

次郎は苦い笑みを漏らした。

「次第を話す」

多聞丸は順を追って詳《つまび》らかに話し始めた。開け放った戸から入りこむ風の爽やかさとは対照的に、二人の顔は徐々に曇っていった。

「金毘羅……ですか」

全てを聞き終えた後、新兵衛は重々しく呟いた。

「よりによってか」

荒事となれば常に乗り気な新発意でさえ、不機嫌そうに舌打ちを零す。

「前に揉めた当人としては猶更《なおさら》か？」

次郎が冗談っぽく言う。

「割に合わない連中だ」

新発意は大きな鼻を鳴らした。かつて楠木党も金毘羅党とひと悶着あったことがあるのだ。

もともとこの辺りは、吉野衆、金毘羅党、そして己たちの楠木党が、悪党の三大勢力であり、互いに干渉することは避けていた。故に物流を管轄する野田正周も、金毘羅党の縄張りを侵さぬように細心の注意を払っていた。

だが三年前の秋、野分《のわき》によって土砂崩れが起こり、楠木党が使う道が塞がれたことがある。道が復旧するには暫く掛かるということで、迂回路《うかいろ》を使ったのだが、そこが金毘羅党の押さえている道で襲撃を受けた。その時、荷の頭を務めていたのが新発意だったのだ。

野田の確認を取らずに勝手に迂回した新発意が悪い。だが問答で追い返すことなく、いきなり襲撃してきた奴らも奴らである。

新発意は鉄の輪を嵌めた樫《かし》の六角棒で大暴れし、金毘羅党は五人の屍を残して退いていった。が、厄介だったのはこの後のことである。

金毘羅党は報復のために小勢で和田を度々襲撃してきた。新兵衛と新発意がその都度撃ち払っても、決して諦めることは無く執拗《しつよう》に攻めて来る。さらに金毘羅党は標的を広げ、野田正周の配下にも被害が出始め、遂には和田の百姓まで襲われるようになった。そこで多聞丸は事態を収束させるべく、

——金毘羅と手を打つ。

と、交渉をすることを決めた。

金毘羅党の言い分としては、先に縄張りを侵したのはそちら。手打ちには相応な手土産が必要だというもの。

新発意は激昂した。新兵衛としても己に頭を下げさせる訳にはいかぬと主張したが、多聞丸に拘りは無かったし、百姓にまで出ている被害を止めたかった。

金毘羅党に詫状《わびじょう》を入れ、金銭に加え、楠木党が使う道の一つを譲ることで手打ちにしたのだ。

「今回は手打ちという訳にはいかないだろうな」

次郎が顎に手を添える。

「そもそも此度《こたび》は向こうから仕掛けてきた」

惣弥が怒りを滲ませた。

「相応の覚悟を決めてのことでしょう」

新兵衛が推察する。金毘羅党がここに来て動き出したのは、南北朝の対立はまだ長引くと判断し

たから。混迷が続くうちに吉野衆、楠木党の二勢力を殲滅《せんめつ》し、金毘羅党が裏の道を牛耳るつもりではないか。つまり楠木党としてもいずれは火の粉が掛かることになる。

「灰左を救い出し、金毘羅党と合戦に及ぶか」

新発意が膝を打って衆を見渡す。

「いや……」

多聞丸は一呼吸空け、静かに続けた。

「金毘羅義方を討つ」

皆の顔が一気に強張った。

金毘羅党は慎重過ぎるほどの連中である。南北朝の対立がまだ続くと判断するのにも、十年以上静観してきた。それが動き出すということは、一寸《ちょっと》やそっとでは止まらない。首領である金毘羅義方を討つしかないと見た。

「しかし……そもそも、義方はいるのでしょうか」

新兵衛は柳葉の如く目を細めた。


金毘羅義方が蜂起したのは五十五年前のこと。あれほど大規模な狼藉を働き、しかも残虐の限りを尽くしたのだから、それなりの歳であろうと考えるのが普通である。当時、三十歳だったとすれば、現在はすでに齢《よわい》八十五ということになる。長生きする者もいるにはいるが、その歳で今なお現役で金毘羅党を率いているものかと疑われている。

「金毘羅党の者ですら、大半が義方を見たことが無いのです」

新兵衛は顎を引いて言葉を継いだ。

和田に攻めて来た金毘羅党を捕らえ、新兵衛が尋問をしたことがある。するとその者は、義方を見たことが無いと言う。当初は嘘を吐いているのだと思ったがそうでもない。幾人かの主だった頭のほかは、義方の姿を見ることも、肉声を聞くことも無いらしい。義方について語っても咎められることは無いと言及した。

故に金毘羅義方はすでに死に、別の者が頭に就いているが、「国中無双の大悪党」の看板を利用するため、生きているように見せかけているだけではないか。そのような噂が悪党の中で真しやかに語られているのである。

「もしそうだとすれば、誰が金毘羅義方なのかを探るところから始めねばなりません」

新兵衛の言に対し、多聞丸は首を横に振った。

「いや、義方はいるだろう」

「何故、そのように思うので……」

訝しそうにする新兵衛に向け、多聞丸はぽつりと言った。

「会った人を知っている」

「まさか」

「ああ、父上だ」

多聞丸は大きく頷いた。

義方の名が轟いていた頃、父はまだ子どもであった。その頃は悪党という名すら、今のようには然程《さほど》使われておらず、義方の蜂起以降に世に浸透していった。そういう意味では義方は、

――最古の悪党。

と、呼ぶに相応しかろう。父も楠木党の力を伸ばす上で、義方の存在は無視出来なかった。当初は衝突もあり、後に様々な取り決めをした。その過程で義方とも会ったことがあるという。金毘羅党以外ではかなり珍しいことだろう。

父が二度目に千早《ちはや》、赤坂の地で起つ直前も義方に会った。共に起たぬかと誘いに行ったのである。義方は否と即答したらしい。

さらに建武の新政が始まった時も、今ならば自らが取りなして朝廷に出仕出来るようにすると持ち掛けた。これに対しても義方は否と返した。

最後は多聞丸と京に向かう半月前のこと。共に戦えとは言わぬ。大和路《やまと》、伊勢《いせ》路の糧道を断ってくれぬかと頼んだ。だが、結果は同じ。義方はやはり否と答えた。誰の味方もせぬ。それこそが悪党であると言い放ったという。

「義方の歳ははきとは判らない。父曰く、その時で義方は齢六十を少し過ぎたほど。今ならば七十歳。生きていても不思議ではない」

もしこの十年で義方が死んでいれば、幾ら取り繕っても金毘羅党に変化が生じるはず。それがどれだけ些細《ささい》なことでも多聞丸は見逃さない。それが無いということはつまり、義方が健在な証しではないかと考えている。

「ちょっと待ってくれ。義方が初めて暴れたのは五十五年前だろ？　ということは……」

新発意は両手の指を動かしながら言った。

「当時、義方は十五から十八だったということだ」

「本当かよ」

新発意だけでなく、皆が絶句している。

「俺たちも似たようなものだろう」

多聞丸らも同じような歳から動き出した。そのことを考えれば、特段おかしいことは無い。ただ皆が驚いているのは別の部分が大きいことも解っている。

「どんな奴だ……」

次郎が顔を顰《しか》めた。皆が吃驚しているのは、悪逆非道の限りを尽くしたことである。そこに歳は関係ないかもしれない。が、やはりその歳で為したとなると衝撃は大きい。

「ともかく義方はいる。そう考えて動く」

多聞丸は皆に向けて宣言した。

「解りました。人を集めるという訳ではないのでしょう?」

人を集めるというのならば、二人だけでなく、和田からも連れてこさせるはず。新兵衛はそれを理解している。

「今、金毘羅党と合戦する訳にはいかぬ」

大規模に兵を動かせば、宮方はこれ幸いと、

——楠木が遂に起った。

と、喧伝《けんでん》するかもしれない。そうなれば武家方としても放っておく訳にいかず、河内に軍を進めて来ることも有り得る。武家方の者たちの脳裡《のうり》には、父の老獪《ろうかい》な武略がこびりついている。楠木家

が武家方に転ずると宣言しても、罠と疑われて俄《にわ》かには信じて貰えぬだろう。一旦、矛を交えてしまえば、戦いを止めるのは容易ではないのだ。

「我らだけで金毘羅党の本拠に忍び入る」

多聞丸が低く言い放った。それを聞いた皆の顔色は様々であった。次郎と新発意は顔を見合わせて口元を緩め、新兵衛は片目だけ細めて溜息を零す。惣弥は唖然《あぜん》としていた。

「灰左を救うのが第一。金毘羅党の横暴を止めるのが次だ」

義方を討つと言ったがそれは最後の手段。その場で義方を脅して止めさせる、灰左を連れて逃げ、吉野衆と手を結んで威圧するなど手法は他にもある。そもそもこの十年で義方が死に、別の者が頭を務めている線も僅かながらあるのだ。状況は刻一刻と変わることを見越し、その時々に判断するほかない。となれば、己も行くしかないだろう。

「止めても無駄でしょうな」

新兵衛は苦々しく漏らした。

「無駄だ」

多聞丸はからりと笑った。それを見て、惣弥が口をぎゅっと結んで深々と頭を下げる。

「あの馬鹿を救い出すぞ」

多聞丸が不敵に言い放った時、力強い皆の頷きがぴたりと重なった。

多聞丸らが話をしている間、すでに石掬丸が出立の支度を整えていた。香黒《かぐろ》や次郎の乗馬にも飼《かい》葉《ば》を食わせ、さらに握り飯を包ませるだけでなく、長引くことも考慮して荷物にならぬ程度の糒《ほしいい》まで用意している。

「曳かぬ方がよいですね」

石掬丸は香黒に鞍を載せつつ尋ねた。

「ああ、お主も乗れ」

多聞丸は答えた。

先ほどの会話から、石掬丸はすでに自らも同行することは解っている。身の回りの世話だけでなく、馬丁も務めているため、普段ならば香黒の轡《くつわ》を曳くのも石掬丸の役目である。

だが、此度は道程を急ぐことも話から読み取り、自分も馬を使ったほうが良いかと確かめた訳だ。

「吉野衆の手助けをするため離れる。母上には数日のうちに帰ると」

多聞丸は郎党に言い残して屋敷を発った。多聞丸のほか、次郎、新兵衛、新発意、石掬丸、そして惣弥の六人である。

東条の地より、金毘羅党の本拠である名手荘までは十二里ほど。金剛山《こんごうさん》系沿いに南西へと行き、坪井《つぼい》の辺りで真南へと進路を変える。連なる山々を越えるのだ。

この道を鍋谷峠《なべたにとうげ》などという。ここは比較的緩やかな鍋底のような谷になっているのが由来であろう。南に向かって左側には岩湧山《いわわくさん》、右側には多聞丸らが一時期身を潜めていた和泉葛城山が見える。つまりこの辺りまでは和田家の、楠木党の勢力範囲である。

「石掬丸、暫く見ぬうちにかなり腕を上げたな」

峠道の悪路を行く中、新発意が声を掛けた。石掬丸は二年ほど前から乗馬の訓練を始めた。この中では歴が最も短いが、上手く手綱を取り回している。

「ありがとうございます」

石揶丸は嬉しそうにはにかんだ。

「太刀も上手く遣えるようになったか？」

「そちらは馬に比べれば……お恥ずかしい限りです」

石揶丸は申し訳なさそうに答えた。

「励んではいるのだがな」

次郎が乗馬の首を撫でて落ち着かせつつ間に割って入った。

何でもそつなくこなす石揶丸であるが、太刀はあまり上達していない。石揶丸は腕力が弱い訳ではないが、小柄なため、長い太刀を取り回すのはどうしても難しい。

「代わりによき技を身に付けているぞ。なあ？」

次郎が言うと、石揶丸は遠慮がちに微笑む。

「よき技？　何だ？」

巨軀《きょく》に似合わぬ繊細な手綱捌《たづなさば》きを見せながら、新発意は大きく首を捻った。

「まあ、見てのお楽しみさ」

次郎はにかりと白い歯を覗かせ、己のほうを見た。

ある時、石揶丸を伴って川に行ったことがある。そこで何気ない遊びに興じ、多聞丸は石揶丸の隠れた才を発見したのである。それを修練するように勧めた。案の定、石揶丸はめきめきと腕を上げ、今では多聞丸より遥かに上手くなっている。

何だ、勿体《もったい》ぶるななどと新発意がごねていると、

「そろそろだ。気を引き締めろ」

と、新兵衛が窘《たしな》めた。

鍋谷峠を越えると大和路に出る。そこからは金毘羅党の縄張りなのだ。

「躰はどうだ?」

多聞丸は惣弥に向けて訊いた。

「ご心配なく。動けます」

屋敷を出る少し前から、惣弥の己への口調は丁寧なものに変わっている。

「北山だな」

「はい。間違いないかと」

惣弥は力強く頷いた。

金毘羅党は幾つもの塒《ねぐら》を持っている。灰左らは捕らえられた時、目隠しをされて連れて行かれたため、そのうちの何処かは判っていなかった。ただ解ったことは、山の中であるということと、建物の規模から本拠か、それに準ずる塒であるということだ。

惣弥が解放された時も、また目隠しをされて山中を歩かされた。そして、名手荘の庄屋宅の前で目隠しを外されたという。惣弥が戻った時は、この庄屋に言えば伝わると言っていたらしい。だが、惣弥は目隠しされている最中も、

——百十一、百十二、百十三……。

と、ずっと歩数を数えていた。さらに目隠しをされる直前、陽を確かめて、己がどちらの方角に歩いているのかも気を尖らせて記憶したという。そこから名手荘の南東に聳《そび》える北山に囚われてい

たのだと、答えを導き出したのである。

「まだ露見はしていないようだな」

峠を下ってから、次郎はずっと周囲を確かめていた。

「村に入れば知れるだろう。が、ずっと見張っている訳でもあるまい」

多聞丸は答えた。

幾ら金毘羅党が強大といえども、その数はせいぜい三百ほどであろう。その大半が物流に携わっていたり、荷の襲撃を行っていたりするとなれば、この辺りにいるのは多くとも百ほど。他にも大小の拠点があるとすれば、そこに詰めているのが五十。本拠には五十ほど。見張り番を立てる余裕などない。

そもそもこの辺りを金毘羅党が掌握しているというのは知れ渡っており、無暗《むやみ》に踏み込もうとする者もおらず、見張りを立てる必要すらないだろう。村に余所者《よそもの》が入れば、報《しら》せる仕組みを作っている程度と見た。

すでに陽は大きく西に傾き、じわりと茜《あかね》に滲み始めていた。多聞丸らの長い影が揺れ動き、時に重なり、時に分かれていたが、やがてそれも薄くなり始めた。

「この辺りが際《きわ》かと」

新兵衛が馬を並べた。北山に馬で上るのは無理であるし、叶ったとしても潜んで行くには目立ち過ぎる。

「そうだな。手頃な場所を」

何処かに馬を繋いでおき、そこからは徒歩《かち》で行くことになる。北山の麓まで森は続いており、少し入ったところにちょっとした拓けた場所があった。切株が数個あることから、近隣の村の者が用あって切り出したのだろうと思われる。皆、馬を降りて曳いて行き、その場所に繋いだ。

多聞丸が繋ぎ終えた時、香黒が小さく鼻を鳴らした。己だけ除け者にされた気分になっているのだろう。その目は何処か恨めしそうに見えた。

「悪い。皆を頼む」

皆とは、他の馬のことである。不安に駆られて嘶《いなな》けば露見するかもしれない。ただ香黒がいれば、その堂々とした姿を見て落ち着くのか、他の馬が暴れるようなことは不思議となかった。

「帰りはどうなるか判らぬ。その時こそ、お前が頼りだ」

多聞丸が言うと、香黒は当然だと言わんばかりにそっぽを向いた。

「さて、行くか」

多聞丸が小声で言うと、銘々頷いて森の奥へと足を踏み入れた。

先頭は次郎、左は新兵衛、右は石掬丸、後ろは新発意。その中央に多聞丸と惣弥。別に命じた訳ではなく、皆が自然とそのような形を取った。

高い木々から枝が八方に伸びている。生い茂った緑葉が天を遮り、まだ陽が落ちるには時があるというのに薄暗い。時折、風が吹き抜けて木々が揺れ、それが瞬く間に伝播していく。まるで森が、山が、己たちを拒むために威嚇しているようにも思えた。

次郎は後ろに手を出して皆の足を止め、屈んで地を舐《な》めるように周囲を見渡した。

「人がいるのは間違いないらしい。足跡が僅かにある」

次郎が先頭を行く訳はこれもある。暇さえあれば狩りに出ているだけあり、次郎の目は養われている。言われて、指で示され、ようやく多聞丸にも見えた。

「道を変えるか」

多聞丸も声を落として訊いた。百姓でも、商人でも、武士であったとしても、そもそも何処に道があるのだと首を捻るだろう。

ただ、悪党は違う。切り拓かれ、均《なら》されたところだけが道ではない。人が一度でも通ったところ、人が通れるところは、則《すなわ》ち道であると思っている。

「古いな。それに数が少ない」

次郎は足跡の縁を指でなぞり、さらに土を摘まんだ。土の固さから時が経っていると見抜いたらしい。

「誰かが迷い込んだか」

金毘羅党のものではなく、この辺りの樵《きこり》、あるいは修験者《しゅげんじゃ》ではないかということだ。

「それにしては足跡に迷いがない。こちらのほうに真っすぐ進んでいる。普段は使わない道なのか、慌てて姿を隠すために森に飛び込んだか……その辺りかもしれないな」

次郎は立ち上がると、再び周りを見渡しつつ続けた。

「足跡をそのまま追うのは止めたほうがいいだろう。方角はあちらだから、こちらから回り込むように行こう」

「解った」

次郎の提案を受け、多聞丸は頷いた。

再び一行は歩み出す。進むにつれて足場の悪いところも増えて来た。

雨が降ったのは二日前だというのに、まだ落ち葉は湿っている。下のほうは腐り始めているだろう。渋みの中に微かな甘みが含まれた特有の臭いが鼻をくすぐる。

「本当にここか？」

新発意が山を見上げながら零した。木々のせいで見通しが悪く、すぐ先に塀があったとしても見えないだろう。

「惣弥の言う通りなら、かなり近くに来ているはずだがな」

次郎が茂みを掻《か》き分けながら答えた。

「数え間違いってことはないか？」

「確かに数えたが……」

惣弥も自信と不安が入り混じったように答える。

「些細なことでもよい、他に覚えていることはありませんか？」

新兵衛が丁寧に尋ねる。

「すぐに目隠しをされたので……」

その時、惣弥は陽の位置を確かめるので精一杯であり、周辺をゆっくり記憶する余裕は無かったという。覚えているのは、その塀はしかとした建物であったということ。砦のように周囲に柵が張り巡らされており、小さな木造りの門があったこと。さらにその向こうは高い木々に遮られて何も見えなかったという。

「見通せぬほど……惣弥殿、その木の高さは如何程《いかほど》でしたか」

「高さですか？」

「よく思い出して下さい」

「はきとは判りませぬが……見上げるばかりだったのは確かです。それで陽を探すのに手間取り、かなり焦ったほどですので」

「なるほど」

新兵衛が唇の下にそっと手を添える。これは新兵衛が思案する時の癖であり、歩を進めながらも出てしまっている。

「何か判ったのか」

多聞丸が訊くと、新兵衛は少し間を置いて答えた。

「ここに来るまで多くの木を見ましたが、どれも似たり寄ったりの高さでした」

確かにとりわけて高い木や、低い木があった訳ではない。何処の山でも凡《およ》そそのようなものであろう。

「後ろを御覧下さい」

新兵衛は続けて言った。皆がほぼ一斉に振り返る。次郎と惣弥のあっという声が重なる。石掬丸も理解したようで頷くが、新発意だけは大きく首を捻る。

「兄上、何かあるのか？」

「勘の鈍いやつめ。何が見える」

「山の下だろう。あそこに村もあるな」

まだ解らぬようで新発意は呑気《のんき》に答える。

「本来ならば見えるはずなのだ。下の景色は」

「確かに。でも惣弥は見えていなかった……どういうことだ？」

新発意が怪訝そうに眉を顰《ひそ》め、新兵衛は深い溜息を零す。

「目隠しをしている間、上った覚えはありませぬか？」

新兵衛の問いに、惣弥は力強く頷く。

「ありました。しかも初めのほうに」

目隠しをされて暫くして、確かに上っている感覚があった。だがすぐに下りとなり、それからもずっとそうであったため、方向を狂わせるのが目的なのだと考えたらしい。

「それだと符合します」

「兄上、どういうことだ」

自身だけが解っていないことで、新発意は拗《す》ねるように言った。新兵衛に代わり、多聞丸が答えた。

「塒は谷にあるということだ」

「左様」

新兵衛は素早く頷いた。

谷と言えば大袈裟でも、山の窪みのようなところに塒はあるのではないかという。そこで次郎は改めて辺りを見渡すと、

「その通りだとすれば、あの辺りが臭うな」

と、指で示した。

今いるところから東に、稜線が視野の下に消え、また上がっている箇所がある。危急の折に砦としても使うならば高い位置の方が良いと思われがちだが、それ以上に肝要なのは水があるということ。水は高きから低きに流れるのが当然であり、あのような所にはちょっとした池や、湧き水があるのだ。

北山に入ってから小川のようなものは一度も見ていないため、そもそも水の手が乏しい山なのかもしれない。

「よし。あそこを探る」

多聞丸はそう言うに留めたが、あそこが本命ではないかと感じている。平地ならば半刻と少しの距離だが、山を行くならば一刻ほど掛かる。

「当たっているようだな」

半ばほど行ったところで、次郎が確信したように言った。

「ああ、人の手が入っている」

枝が落とされた跡、茂みを刈った跡、ほんの一尺ほどだが地を削った跡など、僅かに人の手が加わっている。とはいえ、やはり並の者からすれば道と呼べるほどのものではなく、己たちでも茫《ぼう》としていれば見逃してしまいそうである。

当たりを付けた場所に近付けば近付くほど、そのような痕跡が増えて来て、遂には深い溝に丸太木が渡されているところまであった。この辺りを人が通っているのはもはや間違いない。

その頃には狭い空から陽はすでに消えており、木々を縫って差し込む光が赤みを帯び始めている。まもなく陽が沈むのだ。

もしこの先に塒が見つからなければ、野宿して夜を明かし、改めて明日に探さねばならない。根が剝《む》き出しになった深い森を抜けながら、そのようなことが頭を過《よ》ぎり始めた時である。先頭を行く次郎がふいに足を止めて腰を落とした。

「何か――」

「しっ」

新発意が口を開こうとするのを、次郎は鋭く息を吐いて制した。声は一切出さず、手でその場に留まるように指示する。

次郎は中腰の姿勢になり、一人でそろりそろりと足を進める。その距離、十間ほどである。随分と小さくなるものの見失うほどではなく、木の隙間からはきと見えている。

暫くすると、次郎がさらに姿勢を低くしたのが判った。やがて次郎はそのままの姿勢で後ろに下がり、途中で身を翻し、腰を上げて戻って来た。が、その間も跫音は一切立てていない。

「あったか」

すでに察しはついており、多聞丸は囁《ささや》くように尋ねた。

「なかなかのものだ」

次郎は苦い笑みを見せて続けた。

「櫓《やぐら》がある」

「真か……」

惣弥が怪訝そうな顔になる。

「建物の裏手だ。振り返ってはいないだろう?」

「確かに」

惣弥が出された時、背後と両脇を金毘羅党の者が固めており、怪しまれぬように振り返ることはしなかったという。

「ちょうど崖が出っ張っていて見えないが、その逆にお前が出された門があるということだろう」

次郎は蚊の鳴くような声で言った。多聞丸は頷きつつ言った。

「まず見よう」

「身を低く。特に新発意は膝を突くくらいで丁度いい」

新発意は下唇を突き出して不満そうな顔をするものの、言われた通りに地に膝を突いた。

皆で少しずつ進むと、やがて森が切れた。

「櫓に人がいる。腹這《はらば》いに」

次郎が一段と低く言い、皆そこから腕と脚を駆使して地を這って進んだ。

「これか」

多聞丸は口内に響くほどの小声で呟いた。

眼前に広がっていたのは、四方を高所に囲まれた擂鉢《すりばち》状の場所である。山の窪みと言った方がしっくりくるかもしれない。人の手によって地形を変えたものではなく、自然に出来たものなのは確かだ。

その窪みに建物が幾つか並んでおり、それに黒木の柵がぐるりと巡らされている。次郎が言った通り櫓もあった。塀の東西の両脇に二つ。南側は屹峭《きつしょう》たる崖であるのに対し、今己たちがいる西側、向かいの東側は人が降りられぬほどではないため、それを警戒してのものであろう。

北側はそれよりもさらに低く、木々が並んでいるため判りにくいが、傾斜だけで言えば丘のようなものである。目隠しをされた惣弥はここを上らされたという訳だ。

塒が北向きになっているのは、それだけが理由ではないだろう。金毘羅党の勢力範囲を考えれば、大和路に出るには都合がよく、それらを鑑みてこの地に塒を置いたに違いない。

「これは容易には見つけられませんね」

隣の新兵衛が顔を近づけて言った。

「これが本拠かもな」

楠木党や吉野衆も山中に塒を持っている。しかし、楠木党は東条の楠木館、吉野衆は吉野山山麓の青屋屋敷と本拠だけは明確になっていた。

だが金毘羅党だけは本拠すらこれまで明らかになっていない。父が義方に対面した時も、名手荘の寺社であったと聞いている。断定は出来ないものの、建物の規模、位置、場所が露見せぬように徹底していたことなどを合わせると、これが本拠だと考えるのが順当であろう。

「さて……どうしますか」

新兵衛が零した溜息により、口の前の砂がさらりと動いた。

「明るいうちは難しいだろう」

「そうでしょうな」

「夜陰に紛れる。今のうちに目に焼き付けろ」

当初から侵入するつもりであったが、これは一筋縄ではいかない。建物の位置関係を確かめ、人の流れを見て、さらに灰左が囚われているのが何処か、金毘羅義方がいるのならば何処かを予想して策を練らねばならない。

西を背にしていることが幸いし、夕刻となった今、塒からこちらは見えにくいだろう。じっくりと観察した後、多聞丸の合図で後ろへと退いた。

先ほど、次郎が留まるように指示した場所まで戻ると、まず新発意が口を開いた。

「かなりでかいな」

見たままの感想である。新兵衛は若干呆れつつも同意する。

「まあ、確かに。砦と言える大きさです」

「なら止めるか？」

多聞丸が鼻を鳴らすと、惣弥は真に受けたようで、えっという表情になる。軽口のようなものである。同調するような連中でないことは、己が一番知っている。

「まさか」

次郎が不敵に片笑む。

「折角、面白くなってきたのに勿体ない」

新発意は袖を捲《まく》って太い腕を露《あら》わにした。

「止めるくらいならば、このようなところまで来ませんよ」

新兵衛は薄い唇を苦く綻ばせた。石掬丸も面々を見て可笑《おか》しそうに微笑む。

「惣弥、高くつくぞ？」

多聞丸が重ねて冗談を飛ばすと、惣弥はこくこくと頷いた。

「銭なり、路《みち》なり……」

「そのようなものはいらぬ。代わりに灰左にもう突っかからせるな」

多聞丸は眉を開いて見せた。

「感謝の言葉を述べさせろ」

「いや、ついでにこれまでのことを詫びさせよう」

次郎と新発意が調子に乗って続ける。惣弥は嗚咽《おえつ》を耐えるように口を結んでいた。

「さあ、やるか」

多聞丸の軽い調子に、皆が一斉に力強く頷いた。茜が森を染めているからではなく、いずれの顔も仄《ほの》かに紅潮していた。

※

闇はすぐにやって来た。幸いなことに風は未だにある。今宵《こよい》は半月ではあるものの、雲も少なくはない。忍び込むには悪い条件ではない。

だがまだ動くには早い。見張りは残すかもしれないが、中の者の全てが夜通し起きている訳ではあるまい。夜が更けるのを、せめて子《ね》の刻は過ぎるのを待つ。

「そろそろ行く」

次郎はそう言って腰を上げた。それに合わせて新発意と石掬丸も立ち上がる。

陽が沈むまでに、まず金毘羅党の塒の略図を地に描き、それを見ながら頭を突き合わせて相談した。主に多聞丸、そして新兵衛が中心となって策を練り、綿密な打ち合わせをした。その上で二組に分かれることが決まったのである。

そのうちの一組が次郎、新発意、石掬丸なのだ。この組は決行の時までに北側、つまりは正面の門の方へと回り込む。いや、厳密にはこの組が動き出すのが決行の時となる。

陽が完全に沈むまでに動くことも考えたが、北側は最も警戒が強いことが予想されるため、闇が来てからのほうが無難と考えた。

「見えるか」

「心配ない」

多聞丸の問いに、次郎は即座に答えた。次郎は山に詳しい上に、この中でも図抜けて夜目が利く。これも夜になってから動くことを決めた大きな要因だ。さらに次郎は動き出す時に備え、半刻ほど前から目を瞑《つむ》って慣らしていた。

「頼むぞ」

「ああ。新兵衛、兄上を頼む」

「お任せを」

新兵衛は慇懃《いんぎん》に答えた。

次郎組は来た道を引き返す。途中で北側に抜けられそうなところがあったという。今から早ければ一刻、遅くとも一刻半後には、次郎組は北側に辿り着く。多聞丸らは黒い森に息を殺してその時を待った。

多聞丸は軽く手を振った。そろそろ次郎たちが砦の正面北側に回り込む頃。こちらもすぐに動けるように、崖の際にまで進んだ。

昼間とは異なり、随分と人の気配が減っている。まるで砦そのものが微睡《まどろ》んでいるかのようである。櫓には見張りが二人。こちらから向こう側は見えないが、恐らく東側も同じであろう。篝火《かがりび》の数は決して多くはない。周囲を囲まれているとはいえ、多く焚《た》いて位置が特定されることがないようにするためだ。金毘羅党の連中が、いや、金毘羅義方がかなり用心深い性質だということが改めて判る。

新兵衛が蚊の鳴くほどの声で囁いて眼下を指差した。

「あそこを」

「ああ」

多聞丸も先刻気付いた。北側の斜面を下り、森から抜け出した大中小、三つの影がある。次郎たちである。

——決まったか。

次郎たちの役目を一言で表せば陽動。先に仕掛けて敵の目を引き付け、あわよくば混乱を引き起こす。その間に潜入する多聞丸らこそが本命であった。

近付いてみないと判らないことが多いため、ここから如何に仕掛けるかは次郎たちに一任している。

最も小さな影がすっと空濠《からぼり》の中に消えた。石掬丸であろう。すぐに頭を出し、逆茂木《さかもぎ》を越え、塀に取りつく。石掬丸が一人で中に忍び込み、門を開けるという策に決まったらしい。危なっかしくはあるものの、そもそも安全な方法など存在しないから仕方が無い。

――石擶丸、急げ。

多聞丸は心の中で呼び掛けた。石擶丸が塀を乗り越えようとしたまさにその時である。余所見《よそみ》をしていた櫓の見張りが振り返り、身を乗り出して凝視するような姿勢となった。

「おい」

もう一人の見張りに呼び掛けたのだろう。櫓の上の声がここまで届いた。きっと石擶丸にも聞こえているはずだ。こうなれば大半の者は塀の上で身を縮めて息を潜めるだろう。

が、石擶丸は己の役割をよく解っている。それに優しい顔に似合わず大胆な男である。見張りの視線を集めていることを知りながら、石擶丸は躊躇《ちゅうちょ》なく飛び上がった。

「やはり！」

「誰か忍び込んだぞ！」

見張りたちは口々に叫んで鐘を鳴らした。その時には石擶丸は地に降り立ち、颯爽《さっそう》と門の方へと向かう。この辺りだけ崖の突き出しに遮られて見えない。だが、多聞丸もまたこの時点で決断を下した。

「行くぞ」

多聞丸は足を踏み出した。時に腰を落として速度を加減しつつ、斜面を滑るように降りる。新兵衛、惣弥もまた同じようにして続いた。その最中、

「門を開けられた！」

という悲愴《ひそう》さの混じった声が聞こえた。石擶丸が見事門を外したのだ。

建物からわらわらと黒い影が出て来る。その数、早くも二、三十。まだ増え続けている。

多聞丸はすでに半ばまで降りており、その間も三人を目で追い、物陰に潜むのを確かめていた。

「篝火を灯《とも》せ！」

櫓の上だけでなく、方々から異口同音に喚《わめ》く声が聞こえ、松明を持った者が忙しなく駆け回っている。一つ、また一つと篝火が増え、砦を覆う闇が取り払われていく。

「厨《くりや》の裏にいるぞ！」

櫓の上からまた声がした。

「弓を」

多聞丸は身を捻って後ろに手を出した。弓を背負う新兵衛は首を横に振った。

「無茶です。それに気付かれます」

斜面を降りている今の恰好では難しい。さらに一人を射抜いても、すぐに残りの一人が新手の存在を報じるだろう。

「いける。立て続けに射抜く」

多聞丸たちが下まで降りれば、西側の櫓の上からは丸見えである。そのため、次郎たちが見張りを除くという段取りであった。だがこの時点でなお、見張りを始末出来ていない。

全てが計画通りに進む訳ではない。予想していたよりも金毘羅党の数も多いように見える。斯《か》くなる上は自ら排除するほかない。

「貸せ」

「お待ちを。新発意が動きます」

多聞丸が催促した時、新兵衛が眼下を見るように言った。新発意はすっくと立ちあがると、探索に駆け回る金毘羅党たちのほうに悠々と歩を進めた。そのあまりに堂々とした態度に、金毘羅党の者たちも侵入者とは気付いていない。

「ここだ！　掛かって来い‼」

次の瞬間、新発意の雷の如き大音声が響き渡った。あまりの大きさに山間を跳ね回って山彦《やまびこ》が起きている。金毘羅党の者たちは一瞬啞然となったようだが、

「いたぞ！」

「生け捕りにしろ！」

などと喚きながら、仁王立ちで待ち構える新発意に向けて殺到した。

新発意が六角棒を旋回させると、人影が地に吸い込まれるように倒れ込み、横に吹き飛び、宙を舞う。まるで影そのものが千切れているかのようである。

だが流石に金毘羅党の者も修羅場を踏んでいるだけある。ましてや己たちの塒に踏み込まれているのだ。退くことはない。一人で駄目ならば二人同時に、次は取り囲んで一斉に攻め掛かろうとする。新発意はそうはさせぬと薙《な》ぎ払い、叩きのめして囲みを崩し、野獣の如き咆哮《ほうこう》を上げる。

「ぎゃ！」

声の元は新発意の周辺ではない。櫓だ。見張りのうちの一人が悶絶して蹲《うずく》まる。

「あれは……」

新兵衛が身を乗り出して目を凝らした。

「石掬丸だ」

多聞丸は答えた。新発意が気炎を吐いて敵を集めている間に、石掬丸は櫓の近くまで場所を移していた。新兵衛は感嘆と共に零す。

「礫《つぶて》ですか」

「ああ」

あれは何時だったたか。物流を担う楠木党との待ち合わせで、予定よりも早く着きすぎた時のことだ。多聞丸は退屈凌ぎに川に向けて石を放っていた。童がよくやる石を水面に弾《はじ》かせる遊びだ。石掬丸にも試しにやらせたところ、多聞丸は口元から笑みを消して目を凝らした。頗《すこぶ》る速く、しかも細かく水面を跳ねていったのである。この小さな躰の何処にそのような力が宿っているのかというほどに。

――あれを目掛けて全力で投げてみよ。

今度は水切りではない。対岸の一本の木を狙うように命じた。石掬丸は素直に従って再び礫を投じた。一度目よりもさらに速く、しかも正確に木に命中したのである。

どうも腕と肩の力は別らしい。さらに投げ方に特徴があった。大きく足を踏み込み、身をやや捻って、躰全体で放っているという印象である。

――今日よりそれをひたすら鍛えよ。お主の名にぴったりだ。

多聞丸はそう言って石掬丸に微笑み掛けた。そこから毎日、石掬丸は礫を放り続けた。本人なりの工夫があるのだろう。今ではさらに勢いは増し、狙いも精密になっている。

「礫は侮れぬ」

戦を知らぬ者は、合戦では刀や薙刀《なぎなた》で死ぬ者が多いと思っている。だがそれは大きな間違いである。最も命を奪うのは弓。そして次は礫なのだ。父もそれを熟知していたため、籠城戦は勿論のこと、野戦においても度々攻撃の手段として用いてきた。

「何だ⁉」

もう一人の見張りが周囲を見渡す中、石掬丸が腕を大きく振りかぶって振り下ろす。この暗がりである。目を凝らしたとて飛び来る礫は見えない。

「ぐぁ――」

見張りは奇声と共に頭を弾かれ、そのまま櫓の欄干にもたれ掛かるように倒れ込んだ。

「今だ」

多聞丸は言うなり動く。舞い上がる砂埃《すなぼこり》を頬に感じつつ、滑るように残る斜面を一気に下った。柵の高さはさほどでもなく、矢でも降って来ない限り難なく乗り越えられる。

三人共についに砦の中に入り、櫓の下まで来た時、建物の陰に潜む石掬丸が見えた。

櫓の見張りが起き上がって来たならば、再び礫を見舞うために待っていたのだ。多聞丸が手を掲げると、石掬丸は会釈して身を翻して走り去った。

「こっちだ」

壁沿いに走って移動をする。砦の中の建物は大小四つ。まず先ほど櫓の見張りが、

――厨の裏にいるぞ！

と、叫んだことでうち一つは運よく除外出来た。残るは三つ。大きな建物二つのどちらかであろうとは思うが、それも確実とはいえない。

「次郎、頼む」

多聞丸が呟いたその時である。まるで計ったように次郎の叫び声が聞こえた。

「青屋灰左を助け出したぞ!!」

金毘羅党の者たちは、吃驚《きっきょう》の声と共に一斉に首を回した。

「騙《だま》されるな！　岩玄房《がんげんぼう》殿が付いているのだ。万に一つも無い！」

「嘘と知れたら仕方がねえ。暴れてやるぜ！」

次郎はわざとらしく呵々《かか》と笑うと、金毘羅党の群れに突貫した。絶叫が立て続けに起こる。

前に新発意、背後から次郎、たった二人であるがどちらも楠木党きっての武勇の持ち主。挟み撃ちを受けて金毘羅党は大混乱に陥った。

「知れましたな」

新兵衛の声に安堵の色が混じっている。今のように叫べば、嘘だと解っていても思わず視線を走らせるはず。灰左の囚われている建物を確定させるため、新兵衛が考えた策だったのだ。

「今だ」

多聞丸は身を低くして駆け出した。その間、猶も激闘が続く。二人が途轍《とてつ》もなく強いことに気が付いたのだろう。生け捕りは厳しい、いや頭の命を守れ、などと金毘羅党の喚き声が聞こえ、

——ここに、金毘羅義方がいる。

と、多聞丸は確信をした。

生け捕りのため、分銅の付いた縄を持ち出した者が数人。分銅を頭の上で回し、新発意に向けて狙いを定めていたが、次々に呻きを発して倒れていく。

「おお！　あれか！」

新発意は快活な声を上げ、また一人を地に叩き伏せた。いつの間にか屋根に上がった石掬丸が、礫を連投して沈めたのである。

——任せたぞ。

多聞丸は三人に向け、心で呼び掛けながら建物の中へと飛び込んだ。引き付けが思いのほか上手くいったのだろう。拍子抜けするほど人の姿は無かった。

「こっちだ」

多聞丸は跫音も気にせずに走った。ここからは策と呼べるほどのものは無い。虱潰《しらみつぶ》しに探すだけだ。

「お任せ頂けますか」

新兵衛も走りながら訊いた。何か新たに策を思い付いたという顔をしている。ただそれを説明する間も無い。信じてくれるかということだ。

「やれ」

多聞丸が即断すると、新兵衛は口に手を添えて叫んだ。

「岩玄房殿！　外の者が強すぎます。お助け下され！」

すぐに意は察した。先刻、次郎が灰左を助けたと嘘を吐いた時、金毘羅党の者が、

——岩玄房殿が付いているのだ。万に一つも無い！

と、衆を落ち着かせていた。裏を返せば、岩玄房なる男を見つければ、そこに灰左もいるという訳だ。

「岩玄房殿！　お助けを！」

新兵衛がなおも呼び掛けた時、先の戸が開いて痩せぎすの男が顔を見せた。

「それほど強いのか⁉」

「ああ、呼んでくれ」

「解った。岩玄房殿、外が――」

男が自分の出て来た部屋に顔を向けた時、

「知れました」

と、新兵衛は静かに言った。

「上出来だ」

多聞丸は不敵に片笑むと、そのまま男の背を蹴り飛ばして中へと踏み込んだ。

「何だ⁉」

吃驚の声が部屋を飛び跳ねていた。殺風景な板間である。広さは五、六間四方といったところ。外窓から月明かりを取り入れているほか、灯台が幾つか並んでおり、男たちの脂ぎった顔を照らしている。

「お前……惣弥も……」

最も驚いていたのは、縄を掛けられ部屋の奥にいた灰左であった。夢か、現《うつつ》か、といったように目を見開いている。

「お前、誰だ！」

「吉野衆か！」

「いい度胸だ！」

「生きて出られると思うな！」

次々に痛烈な罵声と恫喝が浴びせられる中、多聞丸は全身に血が駆け巡るのを感じていた。今では世間からも歴《れき》とした武士として認められ、それだけに留まらず国司、守護にまで任じられた。それでも決して消えず、この躰を脈々と流れる悪党の血が――。

「殺して――」

「お前にやれんのか」

遮って低く圧すると、男は拉《ひし》がれたように舌を止めた。多聞丸は衆を睨みつつ鼻を鳴らして続けた。

「俺を知らねえとは、それでよく悪党を名乗れたもんだ」

皆が怪訝そうにする中、新発意にも負けぬほどの大男が重々しく言った。

「楠木の頭だ」

「なっ――」

他の者が絶句する中、巨軀の男は鋭い眼光を向ける。

「お前は？」

「尾鷲《おわせ》岩玄房。看坊《かんぼう》を務めている」

「なるほど」

多聞丸は目を細めた。看坊とは禅宗における寺の留守居役のこと。そこから転じて後見人や責任者、監督を務める者としても世間で使われるようになっているが、金毘羅党は禅宗の影響を受けているのかもしれない。この場合、金毘羅党の幹部といった意味であろう。

「楠木党が何の用だ」

「そこの馬鹿を返して貰いにきた」

多聞丸は灰左に視線を飛ばした。

太刀に手を掛けている者だけでなく、すでに抜き身を手にしている者もいる。一触即発の様相を呈しつつも皆が動かない。いや、動けない。

こちらとしては灰左の無事、数の不利、退路の確保が気に掛かる。向こうとしては他の援軍の有無、灯台を蹴られて砦を焼かれても堪らぬ。そのような思惑が絶妙な均衡を作り出している。が、いつそれが崩れてもおかしくない状況であるのは間違いない。

「楠木党は吉野衆に与するか」

「そんな大層なものじゃあない」

多聞丸がふわりと言うと、岩玄房は厳《いか》めしい顎をしゃくった。

「吉野衆が先にうちを的に掛けた」

「その前にお前らが南朝を襲っただろう」

「北朝とて襲っている」

岩玄房は傷のある頬を引き締める。

「知っているさ。だが南朝に仕掛ければ、灰左が黙っている訳がないと解っていたはずだ」

何も答えない岩玄房に対し、多聞丸はふっと息を漏らして続けた。

「図星じゃねえか」

「そうだとしても、楠木党には関わりないはずだ」

「助けを求められたからな」

多聞丸はぶっきらぼうに親指で後ろの惣弥を指した。

「じゃれ合っているとは耳にしたが……随分と仲が良い。楠木党も落ちたものだ」

岩玄房が嘲《あざけ》るように言うと、多聞丸は一歩踏み出した。

「悪党の形を決めるなよ」

互いの距離は一間ほど。その瞬間、部屋の中の気が今にも弾けんばかりに増した。

新兵衛もまた足を踏み出し、さっと手を腰の太刀に落とす。微かに震えている。恐怖ではなく極度の緊張であろう。無理もない。

多聞丸と岩玄房の二人以外、皆が今にも圧《お》し潰されそうなほど顔を強張らせている。

——さあ、如何《どう》する。

多聞丸の頭が目まぐるしく旋回する。新兵衛の策によってすぐに居場所は突き止めたが、この有様である。もっとも一部屋ずつ探しても、行きつくのはこの場所で結局は同じことになったはず。

まだ他の吉野衆が何処に囚われているのかも判らないし、灰左に訊いても知らないだろう。そもそも灰左もここに囚われていたというより、外で騒ぎが起こったので引っ立てられて来たという様子だ。その上で人を配して守っていたのだ。何としても奪われぬために。

さらにこの部屋に新たに駆け付ける者がいないこと、そもそも人の気配を感じぬことから、今この場にいる者たちがこの建物にいる全てと考えられる。

そして今一つ、金毘羅義方の存在。外の者の口振りだとここにいるはずなのだが、今のところそれらしい男は見ていない。それらを全て鑑みて、己の打つべき最善手は——。

そこまで考えた次の瞬間、多聞丸は最も近い灯台を蹴り飛ばした。あまりに咄嗟《とっさ》のことに、皆あっと声を上げるのが精一杯である。飛散した油に火が移り、床に瞬く間に焔《ほむら》が立ち上がった。

「新兵衛」

「はっ」

すでに逆側の灯台に近付いていた新兵衛が、とんと突き倒した。こちらもすぐに炎が生じ、黒白入り混じった煙が上がった。

「何しやがる！」

今にも斬り掛かって来そうな男たちを手で制し、岩玄房が唸るように問うた。

「どういうつもりだ」

「早くしないと逃げ場を失って焼け死ぬぞ」

この場所には水は無い。砦の中に井戸はあるのだろうし、何処かに水を溜めているかもしれないが、それを使うためには己たちを倒していかねばならない。

「退《ど》け」

「断る」

金毘羅党の者どもは激しく狼狽する。自らが焼けてしまうからだけではない。皆がちらちらと目を泳がす。その先はいずれも同じである。

「お前らを殺してゆくまでだ」

「すぐにやられるつもりはない」

部屋の中にうっすらと煙が漂い始める中、岩玄房の顔が曇るのを見逃さなかった。

「それまでもっといいな」

多聞丸が追うように続けると、岩玄房はあからさまに舌打ちをした。

「こいつ……」

「いるんだろう。出て来いよ」

多聞丸は細く息を吸うと、その名を呼んだ。

「金毘羅義方」

こちらの意図に気付いていた岩玄房以外、皆が引き攣《つ》った吃驚の声を上げる。

この塒にいた大半が外に出て、建物に残っているのはこれだけ。二つの場所を守ることが難しいとして、灰左をこの場所に移した。つまり守るべきもう一つはここということ。あの男はここにいる。

「出るぞ」

何処かから、いや、先ほどから連中が視線を走らせる先から声が聞こえた。壁に小さな隠し戸があり、腰を屈めつつ、男がぬっと姿を現した。

老爺《ろうや》である。

肉付きはよく大柄である。口辺以外は皺もほとんどない。その皺も脂が詰まったように薄い光沢があった。

特徴的なのは目。肥えているにもかかわらず眼窩《がんか》は深く、右の眼は真っ白に濁っていた。髪は銀色なのだろうが、火明かりによって赤銅色に輝いている。

新兵衛や惣弥は固唾《かたず》を呑む。灰左もまたこれが初めての邂逅《かいこう》らしく、衝撃を受けているのが判った。

それだけでなく金毘羅党の中にも唖然とする者がいたのは、やはり普段は一部にしか姿を見せないからだろう。間違いない。金毘羅義方である。

義方は鬢《びん》の辺りをつうと撫ぜ、

「で？」

と、一文字だけを発した。

岩を擦り合わせたような恐ろしく低い声。凄まじい迫力に多聞丸は肌が粟立《あわだ》つのを感じた。

「灰左たちを返せ」

「親父に似て腹が据わってやがる」

義方は要求には応えず、痰《たん》を切るように喉を鳴らした。

「そちらはなかなか小心のようだ」

多聞丸は言った。義方は岩玄房のほうへ顎をちょいと振る。

「こいつが隠れろと言うからなあ。まあ、小心くらいで丁度いい……」

義方はそこで一度途切ると、這うように低く言い放った。

「小僧、短気は早死にすることになる」

一瞬の間が生まれ、二人の間をゆらりと濃い煙が漂った。多聞丸は目を細め、改めて問い質《ただ》した。

「今一度言う。灰左らを返すか、ここで焼け死ぬか決めろ」

「まあ、ゆっくりやろうや。酒でも呑むか？」

義方はよいしょと添えて腰を下ろし、板間に胡坐《あぐら》を搔いた。

「何を……」

「お前も解っているんだろう。火はそう早くは回りやしねえ」

幾ら油を撒いて火を放ったとはいえ、磨きを掛けた板はすぐに燃えやしない。徐々に広がっていく。この部屋ならば完全に炎に包まれるまで優に千は数えられるだろう。

「それに人は火で死ぬ訳じゃない。知っているか？」

義方は膝を摩《さす》りながら訊いた。

「まず煙。次に熱」

多聞丸は端的に答えた。火事に巻き込まれた者は、煙で呼吸が困難になり、さらに熱波で喉をやられる。炎に身を焦がす時、大半の者はすでに絶命しているのだ。

「よく学んでいるな」

「答えろ」

多聞丸は刺すように言った。

「よし。共に焼け死ぬか」

義方は愉快げに皺を深くした。

「出来るはずがない」

「そう思うのは勝手よ」

義方は吐き捨てるように言った。火は徐々に広がって壁に移りつつある。金毘羅党の連中も熱さを避けてじりじりと部屋の中央に押される。

また膠着《こうちゃく》である。今、動けば共倒れになる。ここは我慢のしどころだろう。次、何かきっかけがあれば均衡が崩れ、一気に全てが動き出す。その時に機先を制した方が勝つ。もっともその何かは多聞丸にも、義方にも判らないし、このまま来ないかもしれない。

「何故、急に動き出した」

先に多聞丸は仕掛けた。

「長い間、様子を窺ってきたが、こりゃあ一朝一夕で終わらぬと見定めたのよ」

すぐに南北朝の争いに決着が付けば、金毘羅党は賊として追討を受けることになる。静観してそう判断したから、動き出したということらしい。

「北と南、両方に仕掛ける訳は」

「単に倍儲かる。襲われたくなければ、銭を払ってどうにかするだろうよ」

「秤《はかり》に掛けて値を吊り上げるつもりか」

「そうとも言えるな」

義方の笑みは蝦蟇《がま》を彷彿とさせた。

北朝有利とはいえ、未だ拮抗《きっこう》しているというのが現状である。金毘羅党に糧秣を奪われて、共に安閑としていられるほどではない。かといって金毘羅党を壊滅させようとすれば、敵方に奔られる恐れがある。

義方の言うとおり、行き着く先は銭での勧誘になるだろう。

「お前のような者が戦を長引かせている……」

多聞丸の語気に怒りが滲んだ。

戦が勃発した理由が何かと問えば、人によって意見が分かれるだろう。複雑な事象が絡み合ってのことだし、そもそも始まってしまった今はそれを求める意味も無い。

ただ一つ、確実に判っているのは、戦で利権を得ようとする者がおり、そのせいでより事態は混沌《こんとん》としているということ。別に義方のような悪党だけではない。公家の中にも、武士の中にも、そのような者はいる。

戦を始めようとするのも、終わらせようとするのも、ほんの一握りの人間である。だが、戦を続かせようとする人は比べ物にならぬほど多い。

「公家や武士は自業自得。儂《わし》らは違う」

一緒にされるのは敵《かな》わないという意味か。義方の目にも怒りが浮かぶ。

「小僧は知らぬだろう。あの時代が如何なるものだったかを」

鎌倉支配の末期、北条得宗家《ほうじょうとくそうけ》を始め武士は社稷《しゃしょく》を貪り、政《まつりごと》は乱れ、飢饉が頻発し、山海には賊が跋扈《ばっこ》していた。二つの朝廷が並び立つ今より、遥かに凄惨であったという。

「襲われて肉塊になった男を見たことがあるか。嬲《なぶ》り殺されて血の海に沈む女を見たことがあるか。乳房を咥《くわ》えたまま死んだ赤子はどうだ。人が人を食らう地獄を見たことがあるか」

風が巻き始め、顔を熱に揺らがせながら義方はなおも捲し立てた。

「儂はただ生き抜こうとしただけ。悪党は世の澱《よど》み。生み出したのは彼奴《きやつ》らぞ」

義方の言うことには一理ある。これまで通りの土豪では食えぬ、食わせられぬから、楠木党は物流という新たな利権を生み出した。それが既存の何者にも分類されぬことで、悪党と呼ばれるようになった。やったことこそ違えども、埒外《らちがい》の存在という点においては金毘羅党と同じである。

「儂らは弱き者よ。多くのものを奪われた。それを取り返しているだけだ。楠木や吉野のように尾を振るつもりなぞない。死ぬまで奪い返してやる」

炎は壁に纏《まと》わりつつあり、義方が言い切ったのに合わせるように轟《ごう》と焔が跳ねた。

「弱き者……」

多聞丸は呆れて溜息が漏れた。

「左様。だから仕方が無い」

「大小の砦を幾つも築き、配下は三百人を超え、食うに困らぬどころか酒にも事欠かぬ……それの何処が弱き者だ」

多聞丸は熱い風を細く吸い、唸るが如く言い放った。

「何だと……」

「お前はとっくに奪う側に立っている。悪党という言葉を後生大事にしているのは、それを隠そうとしているだけよ。我が父の申し出を断ったのも、弱き者の皮を被っていたかっただけだ」

「小僧が悪党を語るか」

義方は憤怒の形相で片膝をどんと立てた。

「悪党が弱き者ならば、そのような者はいなくなればよい……」

多聞丸は真っすぐ睨み据えて続けた。

「お前が最古の悪党ならば、俺は最後の悪党になる」

義方は歯を食いしばって呻《むしば》きを発し、他の者は息を呑むような顔である。蠢《うごめ》く焔はゆるゆると、それでいて確実に部屋を蝕んで赤く染めていく。

「機がやって来たぞ」

多聞丸は囁くように言った。跫音が聞こえた。建物に何者かが入って来たのだ。間もなく己たちの背後に辿り着く。金毘羅党か、あるいは楠木党か、どちらにせよ局面は動く。

新兵衛は背後に備え、惣弥は前後を交互に見る。多聞丸は義方から寸時《すんじ》も目を動かさなかった。

義方は自嘲気味な笑みを浮かべつつ零す。

「博打《ばくち》か……悪党らしい」

「爺《じじい》、もうそんな時代じゃあない」

部屋を探っているのだろう。時に慌ただしく、時に緩やかに近付いて来る。あと十間も無い。その時は跫音がここに辿り着くより早くにやって来た。

「兄者！」

「新発意、ここだ！」

新発意と新兵衛のやりとりのほんの僅かな隙間、多聞丸は跳ねるように床を蹴っていた。太刀が赤く煌《きら》めき、焰より紅き血が舞う。斬った金毘羅党の叫びに続き、

「やっちまえ」

「大頭を守れ」

「青屋の首を――」

と、喚きが上がった。言葉は重なって塊と化し、もはや意味は失っている。ただ鮮烈なまでの殺意が部屋の中を跳ね回った。

言葉を発さぬ者もいる。鬼の如き形相で振り下ろした岩玄房の太刀を、多聞丸は転がって掻い潜《くぐ》ると、一言も発さずに灰左の縄に斬り掛かった。英雄譚《たん》の如く上手くいくはずもなく、灰左の腕ご

と斬り裂く。

「痛っ――」

「使え！」

多聞丸は懐刀を灰左に放り投げ、両腕を振り上げる男の胸を突き通した。

抜けぬ。このような時は突くべきではなかった。そう過ぎった時には、岩玄房の体当たりで、多聞丸の躰は壁にまで吹き飛ばされていた。降り注いだ炎で髪と睫《まつげ》毛が焼け、異臭が鼻を劈《つんざ》いた。

岩玄房が目を血走らせて向かって来た刹那、猪《いのしし》に撥《は》ねられたように消えた。

「兄者！」

新発意が馬乗りになり、六角棒を放り投げて岩玄房の顔を殴打する。

「おぉ‼」

声にならなかった。己とは別の何かが腹の中を暴れ回り、喉から音を発したように。

相手の腕を摑んで太刀を奪って首を掻き切るのに身に付けた武術が役立ったかと思えば、次の瞬間には鍔《つばぜ》迫り合いをする敵の手に野獣の如く嚙みついている。己は今、人と獣の狭間を生きている。

皆もそうだ。あの冷静な新兵衛も敵の背に太刀を突き立てて奇声を発し、灰左は眦《まなじり》を吊り上げていつの間にか拾った太刀を振り回し、惣弥は悲鳴を上げる男の顔を炎に押し付ける。新発意は、死ね、死ねと気がふれたように連呼して、岩玄房の顔を拳で殴打していた。

これが戦の正体。義方の言うとおりこの世に地獄があるとすれば、人を修羅に変えるこれも地獄であろう。一時の茫然の中、多聞丸の目に映ったのは、部屋の隅で頭を両手で覆い、身を縮める金毘羅義方の姿であった。

鮮血と紅蓮《ぐれん》に染まる部屋の中、多聞丸は一歩ずつ近づいた。眼前に立つと、義方はひっと上擦った声を出す。先刻までの凄みは微塵《みじん》も感じない。戦というものは、どうやら人を修羅に変えるだけでなく、餓狼《がろう》を人に戻すものでもあるらしい。

「金毘羅義方」

多聞丸の呼ぶ声はか細い。何故か哀しかった。これが悪党なのだと思い知らされたから。

「助けてくれ……もう南朝には手出しをせぬ」

義方を救わんと、血みどろになって向かって来た男を、多聞丸は片手で一刀のもとに斬り捨てた。

「今すぐ止めるように呼び掛けろ」

「わ、解った」

義方はこくこくと頷き、引き攣った声で叫んだ。

「者ども、止めろ！　手打ちだ！」

しかし、誰も動きを止めようとしない。怒号と悲鳴の渦に掻き消されたという訳ではない。確かに皆の耳朶《じだ》に届いている。その証左に、義方のほうを一瞥《いちべつ》した者もいた。

金毘羅党において義方の命《めい》は絶対であるはず。それにもかかわらず、やはり動きを止めようとしないのだ。

「もういい！」

多聞丸もまた呼び掛けた。こちらも同じである。灰左や惣弥はともかく、新兵衛、新発意も止まらなかった。これも聞こえていない訳ではない。新発意にいたっては、

「無理だ！」

と、返したのだ。それで生まれた僅かな隙に、岩玄房が下から頭突きを見舞って新発意は大きく仰《の》け反《ぞ》った。岩玄房は身を捻って逃れようとするが、新発意は刮《かつ》と眦を吊り上げて喉元を押さえ込む。

次は岩玄房がその腕を搦《から》め捕《と》って締めようとし、それに対しては膝を脾腹《ひばら》に打ち込む。新発意の喚いた通り。止まらないのである。

「ぎりゅあ！」

到底、人とも思えぬ奇声が聞こえ、多聞丸ははっと振り返った。先ほど斬り捨てた男がなおも立ち上がり、血刀を振り回して向かって来た。

「くっ――」

多聞丸は刀を撥ね上げて前蹴りを見舞った。男が宙を飛ぶ。壁に纏わりつく炎が借景の如くなり、地獄の業火に吸い込まれていくかのように。

その時、多聞丸は目の端に別の悪意を捉えており、己の意思より速く躰が旋回した。

「が……あ……」

次の瞬間、眼前にあったのは、てらてらとした義方の顔面であった。立ち上がると共に腰の短剣を抜き、躰ごと己を貫かんとしていたのだ。義方の短剣は僅かに腹を抉《えぐ》ったのみ。多聞丸の太刀は深々と肥えた躰を貫いていた。

「愚かな……」

「どちらが……止まるかよ……」

義方が発した生臭い息が頬を撫ぜた。その顔は苦悶よりも嘲笑が上回っている。どちらかというと苦悶に染まっているのは、きっと己のほうだろう。多聞丸は裂けんばかりに唇を噛み締めた。

「止めてみせる」

嘲りと苦しみの度合いが転じ、義方の顎が小刻みに震える。手に、躰に、重さが一気に圧し掛かり、多聞丸は太刀を勢いよく引き抜いた。

義方がどっと倒れ込む。が、金毘羅党たちに何か変化が起きた訳ではない。劣勢の中、生き延びようとするのが精一杯ということか。大将が討たれたとしても、確実に争いの蠢動《しゅんどう》を止め得る訳ではないのだ。

直後、物々しく複数の跫音が聞こえた。敵の増援であろうと身構え、反対に金毘羅党の顔に喜色が浮かぶが、

「兄上！」

という声と共にそれが逆転した。次郎である。

「ここだ！」

「無事か」

次郎が部屋に飛び込んで来た。その背後には幾人かの男。多聞丸にも見覚えがある者がいる。吉野衆の者たちだ。

「上手くいったか」

惣弥が同じところに囚われていたとはいえ、他の吉野衆の居場所は見当がつかなかった。次郎はそちらを解き放つのが最も重要な役目であった。

「ああ、外でもこちらが勝っている」

吉野衆と金毘羅党で合戦になっており、味方が優勢であるという。故に数人を率いて、こちらの応援に向かったということらしい。

「義方は死んだ」

「あれが……」

次郎はうつ伏せになって息絶えた義方を見た。

「退《ひ》くぞ」

「本気か」

次郎は驚いて眉を顰めた。すでに義方は討ち、この部屋でも此方《こちら》が圧倒している。絶命した金毘羅党もいる。この場において最も強かっただろう岩玄房も、新発意に組み伏せられて息も絶え絶えといったところ。外でも此方が優勢。

このまま一気に殲滅出来るし、そうして心を完全に折っておいたほうが、他の砦にいる金毘羅党の復讐を防げるかもしれない。次郎はそう思っているし、多聞丸もまた解っている。それでも猶、多聞丸は大音声で叫んだ。

「退け！」

「兄者、今こいつらを――」

「俺の命《めい》が聞けぬか」

新発意が言い掛けるのを、多聞丸は一喝した。頬から血を流す金毘羅党と対峙する新兵衛に対しては、

「もはや無用だ」

と。続けて足に縋《すが》りつかれ、背に刀を突き刺さんとする灰左に向け、

「俺が助けたのだ。文句はあるまい」

と、立て続けに言い放った。

「次郎、惣弥と外を頼む」

今、吉野衆も報復にいきり立っているのは容易に想像出来る。副頭の惣弥がいなければ止めることは難しいだろう。

「解った」

次郎は力強く頷き、惣弥を連れて外へと向かった。

火焔《かえん》は壁を伝い、天井まで蝕んでいた。白煙に紫が混じり始めている。この段になれば、間もなく一気に部屋中に燃え広がる。

「お前らもだ。命ある者を外に救い出せ」

多聞丸は生き残った金毘羅党の者どもに向けて言った。

「そんな見え透いた罠に引っ掛かるか」

「よく考えろ。今、我らは罠など張らずともお前らを討てる」

「大頭の仇を――」

「三年経ち、猶もそう思うなら俺を討ちに来い」

多聞丸は被せるように遮り、静かに続けた。

「もう終わりだ。命を無駄にするな」

禱《いの》りというほど崇高ではなく、願いというほど慮っている訳でもない。多聞丸の胸に渦巻いてい

るのは、ただもう終わりにしたいという稚気にも等しい嫌気であった。

「新発意‼」

多聞丸が吼《ほ》えると、新発意は叱られた童のように岩玄房から飛び退《の》いた。

「まだ息はある。助けてやれ」

多聞丸は茫然とする金毘羅党たちに言い残し、

「行くぞ」

と、身を翻して部屋を後にした。皆もはや逆らうことなく後ろに続く。

外は外で奇妙な形となっている。惣弥が命じて吉野衆は何とか戦いを止めたものの、金毘羅党の勢と睨み合うような恰好となっていた。両者の間にありありと疑心が浮かんでいるのが見えた。

「頭だ！」

吉野衆の一人が声を上げ、どっと歓声が上がる。一方、金毘羅党の連中には明らかに動揺が走っていた。

「頭、見つけましたよ」

吉野衆の若者が嬉々として差し出したのは、灰左が愛用している明空《めいくう》の太刀であった。

「ああ」

灰左は明空を片手で受け取ると、寸刻じっと見つめた。歓喜してくれると思っていたのだろう、若者は怪訝そうにしていた。

「灰左」

多聞丸が呼ぶと、灰左はゆっくり頷いて吉野衆に命じた。

「惣弥から聞いただろう。これまでだ」

続けて多聞丸も金毘羅党に向けて呼び掛ける。

「屋敷の中に傷を負った者がいる。火も間もなく回る。救い出してやれ」

計ったように屋敷から男が一人飛び出て、外に助けを求めたことで、真かと金毘羅党たちはさざめく。

「我らは退《ひ》く。邪魔立てをするな。追えば容赦はしない」

多聞丸は己でもひやりとするほど冷たく言い放ち、手を天に向けて掲げた。それを合図に次郎らが撤退を連呼し、一斉に北側の門に向けて動き始める。が、すぐに金毘羅党は動きださなかった。

「御屋形様」

いつの間にか、側に侍《はべ》った石掬丸が不安げに呼んだ。

「心配ない」

直後、一人が屋敷に向かったのをきっかけに、ようやく他の者もわらわらとそれに続いた。すでに天井の一部を食い破り、天に焦がれるように炎が手を伸ばしている。屋敷の中に飛び込む者、水場に走る者、類焼を避けるために隣の建屋を壊そうとする者、金毘羅党はそちらに没頭し始めた。

「兄上！」

次郎がこちらに向けて大きく手招きをする。

「帰るぞ」

「はっ」

多聞丸は細い息を吐いた。始めるのはいとも簡単なのに、終わらせるには比べ物にならぬほど手を打ち、段階を踏んでゆかねばならぬ。これもまた戦というものらしい。

「終わらぬはずだ」

多聞丸はぽつんと呟くと、火明かりに滲む森の中へと分け入った。

第五章

弁《べんの》内《ない》侍《し》

青屋灰左と吉野衆を奪還してから一月ほど経ったある日、楠木館を訪ねて来た者がいる。新兵衛《しんべえ》や新発意《しぼち》は供も連れずにふらりと現れるが、この者に限ってそれはない。いつも十数人の屈強な郎党を引き連れている。名を大塚惟正《おおつかこれまさ》と謂《い》う。

「ご無沙汰しております」

大塚は母に向けて慇懃《いんぎん》に挨拶をした。父の死後、大塚は幼い当主である己の名代《みようだい》として、楠木党を懸命に支え続けてくれた。母もそのような大塚のことを誰よりも心強く思っている。

「何かあったのですか?」

大塚は楠木党の重鎮というだけでなく、南朝より和泉《いずみ》国守護代を正式に拝命している。そのため楠木党の中でも一等多忙であり、こうして館を訪ねて来ることも少ない。故に何かあったのではないかと考えたのだろう。

多聞丸《たもんまる》はちらりと横顔を見たが、大塚はこちらに一瞥もくれずに畏《かしこ》まった口調で答えた。

「何事もございませぬ。心ならずも雑事にまぎれ、ご無沙汰致したこと何卒《なにとぞ》平にご容赦下さい」

「そうですか」

母は安堵に表情を和らげた。

「はい。御屋形《おやかた》様にたまには顔を見せろと叱られた次第です」

大塚は褐色の頬を緩めた。二重瞼《ふたえまぶた》の大きな目、凛然《りんぜん》とした眉、意志の強そうな鼻梁、その精悍《せいかん》な風貌に、若い頃は女のみならず、男さえも見惚《みと》れる者が多かったという。当年で三十四となったものの、そこに渋みが加わり、むしろ男振りに磨きが掛かっている。

「そうですか……呼びつけて申し訳ございません」

母は呆れるように丸い溜息を零して詫びたが、やはり大塚に会えて嬉しそうではあった。

「滅相《めっそう》もないことです。丁度、御屋形様にご相談したいこともございました。何、和泉の寺への寄進のことです」

大塚は母と和やかに話して、適当な頃合いを見て離れへと共に移った。

離れのいつもの一間、二人で向き合って座す。これもいつも通り、石掬丸《いしすくいまる》が給仕を務めて竈《かまど》を使っている。ぱちぱちと薪《まき》が音を立てる中、先に切り出したのは多聞丸であった。

「すまない」

今日、大塚が訪ねて来たのは、母に顔を見せるためでも、寺への寄進の相談でもない。わざわざ母の耳に入れて心配させぬように配慮してくれたのである。

「御母堂様にご心労を掛けたくないのは拙者も同じです。すでに並の人の一生分の心配をされましたので」

大塚は訥々《とつとつ》と答えた。

多聞丸が正式に当主になるまでのことだ。大塚は楠木党を率いて戦う中、重要なことは随時母と繫ぎを取って意見を聞いていた。一度はいつ滅んでもおかしくないというところまで追い込まれていたのだ。母が不安に圧《お》し潰されそうになっていたことは、大塚が最も知っているところだろう。

「軽はずみだったかもしれぬ」

多聞丸が後悔を口にすると、大塚は首を横に振った。

「いえ、悪党とはそのようなものです。拙者の若い頃などはもっと……御父上に幾度も叱られたものです」

大塚は気恥ずかしそうに、そして懐かしそうにはにかんだ。

「そうか」

多聞丸も口元を緩めた。在りし日の父と、若き大塚の姿が思い起こされたのだ。

父は大塚のことを可愛がっており、将としての才も認めていた。故に湊川《みなとがわ》の戦いに臨む直前、大塚が是が非でも共に行こうとするのを説得し、楠木党の後を託して帰らせたのだ。

「それに、遅かれ早かれ金毘羅《こんぴら》党とは合戦になっていたでしょう。次はうちを的に掛けるつもりだったようです」

金毘羅党を脱した者に銭を摑ませて聞いたという。詳しいことは判らないが、まずは反攻してくるだろう吉野衆を徹底的に叩く。その後、楠木党の出方を窺いながら徐々に削る。理由までは知らないものの、多聞丸が楠木党を大きく動かしたくないことも義方は見抜いていたらしい。故に吉野衆に与《くみ》して、ましてや本拠を衝《つ》くような大胆な行動に出るとは夢にも思っていなかったという。

「その後の様子はどうだ」

多聞丸は声を低くして訊いた。

あの一件の後、多聞丸はすぐ大塚のもとに使者を飛ばした。当初、思い描いていた以上に事が大きくなった上、己が残党を見逃すという決断をした。大塚の領地は金毘羅党からも近いため、事の次第を伝えねばならぬと考えたのだ。

——御屋形様は暫し鳴りを潜めて下され。後はこちらで。

大塚としては軽率を一喝もしたかっただろう。だがまずはそれどころではないと、小言の一つも零さずに対応を引き受けてくれたのだ。

「透波《すっぱ》を出して探らせました」

大塚は多聞丸に答えた。

透波とはいわゆる間者《かんじゃ》のこと。他国に入って情報を得たり、流言を広めたり、時には破壊工作、暗殺などを行うこともある。父正成《まさしげ》はこの透波を早くから組織して、時勢を読むことに役立てると共に、戦で攪乱《かくらん》する時にも用いていた。

父の死後は名代の大塚に受け継がれ、楠木党の存続に大いに役立たせた。故にその運用に関して慣れていることもあり、多聞丸が成長した後も取り纏《まと》めは大塚に任せている。

「皆、無事か」

これまで金毘羅党は自身の縄張りに鉄壁の情報網を築いていた。かつて和田《わだ》兄弟が金毘羅党と揉めた時、大塚は透波を入れようと試みたことがあった。

しかし、とても入り込める状態ではなく、数人は戻らなかったのである。

「はい。いともたやすく入れたとのこと」

大塚も細心の注意を払うように命じていた。透波たちも相当の覚悟を決めて向かったという。だが以前ではあり得ないほど、容易に入れたらしい。それこそ金毘羅党が混乱している何よりの証であろう。

透波たちは金毘羅党が縄張りとする主要街道、さらに多聞丸たちが割り出した北山の本拠近くにまで進出して様子を探った。

まず金毘羅党が管理する物流は完全に止まっている。上からの指示が何も出てこないようで、下っ端どもは事態が呑み込めずに困惑している。

「加えて、金毘羅党からは日に日に人が抜けております」

北山を張っていた透波の話に拠ると、夜になると人がひっそりと出て来て二度と戻らないらしい。最近では昼間であろうとも堂々と出て行く者がいる。これらのことを総合的に考えると、

「金毘羅党はもう終わりとみてよいかと」

と、大塚は結論付けた。

「義方《よしかた》が死ねばそうなるのか……」

多聞丸は正直意外であった。義方が死んでも誰かが、たとえばあの岩玄房《がんげんぼう》あたりが後継者となって、金毘羅党を取り纏めていくものだと思っていた。義方一人が死んだだけで、こうもあっさり瓦解していくとは思わなかったのである。

「これは拙者の考えですが、義方はそのような男だったということではないでしょうか」

「と、いうと?」

「義方はこれまでほとんど姿を見せませんでした。それは外向きだけでなく、金毘羅党の者たちにも」

「ああ、極めて用心深い男だ」

「はい。しかし、言い方を変えれば臆病とも言えます。仲間さえ信じていなかったのでしょう」

義方は一手に権力を握り、それをついぞ手放そうとはしなかった。力を分け与えて配下に裏切られることも警戒していたのではないか。それ故、全ての実権を持つ義方が死んだため、金毘羅党はあっという間に崩壊したのだろうという見立てである。

「なるほど。そうかもしれないな」

「その点、御父上は大きく違います」

大塚ははきと断言した。今では父は何もかも出来る、人を超えた存在のように語られることもある。実際、卓越した才を有していたのは間違いない。

だが父はいくら優れた者でも、一人で出来ることには限界があると理解していた。故に己がおらずとも回る仕組みを作ること、そして適材適所を見抜いて任せることに力を注いだ。実は父の最も抜きんでた才はそれだったと大塚は熱く語った。

「故に、拙者のような不才でも楠木党を率いて戦えたのです」

「見習わねばならないな」

「御屋形様はやはりその血を継いでおられます。拙者に透波の組を、野田《のだ》に物の流れを任せておられる」

「それはそのほうが上手く回るからだ」

「それですよ」

大塚は微笑みながら頷いた。言い換えれば人を信頼している。だからといって任せきりではなく、それぞれの状況をしかと摑んでいる。それこそが金毘羅党との大きな違いであるという。大塚は頬を引き締めて続けた。

「先刻、悪党とはそのようなものと申しましたが……これからは相談して下さい」

「すまない」

多聞丸は素直に詫びた。言い訳をするつもりはないし、別に大塚を信頼していない訳でもなかった。が、人を集めて南朝のために起《た》ったと思われるのを避けるべく、大事《おおごと》にしないようにと考えてしまった。

大塚にはまだ北朝に付こうと思っていることを打ち明けられていないからだ。野田と話した翌日には、大塚に書状を送って、

――膝を突き合わせて話したいことがある。

と、伝えてはいた。ただその頃、紀伊《きい》で不穏な動きをする豪族がいたことで、大塚はすぐに和泉を離れられなかったのである。そうこうしているうちに、今回の騒動に巻き込まれたという訳だ。

「例のことでしょう」

大塚はいきなり核心を突いた。

「ああ、そうだ。お主にも話さねばならぬことがある」

今日はそれもあって大塚に来て貰ったのである。大塚もまた重大なことだとは感じていたらしく、居住まいを正し、多聞丸が話し始めるのを黙して待った。

「朝廷からまた使者が来た」

「そのようですな。つい先日、また当家にも来ました」

前回、多聞丸が朝廷からの使者をはぐらかした二十日後のことである。大塚のもとにも参内せよとの命が来たらしい。これは初めてのことではなく二度目である。それに大塚は前と同様、

――何度でも申し上げます。楠木党を率いるのは我ではありませぬ。

と、眉一つ動かさずに返答したという。

「随分と焦っているようです」

大塚はそう付け加えた。

「そのようだ。もう煙《けむ》に巻く訳にもいかない……」

「如何《いか》になさる」

「北朝に付こうと思う」

多聞丸は意を決すると、低く言い放った。

暫し無言の時が流れ、外から聞こえてくる小鳥の囀《さえず》りがその間を埋めている。大塚は眉間に皺を寄せて黙考していたが、ようやく口を開いた。

「なるほど……御母堂様には？」

「すでに」

「どのようなご様子でしたか？」

大塚はさらに静かに尋ねた。

「意外に落ち着いておられた」

多聞丸はその時の様子を端的に話した。大塚は小さく唸り、

「そうですか……」

と、絞るように言った。

「如何に思う」

多聞丸は喉が渇いてやや声が掠《かす》れた。野田に話した時より己は緊張している。楠木家を守るため、大塚はずっと矢面に立って足利《あしかが》家と戦って来たのだ。この決断はその奮闘を無にするようなもの。俄《にわ》かには得心出来ないだろうし、憤慨されてもおかしくない。

「よいでしょう」

「真か」

大塚があまりにもあっさり了承したので、多聞丸のほうが吃驚《びっくり》してしまった。

「御屋形様が決めたことです」

「しかし……お主の戦いを無駄にしてしまうことになる」

「そのようなことはどうでもよいのです。それに無駄にはなりませぬ」

大塚は鷹揚《おうよう》に首を横に振った。

足利家は父の死後ならば、容易く河内《かわち》、和泉を奪えると考えていただろう。だがそれが間違いだと大塚は知らしめた。このことにより、楠木家は手強いと痛感しただろう。

交渉に臨むにおいてこれはきっと役立つ。強い楠木家であるからこそ、北朝としても真摯に向き合わざるを得ないし、それなりの待遇を約束させることも出来るだろう。

「南朝のことは」

多聞丸が曖昧に問うたのは、大塚の忌憚《きたん》なき意見を聞きたかったからだ。

「憎いとも思っておりませぬ。ただ拙者にとっての大事が楠木家であるだけ」

大塚は平然と言い切り、ゆっくりと言葉を継いだ。

「あの日、拙者も桜井《さくらい》の駅にいたのですぞ。それが御屋形様の出した答えならば否応《いやおう》ありませぬ。十分に義理は果たしたかと」

南朝と結びついたのは縁である。楠木党は唯一無二の存在である父の命を擲《なげう》ってそれに報いた。その後のことは余事。大塚は己の奮闘について、多聞丸が自ら答えを出すその時まで楠木党を守り抜くという意味もあったと語った。

「すまない」

多聞丸は深々と頭を下げた。大塚には感謝の想い以外なかった。

「謝ることはございませぬ。それよりも今後のことです。ただ降《くだ》ると言っても簡単ではございません」

楠木家がよりよい条件で北朝に迎え入れられるように交渉せねばならない。が、それ以前にもっと大切なことがある。

「誰にするか決めねばなりませぬな」

大塚も理解している。楠木家が降ることを告げる窓口を誰にするか。これが存外重要となってくるのだ。

足利家は北朝を牛耳っている。北朝は実質、足利家と言っても過言ではない。その足利家には、二つの大きな派閥がある。一つは尊氏《たかうじ》の弟、直義《ただよし》を中心とするもの。もう一つは執事である高師直《こうのもろなお》を領袖《りょうしゅう》とするものである。

今のところ両派閥の間で目立った対立こそないものの、小競り合い程度はしばしばあるという。

楠木家は河内、和泉の二カ国を治める程度の実力だが、南朝忠臣の象徴のように思われている。北朝に鞍替えした時の衝撃は相当なもので、

——あの楠木が北朝に付くならば、もはやこれまで。

と、考える者が各地で続出するのは間違いない。北朝はその勢いのまま、一気に南朝を呑み込むだろう。

天下の騒乱が収まれば、内訌《ないこう》が加速するのは世の常である。両派閥は主導権を争って必ずや対立

を深めることになる。その時には、北朝に組み込まれた楠木家もどちらかに付かねばならない。中立を決め込んだとしても、勝ち残ったほうに結局は潰されることになるだろう。将来、楠木家がどちらの派閥の味方になるかも見据え、交渉の窓口を決めねばならないということである。

「お主はどう思う」

多聞丸に存念がある訳ではない。大塚がどのように考えているのかも聞きたかった。

「正直、こればかりは……そのような目で見て来たこともございませぬので」

「調べるしかないか」

「左様。念入りにやるべきでしょう」

かつて足利家を大いに苦しめたことに加え、ただでさえ北朝では新参となる。北朝の中には毛嫌いする者も出て来よう。そのような状況で後に派閥を替えるのは難しい。ここは見誤らぬように慎重にゆくべきである。

「改めて申し上げますが、拙者に異論はありませぬ。しかし、幾つか呑んで頂きたいことがあります」

大塚は改まった口調で言った。

「何だ」

「一つ、その時が来るまでこのことは内密にすること」

「そのつもりだ」

多聞丸は頷いた。言うべき人には言い、諮《はか》るべき人には諮った。事がことだけにこれ以上広げるのは危ういだろう。

「二つ、足利家を探るのは拙者と野田殿にお任せ下さい」

大塚は透波を、野田は物流網を用いて、足利家の内情を探り、世間に流れる噂を収集する。その上で、多聞丸も含めて検証して答えを導き出したいという。

「探っていることは次郎《じろう》様にもお隠し下さい。和田の弟などはもってのほかです」

大塚は眉をくいと上げた。次郎や新発意ならば、よかれと思って独自に足利家を探ろうとするかもしれず、そうなれば余計な難儀を招きかねない。このようなことは老練な者に任せて欲しいということだ。そこまで話して、大塚はふと思いついたように付け加えた。

「和田の兄には告げてもよいかもしれませんな」

「新兵衛か？」

「左様。あの者は頗《すこぶ》る頭もきれ、物事を冷静に見られる。拙者亡き後、御屋形様の近くで支えるようになりましょう。今のうちから場数を踏ませるほうがよいでしょう」

「気の早いことだ。お主にはまだまだ支えて貰わねばならぬ」

「人の一生、一寸先は判りませぬ。今日にでも馬から落ちて死ぬこともあるのです。先のことは考えておくべきです。御父上でもそうなさるでしょう」

父は先々のことを考え、大塚を戦に伴わずに帰した。そして今、大塚もまた同じように考えているということだ。

「解った。新兵衛には話しておく。新発意には言わぬようにもな」

多聞丸が応じると、大塚は頷いて話を続けた。

「三つ目。これが最後。これは北朝に鞍替えした時の話です……」

大塚はそこで一度途切り、低い声で言い放った。

「即座に吉野に攻め込みます」

一瞬、多聞丸は驚きで身を固くしたものの、すぐに細い息を吐くと共に落ち着きを取り戻した。己が行こうとする道は、そのような道なのだ。

大塚は熱の籠もった声でさらに続けた。

「それが最も早く戦を終わらせる道です。足利家も我らへの疑いを捨てるでしょう」

「そうだろうな……」

「先鋒は拙者が務めます。和田兄弟の力もいるでしょう。御屋形様は動かぬようにお願い致します」

「お主は汚れ役を引き受けるということか」

大塚の軍勢が和泉国より真っ先に吉野へと攻め込む。灰左率いる吉野衆とも合戦になる。そこで巻き起こるだろう凄まじい怨嗟《えんさ》を一身に受けるつもりである。

「これも楠木が生き残るためです」

大塚は凜然と言い放った。北朝には鞍替えしたのが何かの策謀と思わせぬため。これは功績となってその後の楠木家の待遇にも繋がるだろう。

南朝からはどちらにせよ裏切り者と罵られるものの、吉野攻めの軍にせめて当主が不在であったほうがほんの僅かでも印象が和らぐ。南朝が滅んでも暫く残党は活動を続ける。そのような者は恨みから、多聞丸の暗殺を企てるかもしれない。その確率を一割でも、一分、一厘でも下げられるならばそれに越したことはない。大塚はそのように考えている。

「あとは我らが帝《みかど》を真っ先に庇護《ひご》するためだな」

多聞丸は神妙に告げる。そこまで見抜いているのは意外だったのだろう。大塚は瞠目《どうもく》していたが、ややあって頷いた。

「左様。そこまで気付いておられるならば話が早い」

これは後村上帝にとっても、楠木家にとっても最善である。北朝は楠木家の恭順を認めたとしても、南朝が滅べばもはや用済みだとし、方針を翻して討伐を試みるかもしれない。この時、楠木家が後村上《ごむらかみ》帝を庇護していれば、南朝を再興されることを恐れ、真摯に向き合うしかなくなるのだ。

また後村上帝にとってもこれは悪い話ではない。北朝は自らが戴く光明《こうみょう》帝こそ正統だと主張している。南朝が滅べば後村上帝は良くて島流し、最悪の場合は護良《もりよし》親王のように暗殺されるかもしれない。そうならぬために楠木家が守護するということだ。

「葛城《かつらぎ》あたりに新たに宮を作り、そこで先祖を祀《まつ》って暮らして頂く。あるいはどこかの大社の宮司になって頂く。このあたりが落としどころかと」

大塚は自身の存念を述べた。

「新たに寺を建立し、そこの座主《ざす》になって頂くのも一手だ。とはいえ、延暦寺《えんりゃくじ》の如く武装させては北朝を刺激することになる。僧兵は一切囲わず、代わりに我らが暗に守護する」

多聞丸も他に考え得る構想を口にした。

「それも良いかもしれませぬな。ともかくそのためにも、何としても我らが帝を庇護する必要があります」

「北朝に取られれば配流。あるいは御命が危ない。南朝が連れて逃げれば……」

「まだ戦は続きます。少なくとも十年ほどは」

南朝にはたとえ滅んだとしても最後まで戦おうとする強硬派が存在する。彼らが後村上帝を連れて吉野を落ちれば、例えば常陸《ひたち》国、肥後《ひご》国、陸奥《むつ》国などで「新たな南朝」を作ろうとするだろう。だがこちらの手の内に後村上帝があればどうか。それでも戦を続けようとする者はいるだろうが、そのためには新帝を擁立する必要がある。

戦に辟易《へきえき》している者は少なくないのだ。南北朝の争いがようやく終結したのに、明らかに劣勢な新帝に味方し、戦を続けようとする者はほとんどいないだろう。さらに一時は憤慨して新帝を擁立したとしても、後に冷静になって後村上帝のためにならぬと解れば、離叛《りはん》する廷臣も続々と出て来るだろう。

「先刻、吉野を攻めると申しましたが、南朝の強硬派から帝を切り離すと言ったほうが適当かもしれません」

大塚は話の最後をそう結んだ。大塚は楠木党随一の驍将《ぎょうしょう》として武名を馳せているが、特筆すべきことはそれではなく、このように常に政局を見据えていることだろう。

「ずっと考えていたのだな」

この場の思い付きでないのは勿論、一朝一夕で考えられる構想ではない。ずっと腹の内で練っていたに違いない。

「はい。御屋形様はこの道を選ばれるかもしれぬ。そう思っておりました」

もっとも多聞丸が南朝に尽くし、北朝と徹底的に戦い抜く道を選ぶことも想定していた。むしろそちらの公算が高いと信じてはいる。

が、桜井の駅での多聞丸を思い出せば、どうしてもこの線も捨てきれなかったらしい。

「そして今、その時が来たということ」

大塚は淡々と付け加えた。

「有難い」

今日だけでも数度詫びた。今の感情は申し訳なさよりも、有難さのほうが勝っていた。

「拙者は徹頭徹尾、御屋形様のこと、楠木党のことが第一。他のことを想えば自《おの》ずと迷いも生じます。故に単純に考えるようにしたのです」

大塚は白い歯を覗かせた。この男がいたからこそ、今日まで楠木党を保ってこられたと改めて確信した。大塚に打ち明けて肩の荷が少し軽くなったことで、多聞丸はふと頭を過《よ》ぎったことをそのまま口に出した。

「帝はどうお考えになるだろう」

北朝に恭順の意を示すと同時に、吉野に軍勢を入れて後村上帝を庇護する。その肝心の後村上帝は果たして納得するだろうか。後村上帝の御意思の如何《いかん》にかかわらず、成すことは出来るかもしれない。しかし、後村上帝が父である後醍醐《ごだいご》帝のような御方であったならばどうか。後醍醐帝が隠岐《おき》を脱出して再び兵を起こした如く、我らの手元から逃れて強硬派と合流しようとするかもしれない。

「こればかりは……」

大塚は顔を曇らせた。後村上帝の御意思など誰も知るべくもない。厳密には近臣に漏らすことはあるのかもしれないが、それが真意であるという証しも無い。南朝を強硬派が牛耳っている今、後村上帝が何を仰《おお》せになろうとも、

――北朝滅すべし。

と、いう風に捻じ曲げられるのは明らか。もっとも後村上帝が一番の強硬派ということも有り得る。こればかりはその時になってみないと判らないだろう。

「ただ……強硬派を瓦解させる手が無いでもありません」

「討つのか」

多聞丸が低く言うと、大塚は顎を引いた。

「左様」

強硬派の首魁《しゆかい》を討つ――。と、いうことである。吉野に攻め込んだ時、抗う者とはどうしても戦うことになるだろう。だが逃げる者は追わぬつもりであった。仮にその者が逃げようとしたとしても、混乱に乗じて討ち果たすということだ。

「ただ……帝の御考え次第では、我らに対しての怨嗟が募ることに」

大塚は言葉を継いだ。後村上帝が強硬派だった場合、その者を心より信頼していることになる。それを楠木家が討ったとなれば、後々まで怨まれ、こちらが思い描いた構想から逃れようとされるかもしれない。

「帝の御意思を確かめられればよいのだが……難しいだろうな」

多聞丸は天井を見上げた。朝廷の招きに応じて参内すれば、御簾《みす》越しにでも会うことは叶うだろう。だが廷臣が周囲を固めている中、真意を問うことは出来ない。

「はい。故に賭けとなります」

「そもそも、あの御方がそう容易く討たれるとは思えぬが……」

多聞丸は憫笑《びんしょう》を口辺に浮かべた。強硬派の首魁のことである。彼《か》の人は軟弱な公家《くげ》にあらず。遠く陸奥国に赴いて戦い、優秀な子息が討死しても心は折れず、自らは生き延びて常陸国でさらに抗い続ける。常陸国で劣勢となるとみるや、長年苦楽を共にした在地武士をあっさり見捨て吉野に戻る。そこで全国に檄《げき》を飛ばすと共に、自身の地盤である伊勢《いせ》で兵を募って猶《なお》も戦う。心の強靱《きょうじん》さ、その執拗さは並ではない。後醍醐帝に酷似しているのは、むしろこの人であろう。

「北畠親房《きたばたけちかふさ》……殿か」

多聞丸は敢えて諱《いみな》を口にした。

北畠家は村上源氏の流れを汲む名門で清華家《せいがけ》に連なる。後醍醐帝の信任は篤く、朝廷内で著しく出世すると共に、皇子世良《ときよし》親王の乳人《めのと》も任せられた。

一度出家して仏門に入っていたため、鎌倉打倒には乗り遅れたものの、建武《けんむ》の新政の頃には後醍醐帝の最側近の一人として活躍。後醍醐帝が崩御した後、穏健派との政争に勝利して政《まつりごと》を掌握した。

准大臣という地位であるが、もはや南朝一の廷臣ということは自他共に認めるところで、いずれは大臣にも補されるのではないかと噂されている。

多聞丸に参内を命じるように再三使者を出させているのも、この親房と見て間違いないだろう。親房を説得して翻意させることは有り得ない。如何に南朝が正統であるかを示すために、「神皇《じんのう》正統記《しょうとうき》」なる書を執筆していることからも解る。

つまり討つ以外に強硬派の勢力を挫くことは出来ないのだ。

「それを決めるにはまだ時があります。今は足利家の内情を探ることに注力致しましょう」

この件は俄かに結論が出ないと見て、大塚はそのように仕切り直した。

「そうだな」

「野田殿には拙者から伝えます」

「新兵衛には俺から話そう」

「一月後、四人でここに集まるということでよろしいか」

「解った」

多聞丸が頷くと同時、大塚が振り向いて竈のほうに呼び掛けた。

「もうよいぞ」

話が話である。すでに湯は沸いていたはずだが、石掬丸は慮って運んでは来なかったのだろう。その証左に石掬丸はすぐに白湯を持って来た。

「今日、ここで聞いたことは他言無用ぞ」

大塚は石掬丸に念を押した。

「承知しております。御屋形様の側にいて見聞きしたことは、たとえ八つ裂きにされても口外せぬと誓っております」

「よい心掛けだ」

大塚は深く頷いた後、湯気の立つ碗に口を付けた。

風が葉を揺らす音、鳥の囀り、そこに白湯を啜る音が重なる。長閑《のどか》さが戻って来て、先ほどまでの物騒さを掻《か》き消すようであった。

「しかと育っているようで安心しました」

ほっと一息つくと、大塚は穏やかな笑みを浮かべた。

※

大塚との面会から、ちょうど一月後、約束通り離れにて四人が集まった。新兵衛は次第を打ち明けた時に吃驚《びっくり》していたものの、やがて落ち着きを取り戻して腑《ふ》に落とした。

それ以上に大塚に名指しされたことを重大に捉えているようで、離れに入って来た時も常より顔が強張っていたほどである。

四人が車座になったところで、まず大塚が切り出した。

「次郎様に気付かれてはいませんか？」

「心配ない。物流についての打ち合わせだと話した。今は俺の代わりに村々を回ってくれている」

「新発意は？」

大塚は続けて新兵衛に振った。

「全く怪しんでおりません」

「そうか。あやつは心根が正直故な」

「そこが良きところでもあり、心配なところでもあります」

「兄としてはそうだろう」

大塚は頬を緩めて頷き、いよいよ本題を切り出した。

「結論から申し上げると、足利家の内実を知るにはまだ不十分。今後も探りを入れていきます。今のところの報告と考えて下さい」

「承知した」

「まず拙者から申し上げます。現状、直義と高師直の対立は、やはりまだ深刻なものとはなっていないようです」

大塚はそう前置きしてから話を続けた。

両者に派閥が形成されつつあるのは確かである。その勢力はやや直義派のほうが勝っている。将軍尊氏の実弟ということもあるが、直義が政務を取り仕切っていることが大きい。尊氏は自らにその才が無いと嘯《うそぶ》き、直義に全て任せているというのは真らしい。

「とはいえ、求心力を高めているのは高師直のほうです」

師直は武一辺倒という印象を持つ者がいるが、実際は政にもなかなか精通している。これまで武士は将軍から土地が与えられたとしても、実効支配するまでに煩雑な手続きを要していた。だが師直は手続きを簡素化した「執事施行状《しぎょうじょう》」なるものを考案した。これによって弱小武士、小さな寺社が簡単に土地を支配出来るようになり、師直を支持する声が多く上がっている。ただの施行状ではなく、自らの役職である「執事」を加えるあたり、師直の抜かりの無いところであるし、直義を意識している証しであろう。

「その声は確かによく耳にします」

野田が合いの手を入れた。

物流を行う中で市井の声に耳を傾けると、師直に感謝している武士、寺社は思いのほか多いらしい。さらには立場の弱い者に目を向けていないと、直義に対しての不満を漏らす者もいるという。

一方で守護、地頭級には、師直が求心力を高めていることを苦々しく思っている者が多いらしい。

「つまりは限られた身分の高い者は直義を支持、数多くの身分の低い者は師直を支持という構図になりつつあるということです」

大塚が話を引き取って言った。

「一長一短というところだな」

多聞丸は小さく唸った。北朝に鞍替えした時、当面は直義派に属していたほうが有利に思える。が、師直がこれ以上勢力を伸ばして来れば、楠木家もただでは済まないだろう。

「師直がまだ勢力を伸ばすだろうと見るのには訳が。解るか？」

大塚は新兵衛に向けて話を振った。新兵衛はふいのことに動揺しつつも、暫し黙考の後に答えた。

「戦に強いということでしょうか」

「よく見た」

大塚は満足げに頷いた。

師直の印象の第一を挙げろと言われれば、やはり、

――滅法《めっぽう》戦に強い。

と、いうものがある。これは北朝のみならず、南朝も重々承知していることだ。さらに上は公家から、武士、庶民にまで知れ渡っている。

それは過去の戦績を見ても明らか。師直は戦に臨めばほぼ無敗である。ほぼというからには、一つだけ例外がある。後醍醐帝の命《めい》により、新田義貞《にったよしさだ》が鎌倉の足利尊氏を滅ぼそうとした時だ。この時、尊氏は寺に入って恭順の意を示していたため、直義と師直が名代として迎え撃った。そして、

敗れたのである。だがこれは父いわく、

――わざと負けたのよ。

と、いうことらしい。その証左として、足利軍は新田軍の先鋒に触れただけで退却を始めた。総崩れという訳ではなく、しっかりと殿《しんがり》を残しての撤退であったという。つまりこれは尊氏を奮起させ、寺から引きずり出すための大胆な策だったというのだ。事実、直後に尊氏はその通りの行動を取り、自ら陣頭に立って新田軍を粉砕した。

これは直義と師直の共謀だったとも父は見ている。この時点では内輪揉めをしているような局面ではなく、この優れた二人が知恵を出し合ったのだろうということだ。つまりこの戦を除けば、師直は文字通り無敗なのだ。

「最初は政での争いでしょう。だがいずれ干戈《かんか》を交えることになれば、どちらに付きたいと思うかは明らかかと」

大塚は粛々と続けた。いずれ両派閥で合戦が起これば、より勝ち易いほうに味方しようとするのは世の常である。故に多少先の見えている者は、師直に付いたほうが得と考えるということだ。

「見えて来たな」

多聞丸が零すと、大塚は凜と頷く。

「はい。直義は喉から手が出るほど我らが欲しいと思われます」

直義ほどの男である。大塚が語った将来が見えていないはずがない。いずれは師直と合戦になることも想定しているに違いない。

しかし、師直の強さに対抗出来るか不安を抱いているだろう。かつて天下の大軍を翻弄した楠木家ならば、是が非でも手元に置いておきたいはずである。

「現段階では直義派へ……しかし、師直派の線も残すということでよいか」

多聞丸の纏めに対し、大塚は大きく頷いた。

「結構です」

「両者への取り持ち役はどうだ？」

多聞丸は尋ねた。現状、決め切れないとなれば、両者へ繋ぐ道筋を模索しておかねばならない。

「これは儂《わし》から」

野田はそう前置きして続けた。

「まず直義ですが、畠山直宗《はたけやまただむね》がよいかと思います」

美濃《みの》畠山氏の出身であり、直義の側近の一人である。その名の直の字からも判るように、直義から偏諱《へんき》を受けるほど、深い信頼を置かれているらしい。

「儂が親しくしている今熊野観音寺《いまくまのかんのんじ》の僧が、この直宗とも昵懇《じっこん》の間柄。この道筋で直義まで繋がるかと」

野田は楠木党の物流を担っているだけあって顔が広い。それがここで遺憾なく発揮されることとなった。

「師直へはどうだ？」

多聞丸は続けて問うた。

「こちらはちと苦労しましたが……何とか道筋が見つかりました。毛利《もうり》一族をご存知ですか？」

「確か父上の師の……」

「左様。毛利時親《ときちか》殿です」

毛利家は大江広元《おおえのひろもと》の四男季光《すえみつ》を祖とする。その大江家は古くから朝廷の書物を管理する役目を任されており、その中には源平合戦以前に書かれたとされる、

――闘戦経《とうせんきょう》。

という書物があった。この日ノ本における最古の兵法書とも言われるものである。これを毛利家が修復、加筆をして受け継いでいたのである。父が若かりし頃、是非とも見せて欲しいと、毛利家の所領であった河内国加賀田《かがた》郷を訪ねた。

毛利家の家宝ともいえる書物である。おいそれと開示する訳にもいかないと断られた。だが父は引き下がらずに何度も頼み込んだ。当時の毛利家当主、時親は父の熱意に打たれ、遂に闘戦経を見せることを決めたのである。但し写本は許さず、ここで学んでゆくという条件を付けた。

こうして父は丸一年ほど毛利家の世話になり闘戦経を読み込み、時には時親から直々に解説を受けたのである。この話は多聞丸もいつだったか父から聞いたことがあった。

「時親殿は数年前に亡くなっていますが、その一族はなおも健在です。だが、ちとややこしいことになっています」

野田は苦笑を浮かべて話を進めた。

端的に言えば、時親の子の貞親《さだちか》、孫の親衡《ちかひら》、曽孫《ひまご》の師親《もろちか》が健在であり、それぞれが南朝について戦ったり、北朝に帰順したり、直義派についたり、師直派についたりと右往左往しているのだという。例えば現在、貞親は出家して南朝におり、親衡は安芸《あき》国に下向して盤踞《ばんきょ》、一方で宗家は曽孫の

師親が継いだりしている状態なのだ。

「この時親殿の曽孫の師親ですが、師直の弟、師泰《もろやす》から目を掛けられて偏諱を受けております」

野田は言葉を継いだ。

「なるほど。その師親に伝手《つて》は？」

多聞丸は懸命に話に食らいつく。もしここに新発意がいたならば、もろ、もろ、もろと訳が解らぬと苛立《いらだ》ちそうだ。

「直にはありません」

「となると、貞親殿に頼むしかないか。しかし……」

「それは危のうございます」

貞親は出家して南朝の元にいるため簡単に繫がれる。だが此度《こたび》は楠木家が北朝に帰順するという話である。南朝側に漏れた時は大変なことになる。

「では、どうする」

「親衡を頼ります」

安芸に下向して勢力を築いている男だ。野田が仕入れた話によると、この親衡は実に野心溢《あふ》れる反骨の男だという。南朝方として戦って敗れ、北朝に帰順した今も、自身が中央に返り咲くことを虎視眈々《こしたんたん》と狙っているらしい。子の師親を、高師泰に近付かせ、偏諱を受けられるように主導したのもこの男だという。

そのような親衡ならば、楠木家帰順の橋渡しという大功のため、師直への心証を良くしようと必ずや乗って来ると野田は見た。

だがこの親衡とも面識がない。用心深い男であるため簡単に会えるとも思えない。そこで一度、南朝にいる貞親に会い、

――安芸国まで物流を広げることを検討しているため、ご子息に一度面会したい。

と、紹介状を書いて貰うつもりであるという。

「つまり……」

多聞丸は眉間に指を置いて頭を整理する。

「まず南朝にいる貞親、そこから安芸の親衡、さらに師親、師泰、そして師直という道筋です。随分と遠回りになりますが……」

「いや、よくぞ見つけてくれた。遠回りだとしても確実なほうがよい」

「ようございました」

野田は口辺に皺を浮かべた。透波を用いて敵方の内情を探るのに長けている大塚に対し、世上に溢れる無数の情報を集めるのはやはり野田が長けている。二人によって、当初は無謀とも思えた北朝帰順への道が見えてきた。

「あと一つ、御耳に入れておきたいことが」

野田は人差し指を立てながら言った。

「何だ」

「此度のこととは関わりが無く、しかもあくまで噂の域を出ぬのですが……」

野田はそのように断りをいれつつ続けた。

「弁内侍《べんのないし》をご存知ですな？」

「弁内侍……女房三十六歌仙か」

後嵯峨《ごさが》天皇の皇子久仁《ひさひと》親王が生後二カ月で立太子して間もなく、春宮弁《とうぐうべん》として出仕。即位後も内侍となって仕えた、藤原信実《ふじわらののぶざね》の娘である。

後にその時の宮廷生活のことに、和歌を添えた「弁内侍日記」を執筆している。かなり多くの優れた和歌を残したことで、後世に女房三十六歌仙の一人に選ばれた。今から百年も前の人である。

「確かに弁内侍といえばその御方が有名ですな。しかし、その弁内侍ではありません」

「では、どの弁内侍だ」

多聞丸は首を捻った。

そもそも内侍とは、後宮十二司の一つで帝の宣下の仲介、賢所《かしこどころ》の管理を担う内侍司《ないしのつかさ》に勤める女官の総称のことである。それだと判りにくいから、内侍の前に何かを付けて呼称することが多い。とはいえ、多聞丸は他にその呼称の人を知らなかった。

「右中弁《うちゆうべん》、日野《ひの》俊基《としもと》殿の娘です」

「それで弁内侍か。知らないな……」

三十六歌仙の弁内侍は春宮弁の名にちなむが、こちらは父の官位に由来するらしい。日野俊基の名は知っているものの、その娘と言われても思い浮かばなかった。

「以前に灰左が熱を込めて話していた女官です」

新兵衛が横から言ってくれたことで記憶が喚起され、多聞丸は拳を掌に打ち付けた。

「思い出した。容姿端麗と評判の」

「そうです、そうです」

野田は苦笑しつつ二度繰り返し、大塚も頬を緩める。二人の様子から察するに、南朝では知らぬ者がいないほど著名な女官なのだろう。

「その弁内侍が如何《どう》した」

多聞丸は気恥ずかしさもあってすぐに訊いた。

「高師直が酷く興味を持っているとのことです」

「やはりそれか。拙者もそれは耳にした」

野田が言うや否や、大塚も裏付けるように続けた。

「興味を惹かれるくらいはあるだろう」

多聞丸が応じた。灰左が語っていた時のことが徐々に思い出された。

元々、美しいとの評判であったが、先頃たまたまお顔を拝見した。その美貌は噂以上で、腰を抜かしそうになったとか云々――。

ともかくそれほどの美女ならば、その噂は北朝にまで届き、師直が興味を持ってもおかしくないということだ。

「それが……弁内侍を連れ去ろうとしているとか」

野田は眉間に深い溝を作った。

当初はただの噂だと思っていたが、弁内侍がかつて立ち寄ったことのある寺や社に、高師直の郎党が訪ねて来て、

――次はいつか知らぬか。

と訊いて回っているらしく、信憑性《しんぴょうせい》が一気に高まったという。

「師直は好色と評判です。故に妾《めかけ》にするつもりでは？」

新兵衛が二人に向けて尋ねた。

「まあ、確かに師直の好色は世に知れているが……」

野田がそこまで口にして視線を送ると、大塚は頷きつつ、

「それほど師直は愚かではないだろう」

と、引き取って答えた。

現在も各地で南北朝の争いが続いているものの、中央である畿内は小康状態となっている。これは簡単に言えば、互いに今は力を蓄える時期だと考えているからだ。

そのような時、師直が南朝の女官を拘引《こういん》したとなれば大事になる。それを理由に戦端が開かれるようなことがあっても不思議ではない。師直の好色に拠るものだと判れば、それこそ直義派はここぞとばかりに糾弾するだろう。

「別の何か……その危険を冒してまで、拘引したい訳が弁内侍にあるということか」

多聞丸は顎に手を添える。

そうは言ったものの、己は弁内侍に逢ったこともなければ、その存在も言われるまで思い出さなかったほどである。皆目見当が付かない。

それは大塚、野田も同じらしくここで推理は止まってしまった。やはり師直の好色故か。ならば師直を頼ってもよいものかと不安も出て来る。

「あの……」

新兵衛が恐る恐る口を開く。

「如何した」

聞き返す大塚に対し、新兵衛は些《いささ》か怯んだようにさらに声が小さくなる。

「関わりがあるか判りませんが……弁内侍について、若い者の中である噂が流れております」

新兵衛は半信半疑といった様子で言葉を継いだ。

「弁内侍は日野俊基殿の子ではないのではないかと」

「何だ、それは」

野田は鼻を鳴らして苦笑した。

「馬鹿な話です」

新兵衛は話を打ち切ろうとするが、大塚は真剣な面持ちで、

「続けてくれ」

と、低く促した。新兵衛は二度、三度頷いて再び話し始める。

「弁内侍は朝廷の使者として立つことがあります」

「そうらしいな」

多聞丸は頷いた。だからこそ師直は寺や社に弁内侍が立ち寄る日取りを訊き込ませているのだ。灰左が一目見たというのも恐らくその時のことだろう。

「灰左の他にも、弁内侍を見た者はいます。厳密に言えば、弁内侍が使者に立っているという話を聞きつけ、一目見ようと駆け付ける者も多いのです」

それほどの美貌を持っていると評判ならば、若い男にそのような行動を取る者がいても何ら不思議ではない。

「弁内侍を見た者は、皆が口を揃えてその美しさを褒め称えます。中には不届き者もおりまして……」

「不届き者？」

新兵衛が話を途切らせたので、多聞丸は鸚鵡《おうむ》返《がえ》しに問うた。

「供をしていた女孺《めのわらわ》に声を掛けたのです」

女孺とは掃除などの雑事を行う最下級の女官のことである。弁内侍が使者に立つ時、男の供のほかに、女孺も数人を帯同するという。

その血気盛んな若者は、何とか弁内侍に近付けぬものかと思案し、休息を取っている一行に近付いて、まずは女孺に話しかけた。

「くくく……若造にしてはよく考えた。将を射んと欲すれば先《ま》ず馬を射よということだな」

野田は込み上げる笑いを堪《こら》えつつ言った。

「まさしく。結果、その者は女孺と親しくなり、文を交わす間柄となったのです」

「やりおったか」

野田は膝を叩いてにんまりと笑った。

「野田殿」

「すまぬ」

大塚が窘《たしな》め、野田はばつが悪そうにこめかみを搔《か》いた。

「続けてくれ」

野田とは異なり、何かこの話に引っ掛かるところでもあるのか、大塚は先刻から真剣な面持ちである。

「やがて、その者と女孺は隠れて会うように」

野田がまた囃《はや》しかけるが、自らの口を手で押さえて耐えた。

しかし、若者の方は弁内侍が目当てであり、女孺には何か取り持って貰う方法がないかと相談するつもりであった。一方、女孺の方はすでに若者に恋心を抱いていた。弁内侍に激しく嫉妬したらしく、貶《けな》すようなことを口走った。それが、

——弁内侍は誰の子とも判らぬ御方。

と、いうことだったのだ。

若者は驚いて詳しく話すように頼むと、妬心に駆られた女孺は堰《せき》を切ったように己の知ることを話し始めた。

弁内侍は嘉暦《かりやく》二年の生まれ。多聞丸より一つ年下となり、今は二十歳ということになる。そして七年前の十三歳の時、後醍醐帝が崩御する直前に朝廷に出仕することになった。しかもその時、内侍司に四人しかいない次官の典侍《ないしのすけ》に異例の若さで抜擢《ばってき》されたという。それは父が忠臣である日野俊基だからということでまだ理解出来る。

しかし、ならばそれまで一体何処《どこ》にいたのか。真に俊基の娘ならば、朝廷内で大切に扱われていなければおかしいではないか。さらに俊基の正室が弁内侍を産んだという記録はない。母親が誰か判らないのもおかしい。そのような噂は内侍司の中で、密やかに語られているらしい。

「根も葉もない話ではないか。別に日野殿に妾がいてもおかしくないし、それ故に外で育てられたとすれば辻褄《つじつま》が合う」

野田の顔はすでに引き締まったものになっている。後醍醐帝は弁内侍の存在を知っていた。妾の子ではあるものの、自身に忠義を尽くした俊基のことを想い、自らの目の黒いうちに女官に迎え入れたと考えればこちらもまた納得出来ると野田は補足した。

「いや……おかしくないか」

多聞丸はぽつりと漏らした。

「確かに」

大塚は口をぐっと結んで頷いた。

「やはりそうですか……」

新兵衛もまたこの話にある疑問をずっと抱いていたらしい。

「真に弁内侍が日野殿の子ならば、嘉暦二年に生まれるのは難しい」

多聞丸が口にすると、新兵衛は短く頷き、大塚は腕を組んで唸り、野田はあっと声を上げた。

その三年前の正中《しょうちゅう》元年、後醍醐帝が挙兵を企てていると、同志の周辺から鎌倉に漏れ伝わった。このことで多数の者が捕らわれた。後に「正中の変」などと呼ばれるようになる事件である。この捕らわれた中に、弁内侍の父である日野俊基も含まれていた。

黒とも言えぬが、白とも言い切れぬとして、佐渡島《さどがしま》に流された同族の日野資朝《すけとも》とは異なり、俊基はほとんど証拠もなかったことで、結果的に罰せられることはなかった。

だが一度は鎌倉に護送。京に戻ってからも鎌倉の意を受けた六波羅《ろくはら》より、徹底的に監視されており、軟禁に近い状況にあったのだ。

「それは間違いありません。後に拙者もこの耳でしかと聞きました」

大塚ははっきりと断言した。建武の頃、廷臣たちが当時の苦労を語っていた時、父に随伴して大塚もその場にいたことがあるという。後醍醐天皇に近しい者は常に監視の対象になっており、中でも日野俊基に対しての目の厳しさは群を抜いていたらしい。日野俊基は自身の屋敷ではなく、洛外《らくがい》の別邸に住まうことを強いられ、廷臣は勿論、家族でさえ会うのも儘《まま》ならなかったとか。それは嘉暦から改元された、元徳《げんとく》の頃まで続いたという。

「ましてや正中三年……いや、嘉暦元年は鎌倉の目が最も厳しい時だったと」

大塚はさらに言葉を続けた。

「聞いたことがある」

多聞丸が応じると、新兵衛も頷いた。その年に多聞丸と新兵衛は生まれた。だがこの時のことは、父から、母から、多くの年長者から聞かされている。

正中三年は四月二十六日に改元されて嘉暦となった。理由は稀なる大地震。そして、以前から蔓《まん》延《えん》していた疫病がそれに拍車を掛けたことに拠る。

京には病人が溢れ返り、路傍には屍《しかばね》の山が出来ていたという。このような時だからこそ、余計に後醍醐帝が何かを企てるのではないかと鎌倉は警戒を強めた。

一度は決着した正中の変の再調査を名目に、俊基に対しても尋問が続いたらしい。

つまり誰かは判らないが、弁内侍の母になる女と接触することなど出来るはずがないのだ。それなのに弁内侍は翌年の嘉暦二年に生を享《う》けた。故に有り得ぬということだ。

「考えられることは？」

野田は嗄《しわが》れた声を落とした。

「弁内侍が生まれた年が実は違うということ。あるいは……父が別にいるということでしょう」

大塚が重々しく語ると、野田は唸りを上げて顎に手を添えた。

「恐らくは後者か……ならば父は誰だというのだ」

「こればかりは。ただ相当な身分であることは確かでしょう」

いきなり内侍司に勤め、しかも若くして典侍にまで抜擢されたのである。幾ら才を持っていたとしても、父の身分が低くては有り得ないことだ。

「しかし、南朝の忠臣と言われる者たちは、ほとんどがその時に詮議を受けていたはず……女とどうこうなどという時でもないと思うが」

野田は記憶を手繰るように俯《うつむ》く。後醍醐帝が挙兵を企て、それが潰えたということで、巷はその話で持ち切りであった。真の話もあれば、嘘の話もあっただろう。ただはきとしているのは、当時は一介の悪党でしかなかった野田の耳にまで届いていたということ。それだけで騒ぎの大きさが十分に理解出来るし、その渦中にあった人たちを取り巻く状況は相当のものだったと予想出来る。

「それよりも……何故、日野殿の子ということにしたかだ」

多聞丸は成り行きを見守っていたが、遂に最大の疑問を口にした。

「何時《いつ》の話でしょうな」

大塚は首を捻った。弁内侍は生まれて間もなくから日野俊基の子として育てられたのか。あるいは父の名は知らされずに育てられ、日野俊基の死後に知らされて出仕したということも有り得る。

どちらにせよ真の父は、弁内侍を子と認められない何かがあったということらしい。そして、その弁内侍に北朝の高師直が強い関心を抱いている。

「ふむ……」

野田が何に対してか判らぬ相槌を打ったところで、誰も口を開かぬ時が暫く続いた。鈍い音が響き渡る。遠雷である。どうも曇天が迫っているらしい。

この場にいる全員が弁内侍の真の父として、思い当たる人が一人いる。が、それを口に出すのを憚《はばか》っている。

「有り得ぬ話ではないのだろう」

多聞丸はようやく口を開いた。己がその御方に逢ったのはたった一度だけ。その人がどうということではなく、あくまで状況を鑑みての推察の一つに過ぎない。

「しかし……如何に致しましょうか」

大塚は眉間に皺を寄せた。

「高師直のことだな」

弁内侍の出生についてはさておき、高師直が接触しようとしているのは確か。それで済めばよいのだが、万に一つ推察が当たっていれば、南朝と決戦になることを覚悟して攫《さら》うということも有り得る。知ってしまった以上、指を咥《くわ》えて見ている訳にはいかない。

「報《しら》せますか?」

野田が提案した。南朝はこのことに気付いていないかもしれない。楠木家から報せてやるのも一手ではないかということだ。

「どうだろうな……」

大塚は難しい顔となった。報せたところで廷臣たちは信じるのか。信じたとしても何らかの策を打てるのか。真に弁内侍に何か秘密があるとすれば、狼狽して訳の解らぬ行動に出るかもしれない。それほど今の南朝というのは纏まりがなく、頼りないものであると大塚は語った。

「我らで押さえるか」

多聞丸が低く言うと、野田はぎょっとした。

「本気ですか」

「ああ、本気よ」

「帝に近付く切っ掛けになると思っているのでしょう」

大塚は苦笑しつつ言った。

「その通りだ」

弁内侍の秘密を楠木家が知れば、それを隠していた南朝の者は、口を塞ごうと何らかの動きを見せるはず。そうなればつけ入る隙が出て来る。一切他言せぬ代わりに、帝と二人きりでの謁見を実現させて欲しいなどの条件を出すことも可能かもしれないのだ。

「やってみる価値はあるかもしれません」

大塚は暫し考えて頷いた。

「儂も気張らねばなりませぬな」

野田は虚《うつ》けた顔を作って見せた。高師直の動きは大塚が透波を使って探る。しかし、師直も一筋縄ではいかぬ男であり、動向の全てを探り切れるとは思えない。

となると、注視すべきは弁内侍である。弁内侍が訪ねるという情報をいち早く仕入れ、その全てで待ち構えるほうが確実。それは道々を押さえている野田の手腕に掛かっている。

「私は如何にすれば？」

新兵衛は含笑する。若い世代の無茶を懸念しながら、この世代もなかなか。そのように思っているのだろう。

「お主は新発意に知られぬことが一番の務め。あやつがいれば師直の手の者を返り討ちにするどころか、京まで追い掛けていきそうだ」

野田は呵々《かか》と笑い、大塚も微笑みを湛《たた》えていた。

「状況は逐一伝える。よく見ておれ」

「承知しました」

新兵衛の声には同世代といる時にはない無邪気が滲んでいる。

「よし……皆、頼む」

多聞丸が締めると、皆が一斉に頷いた。先ほどよりも雷が近くなっている。もうすぐ一雨来るだろう。母屋のほうから女中の津江《つえ》の焦った声が聞こえた。急いで干し物を取り込むようにと呼び掛けている。弁内侍も家事をするのだろうか。そのような愚にも付かぬことを茫《ぼう》と考えながら、屋根からはみ出して来た灰色の雲を見上げた。

※

一条戻橋《もどりばし》の少し北あたり。近くを流れる堀川《ほりかわ》に幾艘《いくそう》もの舟を並べて浮かべ、それを繋いだ橋があるため、何時しか舟橋《ふなばし》と呼ばれるようになった一角がある。

高師直の屋敷はこの地にあった。元来、洛中では特段人通りの多い場所ではない。すっかり陽が落ちてしまえば、咳《しわぶき》さえも際立つ静寂《しじま》が押し寄せて来る。風が強い夜ともなれば、屋敷の中にいても、舟どうしが擦れる鈍い音さえ耳朶《じだ》に届くほどである。

それほどの静が支配する中、屋敷のうちの一室だけは異様な声が渦巻いている。声は二つ。一つは野獣の如き咆哮であり、もう一つは絞殺される直前の雌鶏《めんどり》に似ている。が、それは一定ではなく、野獣は時として間延びした雄牛の呻きのように、雌鶏は蛇の鋭い威嚇のように。時に雄々しく、時に甘美に、二匹の喚《おめ》きはそれぞれが入れ替わり、ぴたりと揃うこともある。もし何も知らずに近くを通り掛かった者があれば、この一室には獣、鳥、蛇が合わさって出来たという化物《ばけもの》、鵺《ぬえ》がいると勘違いしてもおかしくない。

やがて声が、絶えた。

「ふう」

鵺の片割れ、高師直はごろりと仰向けに寝転んだ。部屋には真夏のような熱気が充満しており、額からは滝の如く汗が流れている。額だけではない。一糸まとわぬ躰《からだ》は油を塗ったかのように薄く光っている。

鵺のもう片割れ、横で大の字で寝そべる女に向け、師直はぶっきらぼうに尋ねた。

「生きておるか」

女の白い乳房、腹のあたりが呼吸と共に微かに上下する。風のせいか、それとも知らぬうちに触れたのか、その向こうの几帳《きちょう》がゆらゆらと揺れていた。無意識のうちに放り投げたのだろう。己の石帯《せきたい》が引っ掛かっている。周囲には袍《ほう》、表袴《うえのはかま》、老懸《おいかけ》も散乱している。

「はい……」

女は呼吸を整えて、ようやく返事を寄越した。

「正気ならば、名乗ってみよ」

「早瀬《はやせ》……です」

「よし」

師直は努めて厳かに言った。真に正気を失っていると思った訳ではない。名を聞いたはずだがどうも失念していたのである。

早瀬は藤原北家《ふじわらほっけ》の流れを汲む西園寺《さいおんじ》家、その庶流である洞院《とういん》家の女だ。当主の娘であったか、妹であったか、従妹であったかも忘れた。先月に洛中で見掛け、良き女だと思った。そこから無理やり渡りを付けて今に至る。

師直にとってこのようなことは珍しくもない。良い女と思えば、相手が公家の愛妾《あいしょう》であろうが、家臣の妻であろうが、あの手この手で抱くところまで持っていく。流石に全ては無理だが、十中八九まではやり遂げる。

「早瀬、帰るか」

師直はぐっと身を起こし、胡坐《あぐら》を掻いて言った。

「え……もう外は暗く……」

「車を出してやる」

牛車《ぎっしゃ》である。公家の乗り物であり武家は用いぬ。厳密にいえば相応の身分でなければ保有してもならぬものだ。だが師直からすればどうでもよいこと。このような時に備え、牛車を一台持っているのだ。

「でも……早瀬は今少し、師直様のお側にいとうございます」

早瀬は身をくねらせて、膝にそっと手を置いた。

――来た。

師直は顔を歪めた。褥《しとね》を共にすると大抵このようになる。だが今は一刻も早く一人になって存分に高鼾《たかいびき》をかきたい。とはいえ、またこの女が欲しくなる時もあろう。あまりに邪険に扱ってしまえば、その時にひと手間、ふた手間増えて面倒臭い。己は横着なほうだと自認しているが、女のことだけは一応の真摯さを持ち合わせているつもりだ。

「そうだ。この後にやらねばならぬことを思い出した」

師直はわざとらしく掌に拳を打ち付けた。

「このような時刻に？」

「うむ。執事というものは忙しいのだ」

師直は二度、大きく頷いた。足利家の執事の身である。忙しいというのは嘘ではない。しかも最近では、尊氏の弟である直義と水面下で派閥争いをしている。直義派を削りつつ、新たに味方する者を増やす。このことにも力を注いでいるため、特に多忙を極めているのは確かだ。ただし、女を抱くことは止めぬ。流儀というより性分であろう。

「兄上！」

廊下に跫音《あしおと》と共に呼ぶ声が聞こえた。二つ年下の弟、師泰である。

「おお、ここだ。入れ」

この目端が利く弟は、兄がそろそろ危機に陥っていることに気付いて助け船を出しに来てくれたのだと思った。

「兄上、今しがた――」

襖を開け放った師泰は固まった。早瀬は小さな悲鳴を上げて身を捻る。

「何を……」

師泰は困惑するように零し、己の股座《またぐら》に視線を落とした。

「見て判らぬか？」

師直は首を捻った。助けに来てくれたと思ったが、どうやら真に用事があったらしい。

「好きですな」

「お主もだろう」

師直はにんまりと片笑んだ。師泰も女が嫌いではない。むしろ好きである。従兄弟の師秋《もろあき》も、師冬《もろふゆ》も。南朝との戦いで死んだ師久《もろひさ》も、父である師重《もろしげ》も。高一族は概して女好きであった。

「兄上ほどでは」

師泰は苦々しい顔となった。

「で、何だ？」

「急ぎ相談したきことが。衣を身に付けて下さい」

「急ぎならばこのままでよい」

師直は自身の毛深い胸をぴしりと叩いた。

「このようなことは重なるものらしく……三つあります」

「構わぬ」

「しかし……」

師泰は縮こまる早瀬をちらりと見た。

「それも構わぬ」

どうせ聞いても解らないだろうし、解ったところでどうということはない。師直が依然として動こうとしないので、師泰も溜息を零して語り始めた。

「一つ目、拙者の屋敷で透波らしき者を見かけました」

「あれか？」

直義の手の者か。と、いうことである。

「はきとしませぬが、どうも違うように思います。今はほんの些細なことでも命取りになる故、暗黙のうちに互いに自重している時ですので」

「確かに。では、誰ぞ」

「恐らく楠木党……大塚の手の者ではないかと」

師泰いわく、見た者の話を聞くに並の透波ではなかった。それほどの透波を有している者は直義の他は、まずそれが思い付くという。

「ならば珍しい」

師直は太い眉を開いた。この数年、楠木党は北朝に対しては目立った動きをしていない。むしろ目立たぬように息を潜めているという印象であった。これまでも透波を使って探ることはしていたかもしれない。が、問題なのはそれほど優れた透波が、こちらに気付かれるほど、

——大きく踏み込んで探ってきた。

と、いうこと。何か楠木党に大きな変化があったのかもしれない。

「反対にこちらからも探れ」

師直が低く命じると、師泰は頷いた。

「承知。そう仰せになると思い、支度をするように命じております」

「次」

指示を出し終えると興を失い、師直は急《せ》かすように言った。

「二つ目はあの女官のこと」

「おっ、今後の行く先を摑んだか？」

弁内侍という典侍である。今、師直はこの女官を何とかして拘引出来ないかと画策しているのだ。

「いえ、残念ながら」

「今年に入って一度も出ぬか……気付かれたか」

師直は股座を掻きながら首を傾げた。

「それは無いとは思いますが……他の手も考えよとのことでしたので一計を案じました」

「おい、師泰」

「何でしょう」

「大変だ。白いものが」

師直は頭を抱え込んだ。きっと己は今にも泣きそうな顔になっているだろう。自らの股を覗き込んだ時、白い毛を見つけてしまったからである。師泰は心底呆れたような溜息を漏らしつつ言った。

「兄上ももう四十路《よそじ》。珍しくもないでしょう」

「そうなのか。まさかお主も……」

「あります、あります。続けても？」

師泰はぞんざいに答えて、話を無理やり引き戻した。師直は正直なところまだ気に掛かっていたが、渋々と頷いて見せた。

「件《くだん》の女官、十三歳の頃までは三位行氏《さんみゆきうじ》のもとにいたらしいことは前に話しましたな」

三位行氏とは、日野行氏のこと。官位が三位であったことからそのように呼ばれている。大学頭《だいがくのかみ》の後、文章博士《もんじょうはかせ》を務めたこともあり、頭脳明晰だが線が細い人であった。この男、日野俊基の兄であり、弁内侍にとっては伯父に当たるはずであった。

当初、弁内侍は何処で育ったのかも不明であった。伯父の行氏などは真っ先に考えられるところだが、それでも探るまで判らなかったのは、どうも極力目立たぬように育てていたかららしい。

「梅枝《うめがえ》という女がいます」

師泰は初めて聞く名を告げた。

梅枝は北朝の公卿《くぎょう》、日野行氏の妻である北《きた》の方《かた》に仕えていたが、弁内侍が南朝に出仕した頃に姿を見なくなったという。これは弁内侍に付いて吉野に行ったのではないかと考え、調べたところ果たしてその通りであった。何故、そのようなことが判ったかというと、梅枝は老父が亡くなり、一人残された老母も病に臥《ふ》していた。その面倒を見るため、弁内侍のもとも辞してすでに京に戻っていたからである。

「ほう。その梅枝を使うのか？」

「左様」

梅枝を吉野に向かわせ、

――北の方がお会いしたがっています。

と、告げさせるのだ。何ならば書状を偽造してもよいし、その段取りもすでに整えているらしい。

「京まで来るか？」

師直は首を傾げた。

「それは流石に難しいでしょう。故に少し捻りを加えます」

山深い吉野に住むのは不便なことでしょう。そのことを思えば心配であり、同時に懐かしさが込み上げて涙を流す日々を送っています。しかし、このような心細い時勢なれば、京に来て頂くことも、吉野に行くことも難しいでしょう。

近く住吉詣《すみよしもう》でをするつもりです。河内国の高安《たかやす》に古くからの知人が住んでおります。そこならば人目を気にせずに会うことも叶うかと思います。どうかそこにお越し下さい。このようなことでも無い限り、もうお目に掛かることも出来ないかもしれません。何卒――。と、いった内容の偽文にするのである。

「それならば乗ってくるかもしれぬな」

「はい。そこを……」

師泰はまるで蝶を捕まえるように、膨らませた掌を合わせた。

「よかろう。しかし、その梅枝という女……よく従ったな。脅したのか？」

師直は内腿を掻きながら尋ねた。旧主である弁内侍だけでなく、さらにその前の主の北の方をも裏切る所業である。

「いいえ、それよりも容易く。銭でござる」

何でもかんでも脅して事を進める。脅して動かせるならば銭を惜しむ。高一族のことをそのように思っている世の者は多いだろう。

が、決してそのようなことはない。脅すという手段は後々厄介事が出来しやすい。銭で片が付くならばそれに越したことはないのだ。

「母のためか」

先刻、梅枝の母は病だと言っていた。その薬代のために銭で従ったのかと思ったが、師泰は首を横に振った。

「いえ、母はもう三年ほど前に死んでおります」

師泰の苦笑に含みを感じ、師直は不敵に片笑んだ。

「なるほど。男か」

「ご名答。碌《ろく》でも無い男に入れ込んでいるようで」

「宮仕えした女とて、一皮剝《む》けば同じということだな」

「いかさま」

師直はちらりと早瀬を見て鼻を鳴らした。公家の女ですらそうなのだ。男に酔う性質か、そうでないかは身分に関わりが無いらしい。

「まあ、よい。それで進めよ。あと一つは?」

汗のせいで躰が冷えてきた。師直は尋ねながら、ぞんざいに襦袢《じゅばん》を取って羽織った。

「夕刻、拙者の屋敷を訪ねたる者があり、高家の郎党として召し抱えて欲しいと」

「ほう。一人か？」

そのように訪ねて来る者は珍しくはない。他の大名衆ならば、きりがないため誰かに任せるだろう。だが師直はこれだけは必ず自ら見て吟味する。弱き者は抱えぬ。これこそが高家が戦に強い最も大きな訳である。

「三十二人です」

「多いな！　あっ……痛い」

無理な体勢で石帯に手を伸ばしている最中、驚いたために脇腹が攣《つ》ってしまった。師泰からすればよく見る光景であり、心配の声も掛けてくれない。

「何でまた……一度にしては多い」

師直は掌で脇腹を摩《さす》りつつ、再び胡坐を搔いた。

「金毘羅の残党なのです」

「ほう」

師直は梟《ふくろう》の如く唸った。恐らく今、己の眼光は酷く鋭いものになっているはず。つい先ほどまでの滑稽な姿を見ていた者ならば、

――どちらが真の師直か。

と、困惑するはず。

事実、そのように吃驚されたことも間々ある。だが答えるのは容易い。どちらも真の己なのだ。

「率いて来たのは、金毘羅党で看坊《かんぼう》を務めていた尾鷲岩玄房《おわせがんげんぼう》なる者です」

「何処に」

「いつでも」

いつでも呼べるという意味である。場所を尋ね、一段飛ばしに時を答える。師泰は一族の中でも阿吽《あうん》の呼吸を心得ている。

「呼べ」

師直が命じると、師泰は一度退室した。その間に師直は手早く衣服を身に付ける。所在なげにしていた早瀬に対しては、

「お主も見るがよい」

と、微笑みをくれてやった。

四半刻《しはんとき》も経たずして、師泰は件の者たちを引き連れて戻って来た。庭に回るように命じて、自身は早瀬を連れて中門廊に出た。

「ままでよい」

己の姿を見るなり、皆が拝跪《はいき》しそうになるのを師直は押しとどめた。金毘羅党の連中はやや困惑したが会釈をして代わりとする。師直は連中をつうと見渡して訊いた。

「お主が岩玄房だな？」

「左様です」

何故、判ったのかといったように、岩玄房は驚きの表情となった。

「まあ、判るのよ。よく見れば逞《たくま》しい躰もしておるしな」

躰を見て判断した訳ではない。ここまでの短い時の間、一瞬の所作で何となく見当がつく。慧眼《けいがん》

などと褒めそやす者もいるが、己は特技の一つのようなものだと思っている。

「で、当家の郎党になりたいとか」

「左様でございます」

「金毘羅義方はどうした。そもそも今も生きているのか」

師直は矢継ぎ早に訊いた。

師泰は彼らの事情を聞きとったであろうが、己には一切告げていない。師直は初めて人と逢った時の直感を何より大事にしており、先んじて何かを言われるのを嫌うことを知っているからだ。

「金毘羅義方は確かに生きておりました。が……死に果てました」

岩玄房は端的に、それでいて重々しく答えた。

「病か」

「いえ、戦にございます」

岩玄房は間髪を容れずに言った。悪党には悪党の戦がある。

それは概して山間で人知れず行われ、己たちの耳に入って来ないか、入ってもかなりの時を要するものだ。

「相手は」

「楠木党でござる」

「またか」

師直は苦々しく零した。恐らく己の身辺を探っているのも楠木党だろう。その名がここでも飛び出した。ほぼ間違いない。楠木党は何か大きく動こうとしている。

「話せ」

師直は促し、岩玄房はことの次第を滔々と語った。かなり凄惨な戦いが繰り広げられたらしい。横にいる早瀬はまるで夢物語を聞いているかのように、ぽかんと口を開けている。これが全うな反応なのだろう。

師直は全てを聞き終えると、

「金毘羅党はもういかぬか？」

と、顎鬚を撫でながら尋ねた。

「何とか立て直そうと奔走しましたが、抜け出す者が後を絶たず、混迷の間に他の悪党に道々を奪われ……敢え無く」

岩玄房は眉間に深い皺を寄せた。金毘羅党は一月も経たぬうちに半分以下となり、吉野衆、楠木党の大塚に縄張りを掻っ攫われた。吉野衆はまだ掌握しきれていないが、楠木党はすでに野田正周《まさちか》を配して鉄壁の態勢を組み終えている。ここまでされれば以前でも奪い返すのが容易ではないのに、今の金毘羅党では諦めざるを得なかったという。

「で、窮してここに来た訳か。しかし、儂が楠木と戦うと決まっている訳ではないぞ」

確かに楠木は南朝に属している。いずれは矛を交えると思うのも無理はない。

だが師直の勘は別のことを告げている。楠木党、いや楠木家は何か予想もしないことを考えているような気がしてならない。

それに楠木家が兵を起こしたとしても、必ずしも師直が派されるという訳ではない。むしろその見込みは低い。楠木の小倅《こせがれ》如きには、まずは別の者が送られるだろう。そして、恐らくはそれで片がつく。高家が楠木家と戦うことは無いだろう。

「楠木を恨む想いが無いといえば嘘になります。しかし、そのためにここに来た訳にあらず」

岩玄房ははきと断言した。

「続けよ」

「恐れながら……今、高家は一人でも多くの者を欲しておられると見ました。故に高家こそが最も高く我らを買って下さると思った次第」

「よい読みだ」

「そして、高家こそが生き残ると」

岩玄房は真っすぐにこちらを見据えて言い放った。

今後、直義派と縺《もつ》れるであろうことも見越している。その上で高家が勝つと見たという訳だ。

「悪党らしい。だが気に入った」

師直はふっと息を漏らした。

「では――」

「ただし、一つだけ条件がある」

「何なりと」

「その言葉に相違ないか？」

師直は面々を悠然と見渡した。銘々、顔を引き締めて力強く頷いた。それを見届けると、師直は緩やかな夜風に混ぜるようにふわりと言った。

「互いに殺し合え」

「は……」

岩玄房は曖昧な声を発した。他の者も要領を得ないらしく茫然としている。

「互いに殺し合えと申したのよ。生き残った半分を召し抱えてやる」

師直が改めて言い放って、ようやく意を察したらしい。驚愕に目をひん剝く者、早くも顔を蒼白にする者、中には軽口だと自分に言い聞かせるように口元を緩める者もいた。

「しかし……」

岩玄房が絞るように言おうとするのを、

「二言は無いかと確かめたはずだ」

と、師直は冷ややかに撥《は》ね退《の》けた。

「うう……」

ようやく現《うつつ》を受け止めたのだろう。今にも泣きだしそうな面持ちで呻きを発する者もいた。師直はおかしさが込み上げて来て、

「ここでという訳ではない。汚れるからな」

と、歯の隙間から笑いを零しつつ命じた。掃除するのが面倒である。屍を運び出すのも、その理由を問われて弁解するのもまた面倒だ。南朝に奔《はし》ってそのままになっている公家の屋敷がある。このような時、師直はそこを使わせている。

「承知しました」

師泰はこうなることを見越していたのか、彼らと同数の三十人ほどを率いている。これは逃がさぬためではなく、逆上して襲い掛かって来た時の備えだ。

何も己は殺しに愉悦を感じている訳ではない。理に合わぬことが嫌いなだけだ。逃げたい者は逃がせばよい。そのような者は高家には要らぬ。

「早瀬、ついでに師泰に送って貰え」

師直は思い出したかのように言った。

早瀬は先ほどと異なり逆らうことなく頷いた。

金毘羅の残党、早瀬を連れて出ようとする矢先、師直は宙を掻くように、大きく手招きをして師泰を呼んだ。

「あのな……殺しておけ」

「は……」

流石の師泰も意味が解らぬようで眉間に皺を寄せる。

「早瀬だ。先刻、唖然《あぜん》とした後にちらりと月を見上げおった。時刻を覚えようとしていたのかもしれぬ」

「まさか」

師泰は苦く頬を緩めた。早瀬は歴《れき》とした公家の女であり透波ではない。直義派、南朝の間者という線も薄いことは、師直自身が一番解っているではないか。仮にそうだったとして、高家の動向、師直の言動、今日の日付までは伝えたとしても、わざわざ時刻まで伝える訳がない。今の師泰の一言には、それら全ての意味が含まれている。

「いやいや、解らぬぞ」

「兄上、面倒臭くなったのでしょう」

師泰は眉を落とした呆れ顔となった。

「それもある。が、念のためよ。上手くやれ」

師泰の小言を避けるように、師直は手を払って終わらせた。師泰は溜息を零しつつも、それ以上は何も言わずに去って行った。諸事、上手くやってくれる弟である。

打って変わり、屋敷は水を打ったような静寂に包まれる。堀川に浮かぶ舟が擦れる微かな鈍い音も戻って来た。

「さて、眠るか」

師直は大きな欠伸《あくび》をして、諸手を天に突き出して伸びをした。ふと月が目に飛び込んで来て、師直はそのまま空を見上げた。薄い衣のような雲を纏って茫と滲んでいる。

この月の方角だからか、また楠木家のことが頭を過ぎり、

「何という名だったか……」

と、ぽつりと呟いた。当主の名である。抱いている女の名さえ失念するのだ。会ったことも、戦ったこともない小僧の名など記憶しているはずがない。

楠木正成の倅。それで十分であるし、恐らくこれからもそれで良いだろう。多くの親子を見て来たが、あれほどの才が二代に亘って受け継がれることはまずないからだ。そこまで考えると興を失い、師直は身を翻し、また欠伸をしつつ寝所へと向かった。

第六章

追《つい》躡《じょう》の秋《とき》

多聞丸《たもんまる》は屋敷を出た。ここ最近は毎日のこと。石掬丸《いしすくいまる》さえ連れておらず、決まって一人である。いや、相棒ともいうべき愛馬の香黒《かぐろ》は一緒だ。

夏はすっかり果てかけており、秋の匂いが際立ってきている。畦道《あぜみち》の両側には田園が広がり、黄金に色づいた稲穂が風に揺れている。その音が何とも耳朶《じだ》に心地よい。香黒も同じことを思ったのか、多聞丸が胸一杯に息を吸い込むのと同時、機嫌よさそうに小さく嘶《いなな》いた。

「眠くなるな」

多聞丸は欠伸を堪《こら》えたものの、目尻に涙が浮かんで指で拭った。こちらには同意出来ないようで、香黒は何の反応も示さずに蹄を前へ送り続けた。

前回、大塚《おおつか》らと話し合いをしてから一月ほどが経っている。足利直義《あしかがただよし》、高師直《こうのもろなお》、両者と繋がれる道は見つけたものの、一朝一夕で辿り切れるという訳ではない。

まだ暫くは時を要するが、今のところ順調だという報告を受けている。何か大きな動きがあれば、すぐに報《しら》せるとも言っていた。

「あ、今日はゆっくりだ」

右手の田の中から声が聞こえ、多聞丸は顔を向けた。十歳にも満たない童《わらべ》である。

「思い出した」

多聞丸は苦く笑う。以前、この道を駆け抜けた時、己を目で追いつつ、

——まただ。

と、思わず口にした童だ。母と思しき者に慌てて口を押さえられていたのも覚えている。多聞丸は母から逃げた時はよく赤滝に行く。ここは赤滝への近道であるため、よく見掛けるだろうし、む

しろ今日のようにゆっくり馬を歩ませているほうが稀なのだ。

「手伝って偉いな」

多聞丸が馬上から呼び掛けると、童はぱっと笑顔になって弾けるように頷いた。

「ねえ、御屋形《おやかた》様なんでしょう？」

「そうだな」

多聞丸は少し息を漏らした。御屋形様が何かもよく解っていないだろう。

「何で速くないの？」

「いつもは忙しいけど、今日はそうじゃないからな」

「へえ。じゃあ、今日は何を……」

「新平太《しんぺいた》！」

こちらに気付いたのだろう。稲穂の隙間を縫うように女が走って近付いて来る。これも見覚えがあった。この童の口を塞いだ母と思しき女だ。

「御屋形様、申し訳ございません。何かご無礼なことは――」

「いや、話していただけだ。なあ？」

「うん！」

多聞丸が微笑むと、それを倍にして返してきた。母で間違いないらしい。よく見ると若い。まだ己とさほど変わらない年頃、二十五、六歳といったところではないか。

「新平太というのだな。今はあちこちを見回っているのだ」

「何で？」

何事も興味を持つ年頃である。新平太は頓着なくまた尋ねる。母がこれと小声で叱るが、多聞丸は掌で制して答える。

「皆の田の様子を見るためだ。困っている者がいれば助けてやらねばならない」

「困っているよ」

言い終わるなり、新平太はすぐに訴えた。

「新平太……」

母はやや俯《うつむ》きながら、新平太の煤《すす》けた袖をびっと引く。その顔は今にも泣き出しそうである。多聞丸は努めて優しく訊いた。

「何だ？」

「おっ父が死んでしまって、おっ母は一人で大変なの」

「そうか……」

どのような事情があるかも、新平太に何と伝えているのかも判らない。多聞丸は母に視線を送るだけに留めた。

「戦で……この子が生まれる前に」

母は消え入りそうな声で言った。新平太は父の顔も見たことが無いらしい。この年頃の子で、生まれる前の戦といえば思い浮かぶのは一つしかなかった。

「父上と……」

「はい。望んでのことです」

戦とは、湊川《みなとがわ》のことである。父正成《まさしげ》はこの戦いは勝ち目が限りなく薄いことを悟っており、郎党のうち若い者から順に帰らせた。故に百姓の徴兵も止《や》めたのである。しかし、中にはどうしても共に行きたいと志願してくれる者もおり、河内《かわち》、和泉《いずみ》から四百を超える百姓が集まったのである。新平太の父はその中の一人であったらしい。

「夫がこの子くらいの頃、酷い飢饉があったようです……」

「聞いたことがある」

それは凄まじい飢饉だったという。米は勿論、麦、稗《ひえ》、粟《あわ》すら無く、木の根を掘って食べねばならなかったらしい。隣国では人が人を食っているという恐ろしい話も伝わって来ていた。

「その時、先代様がお救い下さいました」

母は絞るように言った。父はこの飢饉に際し、

――全ての米を出せ。全ての銭で買い付けに走れ。

と、一族郎党に命じて村々に米を配って回らせた。当然とばかりに自身も食を減らし、郎党たちもそれに倣ったという。楠木《くすのき》党の全員が痩せ細ることとなったが、それでも笑顔を絶やさずに民を励ましていたと聞いた。その甲斐《かい》もあって河内、和泉の両国においては、他国とは比べ物にならぬほど死人が出なかったという。

この母親も当時を知らないが、亡き夫からそれは耳に胼胝《たこ》が出来るほど聞かされていたらしい。

「その時の御恩に応えたいと。もし御屋形様がいなければ、お主と夫婦になることも、子を授かることも無かったと……」

そう言い残して父の許《もと》に馳せ参じた。そして、二度と戻ることは無かったという。その翌年、新平太が生まれた。義父母がまだ若く健在なこともあり、力を合わせて何とかやっていけている。母

親はそのように語った。

詫びるのも違う。感謝を伝えるのもまた違う。多聞丸は言葉に迷いつつ、

「困ったことがあれば……いつでも言ってくれ」

と、絞り出すのが精一杯であった。

「だからおっ母は一人――」

「新平太」

母親はぴしゃりと遮って、こちらに向けて深々と頭を下げた。新平太はほんの少しだけ不満そうな顔を向けたものの、母親に倣ってお辞儀をする。多聞丸はぐっと唇を結んで頷くと鐙《あぶみ》を鳴らして進んだ。いや、それよりも早く、香黒が脚を前にやっていたように感じるのは気のせいか。

最後の戦いに臨む前、桜井《さくらい》で別れた時、父の胸中には如何《いか》なる思いがあったのか。父はあの時、

――いつかきっと、お主にも解る。そのような気がするのだ。

と言ったが、今になってもその答えは見出せていない。ただ父は今後のことは、己の想うままにすれば良いとも語っていた。新平太や、その母を見れば、やはり戦を止めたいという願いは強くなる。たとえ不忠の汚名を着せられることになろうとも、批難の嵐に揉まれることになろうとも。さらにいえば、それで天下の戦が止むことはなくとも。河内と和泉に住まう民だけでも守りたいと強く願っている。

颪にさざめく黄金の波の中、多聞丸はすっかり秋めいた淡く高い空を見上げた。

翌日も村々を見回るため、まだ朝露が乾ききっていないうちから、多聞丸は香黒と共に館を出た。

四半刻ほど進んで大曲がりを抜けた時、香黒の耳がぴくりと動く。多聞丸も頰を引き締めて振り返った。背後から馬が駆けてくる音を耳朶が捉えたのだ。

やがて曲がり道から砂塵《さじん》を上げた一騎が飛び出して来た。咄嗟に何かがあったと察し、

「香黒」

と、呼んだ。それだけで香黒は察して来た道を勢いよく引き返す。やがて、飛び出して来たのが石掬丸だということが判った。

「大塚様がお越しです！」

石掬丸も手綱を絞って馬首を巡らす。自然、二騎は並走するような恰好となる。

「動きがあったということだな」

ただ大塚が訪ねて来ただけならば、こうしてわざわざ呼びにも来ない。それは石掬丸が叫ぶように告げたことからも窺える。

「件《くだん》の女官、払暁に吉野《よしの》を出たとのことです」

石掬丸は報じた。それ以上のことは知らず、離れで待つ大塚に訊いて欲しいとのことであった。来た時よりも短い時で戻ったところ、離れの前で待つ大塚の姿が見えた。多聞丸は香黒から舞うように降り、手綱を石掬丸に託すや、

「出たか」

と、大塚に訊いた。

「はい。しかし、困ったことに」

大塚の顔は険しい。弁内侍《べんのないし》が次にいつ吉野を出るのかを探るべく、大塚は南朝に間者を作ろうと

した。目を付けたのは、新兵衛が話していた弁内侍に妬心を抱き、出自の疑惑を口にした女孺《めのわらわ》である。案の定、女孺は乗って来た。いや、大塚が上手く丸め込んだというべきか。

弁内侍が出るとなれば、少なくとも数日前には周知される。その時には必ず大塚に報せるという約束を取り付けた。だが、女孺は今日になるまで報せて来ることは無かったのだ。

「女孺が翻意したのか?」

「いえ、その者も昨夜に知ったのです」

昨夜、弁内侍が外出の支度を始めて女孺は驚いた。誰かの不幸など不測のことかとも考えたが、粛々としている様から見て違うと感じた。

何故、事前に外出することを告げなかったのかと尋ねたものの弁内侍は、

——私のことですので。

と、はぐらかすのみ。行き先も含めて断固として語らなかったという。女孺は己が疑われているのかと冷や汗を流したが、どうもそれもまた違うという。

普段より供の数も少なく、女房が二人、青侍が三人のみ。それ以外の者は何も知らされていなかったらしい。

女孺はこっそりと小者を使者に立てたが、大塚のもとに辿り着いたのは、弁内侍が発《た》ったのと同じ払暁のことであったらしい。大塚は報を受けるなり郎党に指示を飛ばしつつ、ここまで駆けて来たという訳だ。

「どういうことだ」

多聞丸は低く呟いた。何故、弁内侍は行き先を隠したのか。出自に纏《まつ》わる疑惑のこともあり、多

聞丸が思い描く弁内侍は得体の知れぬ妖しさを増している。

「我らに気付いているとも思えません。むしろ師直に気を付けてのことかもしれません」

大塚はそのように読んだ。師直が接触したがっているということは、弁内侍の耳に入っていてもおかしくない。故に行き場所を伏せたということだ。

「どちらにせよ追えぬな……」

「手掛かりはあります」

大塚は自身の読みを話し始めた。現在、弁内侍が何処《どこ》に向かったのかは確かに判らない。が、弁内侍は駕籠《かご》に乗り、他に女房衆もいることから、そう遠くまで進めてはいないだろう。具体的に言えば、一刻に二里も進めれば上々。現在、出立の頃から約三刻が経っている。つまり吉野から六里以内の何処かにいるということが予想出来る。

「さらに向かう先ですが、紀伊《きい》は外してもよいかと」

大塚は言葉を継いだ。吉野から紀伊方面へは特に険しい山々を抜けねばならない。駕籠を使っていることを鑑みればこの線は消せると見た。

「つまり大和《やまと》、和泉、そして河内のいずれかになるということだな」

「左様。摂津《せっつ》、山城《やましろ》だとしても、まだそこに至るまでは時が掛かります」

「反対に行く場所が近場ならばもはや着いていることになるが……」

「無いとは言い切れません。しかし、払暁に出立していることから見てそれも薄いと考えます」

日の出に合わせての出立は人目を避けるためかとも考えた。だがその女孺を始めとして、出ること自体を周囲に隠している訳ではないらしい。それを鑑みれば、払暁に発たねばならぬ程度の距離があると見るほうが自然であろう。

「で、如何《いか》に」

多聞丸は訊いた。そこまで見当が付いたとしても、実際にどのように弁内侍を捕捉するつもりなのか。大塚にはどうも腹案があるように思える。

「波を」

「やれると？」

多聞丸の胸がとくんと鳴った。

「今の御屋形様ならば」

大塚ははきと断言した。

父、楠木正成は古今東西の兵法を熱心に学んだ。毛利《もうり》家との縁になった闘戦経《とうせんきょう》などもその一つである。父は学ぶだけではなく、創意工夫して自らの兵法を生み出した人であった。それは大局を見据えた戦略、千早《ちはや》城で見せた戦術に留まらず、野戦における陣形にも及ぶ。

生前、父は三つの独自の陣形を編んだ。いずれも巧緻にして複雑なものであり、大将がこれを指揮するには相当の実力が求められる。多聞丸はこれまで机上では繰り返し学び、吉野衆との合戦とも呼べぬ喧嘩では試して来たものもある。

しかし、今大塚が言ったそれは、未だ一度も試したことが無かった。厳密に言えば、ずっと戦を避けて来たので使う機会に恵まれなかった。その陣形というのが、

――波陣《はじん》。

通称、波である。

「波を組むならば数が必要だ」

「左様。野田殿《のだ》、新兵衛《しんべえ》も間もなく到着するかと。それを待ちます」

大塚はすでに二人に対し、

――すぐに動かせる者、全てを率いて東条《とうじょう》に参集せよ。

と、使いを発してからここに来たらしい。ただし徒歩《かち》の者はいらぬ。馬に乗れる者に限る。銘々の馬に乗って来いという指示だ。

「親仁《おやじ》はともかく、新兵衛にそのように命じてしまっては……」

「新兵衛もその判断に迷うでしょう。故に構わぬと付け加えました」

「よいのか？」

「ここが切羽《せつぱ》な気がするのです。あくまで勘ですが」

「十分だ」

凋落《ちょうらく》の楠木を約十年支えて来た男の勘だ。信じるに値する。それに多聞丸もまた同じように感じている。

この一件、楠木家の命運を大きく左右するような気がしてならない。何もせずに悔いることになるならば、動いて悔いたほうが余程いい。

「次郎《じろう》様は？」

「昨日まで俺の代わりに伊賀《いが》に行ってくれていた。今は自室で休んでいるはずだ。すぐに起こす」

多聞丸が目をやると、石掬丸は頷いて母屋のほうへと走っていった。

それから間もなくして次郎が、四半刻ほどして野田が、半刻後には新兵衛が合流。直後に多聞丸は出発を命じた。総勢百五十七騎。まるで戦に向かうかのような陣容であった。

※

東条から東へ、葛城山《かつらぎさん》と金剛山《こんごうさん》の谷間の山道を百五十七の騎馬が疾駆する。決して広くはないが、父の代から楠木党が物流のために整備してきた道である。

数が纏《まと》まって駆ければ、舞い上がる砂塵も濛々《もうもう》としたもの。遠目には山間を煙の塊が動いているかのように見えるだろう。

揃うなり出立して要領を得ていない者もいる。多聞丸は主だった者に近くに集まるように命じた。ここから半里も行けば水分《みくまり》の社《やしろ》。その先は奈良盆地の最南端である御所《ごせ》の地に出る。そこからは大きく動かねばならないため、今のうちに打ち合わせをしておきたい。馬を走らせながらの評定という訳だ。

騎馬の者は楠木の中でも選りすぐりの精兵。ましてやそれを率いる彼らは、馬上の評定を苦にするような腕ではない。

「御屋形様」

野田が轡《くつわ》を並べる。その後ろに二騎が続いている。

「弦五郎《げんごろう》、道之助《みちのすけ》。よく来てくれた」

野田正周《まさちか》の二人の息子である。

丸顔に笑い皺と、いかにも温厚そうな方が長男で跡取りの弦五郎。当年で二十五歳。

面長に狐《きつね》のような吊り目で気の強そうなのが次男の道之助。兄より三つ下の二十二歳。こちらは久しぶりに会うと口髭《くちひげ》を蓄えており、歳よりも随分と成熟した印象を受けた。

「当然のことです」

「我らにも声が掛かったので、少しばかり驚きましたが」

弦五郎、道之助の順に答えた。今やいつ野田が隠居しても問題ないほどに成長しており、弁内侍について探る間も父に代わって物流のことを取り仕切ってくれていた。

物流は楠木家にとっての要。少々の戦如きでは止めぬ。故に二人が駆り出されるとなれば、余程大きな戦が出来したと思うのも無理はない。だが、ここに来る道すがら、野田からあらましを聞いたという。

「お主らは特に道に詳しい。頼むぞ」

多聞丸が言い、兄弟が頷いた時である。背後から割れんばかりの大音声が聞こえた。

「兄者！　敵は誰だ⁉」

新発意《しぼち》だ。馬に巨軀《きょく》を揺らしながら近付いて来た。ずっとこの件には噛んでおらず、いや知らせなかったが故に、何のための出動かも皆目解っていない。新兵衛も何も語らずに連れて来ている。新発意はすっかり戦だと思っているらしい。

「順を追って手短に話す」

「金毘羅《こんぴら》の残党か。それとも……足利が攻めて来たのか！　よし、任せておけ！」

新発意は早合点して丸太のような腕を回す。

「お前、黙っておけ！　そんなだから何も聞かされなかったんだ。俺まで巻き込みやがって！」

馬上、次郎は身を捻って唾を飛ばす。参集を待つまでに時があったため、次郎にはこれまでの凡《およ》そは伝えた。明らかに不満そうだったが、大塚が進み出て、

――全ては拙者が頼んだこと、さらには次郎様には軽忽《けいこつ》なところがある故。

と、ぴしゃりと言い放ったことで、次郎はしゅんと肩を落とした。父が世を去った時、次郎は己よりさらに幼かった。それだけに大塚は己以上に父に近い存在である。

「何を！　次郎も――」

「黙らんか！」

大塚が鋭い一喝を放ち、新発意も流石にぐっと言葉を吞み込んだ。

「御屋形様、お願い致す」

無数の蹄の音が入り乱れる中でも、大塚の戦場で鍛えた声はよく通った。

「集まってくれたことに礼を言う。内密にしていたことも申し訳ない。それほどの大事であったと思ってくれ」

多聞丸は手綱を握り、前を見据えながら、己の周囲を駆ける楠木党の柱たちに語り続けた。

「仔細《しさい》は事を終えてから話す。まずは弁内侍という吉野の女官を探したい。本日払暁に吉野を出たことは確かだ」

皆が押し黙って耳を傾ける中、多聞丸は凛然《りんぜん》と言い放った。

「波を行う」

「おお……」

皆が感嘆の声を上げたが、それぞれによってその理由は違うだろう。次郎、新兵衛や新発意、さ

らに弦五郎、道之助の若い世代にとっては、話に聞くあれを遂に己がやるのかという感慨深さから来るもの。野田を始めとする古参は、懐かしさからのものだと感じた。

「波陣はそれぞれの物頭《ものがしら》の力に拠るところも大きい。心して聞け」

大塚はぴしゃりと若い者たちを引き締めた。

波陣とは――。父正成が広範囲の索敵を行うため編み出した陣形である。大陸から伝わったとされる八陣のうち、魚鱗《ぎょりん》の陣に似ているものの、それよりも一騎ずつの間隔は遥かに広い。

大きい波陣ならば前後一里、左右二里にも及ぶ。その上で索敵、伝令を繰り返すというものだ。索敵はともかく、伝令は如何にするのか。必ず五人一組になり、報せるべきことが出来した場合は一人を切り離して本陣へと走らせる。その間も移動を続けるので伝令後、己の組に戻れぬこともある。それでも残り四人が一組となって索敵を続け、時と場合によってはまた一人を伝令に切り離すのである。

最後の一人になるまで、つまり少なくとも四回は伝令を走らせることが出来るという訳だ。組に戻れなかった者は、近くに他の組を見つけられればそちらに合流。一刻経ってもどこの組にも遭遇せぬ時は、波陣から離脱して決められた集合地に向かう。

その本陣は何処に置かれるのか。それもまた波の如く、

――動き続ける。

のである。但し不規則にではない。一刻後は此処《ここ》、二刻後には其処《そこ》、三刻後には何処と、事前にその場所は凡そに決めて、本陣も索敵、伝令を受けつつ移動するのである。また本軍方々に散った「波の端」は、これを確かめつつ「波の始まり」に伝令を飛ばせばよい。

本陣もまた全軍の二割ほど、つまり今回の場合は三十人ほど残しておき、新たに探らねばならぬ場所が判明した時、五人一組の「波」を飛ばす。こちらは此度《こたび》は五度が限界であり、慎重に繰り出さねばならない。

「本陣の動きは先ほど渡した紙に記した。決して失わず、決して奪われず、いざとなれば消すべし」

大塚が皆に向けて釘《くぎ》を刺した。

事前に余裕があれば、各物頭には本陣の動きを諳《そら》んじさせるようにするのだが、戦の中の索敵となればいつでも時があるとも限らぬ。そのような時は場所を記した紙を作る。

一刻を争う今回も、参集までに物頭の数だけ用意して渡した。

だがこの紙が敵に奪われれば、則《すなわ》ち本陣の場所が知られるということにもなる。故に失うことは勿論、敵の手に渡る見込みが少しでも出れば、燃やすか、呑み込む。それが決まりだ。

もっとも今回は敵がいる訳ではない。が、どのような不測の事態が起こるかも判らない。大塚は極めて用心深く、あくまで基本に忠実たらんとしている。

「今日中に探り出す」

多聞丸は決意を伝えた。今回の場合、本陣は大和国御所、高田《たかだ》に出て、二上山《にじょうさん》の裾を抜けて河内国に戻り、太子《たいし》、古市《ふるいち》、柏原《かしわら》、八尾《やお》へと至る。

弁内侍の足、向かう先を予想し、大和、河内を網羅する動きだ。そこで弁内侍を捕捉出来なかった場合、今回の探索は失敗したと見て、本陣は明朝には楠木館へと戻ると決めている。

「組分けは命じた通り……」

多聞丸の話が終わろうかという時、眼前の峠道が終わり、なだらかな奈良盆地が見えた。坂道を駆け上がってくる秋風を思いきり吸い込むと、多聞丸は高らかに命じた。

「波陣を始める。各々、何としても弁内侍を見つけよ！」

「応‼」

皆の声が一塊となって響き渡った。続々と平野部へと飛び出す。天を翔《か》ける鳥から見れば、山が人を吐き出しているかのようであろう。

それぞれが決められた配置に向かい、百を数えるより早くにまずは魚鱗の陣形が完成した。それからより広範囲を探るべく、徐々に間隔を取っていく。五人一組の頭は本陣の位置を頭に入れつつ進路を、残りの四人は目を皿のようにして東西南北を見張る。

「まずは北へ、高田に」

大塚が頰で風を切りつつ言った。本陣にあって補佐を務める。

「間もなく東西十町にはなろうかと」

新兵衛が左右を確かめる。大塚は新兵衛に期待するものがあり、この機会に本陣に留めて学ばせる意図があるのだろう。

「どの者も初めてにしては上出来だ」

大塚は大きく広がった陣形を見渡した。

五人一組で二十五組。さらに五組毎《ごと》に指揮を執る大頭《おおがしら》を配してある。本陣に報せるほどでもないこと、あるいは判断に迷った場合は、この大頭に裁可を仰ぐのである。

魚鱗の先頭は経験豊富で道に詳しい者が相応しい。これには波陣の経験もあり、畿内の道という道を知る野田四郎《しろう》正周。

両翼中頃には広範囲にまで波を飛ばすため、楠木党でも一、二を争う馬術に長けた麾下《きか》の者が良い。右翼中に舎弟楠木次郎正時《まさとき》、左翼中に和田《わだ》新発意賢秀《けんしゅう》。

両翼後方は前が見逃したものを捕捉する最後の砦であり、必ず崩れて来る陣形の修正にも迫られるため、これも道に通じた者が望ましい。右翼後ろに野田弦五郎正清《まさきよ》、左翼後ろに野田道之助正高《まさたか》。

これが新しい世代で初めての波陣である。

「速さが緩んだか」

多聞丸は呟いた。先陣を行く野田がやや進む速度を落としたのである。

「それは……」

「馬を潰さぬためだな」

「左様」

多聞丸が先んじて言い、大塚は満足げに頷いた。

一日中馬を走らせることになる。最高速を維持していてはすぐに馬が潰れる。本陣の場所を示すと同時に、人馬を休ませる刻も決められている。

「未だ晴天。雲も流れては来ていません」

新兵衛が空を見上げた。

このように波陣は、刻の把握が重要となって来る。それをどのようにして知るのか。その答えが空である。日中には陽の動き、夜間は月と星の動きを観察して刻を知る。当然、春夏秋冬を鑑みながら。

楠木党は幾つもの集団に分かれ、大軍に方々から奇襲を掛ける戦術も多用する。故に示し合わせるため、天を見て刻を計ることに長けている。若い者たちも必ず学ばせられる。父はこの知識を利用して波陣を考案したのである。

裏を返せば、波陣は曇天の下では極めて使いにくい。今日が抜けるような秋空であったことも、波陣を行うと決断した大きな理由である。

「必ずや見つけるぞ」

多聞丸が言い放ち、大塚と新兵衛の頷きが重なった。

たった一人の女官を探すため、楠木党百五十七騎が奔《はし》る。あまりに大仰なことだ。何故、ここまでするのかと改めて考えた。別に南朝のためではない。己たちは北朝に寝返ろうとしているのだ。

高師直が狙う理由もただの好色に拠るものかもしれない。狙っているとはいえ、今回動くかも判らないのである。ただ多聞丸の勘は今回だと告げている。敢えて理由を言えば、弁内侍が周囲にも行き先を告げないという不可解な行動を取ったから。高師直が弁内侍を誘《おび》き出すための詐略を掛けた線も十分にあり得る。そして弁内侍を救えば、

――我らの道が拓けるのではないか。

と、いう得体の知れぬ予感もあった。

「何処だ」

多聞丸は香黒の背の上で、未だ顔も見ぬ女に向け囁《ささや》くように呼びかけた。奈良盆地に柔らかな風が巻く。ここにも漏れなく秋が近付いている。

陣はさらに広がっていく。小さな村ならば丸ごと呑み込むほどの大きさになっているはず。この大きさになってしまえば、本陣からでは目配りは出来ない。陣の要所を任せた大頭の采配が、五人組の物頭の判断が、郎党一人ずつの規律が重要となって来る。

「右翼が薄くなったか」

「奈良に至る道に向け、何組か切り離しているのでしょう」

多聞丸の言に、すぐ横で馬を駆る大塚が応じた。魚鱗に似たこの陣形を完全に維持出来るのもここまで。ここからは陣から切り離され、さらに踏み込んで探る組も出て来る。

大和の南、吉野に南朝の本拠を置いているだけに、北朝は警戒して常に大和の北に纏まった兵を置いている。弁内侍が少ない供だけを連れて向かうには危険な場所である。

さらに弁内侍が奈良方面に使者に立ったことはたった一度だけ。こちらに向かう見込みは限りなく低いものの、捨て置く訳にはいかない。奈良に繋がる主要な道を探るため、右翼から何組かが切り離されたのだろう。

「しかし……何故、気付かれたのです」

大塚が怪訝そうに訊いた。最早《もはや》ここからは右翼の人影などは見えない。組を切り離したことも判らない。波陣とは突き詰めてしまえば、進路と時刻を織り込んだ綿密な計画と、郎党の中でも極めて優秀な者たちの裁量に拠る策なのである。

「色だ」

「色？」

多聞丸が短く言うと、大塚は眉間に皺を作って鸚鵡《おうむ》返《がえ》しに訊き返した。

「ああ、空の色だ。蒼《あお》が戻っている」

騎馬が巻き上げる砂塵のせいで空の低いところが微かに黄土色に煙っている。右翼はそれが薄くなり、蒼天本来の色に戻っている。つまり右翼を行く者の数が減ったのだろうと見たのだ。

「然程《さほど》、変わらぬように見えますが……そもそも煙っているかどうかも……」

大塚は不思議そうな顔になり、意見を求めるように新兵衛に目をやった。

「言われてみれば……どうでしょう」

新兵衛もよく判らないといったように首を横に振る。

「真に言っているのか？」

今度は多聞丸が驚く番であった。今も確かに空は煙っているではないか。左翼などはまだ組を切り離していないからかそれが顕著だと語った。二人は目を凝らすものの違いが判らないらしい。

「俺にはそう見えるが……」

多聞丸は漏らした。己の目がおかしいのか。それとも思い込みだったのかもしれないと不安になった。

「御屋形様は色の違いに敏《さと》いのかもしれません」

大塚はそのように肯《がえ》んじた。

「なるほど。そうかもしれぬ」

思い当たる節はある。菫《すみれ》の花が群生しているのを見て、誰かが一色に染まって美しいと言った時に強烈な違和感を抱いた。そう言うには色が違い過ぎるではないかと。

また幼い頃に川へ遊びに行った時、次郎が深いところに嵌まるのを恐れていた。だがそれも、色を見れば容易く深浅の見分けがつくではないかと話したこともある。

「何かに役立つとは思えぬが」

多聞丸は手綱を握り直しつつ零した。

「そのようなことはありません。現に今も組が離れたことを言い当てられた」

「合っているかどうかも判らぬぞ？」

多聞丸は苦笑した。あくまで己がそう感じただけであり、その通りだったとはまだ言い切れない。

「切り離すとすれば今頃です。拙者は当たっていると思います。後に確かめればはきとしましょう」

久方の波陣で高揚しているのか、大塚はいつになく饒舌《じょうぜつ》に続けた。

「先ほど川の深浅も判ると申されましたな」

「まあ、そうだ」

「これも戦に必ずや役立ちます。これは……御父上でも出来なかったことです」

大塚は前を見据えたまま断言した。その口元が微かに緩んでいる。

「父上にも……か」

多聞丸は吐息混じりに漏らした。

父は類稀《たぐいまれ》なる才を持って生まれた人であった。だがそれに胡坐《あぐら》を掻《か》くことなく軍略を学ぶ勤勉さもあり、楠木党を取り纏める統率力にも優れ、民に対しても深い慈愛を持って接する。そのような完璧な父より勝ることは一つも無いと、ずっと思ってここまで来た。

色の違いを見極めるのに長けている。たった一つ、そのような些細なことでも、父に勝ることがあったとは驚きである。

「なるほどな」

多聞丸はぽつんと呟き、香黒に身を委ねて空を見上げた。己の見ているこの蒼い色と、皆が見ている色は違うかもしれない。さらに一人ずつ違った色に見えていることも有り得る。

それは色に限ったことではない。事象は一つであったとしても、人の数だけ見え方が異なるのだろう。南北に朝廷があるこの時代は、何よりそれをよく表しているといえる。

「御屋形様、間もなく」

大塚に呼ばれて、多聞丸ははっと我に返った。

「太子だな」

聖徳太子由来の地、太子に入る。未だ弁内侍と思しき一行は見つかっていない。しかし、もう少しすれば、どちらにせよ波が戻って来るだろう。

「ここから忙《せわ》しくなるぞ。気を引き締めよ」

多聞丸は改めて本陣に呼びかけつつ鐙を鳴らした。


太子でもそれらしき一行は見えない。左翼後方の野田道之助が一組切り離し、さらに詳しく村々に聞いて回る段取りとなっている。

そこから古市に向かう最中、初めて本陣に伝令が駆け込んで来た。

「間もなく田原本《たわらもと》にまで至りますが、女官一行の姿は全く見えず。続いて櫟本《いちのもと》へと向かいます」

右翼後方、野田弦五郎に属する組の者である。やはり多聞丸が空の色が変わったと言った辺りで、分かれて探索に向かったらしい。

「櫟本には北朝に与《あずか》る者も多い。気を付けよ」

「承知」

伝令はすぐに馬首を巡らせて自分の組へと戻っていく。再び上手く合流出来るかは判らない。叶わなければ、折を見て単独で東条の楠木館へと引き返すだろう。

さらに入れ替わるように伝令が来た。こちらは次郎が指揮する五組のうちの者である。

「次郎様は五組中、二組を波として飛ばされました。我らは斑鳩《いかるが》に向かっておりますが、これはという一行には巡り合えず。斑鳩の後は奈良へ」

伝令はそこまで一気に話すと、大きく息を吸い込んでさらに言葉を継いだ。

「もう一組は奈良を探索。我らの組が来る頃には奈良を任せ、大和路まで足を延ばすとのこと」

「大和路か。帰れるか?」

多聞丸はすかさず訊いた。次郎は当初予定していたよりも探索の範囲を広げている。何か思うところがあったのだろう。それは個々の大頭の判断に任せてあるから何も言うまい。ただ大和路まで入って戻れるのか。ことの成否にかかわらず、払暁までに楠木館に戻ることだけは厳守なのだ。

「木津《きづ》辺りを際《きわ》とするとのこと。それ以上進めば北朝の手の者に見つかる恐れもあり、戻ることも厳しいとお考えです」

「解った。無理はするな」

「承りました」

伝令は力強く頷くと、どうと馬の脚を緩め、弧を描くようにして来た道を戻っていった。

時に蹄の音を強め、時に馬脚を緩め、楠木党は進む。田仕事をする百姓たちの中には、すわ戦かと驚く者もいたが、摂津で大量の荷が揚がるため、数を持って護衛に行く途中であると言い放った。

噂というものは馬の脚の何倍もの速さで伝わる。全ての者に教えてやれずとも、そのことは風の速さで伝播して落ち着きを取り戻させるだろう。

やや進み過ぎているということで、古市で予定していた休息を半刻から一刻へと増やした。そこでも一騎の伝令を受けたが、やはり手掛かりはない。一行を見た者も、見かけたという噂を聞いた者も皆無だという。これを受け、多聞丸はまだ断定するには早いものの薄々、

——大和は無いのではないか。

と、思い始めている。

大塚に密告してきた女孺の話に拠ると、弁内侍は駕籠に乗って出立した。駕籠ということは当然、担ぐ者が必要である。四人で担いでいるらしいが、交代する者をさらに二人連れているという。これも近場は無いと判断した理由の一つである。

さらに女房が二人、護衛を務める青侍が三人同行しているとの話だ。弁内侍も含めると十二人という一行になる。これが一切、誰の目にも触れないということは有り得ないからだ。

柏原に進んだあたりで、残って太子を探る組の伝令が駆け込んで来て、

「それらしい一行を見たという翁《おきな》がいました!」

と報じた。どうも太子の真ん中を通る大道ではなく、それと並んで通る脇道でのことらしい。人目を気にしているのかとも思ったが、それならばこれだけの人数で行くのはおかしい。詳しく聞けば、その脇道沿いに水が湧くところがあり、それを使って一休みしていたらしい。一行の中に土地

勘のある者がいるのだろう。

「それは何時《いつ》の話だ。どちらに進んだ」

多聞丸は矢継ぎ早に訊いた。

「古市の方へ、つまり此方《こちら》の方へと進んだとのこと。我らが太子に至る一刻半ほど前です」

「一刻半か……」

多聞丸が頭で数を繰り始めた時、新兵衛が早くも口を開く。

「駕籠が一刻で二里行くとし、我らが一刻で五里進むとします。さすればすでに一里半ほどに迫っているということになります」

「早いな」

大塚は舌を巻くように小さな感嘆の声を漏らした。

「これは……八尾近くが最も怪しいな」

「左様」

多聞丸が見立てると、大塚は満足げに頷いた。

弁内侍は一泊するとは言い残して出なかった。何らかを警戒して敢えて言わなかったという線もあるが、それはそれで吉野の者に心配を掛けてしまう。これまでのことを鑑みれば、弁内侍はそこまで強く警戒している訳ではない。女孺に話さなかったのは念のためか、あるいは真に私のことで話すほどではないと考えていたといったところか。ともかく弁内侍と思しき一行は限りなく近い。

「今すぐ発つ」

ここが切羽《せつぱ》と考えた。多聞丸は休息を切り上げさせると、再び本陣を動かすことを決めた。

柏原から八尾へと向かう。予定より早く動いたため、先陣を行く野田の組に追いつくかもしれない。そのように考えていた時、前のほうから伝令が引き返して来た。その野田が率いる組の者である。

「何故、ここに」

伝令は驚きの表情になった。本当ならば本陣と合流するまで、まだ四半刻は掛かるはずなのだ。

「女官と思しき一行を見たという話が舞い込んで来た。恐らくこちらの方角、しかも然程遠くはないということで動くことにした」

大塚はつらつらと事情を説明した。

「何かあったのか」

多聞丸は問うた。

今日、野田が後方の本陣に波を飛ばしたのは初めてのこと。余程のことがあったのだと窺えた。

「擦れ違った行商に訊いたところ、この近くで不穏な一行を見たと」

「弁内侍か」

多聞丸は馬上から身を乗り出した。

「いえ、それが……」

伝令は深刻な面持ちになって続けた。

「男ばかりの衆です。その数、三十余と申しております」

うち馬に跨《また》がる者が数人。残りは徒歩。いずれも腹巻か腹当《はらあて》を身に付けており、中には箙《えびら》を背負って弓を手にしている者もいたという。

「何処で見た」

「久宝寺《きゅうほうじ》の近く。信貴山《しぎさん》に向かっていたとのこと」

「高安《たかやす》の辺りか。野田は弁内侍と関わりがあると？」

「それは判りませぬ。しかし、それほどの数で動く者どもは尋常ではない。野田様はそのように仰せになっていています」

「如何に思う」

多聞丸は左右に尋ねた。

「何処かの悪党とは思えませぬ」

「それは野田様も」

大塚が答えると、伝令が野田も同意見だと伝えた。二人とも畿内の悪党は大小問わず頭に入っている。この時、この場所に、この数で動く悪党はいないと断言する。

「我らに呼応したのでは……」

新兵衛が不安げに漏らした。

楠木家が挙兵したと勘違いし、この辺りの豪族が動いたか、あるいは北朝が兵を出して探りに来たのではないかということである。今の楠木家にとってそれは望ましくはない。

「それも考えにくい」

大塚は首を横に振った。

まず一つ、波陣に加わる者はいずれも腹巻、腹当だけで、多聞丸も含めて大鎧《おおよろい》を付けた者はおらず、誰一人として兜《かぶと》を被ってもいない。これでは「出陣」とは誰も思わないはず。

さらに河内は楠木党の勢力範囲であり、豪族たちも傘下にある。幾ら大人数で訝しんだとしても、数人を派して、

――何か出来したのでしょうか。

と、尋ねて来るのが関の山であろう。

さらにここまで己たちは可能な限り急いで来たのである。北朝に伝わり、兵を派して、この辺りにまで探りに来ることは有り得ないのだ。

「つまり我らとは関わり無く何者かが動いているか……」

大塚は窺うように顔を覗き込む。

「あるいは我らと同様、弁内侍を追っているかだな」

多聞丸が言うと、大塚は口を結んで頷いた。

他に弁内侍を追っている者がいるとすれば、真っ先に思い浮かぶのは一人。高師直である。こちらが女孺から動きを探っていたように、師直も近くに内通者を作っていたとすれば有り得るのか。いや、それもまた考えにくいのではないか。

東条のほうが京よりも遥かに吉野に近いのだ。内通者が報せるのも、ここに駆け付けるのも、己たちよりも時を要する。その一団が真に師直の手の者だとするならば、考えられるのは――。

「弁内侍はすでに罠に掛かっているかもしれぬぞ」

多聞丸は絞るように言った。皆の顔がさっと曇った。皆、最悪の事態が頭を過《よ》ぎったのである。

「野田に伝えよ。その胡乱《うろん》な一団を――」

「二組割いて追っております」

「よし」

こちらが指示を出すまでもなく、野田はその一団が進んだ方に波を飛ばしている。

その者らのいるところが、

——弁内侍の居場所。

であるかもしれない。いや、その見込みは極めて高いのではないか。

「御屋形様」

大塚が決断を迫る。このまま予定通りに本陣を進めるのか、それとも進路を変えてその一団を追うのかということだ。

行商の言う通りだとすれば敵は三十人を超える。野田の二組だけでは太刀打ち出来ない。本陣は二十七人であるため合流すれば互角であるが、その代わりそこで波陣は崩壊し、これより先の細かな探索は厳しくなる。

ほんの一瞬のことである。多聞丸は思考を激しく巡らせると、細く息を吸い込み、一気に下知《げじ》を放った。

「五騎を残して波を続ける。決められた時刻通りに進め。空振りだったとすれば生野《いくの》にて合流する。さらに五騎は右翼の次郎を探してこちらに向かうように伝えろ。高安ならばそう遠くないはずだ」

波陣を続行する者、次郎に合流する者を選抜すると、多聞丸は高らかに叫んだ。

「残る十七騎は高安に向かうぞ！　続け！」

「応!!」

ばっと本陣が三手に分かれた。多聞丸は鬣《たてがみ》が口に触れるほど前のめりとなって、

「いけるか」

と、訊いた。間髪を容れずに香黒が鼻を鳴らす。誰に向かって問うているのだと言わんばかりに。

十七騎が濛々と砂埃を舞い上げて疾駆する。高安の地に向けて。

※

河内国高安郡は古くは多くの豪族が乱立する地であったらしく、かなりの数の墳墓が残っている。後には物部氏《もののべうじ》が治めることになり、対立する蘇我氏《そがうじ》との間で度々戦になったとも伝わっている。

しかし、山麓部にある高安は決して肥沃《ひよく》な土地という訳ではない。西側にはかつて海が迫っていたため湿地帯が広がっており、海の名残である北方の池などに流れ込む川が氾濫することもしばしばある。そのため、田畑を作れる場所は存外少ないのだ。

「ぬかるみに気をつけよ」

大塚が皆に注意を促した。

乾いた蹄の音が消え、やがて代わりに微かな水音が立つようになったのだ。湿地帯に入った証しである。

その後、すぐに幾筋もの川が目に入った。水面は秋風に波打ち、陽の光が差し込んで星屑《ほしくず》が降って来たかの如く煌《きら》めいている。

「見当たりませんね」

新兵衛の声に焦りが滲んでいる。

「真にいるならば東だ」

多聞丸は言い切った。確実という訳ではないが、根拠が無い訳でもない。生駒《いこま》山地の西側は湿地のせいで、村々は生駒山、信貴山の麓に当たる高いところに多く集まっている。弁内侍が何処かを訪ねようとするならば、その辺りだと見込まれる。

「御屋形様、前から馬が来ます！」

これまで一切の無駄口を叩かず、黙々と同行してきた石掬丸が叫んだ。手綱から手を離し、向かう先を指差している。石掬丸は目も頗《すこぶ》る良く、皆よりもいち早く気付いたのだ。

確かに此方に向け、一騎が向かって来る。しかし、馬上には人の姿は無い。いや、遠目には判らなかったが、馬上に突っ伏しているのだ。味方であるとは限らぬため、

「誰か」

と、大塚が鋭く問うた。

声に反応し、馬上の者がゆっくりと頭を上げた。

「止まれ！」

多聞丸は手を掲げた。野田が送ったという組に属していた者、野田の郎党で山田という四十絡みの男だ。額から夥《おびただ》しい血を流しており、その顔は朱《あけ》に染まっている。

「石掬丸」

「はっ」

すぐに石掬丸が鞍から飛び降り、向かって来る山田の馬を宥《なだ》めるようにして脚を緩めさせた。

「無事か」

多聞丸も香黒から降りて駆け寄り、石掬丸は他の者の手も借りて馬から降ろした。躰《からだ》を検《あらた》めたが他に傷は無い。山田は多くの血を流して意識が朦朧《もうろう》としているものの、幸い命に別条は無いだろう。石掬丸が晒《さらし》を取り出して額を押さえて血止めを行う中、山田は絞るように呼んだ。

「御屋形様……お伝えします……」

「ああ、頼む」

多聞丸は下唇を噛みしめて頷く。

「件の一団を見つけました……」

山田は上がる息を抑え込んで懸命に復命した。

野田が発した二組は信貴山麓に迫ったところで、手分けして村々を探そうとした。軽い打ち合わせをしていたその時のことである。一人が遠くに人影を見つけた。

弁内侍一行ではない。行商が見かけたという怪しい一団である。弁内侍に関わりがあるのではないかとは野田も言っていたこと。二組十騎は馬を駆って一団に迫り、声が届く距離にまで来たところで、

――楠木の者だ。そなたらは何処《いずこ》の御方か。

と、呼び掛けた。この時まで油断はしていなかったものの、一団は逃げる素振りも見せない。それどころか満面の笑みを見せながらこちらに近付いて来たので、少しばかり心が緩んだのは事実だという。一団の中から物頭らしき者が進み出て、

――これは丁度良かった。我らは山城国田原《たわら》より、ご相談したいことがあって楠木殿を訪ねて参ったのです。

目尻に皺を寄せつつ話しかけて来た。楠木党の物流網に加わって商いをしたいなどと訪ねて来るのは珍しくない。この者たちもそのような類かと頭を過ぎったその時、物頭格がさっと手を上げたのを合図に一斉に襲い掛かって来たという。

ここまで近付いてしまえば騎馬の強みは生かせない。むしろ小回りが利くだけ徒歩が有利である。

――散れ!!

誰かが咄嗟に叫んだこともあり、大半は離脱したと思われる。が、四方八方から降り注ぐ刃を受け、しがみつかれて馬から引きずり降ろされ、少なくとも二人が逃げられなかったのは見たらしい。

山田は太刀の一撃を受けたものの、大きく仰《の》け反《ぞ》って致命傷を免れた。地に落ちた仲間が敵にしがみつき、御屋形様にと連呼する。山田は必死に馬首を巡らせ、白刃を掻い潜って離脱。眩暈《めまい》と吐き気を耐え忍びつつ、何とかここまで駆けてきたという次第である。

「誰だ……金毘羅の残党も有り得るのか……」

大塚が独《ひと》り言《ご》ちた時、晒を鮮血に染めた山田は微かに首を横に振る。

「いえ……気になることを耳にしました」

混乱の極致にある中、敵の中の一人が、やはり捕らえるに留めるべし、このままでは楠木と戦になりましょうと、物頭に狼狽しつつ訴えていたという。それに対して物頭は、

――楠木何するものぞ。戦になればその時のこと。

と、不遜に笑い飛ばすのを確かに聞いたらしい。

「すぐに向かう!」

多聞丸は片膝を突いたまま強《したた》かに命じ、薄目を開ける山田の顔を覗き込んだ。

「山田」

「解っています……」

敵の数が多い。一人でもここに残す余裕は無いことを、山田も理解している。

「まだ息があるかもしれません……お願い致します」

山田は掠《かす》れた声で訴えた。

「必ず迎えに来る」

木陰に山田の躰を運ばせると、多聞丸は再び香黒の背に跨った。香黒も憤りを感じているのだろう。常よりも明らかに鼻息が荒い。

「追うぞ」

多聞丸の静かな号令でまた駆け出す。弁内侍から謎の一団に標的が変わっている。いや、その一団の向かう先こそ、弁内侍の居場所で九分九厘間違いない。さらに謎の一団でもない。こちらにも確信に近いものを感じている。

「そやつらは師直の手の者だろう」

多聞丸が頬で風を切りつつ言うと、大塚も即座に頷いた。

「ほぼ間違いないかと」

「如何に」

多聞丸は短く問うた。楠木家は北朝に降《くだ》る。今は直義に繋がる方を優先としているものの、師直に至る道も同時に模索している最中である。場合によっては、その道が閉ざされることになる。

「御屋形様の心のままに」

「師直は捨てる」

「御意」

大塚は止めることなくすぐに応じた。

「すまない」

「いえ、先に判ってようございました」

大塚の目には恚《いかり》が滲んでいる。

己たちは師直を見誤っていた。この男、一刻も早く南朝と戦をしたがっている。

北朝で最も戦が上手い師直が功を稼ぎ、派閥を大きくするには南朝との戦が最も手っ取り早い。

南朝が降ることなどは望んでいない。あっという間に決着がつくことさえ嫌うだろう。長く混迷が続くほど、自らの価値は上がるとさえ思っているかもしれない。つまりそのような師直と繋がるなど土台無理。楠木党は端《はな》から直義に賭けるしか無かったのだ。

「備えよ」

多聞丸は低く命じた。山田たちが襲撃を受けた場所だろう。一町ほど先、道端に数人が集まっているのが見えた。恰好から見るに百姓である。が、もはや一切の油断はせぬ。倒れた楠木党の者を餌にし、百姓に化けて罠を仕掛けていることも有り得るからだ。

百姓たちは此方に気付いて、あっと声を上げた。中には慌てて逃げようとして転ぶ者もいる。

「楠木の者だ！」

大塚が錆《さ》びの利いた大音声を発した。すると百姓たちは、おおと嘆息を漏らして落ち着きを取り戻した。傍に行くと倒れている者が二人。年嵩《としかさ》の百姓が話すところに拠ると、田仕事をしていた時に、馬の激しい嘶きが聞こえて乱闘が始まったという。畦に伏せて隠れていたが、やがて物音が収まって恐る恐る頭を出した。すると人が倒れているのが見えて近づき、次第に近くにいた者も集まったということだ。

「駄目です……」

石掬丸が真っ先に飛び降り、倒れている者の脈を取った。全身に幾太刀も受けて絶命している。百姓が言うには駆け付けた時には、すでに息をしていなかったらしい。

「こちらはまだ息が！」

新兵衛がもう一人の脇で叫んだ。昏倒しているもののまだ脈がある。息が微かであったため百姓たちも気付かなかったらしい。

「助かるか」

「判りません。しかし、放っておけば確実に死にます」

「よし、一人残す。お主ら力を貸してくれぬか」

「貴方様は……」

百姓の一人が思わずといったように漏らした。

「御屋形様だ」

「えっ――」

大塚が言うと、百姓は驚きに声を詰まらせる。多聞丸は改めて頭を下げた。

「頼む」

「め、滅相もない。勿論でございます！」

百姓たちは口々に約束してくれた。

「二手に分かれますか」

大塚が伺いを立てる。この先、道が二手に分かれている。ここに一人を置いて残り十六騎。確実に逃さぬためには八騎ずつで追い掛けるしかない。

「あ、あのう……あの者たちならば、あっちに向かうのを見ました」

まだ若い百姓が一方を指差す。他の者は隠れて見ていなかったものの、この者は勇気を振り絞って様子を窺っていたらしい。若い百姓は心苦しそうに詫びた。

「助けに入れず申し訳ございません……」

「いや、よくぞ見ていてくれた。助かった」

「はい！」

多聞丸が礼を述べると、若い百姓は目を輝かせて頷いた。

教えられた道の方へ、多聞丸たちは猶《なお》も疾駆する。香黒がやや高く嘶くと、他の者の乗馬も遅れて後に続く。まるで会話しているかのようである。彼らも感じているのだ。その時が近いことを。なだらかな坂に差し掛かり、楠木党十六騎は砂を撥《は》ねて駆け上る。坂道に遮られていた景色が戻ったその時、多聞丸は小さく呟いた。

「いた」

三町ほど先、人の群れを目に捉えたのだ。

「女官もいるようです！」

またいち早く見立てたのは石掬丸であった。蠢《うごめ》く人の群れの隙間に駕籠を見たと言う。

間もなく多聞丸も見た。男たちの塊は遠目には黒に近い灰。墨絵に朱を落としたかのような鮮やかな色がある。女官たちが身に付けている着物であろう。

「気付いたようです」

大塚はこの時も、いやこのような時だからこそ落ち着いている。距離が二町ほどとなったところで、群れの騒《ざわ》めきが大きくなったのだ。

「このまま切り込む」

「はっ」

大塚から指示が飛び、左右から八騎が抜き去ったことで、自然と多聞丸は中央へと移ることとなった。突撃の構えである。

多聞丸が腰間から小竜景光《こりゅうかげみつ》を解き放つと、大塚らも一斉に太刀を抜き払った。この段に敵も並ではないことも判る。狼狽を見せたのも束《つか》の間《ま》、得物を引き付けて此方を待ち構えたのである。

最早、問答はいらぬ。多聞丸は景光を前に掲げて吼《ほ》えた。

「掛かれ！」

楠木党十六騎、気勢を上げて突貫した。怯むな、迎え撃て、返り討ちにしろ、などの男たちの叫びに、甲高い女の悲鳴が入り混じる。

先頭を行く郎党たちが太刀を振るい、敵の四、五人が絶叫と共に吹き飛んだ。一方、こちらも馬をやられて吹き飛ばされる者もいる。敢えて馬から飛び降りて斬り掛かった者もいる。

大塚は雷撃の如き突きで、新兵衛は柔らかく水を掬い上げるような一閃《いっせん》で、石掬丸は馬上から礫《つぶて》を放って敵を沈める。多聞丸の景光も擦れ違い様に一人を屠《ほふ》った。

――いる。

敵の群れを貫く中、多聞丸は目の端に駕籠を捉えていた。何が起こったのか要領を得ないのだろう。外の様子を窺うべく、少し避《よ》けた御簾《みす》の先に、強張った女の顔がある。

「新兵衛！　石！」

「承知！」

二人はそれだけで意図を察し、馬からぱっと飛び降りて駕籠の近くに走った。

以心伝心はこちらだけではない。香黒は速く強いだけにあらず。他の馬には無いほど繊細に脚を使う。その場で反転して再度の突貫の構えを見せる。

「河内で勝手をさせるな！」

「応！」

奇襲を受けてなお踏みとどまろうとする敵もさることながら、楠木党の威勢はそれを遥かに凌ぐ。敵はすでに手勢を半数近くに減らしているのに、こちらは怪我を負っている者が数人というところ。明らかに押し捲《まく》っている。

「次郎様です！」

石掬丸が嬉々とした声を上げた。己たちが来た坂道を越え、一群の騎馬が砂埃を舞い上げながら向かって来ていた。

その数はざっと見ても二十騎を超える。こちらの新手が出来《しゅつらい》したことに気付き、物頭らしき男が斬撃を弾きながら忌々しげに叫んだ。

「退け！」

それを合図に敵は蜘蛛の子を散らすように逃げ出した。少し離れたところにいた馬に跳ね乗る者、徒歩のまま稲穂の揺れる田園に飛び込む者など様々である。

命《めい》がなければ死すとも踏みとどまり、命があれば一転して恥も無く四方八方に一斉に逃げる。このような事態を想定し、相当な訓練を積んでいるのは明らかだった。退却時に集結する場所も予め決めているのだろう。

転がっている者は八、九人。依然、敵のほうが数も多く、こちらの郎党たちも誰を追うべきかの一瞬の迷いが生じたのは確かである。中でも逃げ遅れた者を二人仕留めたものの、これ以上の追撃は無理と悟って止めさせた。多聞丸は散り散りに逃げる敵を目で追いながら、

「息のある者を」

と、配下に命じた。まずは介抱した上、捕らえて尋問を行わねばならない。

「待て――」

「止めろ！」

郎党の吃驚《きっきょう》の声が聞こえ、多聞丸は振り返ってすぐさま叫んだ。

取り残された者のうち、まだ息のある者が刺刀《さすが》で自らの喉を掻き切ったり、腹に突き立てたりしたのだ。郎党たちが駆け寄って腕を摑もうとするが間に合わない。

この異様ともいえる光景に、女たちの甲高い悲鳴が再び上がる。女官の一人は悪い夢を見ているかのように茫然《ぼうぜん》自失となっていた。

首を斬った者はすぐに絶命。腹を貫いた者も悶絶しており間もなく死ぬだろう。他は戦いの中ですでに絶命していた者、一人だけ意識を失っていた者もいるがすでに虫の息である。

地に降り立った多聞丸の横に、大塚が近付いて来た。

「御屋形様……」

目的を達せられなかったとはいえ、ここまでする連中は、大塚でさえもこれまで見たことが無いと言う。

「迷いが無かったな……」

「はい。質《しち》がいるのかもしれません」

囚《とら》われる恐れがあれば、自死せよと厳命されていると考えられる。とはいえ、どの者も一切の躊《ちゅう》躇《ちょ》を見せなかった。言われた通りに為さねば、身内に累が及ぶといったことがあるのかもしれない。

「やはり高家の者か」

「恐らくは」

大塚は低く答えた。この者たちの精強さ、統制の取れた様、そして瞬時に自害する覚悟。野盗の類は疎《おろ》か、そこいらの悪党でも有り得ない。

すでに限りなくそうだとは思っていたが、もはや間違いはないだろう。麾下に綺羅《きら》星の如き精兵を抱え、冷酷非道にして神仏をも畏れぬ男、高師直の仕業である。

「兄上！」

次郎が配下を引き連れて辿り着いた。

「よく来てくれた」

こちらも楠木党きっての精兵ばかりだったこともあり、怪我人はいるものの死人は出さずに済んだ。だが次郎が駆け付けるのが遅ければ、こちらからも死ぬ者が出てもおかしくはなかった。それほど相手も手強かったのである。

「これは」

次郎は凄惨な光景に息を呑んだ。

「周りに気を配ってくれ」

詳しいことは後にして、多聞丸はまずそう命じた。あれが敵の全てとは限らない。この場からは遁走したものの、援軍を呼びにいったことも考えられる。まだ気を緩める訳にはいかなかった。

次郎が周囲の警戒に当たる中、年嵩のほうの女官が恐る恐る口を開いた。

「あ、貴方方は……」

その声は小刻みに震えており、顔は紙の如く白くなっている。

襲ってきた連中を退けてはくれた。とはいえ、自分たちの味方かどうかは判らない。最悪の場合、この者たちも拘引しようとするのではないか。そのような疑念が目にありありと浮かんでいる。

「楠木です」

多聞丸は短く名乗った。

「あっ――」

女官は小さな吃驚の声を発した後、全身の力が脱けたようになり、安堵の表情へと変わった。

「新兵衛」

「ご無事です」

新兵衛は駕籠を一瞥して頷いた。

乱戦の中、新兵衛と石掬丸は駕籠を死守した。敵も殺すのが目的ではなかったのだろう。いや、殺してはまずかったのだろう。新兵衛たちを除こうとはしたものの、駕籠に太刀を刺し込もうなどとはしなかったらしい。

「お待ちを」

女官がはっとして駕籠に近付いた。御簾が内側から押されていたのだ。その手は柳枝の如く嫋《たお》やかで、肌はまるで雪のように白かった。

やがて女官によって御簾が上げられて姿が顕《あら》わとなった。先刻、敵の群れに突っ込んで擦れ違った時に目が合った女、

――これが弁内侍。

と、見て間違いない。

二重瞼《ふたえまぶた》ではあるものの切れ長の涼しげな目、一切迷いなく通る高い鼻梁、やや口角の上がった口元、薄紅色の唇が白い肌に恐ろしいほど映える。得も言われぬ上品さがあるのは間違いないが、何処か艶《つや》やかな色香も滲んでいる。刺すほどの美しさであった。

「おお……」

女官の手を借り、弁内侍が駕籠から出たところで、郎党の中に嘆息を漏らす者があった。そのようなつもりは無かったが思わずといったところであろう。絶世の美女という噂に違《たが》うことはなく、これは一目見ようとする者がいるのも納得する。

「無事でしたか」

弁内侍は女官に向けて尋ねた。声もまた、珠《たま》を転がしたような玲瓏《れいろう》たるものである。

「はい。怪我もなく」

「他の者は？」

弁内侍は細い首を回した。

「女は無事でございますが……」

護衛に付いていた青侍三人が悉《ことごと》く斬られたことを女官が告げる。

「そうですか」

弁内侍は目を伏せて、薄い唇をきゅっと結んだ。長い睫毛《まつげ》が微かに震えているように見える。

「こちらは……」

暫しの静寂の後、女官が己たちのことを紹介しようとする。が、皆まで言い終わるより前に、

「聞こえていました」

と、弁内侍は遮るように言った。

「こちらは内侍司にお仕えする典侍《ないしのすけ》、弁内侍様でございます」

女官は改めて紹介する。駕籠に乗っていたことだけではなく、その美貌から察しがついており、もはや誰も驚きはしなかった。女官はさらに言葉を継いだ。

「私は御側にお仕えする稲生《いのう》と申します。この場の御大将は……」

稲生と名乗った年嵩のこの女官は、此方の衆を見渡した。

先ほど楠木とは名乗ったものの、それは楠木家、楠木党の者といった意味に取ったらしい。また名乗ったのは多聞丸であるが、これはたまたまであって、他に集団の頭を務めている者がいると思ったのだろう。

当主自ら出張っているなどとは思わないし、また己のような若造が頭と思わなかったのも無理は

無い。その証左に稲生は大塚が頭だと思ったらしく、動かしていた視線をそこで止めた。

「拙者は……」

大塚が口を開いて説明しようとした時、弁内侍が静かに窘《たしな》めた。

「稲生、違います」

「は……」

意味を解しかねる稲生をよそに、弁内侍は多聞丸の前へと歩を進めた。

「御大将ですね」

「左様」

えっと女官たちが驚きを見せる中、弁内侍はさらに続けた。

「楠木左衛門尉《さえもんのじよう》様とお見受け致します」

「その通りです」

女官たちの吃驚がさらに大きくなる。稲生などは無礼をしたと思ったようで、あからさまに狼狽して頭を下げた。

「まず御礼を申し上げます」

弁内侍は香るような所作で頭を下げた。いや、真に香りが鼻を擽《くすぐ》った。弁内侍の動きで生まれた微かな風の中に、仄かな甘さが含まれていたのだ。着物に香を焚きしめているのだろう。

——まず……か。

多聞丸は頬が苦く緩みそうになるのをぐっと堪えた。その言葉の中に何か含みがあるように感じたのである。

「あの連中が戻って来るかもしれません。一刻も早くこの場所を離れたほうがよいでしょう。我らがお護り致します」

多聞丸は過ぎった思案をおくびにも出さずに言った。

「お尋ねしたいことがあります」

弁内侍は意志の強そうな目を向ける。光の加減か瞳がやや瑠璃色《るりいろ》掛かって見えた。

「それは構いませぬが、今は……」

「お尋ねします」

まずは離れる段取りを。そう言い掛けるのを、弁内侍は遮るように繰り返した。この弁内侍の態度は見様によっては不遜であろう。大塚はやや顔を険しくし、新兵衛は目を細めている。多聞丸もおやと思わぬでもないが、ふっと息を漏らして応じた。

「何でしょうか」

「如何なる訳でしょうか」

「と、申しますと?」

それだけでは解るはずがない。多聞丸は呆れを殺しながら穏やかに訊き返した。

「何故、楠木様はここに来られたのでしょうか」

これも人によっては、助けに来ずとも良かったという風にも聞こえるだろう。稲生もそう取られかねないと感じたようで、

「弁内侍様」

と、囁き声で諌《いさ》めた。

「稲生、暫し」

弁内侍は一瞥もせずに手で稲生を制した。多く話すのは損とでも思っているのか。弁内侍はとにかく言葉数が少ない。

「ここは河内です」

己も知らぬうちに苛立っているのか。あるいは釣られてしまったのか、多聞丸もまた短く答えた。

「それは……」

「我らが治める地だということです」

多聞丸ははきと言い切ると、深く息を吸って続けた。

「領内を見回っていたところ、胡乱な者どもが貴方方を襲っているところを見掛けた次第です」

「嘘を仰《おつしや》いますか」

多聞丸が言い終わるや否や、弁内侍は鋭く言い放った。

その瞬間、場が凍り付く。大塚はもはや呆れ顔を隠さず、新兵衛は細く溜息をつき、石掬丸でさえ不快そうに眉を八の字にしている。一方、女官たちは、おろおろと取り乱していた。

「何故、そのように思われるのですか？」

「先刻、楠木様はそちらの御方に、やはり高家の者かと尋ねておられました」

野盗ということもあり得るし、仮に北朝の者であったとしても、彼らが高家の麾下とは限らない。だがその口振りであると、端から襲撃者が高家の手勢だと予測していたということになると弁内侍は話した。

「地獄耳ですな」

多聞丸は遂に苦い息を漏らしてしまった。聞かれているとは思っていなかったし、仮に聞こえていたとしても読み取られぬと侮っていたのは確かである。弁内侍はきっと目を鋭くして核心を突く問いを放った。

「高師直が私のことを狙っている。それを知っておられたのでしょう？」

多聞丸は眉を開いた。こうして追うことになり、未だ見ぬ弁内侍を脳裡《のうり》に思い描いていたのは確かである。が、想像とはあまりに乖離《かいり》していた。

助けてやったなどとは思わぬが、感謝の言葉もそこそこに詰問を受けるなどとは夢にも思わなかった。郎党たちもどのように答えるのかと己の顔色を窺っている。

何故、己たちが返答に怯えねばならないのだという馬鹿々々しさ、面倒な気持ちが頭を擡《もた》げ、多聞丸はどうにでもなれと口を開いた。

「左様。よく解りましたな」

郎党たちがあっと声を上げる。大塚は眉間を摘まんで口を八の字に曲げている。

「お認めになりましたね」

弁内侍は鬼の首を取ったように誇り顔になる。

「それは、それは、噂になっていますからね」

高師直の手の者が、寺社などを訪れて弁内侍の再来訪はいつかと探っている。そのことが己の耳にも入っているのは事実だ。

「それだけではありません。今日、私たちが襲われることもご存知であったはず」

「その通り。それも何故、お気付きに？」

「馬の息遣いです」

弁内侍は即座に答えた。己たちの乗る馬の息が頗る荒かった。これは意志を持って急ぎ駆け付けた証しであると話した。

「らしいぞ？」

多聞丸が首だけで振り返って問うと、香黒は心外だと言わんばかりに鼻を鳴らした。

「楠木様の馬は別です。相当に優れているのでしょう。但し、他の皆様の馬は一様にそうでした」

「そうですか」

多聞丸がふわりと答えたのと、香黒が続けて低く嘶くのが同時であった。時折、香黒は人語を全て理解しているのではないかと思える。もしそうだとするならば、今の嘶きはよく解っているではないかというところか。

「しかし、襲われるところを見た者が助けを呼びに走り、我々と出くわしたということも有り得るでしょう？」

多聞丸は首を傾げた。もはや隠すつもりはないのだが、あまりに賢《さか》しげに話すものだから意地悪心が芽生えてしまった。

「先刻、楠木様は見掛けたと。確かにそう仰いました」

「そうでしたな」

これは手玉に取られた恰好になり、多聞丸は苦々しく零した。だが、弁内侍はくすりともせずに続けた。

「そもそもこの広い河内において、偶《たま》さか出くわすとは思えません。しかも襲われている最中に」

「ふむ……」

多聞丸はぞんざいに相槌を打った。弁内侍は目を伏せて一呼吸置くと、顔を上げて睨むようにして低く問うた。

「何が狙いなのです」

「狙いも何も……お助けしようと思ったのは真です。我々も攫《さら》おうとするとお疑いということですか」

多聞丸が言うと、女官たちも有り得ないといったように息を漏らす。己は招聘《しょうへい》を拒んでいるものの、楠木家は南朝側だというのは誰も疑ってはいない。真は北朝側に鞍替えしようとしているのだが――。これがその時が来た時の南朝の者の反応になろう。

「そこまで愚かとは思っていません」

「凄まじい言い様ですな」

多聞丸は思わず鼻を鳴らした。怒りは無い。苛立ちも。もはやそれを通り越して呆れているのである。しかし、弁内侍は逃がさないといったように食らい付いてくる。

「しかし、何らかの思惑があったのでしょう」

「正直に話します。貴方が次に外出するのはいつかと探っておりました」

高師直が弁内侍に執着していることを知った。理由は判らないものの、師直ならば攫うことも有り得ると警戒していた。とはいえ、弁内侍がいつ動くかなど己たちに判るはずもない。そこで南朝の知人に、弁内侍の動向を見守り、もし吉野を出た時には報せて欲しいと頼んでいたと告げた。

「菜桐《なきり》ですね……」

弁内侍は小さく呟いた。

「菜桐?」

多聞丸は首を捻った。己たちに報せた女孺の名である。弁内侍も薄々気付いていたらしい。が、これだけは認める訳にはいかずに惚《とぼ》けた。

「最早、詮なきこと。それは結構です」

「そして、今日になって貴方が吉野を出たことを知ったという訳です」

「そうですか……一つお訊きします」

「もうすでに幾つもお答えしていますが?」

多聞丸の皮肉にも怯むことなく、弁内侍は語調を強くして言った。

「何故、早くに助けて下さらなかったのです」

「何と」

多聞丸はそう絞り出すのが精一杯であった。

「ずっと後を尾《つ》けておられたのでしょう。ならばすぐに助けて下さればよかったのです。そうすれば誰も死なずに済んだものを……」

弁内侍は話しながら、郎党たちが恭しく道の隅に寄せた青侍たちの屍《しかばね》へと目をやった。撫子《なでしこ》色の唇が、小さな肩が、裾をぎゅっと握った拳が小刻みに震えていた。

「誤解だ。我らは見つけてすぐに駆け付けた」

「先刻も申し上げたように、この広い河内で探すことなど——」

「ああ、難渋した。ここにいる者だけではない。もっと多くの者が貴方を探している」

百五十を超える郎党を動員したこと。父正成が編み出した波陣という索敵に適した陣形を駆使し、それで何とか見つけ出したこと。高師直ならばやりかねないとは過ぎっていたが、実際にその動きを摑んでいた訳ではないこと。それでも万が一に備えて捜索したことを、多聞丸は捲し立てるように説明し、

「そのせいでこちらにも死人が出ているのだ」

と、怒りを滲ませて付け加えた。

「えっ……」

これには弁内侍も衝撃を受けたらしく絶句した。

その瞬間、多聞丸の心が沸《ふつ》と動いた。怒りではない。苛立ちでもない。今度は呆れでもなかった。己はこの感情の名を知らぬ。だがそれは刹那で全身を駆け巡り、多聞丸は堰《せき》を切ったように畳み掛けた。

「そもそも貴方は、師直に狙われていることをご存知であった。それなのに何故、悠長に出掛けなさるのだ。朝命ならばまだしも、此度は私用であると仰っていたと聞いている」

「確かに私用ですが――」

弁内侍が被せて反論しようとするが、多聞丸の舌はそれを撥ね退《の》けて動き続ける。

「師直が動かせる数をご存知ないのか。ご存知なくとも容易に想像出来るはず。十や二十ではないのだ。出掛けるにしても、せめて多くの護衛を付けるべきではないか」

多聞丸が息を吸った僅かな間、弁内侍は振り絞るように言った。

「北の方様が逢いたいと仰せだったのです」

日野《ひの》行氏《ゆきうじ》の妻、北の方のことだ。父とされる日野俊基《としもと》が死んだ後、弁内侍を育てたのは俊基の兄である日野行氏と、その妻である北の方という話である。弁内侍にとっては親代わりと言ってもよいだろう。それも承知の上、多聞丸は問い掛けた。

「それも師直の罠ということも有り得る」

「本気で言っておられるのですか……」

弁内侍は怒りを露わにして小さく白い歯を嚙みしめた。郎党も、女官も、もはや止められずに狼《うろ》狽《た》えている。新兵衛は依然として不快げ。大塚も成り行きを見守る覚悟を決めたのか、やはり制止しようとはしなかった。

「私が調べた限り、ここ暫く貴方が外に出られたことは無かった。それは師直が執着していることが耳に入っていたからでしょう。吉野から引きずり出すため、一計を打って来たということは十分に考えられる」

「北の方様がそのようなことを為さるはずはありません」

弁内侍ははきと断言した。

「御方が師直に力を貸しているとは申しません。脅されて致し方なく。あるいは別の者が名を騙《かた》ったということも有り得る。書状はどなたから受け取られた」

「梅枝《うめがえ》……」

弁内侍ははっとして目を泳がせた。

「心当たりがあるようですな」

多聞丸が言うと、弁内侍は疑念を振り払うように首を横に振った。

「梅枝も悪事に手を染めるような者ではありません。昔は私にも――」

「人は変わるのです」

多聞丸はぴしゃりと言い放った。弁内侍はぐっと唇を内に巻き込む。己たちが探っていたのを見破ったことからも、弁内侍は愚かではない。時と共に、関わる者次第で、人は如何様《いかよう》にも変わることを解っている。ただそれが身近な者、親しくしてきた者だと、俄《にわ》かに信じられぬだけだ。いや、信じたくないと言ったほうが適当だろう。

「ともかくこれが師直の罠か否か。待ち合わせの場所まで行けば明らかになるでしょう。お教え下さいますな」

「住吉を詣でる前に高安の……」

弁内侍はこれには素直に応じた。ここまで大事になっては、どちらにせよ約束の地に向かうことは出来ないと悟ったのであろう。それに加え、弁内侍もまた真実を欲しているのだと感じた。

「この後、貴方を吉野にお送り致します。それとは別に待ち合わせの地にも向かいます。そちらを見届けるために、女官の一人を同伴させて下さい」

「解りました……」

「稲生殿、よろしいか」

「はい」

多聞丸がふいに呼んだので、稲生は必要以上に大きな声で返事をした。弁内侍も何も言わないことから、待ち合わせ場所である知人宅に向かうのは稲生に決まった。

「新兵衛、お主が吉野までお送りしろ」

「私が……」

新兵衛は表情に不満を浮かべたが、

「命《めい》だ」

との多聞丸の一言でそれを引っ込めた。

「承知しました」

「次郎はここの片付けの後、波陣を終えて東条へ戻ってくれ」

多聞丸が頼むと、次郎は周囲を窺いつつ手を上げて応じ、

「兄上自ら？」

と、言葉足らずに訊いた。

「ああ、待ち合わせ場所に向かう」

弁内侍の護衛にこそ数を割きたい。大塚、石掬丸などで十騎。これならば敵に遭遇しても、稲生を守りつつ退くことが出来るだろう。

「では、送らせます」

多聞丸が促したものの、弁内侍は駕籠に向かおうとはしない。まだ何か言いたげな様子である。

多聞丸は丸い溜息を漏らして尋ねた。

「まだ何か？」

「もう一つだけ」

よく喋る御方だ。出そうになる皮肉を呑み込んだ。

「何でしょう」

「先刻、河内は我らの地だと仰いましたね」

「ええ」

「それは間違いです」

弁内侍は毅然《きぜん》とした態度で言い放った。一体、どういうつもりなのか。多聞丸は眉を顰《ひそ》めつつ次の言葉を待った。

「日ノ本六十余州、遍《あまね》く帝《みかど》の地です。楠木様は帝から河内を預かっているに過ぎません」

原理原則、建前の上では確かにそうかもしれない。が、今の時代で現実としてそう考えている者は皆無と言ってもよい。ましてや河内の地は、楠木家の先祖、一族が長い時を掛け、多くの汗と血を流し、民と手を取り合って治めてきたものである。

父の代で後醍醐《ごだいご》帝より河内守に任じられたが、これは現状への追認と言ってもよく、仮に任じられずとも楠木党は河内に根を張って生きていったはずなのだ。

言わずともよい。大人になれ。自らに言い聞かせて抑え込もうとした。その時、多聞丸の脳裡に過ぎったのは、昨朝の会話、新平太のあどけない顔であった。

「ならば帝は怠慢ですな」

「取り消しなさい！」

間髪を容れず、弁内侍が悲鳴に似た声を上げた。これは流石にまずいと思ったのだろう。大塚が間に入ろうとするが、多聞丸はそれより早くに口を動かす。

「この世には飢える者がどれほど溢れているかご存知か。病に苦しんで一匙《ひとさじ》の薬も飲めずに死ぬ者がどれほどいるかご存知か。帝の地だと言うのならば、何故にそこに住まう民を救おうとなさらぬのか」

あくまで相手は弁内侍である。だがこれは父の運命を翻弄した先帝に、今また楠木を巻き込もうとする今帝に向けての想いである。いや、長年抱いてきた疑問と言ってもよい。

「それはその地を預けられた者が――」

「そう仰せになると思った。ならば帝は人を見る目が無い」

「貴殿は正気ですか……」

「正気です」

弁内侍は怒りを通り越して怯えるような顔になった。が、糸を吐くような息をし、嬰児《えいじ》を諭すように話した。

「苟《いやしく》も荘園を押領《おうりよう》する者もいます。預けるに相応しくないと見て返すように命じても、手放さぬ者もいます。故に取り返そうとしているのです」

「そのための戦ならば幾ら血が流れてもよいと、幾ら民が苦しんでもよいと仰せか」

多聞丸もまた、黎明《れいめい》の風の如く静かに問うた。

「それは……」

弁内侍は返答に窮したのか唇を嚙み締める。

何に迷っているのか視線を外して暫し考えていたが、やがて意を決したように言った。

「帝とは……それほど尊い存在なのです」

ほんの僅か無言の時が流れる。人の剣呑さなど意に介さず、雀たちは陽気に囀《さえず》っている。多聞丸は風の中に溶かすように真意を告げた。

「私はそうは思わない。誰かのために散ってよい命などない」

帝の血は尊い。それでよい。だが、どれだけ尊いものだとしても、己はそのように思っている。

弁内侍が細く息を吐く。その全身から急激に熱が抜けていくのを感じた。

「楠木様とは到底解り合えそうにありませんね」

弁内侍は冷ややかに言い放った。最早、話す価値も無いと思ったのだろう。その目には呆れというより、軽蔑の色が浮かんでいるように見えた。

「そうかもしれません」

「故に……」

「それとこれは別です。今は河内の安寧のため駆け回っている。今日のように」

故に帝の招きに応じないのかと訊こうとしたのだろう。弁内侍が言い掛けるのを、多聞丸は先んじて制した。

「それは承知しました」

弁内侍は素直に応じた。いや、応じざるを得ないだろう。己たちが河内を見回っており、そして今日の事件を未然に防いだのだから。

「そろそろ」

多聞丸は駕籠に向けて手を滑らせた。これ以上の諍《いさか》いは、いよいよ笑い話にもならない。

高師直の手の者と思しき連中の動向も気に掛かった。

弁内侍も初めて似たようなことを考えたのだろう。駕籠に向かおうとしたが、その前に思い出したかのように、

「最後に名をお教え願えますか」

と、尋ねた。

「それは……」

最後の最後まで苦笑させられる。まず、この段になって堂々と名を訊ける神経に驚きもする。よくよく振り返ってみれば、弁内侍は己を姓と官職名でしか呼んでいなかった。確かに諱《いみな》を呼ぶのは不敬であり、日常で口にすることは無い。

とはいえ、南朝で度々話題に上っているのだから、覚えていてもおかしくないではないか。姓と官職。少なくともこれまで、弁内侍にとって己はそれで十分な存在だったという証左である。これは弁内侍だけではなく、南朝に仕える他の廷臣たちも、全てではなくとも似たり寄ったりな気がした。

「恐ろしいですな」

「え……」

多聞丸は思わず漏らし、弁内侍は怪訝そうにする。

名も知らず、呼びつける。そして十中八九、

——戦え。

と、命じるのだろう。これを恐ろしいと言わずして何と言えばよいのか。悪気は無い。むしろ純粋である。だからこそなお恐ろしいのだ。

今ならばまだ互角に戦うことも出来る。が、いずれ南朝はじりじりと押されていくと見ている。そうなった時でも南朝は同じように命じるだろう。たとえ死すことが明らかであろうとも。父がそ

うであったように。

「いえ……正行《まさつら》です。正しく行くと書く」

期待をしてはならない。多聞丸は己に言い聞かせて素直に名乗った。

「楠木正行……様ですね」

悶着《もんちやく》はあったものの、一応は救ってくれた恩人とは思ってくれているらしい。弁内侍は胸に刻むかのように二度、三度頷いた。

弁内侍が再びお辞儀をして身を翻そうとした時、

「名は」

と、多聞丸は呼び止めた。弁内侍は先刻よりもさらに訝しそうにする。

「すでにご存知ではないですか」

「弁内侍は名ではないでしょう」

内侍は官職。弁は父とされる日野俊基の官職、右中弁《うちゆうべん》に由来する。南朝が己のことを「左衛門尉」と呼んでいるのに等しい。

「それは……」

弁内侍は顔を曇らせた。やはり名はおいそれと教えるものではない。特に女ほどそれは顕著かもしれない。男は位の高い者からは名で呼ばれることはあるが、女はその場合でも官職など、つまりこの者ならば弁内侍と呼ばれる。身内を除いては、ほぼ名を呼ばれることが無いのではないか。

「私は名乗ったのです」

多聞丸はふわりと続けた。名も朧気《おぼろげ》で使役しようとする南朝への反発心もあったかもしれない。

からだろう。

が、それが主ではない。己とは見事に考えが異なるこの女官に、妙なまでに興味を抱いてしまった
「解りました」

弁内侍はこの流れで名乗らぬ訳にいかぬと諦めたのか。いや、ここで引き下がりたくないと思ったのだろう。負けん気が瞳に滲んでいる。

弁内侍は名を告げた。そっと蕾《つぼみ》が開くほど、風に溶けるほど小さな声である。だが弱々しい訳ではなく、むしろ凛とさえしている。

「茅乃《かやの》殿……ですな」

多聞丸の声もまた一匹の虫の羽音ほど。弁内侍は、いや茅乃は、ほんの少しだけ間を置いてこくりと頷いてみせた。

「では」

多聞丸が静かに促すと、茅乃は今度こそ駕籠に乗り込んだ。新兵衛は駕籠の周囲を念入りに固めた後、こちらに会釈をして出立を命じた。

多聞丸たちが来た方角へと一行は進んでいく。やがて先刻越えて来た坂道の頂に差し掛かり、行列の先から少しずつ消えていく。まるで秋空に吸い込まれるように。多聞丸は最後の一人まで見送ると、取って付けたように細く息を吐いた。

第七章

皇《すめらぎ》と宙《そら》

多聞丸《たもんまる》は朝から離れで書状に目を通していた。寺社への寄進、村どうしの諍《いさか》いからの訴え、あるいは物流に纏《まつ》わる野田《のだ》親子からのものなど様々である。どれも早急に対応すべきものではないが、多聞丸は出来る限り早く対応するようにしている。悠長に構えて溜め込んでいては、いざすぐに動かねばならぬことが起きた時に困る。一寸《ちょっと》した隙でもあれば、このように目を通しておくようにしているのだ。

本当は昨日の日中、大塚《おおつか》が訪ねて来る予定になっていた。だが、領内にて野盗が出た。その討伐に出ねばならず、

――明日に日延べして頂きたい。

と、大塚の郎党が伝えて来たのである。多聞丸は了承して郎党に復命させた。大塚は昼までに訪ねて来るとのことで、それまでの「隙」でこのように書状を読んでいたという訳だ。

そろそろだろうと思っていた矢先である。石掬丸《いしすくいまる》が顔を出して、

「お越しになりました」

と、報じた。多聞丸が言うまでもなく、石掬丸は散らかった書状を片付け始め、大塚が姿を見せた時にはすっかり整え終えた。

「昨日は申し訳ございませんでした」

大塚は挨拶もそこそこに日延べしたことを詫びた。

「どうだった」

「片は付きました」

丁度、稲刈りを終えたばかり。年貢を納める前に、村々の庄屋宅で一時米を保管している時期で

ある。賊はそれを狙わんとしたらしい。

大塚は一報を受けると、多聞丸のもとに伝えに走らせる一方、すぐに手勢を率いて駆け付けた。その時にはすでに野盗は村から去っており、庄屋宅の傍《かたわら》には米俵が散乱していた。かねてからこのような場合には、無用な抵抗をしないように教えていたこともあり、村では死人や怪我人は出ていなかったという。

大塚は野盗のなりや、数を聞き取るとすぐに追跡し、二里ほど先で山に入らんとしているところを捉えた。

結果は鎧袖一触《がいしゅういっしょく》というもの。一当てして野盗は崩れた。いや、それより早く、迫るこちらに気付いて荷を置いて逃げる者もいたという。二十人ほどいたが、そのうち十四人は捕らえ、米は全て取り返すことが出来たらしい。

「近頃、このようなことが増えています」

大塚は渋い表情で続けた。

後醍醐《ごだいご》帝が決起して以降、ずっと戦が続いている。そのせいで田畑は荒廃し、食うに困る者は増加の一途を辿っている。そこに天候の悪さが加われば、瞬く間に飢饉となるという有様だ。

しかし、楠木《くすのき》党が支配する河内《かわち》、和泉《いずみ》では、物流によって得た銭があることで、民の年貢を軽減してやれる。

父の死後、北朝が乱入して荒らされたものの、大塚が押し返して以降は大きな戦も起きてはいない。いや、踏み込ませぬように軍備を整えて威嚇してきた。故に野盗たちも、

――楠木党の縄張りには踏み込んではまずい。

と、肝に銘じているはずなのだ。

「背に腹は代えられぬということだろう」

他国の状況はさらに悪くなっている。奪おうにも米が無い。あったとしても僅か。ならば危険を承知で河内、和泉に入ると覚悟を決めたのだろう。

「まさしく。彼《か》の者らは伊勢《いせ》の者でした」

大塚が野盗を捕らえて尋問したところ、元は伊勢の百姓であったらしい。

度々、賦役《ふえき》に駆り出されて田畑に手間を掛けることが出来なかった上、野分《のわき》のせいで二年連続の不作となった。さらに、年貢が昨年よりも重くなったことで、このままでは冬を越せぬことを悟った。妻子を食わせるために野盗に身を落としたという。

「妻子もいるのか?」

「はい。山に隠れていました」

「その者どもは?」

「今も捕らえております」

「誰かを傷付けたのか?」

多聞丸は立て続けに問いを投げかけた。

「いいえ……」

大塚はすでに次の言葉を読んでいるらしい。下唇をぐっと持ち上げながら鷹揚《おうよう》に首を横に振った。

「東条《とうじょう》に送れ」

この辺りにはまだ山を切り拓《ひら》いて田畑を作る余地がある。その者たちに切り拓かせ、収穫出来るまでは食い扶持《ぶち》も与えるつもりである。

「承知しました」

大塚は小さな溜息を零す。

「罪を償わせぬという訳ではない。だが棒で打《ぶ》とうが、鞭《むち》を当てようが、今は何の意味もない。田畑を耕させた上、数カ年は年貢を少しずつ多く取る。それでよいだろう」

「御屋形《おやかた》様がそう仰《おお》せならば。しかし、これからもずっとという訳にはいきますまい」

この度の狼藉者《ろうぜきもの》だけではない。河内、和泉にはこれからも人が流れて来るだろう。新たに田畑を作らせるにしても限度がある。

「それまでに戦を終わらせる」

多聞丸が語調を強くすると、大塚も頬を引き締めて本題を切り出した。

「件《くだん》のことですが、ようやく調べが付きました」

弁内侍《べんのないし》こと、茅乃《かやの》襲撃の一件である。あれからすでに一月が経っていた。

あの日、茅乃を見送った後、多聞丸らは茅乃がいう待ち合わせの場所へと向かった。そこは人里から少し離れた一軒家である。呼び掛けたが応答は無い。

証人とするために伴った女官の稲生《いのう》に、かつてここに来たことがあるのかも訊いた。答えは否。茅乃も同様であり、北《きた》の方《かた》が書状で知己であると書いていたに過ぎないらしい。

多聞丸らは細心の注意を払いつつ中に踏み込んだものの、人の気配は一切なく静まり返っていた。よくよく見てみると、打ち捨てられていた家という訳ではない。室内は掃除が行き届いており、人の営みの息遣いを感じる。しかも僅かに人の臭い、温《ぬく》もりが残っている。先刻まで誰かがここにいたと直感した。

その後、近くの村に向かい、身分を明かした上で訊き込みを行った。村は一時騒然となったものの長老が出て来て、

――少し前に建てられたのです。

と、事情を詳《つまび》らかに話した。

その時からさらに二月ほど前のこと。公家《くげ》である大炊御門家《おおいのみかどけ》の家司《けいし》を名乗る者が、四人の青侍を連れてこの村を訪ねて来た。

このような時勢であるため、いつ京が騒乱に巻き込まれてもおかしくない。少し離れたところに別宅を持ち、いざという時の避難場所にしたい。すでに守護の許しは得ていると書面も見せられたという。守護が許していること、厳密には村境の外であることから、一も二もなく了承せざるを得なかった。

それから間もなく作事が始まった。何の変哲もない家である。が、一つだけ異質だったのは、恐るべき早さで建築が進んだことであった。材は新しいものではなく、その全てから年季が感じられたことで、どこかからの移築だと村の者たちは察した。味わいがある、あるいは愛着があるなどの理由で、新造よりも移築を好む者は一定数いる。故に村人たちも疑うことはなく、瞬く間に建ったことにも納得していたらしい。

こうして手掛かりが一切途絶えたことで、多聞丸らは東条へと引き返した。しかし、諦めた訳ではない。大塚には配下の透波《すっぱ》を用いて、別の筋から探るように頼んでいた。その結果、様々なことが判ってきた。今日はその報告のために大塚は来たのである。

「まず件の家ですが、あれ以降は捨て置かれています」

あれから今に至るまで一月余、交代でずっと見張りを付けているものの、誰かが戻って来ることも、訪ねて来ることも一度も無かったらしい。

「そうだろうな」

計画のために建てられた家と見てほぼ間違いなく、失敗した今となっては何の用もなさないのだろう。

ただこのことから判るのは、茅乃を拘引《こういん》しようとした者は行き当たりばったりではなく、綿密な計画を練っていたということ。そして、それを実行に移すだけの財力を有していることだ。

「大炊御門のほうは?」

多聞丸のほうから尋ねた。別宅を建てようとした公家の名だ。公家の最上位である五摂家に次ぐ家格の清華家《せいがけ》である。当主の名は大炊御門冬信《ふゆのぶ》。つい最近までは内大臣を務めていた。

「まず使われた名は当主冬信ではなく、弟の家信《いえのぶ》のほうだったようです」

大塚は改めて件の村を訪ねて長老に面会し、落ち着いて覚えている限りのことを話すように頼んだ。

長老はあの時も大炊御門の姓はすぐに口にした。詳しくは知らなかったものの、あまりに煌《きら》びやかな姓であるため衝撃を受けて記憶していたらしい。さらに大塚は名を尋ねたが、長老はこれにはすぐに答えられなかった。

長老からすれば雲の上の公家。自らの暮らしに関わることはない。実際に別宅に移って来たならばまだしも、頭の中に留める必要はない。姓を覚えていただけでも上等というものである。

ただ大塚が記憶を喚起するため、冬信かと訊くと長老は、

――はて。家……と、いうのを覚えていますが。

と、首を捻った。家を建てる公家の名前に「家」が入っている。そのように思ったことだけは記憶に残っているという。人の記憶などそのようなものである。

「それで家信だと考えた訳だな」

「左様」

透波に商人のふりをさせ、家信の家人などに、河内に別宅を構えるのかと訊いて反応を確かめることも考えたが、相手方に探っていることを悟られるかもしれない。藪蛇《やぶへび》にならぬようにと、家信に纏わる噂を集めるだけに留めた。

「大炊御門家信は、師直《もろなお》とは昵懇《じっこん》でした」

大塚はその結果を告げた。家信は恋多き人らしく、そのあたりで師直と意気投合したらしい。家信の意中の人との橋渡しを師直が務めたこともあるとか。もっとも家信の想いは成就しなかったが、後に師直がその女と懇《ねんご》ろになったというおまけ付きである。ともかく師直が名を貸せと言えば、家信ならば抵抗しないだろうとのこと。

「許し状はどうだった？」

話が一区切りしたところで、多聞丸は別の問いを投げた。

大炊御門家の家司を名乗る者は、

――河内守護の許しを得ている。

と、その旨を記した書面を見せた。

多聞丸は河内国司であり、河内守護でもある。が、当然ながらそのような裁可を下していない。これに関しては偽造を疑うよりも、先に確かめねばならぬことがあった。

「どうも細川《ほそかわ》のようですな」

「やはりそうか」

現在、南北に朝廷が二つある。どちらも自らが正統であると主張し、国司、守護もそれぞれが任じている。故に今の世に「河内守護」は二人存在しているのだ。

そのうちの一人が己であり、もう一人がその男、細川顕氏《あきうじ》である。顕氏は齢《よわい》三十八。歳でいえば父と己の間、世代としては大塚と同じである。

足利尊氏《あしかがたかうじ》が鎌倉に叛《そむ》く以前から仕えており、九州に落ちた際にも後陣を務めた。顕氏は武人としても一流であり、足利家の主要な戦にほとんど出て武功を立てている。

その顕氏を河内だけではなく、和泉の守護にも任じたことで、北朝が楠木家のことを如何《いか》に重く見ているかということが解る。

しかし、期待を寄せられた顕氏も、河内の北部を僅かに押さえるので精一杯。己たちを相手に一向に勢力を広げられずにいる。つまり今、「河内守護」としての実があるのは、楠木家という訳だ。

「細川も師直とは懇意にしています」

「師直派ということだな。つまり……」

「師直の仕業と見て間違いないでしょう」

大塚の声には自信が漲《みなぎ》っていた。これまでも十中八九、師直の策謀だとは思っていた。が、調べが進んだことで九分九厘まで間違いないと言える。

「北の方のほうは?」

「三日前に透波が戻りました」

待ち合わせに向かう途中、女官の稲生に一つ頼み事をしていた。それは茅乃から北の方に宛てて、都合が付かずに行けなかったことを詫びる文《ふみ》を書いて欲しいというもの。それを楠木党で届けて真偽を確かめるということだ。

茅乃の説得に時を要したのか、茅乃の文がこちらに届いたのは十日ほど前。大塚は透波にそれを届けさせ、北の方に事情を説明した。茅乃のことを気に掛けているのは真でも、そのような文は書いていないと答えたらしい。

「文は贋物《にせもの》でした。少なくとも北の方はそう仰っています」

慎重な大塚らしい。北の方が惚《とぼ》けているだけという線も捨てていない。ただ実際に言葉を交わした者の話では、北の方は絶句し、狼狽し、茅乃の身を案じていた。とても演技には見えなかったらしい。そういうことならば、北の方は名を使われただけで、怪しいのは文を届けた梅枝《うめがえ》という元女官であろう。大塚はその梅枝についても言及した。

「方々手を尽くしましたが、ついぞ見つかりませんでした」

梅枝が入れ込んでいる男というのは見つけた。が、梅枝はすでに一月以上戻って来ていない。ぞんざいに扱っていたので、流石に嫌気をさされたのだろうと諦め、男はすでに新たな女と懇ろになっていた。

「すでに始末されたか」

「恐らくは」

大塚は声を沈ませた。冷酷と評判の師直ならば十分にあり得る。となると、いよいよ北の方は何の関わりもなく、梅枝だけが策謀に加わった線が濃くなるだろう。

「か……弁内侍のことは何か判ったか」

思わず名を呼び掛けて、多聞丸は言い直した。

「いえ。これは何も。しかし、好色から攫《さら》おうとしたとはどうしても思えません」

「ああ、我らの考えは大きく外れてはいないのだろう」

茅乃の出生に何か大きな秘密がある。それは南朝を揺さぶることが出来、師直の立場をよくするものでもある。そう考えるのが自然である。

「当人に訊くしか無いのかもしれません」

大塚は珍しく虚《うつ》けるように口を曲げた。

「馬鹿を言うな」

茅乃の睨み付ける顔が脳裡《のうり》に蘇《よみがえ》り、多聞丸は苦く頰を歪める。大塚は咳払《せきばら》いをして話を纏《まと》める。

「ともかく、この件で戦にはならないでしょう」

「師直もまだやるつもりはないらしい」

襲って来た者たちは、逃げられないと悟るや一斉に自決した。尋問を恐れてのことと見てよいだろう。こうなればこちらが幾ら思案し、ほぼ師直の仕業と判っていても、断定することは出来ない。このことで北朝を、足利家を咎めたところで、野盗の所業などと白を切るに違いない。理由は判らないが、まだ師直としてもすぐに戦を始めたくないらしい。それは己たち楠木党も同じこと。この点に関しては師直に助けられた恰好になる。

「帝《みかど》の件は……」

「無理だ」

大塚が言い終わるより早く、多聞丸は言い切った。茅乃を救ったことで、帝に近付く糸口を摑めるのではないか。そのような打算もあったことは確かである。しかし、あの言い争いである。あまりにも帝や朝廷に対しての考えが違い過ぎることも知れてしまった。罷《まか》り間違っても力を貸してくれるようなことはないだろう。

「そうでしょうな」

大塚も丸い溜息を漏らした。念のために口にしたに過ぎず、とっくに諦めているようだ。

「元の通りに進める」

「承知致しました。引き続き進めます」

こうして話は終わった。間もなく本年も終わる。恐らく来年の春には、足利直義《ただよし》派として降《くだ》る支度が整うだろう。その瞬間から楠木党は北朝方。これも兼ねてからの打ち合わせ通り、即座に吉野《よしの》に攻め込んで帝を保護する。如何に死人、怪我人を出さずに、限りなく少なくそれをやり遂げるか。それも考え始める時期になっている。

「もう帰るのか」

「はい。御母堂様にご挨拶した後に」

「お喜びになるだろう」

「御屋形様も何処《どこ》かに？」

大塚は尋ねた。石揀丸が支度をしているのを見ていたらしい。

「ああ、会いに行く」

「その日ですか」

何処にとは言わずとも、大塚は察しが付いたらしい。

凡《およ》そ一月に一度、己には様子を伺いに行く人がいる。

近頃は多忙であったこともあり、二月近く会いに行けていなかった。本来は朝のうちから訪ねるつもりだったが、大塚の急遽《きゆうきよ》の日延べがあったから、終わり次第向かうつもりだったのだ。

「今も御心変わりはされませぬか」

大塚はやや遠慮がちに尋ねた。

「そうだな。根気よく話すことにする」

「いざ、北朝に鞍替えする時には……」

それ以上は口にするのが憚《はばか》られたのだろう。大塚は言葉を濁した。

「見張りを付けるつもりだ」

多聞丸が言い切ると、大塚は恐縮するように深々と頭を下げた。

これまで幾度となく話してきた。が、何一つ変わってはいない。いよいよ北朝帰順を来年に控えた今、もう一歩踏み込んで話さねばならぬ時が来ていた。

※

　今日は一段と風が強く、枯葉《かれは》が音を立てて路傍を滑っている。そのせいもあり、陽はまだ高くにあるものの、若干の寒さを感じた。

「確かに冷えるな」

　多聞丸は手綱から片手を離し、襟元に巻いた白布を摘《つ》まむようにして少し上げた。首元を冷やすと風邪を引くから手拭いでも巻いて温めなされ。今、御屋形様に風邪を引かれては皆が困る。大塚にそのように言われたのである。

「そうですね」

　香黒《かぐろ》の脇を行く石掬丸が応じた。その声に微かな笑みが含まれているのを感じた。

「いつまでも子ども扱いをして困る」

　多聞丸は拗《す》ねるように言った。

「御屋形様を想ってのことです」

「解っている」

　大塚にとって己は、崇敬する主人が託した忘れ形見。父の代わり、兄の代わり、そして一番の腹心として支えて来た。成長を認めていない訳ではないが、未だに何かと心配もするのだろう。香黒が軽く首を振って鼻を鳴らす。

「香黒も」

同じ意見だと言いたいのだろう。石摘丸がふふと息を漏らした。

人に懐《なつ》かぬ香黒だが、石摘丸には心を許しており、こうして脇で歩を進めていても気に留めることは無い。石摘丸もまた外出時には馬丁という立場ではあるが、曳綱《ひきづな》を常に持つ訳ではない。むしろずっと握っていたら、

――面倒だ。

と、言わんばかりに不快げな目で睨み付けられるのだ。

「山道の方が良かったかもな」

目的地は赤坂より南。山間の道を行けば、勾配はきついものの一里ほどの距離である。だが此度《こたび》は山を西回りに平野を進んでいる。それでも距離は二里半程度。気を落ち着かせるため、こちらを行くことが多い。

そのように口にしたのは、今は全身に風を浴びているのに対し、山道ならば両側に広がる森によって幾分ましになるためだ。

「よいのではないでしょうか」

石摘丸は曖昧に答えた。それで済む程度の他愛ない雑談である。このような雑談の相手を務めるのも石摘丸の役目。いや、厳密には石摘丸が話し相手を務めようとしてくれている。これには存外、助けられている。石摘丸が意見を述べることはほとんど無いが、こうして話し掛ける中で考えが纏まることも多いのだ。

「色が褪《あ》せてきたな」

多聞丸は周囲を見渡しつつ話を転じた。

「褪せてきた……とは？」

石揃丸も流石に意味を解しかねたように尋ねた。

「冬が近付いてきたということだ」

稲刈りを終えた田だけではない。山々が、木々が、大地を覆う全てから色が抜け始めている。すでに秋は頭上を通り過ぎ、景色は冬色に染まりつつある。

「真なのですね」

己が他人より色の違いに敏感なのではないか。過日、大塚が立てた仮説のことだ。

「どうだろうな」

多聞丸は大地から空へと目を移した。自身では解らない。幼い頃からずっとこの景色を見て育ってきたのだ。他人と違う色を見ているなど考えたことも無かったし、指摘された今もぴんと来ていないのが本音だ。一つ、雲を指差して尋ねた。

「あの雲、くすんで見えるか？」

「はい。端が灰色に」

「ふむ。確かめる術《すべ》はない」

多聞丸は自嘲気味に口元を緩めた。

「虹などはどうでしょうか」

「虹？」

石揃丸の提案に、多聞丸は鸚鵡《おうむ》返《がえ》しに訊き返した。

「はい。幼い頃、皆と言い争いに」

石掬丸は頬を緩めた。

まだ孤児であった頃、所を茅舎《ぼうしゃ》に移す前、橋の下に住んでいた時のことらしい。突如として雷雲が押し寄せて大雨が来た。仲間と共に身を寄せ合って寒さを凌ぎ、ようやく雨が止《や》んだ時、橋の上に大きな虹が懸かったという。

あまりの美しさに皆が見入っていたが、仲間の一人が、三色で綺麗《きれい》だと呟いた。すると別の仲間が、いやいや五色だろうと反論する。石掬丸には七色に見えた。どう見ても三色、間を取って五色、やっぱり七色じゃないか、仲間たちで一寸した喧嘩になったが、石掬丸の姉のような存在だったふいが、

——それぞれでいいじゃない。

と、皆を宥《なだ》めて収まったらしい。

「子どもの喧嘩です」

石掬丸は少し懐かしそうに締めくくった。

「つまり俺には何色に見えるかということだな」

「はい。どうでしょうか」

「ふむ……あまり考えたことが無かったな」

多聞丸は苦笑した。これまで虹を見たことは少なくない。美しいとも思う。色とりどりだとも。だがそれが何色なのかと考えたことは無かったし、今思い出そうとしても上手くゆかない。

「次にゆるりとご覧になって下さい」

「そうしよう」

そのような何気ない会話をしているうちに、目的の地が遠くに見えて来た。正面には瓦葺《かわらぶ》きの山門。その向こうには木々が生い茂っているが、隙間から幾つかの建物が見えた。

――観心寺《かんしんじ》。

である。

今から約六百五十年前の大宝《たいほう》元年、役小角《えんのおづぬ》によって開かれたと伝わっている。その頃は寺の名も雲心寺と呼ばれていたという。

その約百年後、弘法大師《こうぼうだいし》がこの地に来た時に北斗七星を勧請《かんじょう》し、後に再び訪れた時には自らの手で如意輪観音像《にょいりんかんのん》を刻んで安置して、観心寺と寺号を改めたらしい。その後、弘法大師の弟子に受け継がれて、様々な建物が造られていき、今では五十を超える寺が立ち並んでいる。このような観心寺は、楠木家の菩提《ぼだい》寺でもあった。父もまたこの場所に眠っているのだ。

多聞丸は和泉国での逼塞《ひっそく》の日々が終わった後は、命日は勿論《もちろん》のこと、月命日にも余程のことが無い限りは墓参りを欠かしてはいない。が、ここに来る理由はそれだけではない。とある者の様子を伺いに来ているのだ。

観心寺には遠くから参る者も多く、山門の少し前には参拝者用の小さな厩《うまや》が設けられている。多聞丸はそこで香黒から降りると、

「行ってくる」

と、石掬丸に託した。石掬丸は厩で香黒と共に待つ。ここに来る時は決まってこうである。

風を受けて枯葉が渦巻く石段を上り、多聞丸は山門を潜《くぐ》った。幾人かの小坊主たちが箒《ほうき》で落ち葉を掃除していた。多聞丸に気付くと手を止めてこちらに頭を下げる。その時にはまた風が吹き、折

角集めた落ち葉の山が流されるのが不憫《ふびん》であり、多聞丸は苦笑しつつ足を速めた。

「これは」

小坊主たちの様子を窺いに来たのだろう。堂の角から三十路《みそじ》あまりの僧が姿を見せ、淡い驚きの表情を見せた。名を仁周《じんしゅう》と謂《い》い、楠木家との取次を務めている僧である。多聞丸が今まさに訪ねようとしていた人でもあった。

「お久しぶりです」

仁周は深々と頭《こうべ》を垂れた。

「先月の月命日には足を運べませんでした」

多聞丸も頭を下げた。すぐに対処せねばならぬ事態が出来して、年に一度か二度は、そのような時もあった。

「何かとご多忙でしょう」

「いえ、まだ然程《さほど》は」

多聞丸のその一言で、

——これからは慌ただしくなる。

と、仁周は悟ったらしい。目尻の辺りがぴくりと動くのを見逃さなかった。

「まずは墓に参ります」

「拙僧もご一緒しても?」

「どうぞ」

多聞丸は仁周と共に父の墓へと向かった。いつもは訪ねて来たことを告げ、一人で墓参りをした後、ある人に会うというもう一つの目的を果たす。このように仁周が付いて来ることは滅多に無い。今日は何か、己と話したいことがあるのだろう。

「おかげさまで金堂の外陣が間もなく完成致します」

仁周はそのように切り出した。

「遅くなり申し訳ございません」

「そのようなつもりでは。皆、感謝しております」

多聞丸が詫びると、仁周は慌てて首を横に振った。

今から十二年前の建武《けんむ》元年、先帝より父に金堂の外陣造営の勅が出された。父は支度を整えて取り掛かったが、二年後に湊川《みなとがわ》の地で散った。

それから間もなく、足利軍が河内に乱入し、楠木党はそれに対抗するので精一杯となり、工事を止めざるを得なかったのだ。

その後、楠木党の立て直しが一段落ついた三年前、それまで放置されていた外陣の造営に再着手した。それがようやく完成しようとしているのだ。

「父上のやり残したことを、こうして無事に終えられそうで安堵《あんど》しています」

「やはり……」

仁周は声を落とした。どうも己は父のやり残したことを、全てやり切ろうとしていると勘違いしたらしい。そして、その最大の一つが兵を起こし、

――北朝を討つ。

ことだとも思っているようだ。

このように考えているのは、何も仁周だけではない。南朝の廷臣たち、各地の寺社、河内、和泉の民でさえ、恐らくは似たようなことを思っている。

が、母に打ち明けたように、この間に密議をしているように、己にはその気は無い。それどころか正反対ともいうべき道を進もうとしている。仁周もそれは全く予期していないだろう。

「どうでしょうな」

多聞丸は嘘を吐くのも憚《はばか》られて曖昧に濁した。

「言えぬこともございましょう。ただ……」

「承知しています。戦が始まるという時には必ずやお知らせ致します」

「ありがとうございます」

仁周は心よりといったように感謝を述べた。南北朝での本格的な戦が起これば、この河内が戦場となることも十分に有り得る。多くの仏像、仏典、秘蔵の品を保有する観心寺としては、いち早くそれらを持ち出して避難せねばならない。先刻より仁周が絶えずそのことを気にしていたのも解っていた。こうして同行したのはそれを聞き出したかったのだろう。

「すでにご活躍されたと聞きました」

「何のことです?」

多聞丸は眉間に皺《しわ》を寄せた。

「それも言えぬことでしたか。申し訳……」

「いや、真に身に覚えがないのです」

惚けるつもりは無い。仁周が何の話をしているのか皆目解らなかった。

「弁内侍様をお救いになったとか」

「ご存知なのですか」

多聞丸は吃驚《びっくり》して目を開いた。

「はい。過日、とある公家の方より聞きました」

十日ほど前、南朝の廷臣が観心寺を訪ねて来た。

弁内侍が知己のもとを訪ねる途中、足利家の家宰《かさい》である「高師直《こうのもろなお》」の襲撃を受けた。それを偶然通り掛かった楠木正行《まさつら》が助け、弁内侍は難を逃れることが出来た。流石は武勇の家である楠木、忠臣を父に持つ正行である――。

などと、その者は興奮しながら語っていたというのだ。

「そうですか……」

多聞丸が自らの額を拳で小突いたので、仁周は怪訝そうに顔色を窺ってきた。

「どうかなさいましたか？」

「いや……まあ、大したことではありません」

弁内侍の危急を救うことで、帝に近付く機会を得られるのではないかと思っていたのは確かだ。とはいえ、その事実が広まることは望んでいなかった。

南朝方としても今は事を構えたくないと考えている。故にこのように喧伝《けんでん》するとも思っていなかったのである。

ましてや幾ら目星がついていても、襲撃者が高師直と決まった訳ではないにもかかわらず、しっかりとその名も出してしまっているのだ。

――やはり風向きが変わったのか。

多聞丸は目を細めた。この数年の間、南朝は戦を避けて和睦を結ぼうとする動きが強かった。大筋としてそれは間違いない。己を度々招聘《しょうへい》しようとしていたのも、相手方に威圧を掛けて交渉を有利に進めるためだと読んでいた。もっともそのようにして和睦を結んだとしても、根本的な解決には至らず、いずれは両朝の間で戦が再開する。多聞丸はその不毛な戦いを終わらせるため、北朝に寝返るという構想を立てたのだ。

が、このように北朝を煽《あお》るようなことが漏れるあたり、南朝の体質が変わってきているように思える。徹底して主戦論を唱えるあの男が、力を取り戻しつつあるのではないか。そして、茅乃はそれに利用されたという訳だ。

「拙僧はここで」

父の墓が近くなったところで、仁周は足を止めた。二人きりで話したいこともあろうと慮ってくれたのだろう。

多聞丸は瞑目《めいもく》してそっと手を合わせた。心中で幾つか語り掛けるものの、当然ながら言葉が返って来る訳ではない。それはいつものこと。木々の揺れる音、枯葉の流れる音のみが耳朶《じだ》に響くだけである。

墓参りを終えた後、仁周に件の者は「星塚」を巡っていると聞かされた。弘法大師は如意輪観音像を安置して観心寺と寺号を改めたが、それ以前にもこの寺に足を運んだことがあり、その時に北斗七星を勧請した。聞くところに拠ると、北斗七星を祀っているのは日ノ本広しといえどもこの寺だけらしい。故に観心寺には、七星それぞれの名を冠した塚が造られ祀られているのだ。

「ここで待ちます」

「では」

多聞丸が言うと、仁周は頭を下げて去っていった。

こちらも動いていては入れ違いになり、何時《いつ》になっても会えないかもしれない。多聞丸は星塚の一つ、文曲《ぶんきょく》の塚の前で待つことにした。

——どのように切り出すか。

頭の中ではずっとそのことが繰り返されている。ここに来るまでもずっと考えていたが、妙案というべきものは浮かばない。母の時もそうであった。溝は出来にくいが、一度出来た場合にはより埋まりにくい。血が繋《つな》がっているということは、そういうものなのかもしれない。

「来たな」

四半刻《しはんとき》ほどして、こちらに向かって来る人影が見えた。向こうもこちらに気が付いたらしい。身を翻されることも考えていたが、当人からすれば、

——何故、己が逃げねばならない。

と、いったところであろうか。近付いて来る足取りはむしろ強くなったように見えた。

僧形である。が、三十路を越えた仁周と比べれば相貌に初々しさがある。まだ齢十四なのだから無理もない。ただ年齢とは裏腹にその身のこなしは酷く落ち着いている。

僧は文曲の星塚に手を合わせて黙禱《もくとう》すると、己には一瞥もくれることなく再び歩み出す。

「景正《けいせい》、待て」

多聞丸は苦笑しつつ止めた。それがこの若者の僧名である。

「何でしょう」

景正は足こそ止めたものの、背を向けたまま返した。声もまた落ち着いている。いや、冷ややかであった。

「話をしに来たのだ」

「結構です」

「いつも話だけはするだろう」

これが初めてではないのだ。ほぼ毎月、こうして訪ねて来ては話している。ただこのように、のっけから拒まれることは初めてであった。

「話したとて無駄だということを悟ったのです」

「今日はどうしても言わねばならぬことがある」

多聞丸は改まった口調で言った。景正もそれで覚悟を決めたのか、それともやはり気に掛かりはするのか、ようやくゆっくりと振り返った。

「何でしょう。楠木様」

「楠木様……か」

「兄上と呼んだほうが？」

景正は皮肉っぽい笑みを投げかけて来た。この景正、俗世にいた頃の名を、

——虎夜叉丸《とらやしやまる》。

と、謂う。父正成《まさしげ》の三男であり、多聞丸と次郎《じろう》の実弟なのである。

「どうだろうな」

多聞丸は曖昧な相槌を打った。確かに兄であることには変わりない。ただ共に過ごした時は次郎よりも遥かに短く、兄らしいことなどほとんど出来ていなかった。

何故、兄弟のうちで景正だけが、いや虎夜叉丸だけが仏門に入っているのか。父が死んだ時、多聞丸が十一歳、次郎が八歳であったのに対し、虎夜叉丸は僅か四つであった。多聞丸らは和泉葛城《かつらぎ》山に身を隠すことになったが、幼い虎夜叉丸にとってはあまりに過酷であろう。

さらに足利家が攻め込んで来た時、確実に撥《は》ね退《の》けられると当時は言えぬ状況でもあった。多聞丸と次郎も捕まって斬首されることも十分に有り得た。そうなれば楠木家の嫡流は途絶えることとなってしまう。故に兄弟のうち一人は別の場所に避難させたほうがよく、しかも俗世とは縁を切らせておいたほうがよい。

そして、河内、和泉で勢力を挽回出来た時、虎夜叉丸本人が望むならば還俗《げんぞく》させる。生前、父が母と大塚にそのように命じていたのである。

「俺が憎いか」

多聞丸は静かに問うた。このことに直《じか》に触れるのもまた初めてのことである。虎夜叉丸は苦笑しつつ応じた。

「それは楠木様のほうでしょう。私を憎んでおられる」

「違う」

多聞丸は強く否定したが、虎夜叉丸には全く響かぬようであった。当初はこのような関係ではなかった。少なくとも四年前までは、観心寺を訪ねた時には目を輝かせて出迎えてくれ、己のことも兄と呼んでいたのだ。

転機となったのは、虎夜叉丸が十歳を迎えた年のある日のことであった。その日はたまたま新兵《しんべ》衛《え》や新発意《しぼち》も東条に来ていたことで、次郎も含めて四人で観心寺を訪ねた。

一年に一度あるか無いかということであるため、虎夜叉丸は常にも増して喜んでいた。

そのように心が弾んでいたことも関係するだろう。よい機会だと思ったのか、虎夜叉丸は己に向けて、

「兄上、還俗しようと思います」

と、切り出したのだ。

生半可な気持ちではないことを伝えたかったのだろう。多聞丸の返答を待たずして、虎夜叉丸はそう考えるに至った訳について熱弁を振るった。

己が喜ぶと思っていたに違いない。まるで子が母に褒められたいがために語る時のように、虎夜叉丸が無邪気な眼差しを向けていたのを覚えている。

事実、話を聞きながら、次郎や新発意は早くも嬉しそうにしていた。ただ新兵衛だけは、難しい顔付きをしていた。己の表情が翳《かげ》っていることに気が付いていたらしい。

「父上がお決めになったことだ」

多聞丸は静かに言った。

「はい。しかし、虎夜叉丸が望むならば還俗させよとも仰《おつしや》ったはずです」

虎夜叉丸はそのことも知っている。寺の誰かから聞いたのかと思ったが、四つの幼子であったのに、余程鮮烈だったのか、しかと己の記憶にあるという。

多聞丸は続けて何を言うべきか迷った。まだ早い、もう少し待て、などと曖昧にはぐらかすことも過《よ》ぎった。が、それでは意味が無い。虎夜叉丸のためにもならない。そう思い直して、

「認められぬ。お主は僧として父の菩提を弔ってくれ」

と、言い切ったのである。

快諾してくれるものと思っていたようで、虎夜叉丸は暫《しば》し茫然《ぼうぜん》としていたが、はっと我に返ると、自らの覚悟を改めて滔々《とうとう》と語った。だが多聞丸は首を縦には振らない。

己が未熟だからか。ならば何を学べばよいのか。幾つになればよいのか。虎夜叉丸は今にも泣き出しそうな顔で矢継ぎ早に訊いた。

新発意などはその姿を見て憐《あわ》れに思ったようで、助け船を出そうとしたが、

「黙っていろ」

と、多聞丸が一喝したことで大きな肩を窄《すぼ》めた。虎夜叉丸は己の真意を聞かせてくれと懇願した。多聞丸は深く息を吸い、

「お主は戦の才が無い。邪魔なだけだ」

と、冷ややかに言い放ったのである。

虎夜叉丸は唇を噛み締めて多聞丸をじっと見つめていたが、やがて身を翻して駆け去っていったのである。その日はそうして終わった。

とはいえ、それからも多聞丸は観心寺を訪ね、虎夜叉丸に会い続けている。虎夜叉丸は再び還俗させてくれと頼み込んで来たが、一年経った時には口にせぬようになり、二年経った時にはよそよそしくなり、今ではこのような冷淡な態度を取るようになっている。

「話とは？」

虎夜叉丸は鼻息混じりに訊いた。己の話には一向に耳を傾けず、そちらからの話は押し通すのかという嫌気が透いて見えた。

「まさか心変わりされて、還俗を許して下さる気になりましたか？」

自嘲気味に口元を緩め、虎夜叉丸は重ねて問うた。

「まだその気はあるのか」

「真に……」

虎夜叉丸は顔色を変えて前のめりになる。それどころか一歩こちらに向けて踏み出している。これだけで答えは明白であった。

「やはりそうか」

「お願いします。必ずや御力《おちから》になってみせます」

虎夜叉丸は一転して熱っぽく迫った。やはり情熱は些《いささ》かも衰えてはいないらしい。

「座るか」

「はい。こちらに」

手頃な岩にでも腰掛けるつもりだったが、虎夜叉丸は少し歩いて近くの堂に向かおうとする。ここでは星塚を巡る僧に会う。内容までは判っていないだろうが、どちらにせよ他人に聞かせぬほうがよい話だと察しているのだ。

虎夜叉丸が賢《さか》しく、慎重な性質であることが判る。兄弟の中で最も父に似ているかもしれない。

「ここならば」

案内されたのは木々に囲まれた小さな堂である。

日に一度の清掃以外は、滅多に人は来ないらしい。堂の回り縁に腰を掛け、多聞丸は空を見上げた。小さな空を鳥の群れが横切るのを見届け、多聞丸は再び話し始めた。

「何故、俺が頑《かたく》なに許さないか。考えたことがあるか」

「それは……」

「正直に言えばいい」

多聞丸が何を言われても咎めないと付け加えると、虎夜叉丸はぽつぽつと話し始める。

当初は自身が未熟であるから。次が単に嫌われているから。さらに決してそのようなことはないのに、惣領《そうりよう》の地位を奪われぬかと己が危惧しているから。そこまでではなくとも、領地を分け与えたくないから。思案すればするほど、暗く湿った考えが頭を擡《もた》げて来ることを、虎夜叉丸はありのままに吐露した。多聞丸は一々相槌を打ちつつ聞き、

「まず全て違う」

と、最後に否定した。

「では、何が理由なのです」

「お主は還俗した後、何をしたいと話したか覚えているか？」

多聞丸の問いに、虎夜叉丸は大きく頷いてすぐに答えた。

「帝の御恩に報じ、朝敵足利尊氏やその眷属《けんぞく》を討ち果たしたいと」

「かなり劣勢に追い込まれているが？」

多聞丸は眉間に皺を寄せつつさらに訊いた。

「確かにその通りでしょう。しかし、たとえこの命が燃え尽きようとも――」

「それだ」

「え……」

話している途中に差し込むと、虎夜叉丸は声を詰まらせた。

冷たい風が巻いて木々を揺らした。はらはらと落ちた木の葉の一枚が、滑り込むように二人の間を通る。その直後、多聞丸は重々しく口を開いた。

「楠木は北朝に降る」

「なんですと……」

虎夜叉丸は睫毛《まつげ》の長い目を見開いて絶句した。

「すでに次郎や和田《わだ》の兄弟にも話した。大塚や野田の親仁《おやじ》も了承してくれている」

「そんな……母上には……」

「話した」

「何と仰せです」

「何も。項垂《うなだ》れておられた」

「当然です！」

虎夜叉丸は憤然と立ち上がった。

「何が当然だ」

多聞丸が見上げると、虎夜叉丸が微かにたじろいだ。己にも沸《ふつ》と込み上げる感情があった。眼光は余程鋭いものになっているのだろう。それでも虎夜叉丸は顔を赤くして唸《うな》るように言った。

「父上の遺命に背くことになるのです」

「遺命を知っているのか」

「馬鹿に――」

「していない。ただ訊いている」

虎夜叉丸がまた激昂《げきこう》しそうになるのを、多聞丸はふわりと手を掲げて制した。虎夜叉丸は気を鎮めるように細く息を吐いて話し始めた。

湊川での激戦の後、父は僅かに生き残った者たちと空き家に駆け込んで自害した。その直前、父は弟であり、己たちにとっては叔父である正季《まさすえ》に向け、次はどのように生まれ変わりたいかと訊いた。正季は呵々《かか》と笑い、

――七生《しちしょう》まで只《ただ》同じ人間に生まれて、朝敵を滅ぼさばやとこそ存じ候《そうら》へ。

と、言い放った。父はこれに満足げに頷き、

――罪業深き悪念なれども、我もかやうに思ふなり。

と、応じて互いに腹に刺刀《さすがね》を捻じ込んだ。

虎夜叉丸はそのことを時に熱を込め、時に声を潤ませながら一気に語った。

「見たのか」

多聞丸は鋭く訊いた。

「それは……如何なる意味です」

「父上と叔父上がそのように語ったところを、刺し違えられたところを見たのかと訊いている」

「見られるはずないでしょう」

虎夜叉丸は呆れと怒りが混じったように答えた。湊川に共に出陣した訳ではない。仮に見られたとしても、ようやく言葉を発しだした当時の虎夜叉丸には理解出来ない。

「では何故、それを知っている」

「皆、申しております」

「皆とは誰だ。そもそも誰が見たというのだ。空き家に駆け込んだ者は悉《ことごと》く自害して果てているのだぞ」

言われるまで考えたことも無かったのだろう。虎夜叉丸ははっと息を呑んだが、頰を引き締めて尋ねた。

「何を仰りたいのです」

「恐らくは作り話だ」

多聞丸はさらりと言った。虎夜叉丸は下唇を嚙みしめる。

感情では到底容認出来ないが、理屈は己の方が通っていると解ってしまったらしい。

「確かにその話に証《あか》しはありません。しかし、桜井《さくらい》の別れはどうなのです」

「桜井の別れ……か」

多聞丸は苦い息を漏らした。

己が父と最後に言葉を交わしたあの時のことを、誰が言い始めたのか、そのように呼ぶ者が年々増えていた。桜井という名も元来は地の者がそう呼んでいただけなのに、正式な大原《おおはら》駅という名を塗りつぶす勢いである。人の口とは、人の舌とは、実に絶大な力を持っていると思わずにはいられない。

「その時、父上の遺言をお聞きになったのでしょう」

虎夜叉丸は早口で捲《まく》し立てる。その表情に、声に、淡い嫉妬のようなものを感じる。虎夜叉丸の根幹にはやはりそれがあると確信しつつ、多聞丸は頷いた。

「ああ、聞いた」

「それなのに帝を裏切り、賊に味方しようなど……」

「遺言は何だと思っている」

「まさか……嘘だ……」

虎夜叉丸は先ほどと同じ流れに気付いて激しく狼狽した。

「答えよ」

多聞丸が命じると、虎夜叉丸は再び語り出す。

あの日、多聞丸は最後まで共に連れていってくれと懇願したが、父はそれを許さなかった。今後を考えてのこと。今は帝のために身命を惜しみ、長じたならば一族郎党と共にいつか朝敵を必ず滅せよ。そう諭して小竜景光《こりゅうかげみつ》の刀を形見として与えて云々――。

「俺が共に行かせてくれと懇願したのは事実だ。だが他は作り話。そのようなやり取りは無かった」

「そんなはずは……」

多聞丸がはっきりと断言すると、虎夜叉丸は激しく目を泳がせる。その動揺はあの日の母以上である。

――世は今の親子のことさえも勝手に創り上げるだろう。

あの日、父がそう予想した通り、誰かが創った話が巷《ちまた》に流布されている。実子である虎夜叉丸さえ疑わず、当事者である己に言ってしまうほどに。これにはもはや恐怖さえ感じる。

「俺はその話の中にいたのだ。大塚や、野田の親仁も聞いている」

「皆で私を騙《だま》そうというのですか」

「その必要がどこにある」

多聞丸は込み上げる得体の知れぬ哀しさを押し殺して説いた。

あの日のことをさらに克明に話していると、虎夜叉丸の表情は憤怒と悲哀を目まぐるしく行き来した。多聞丸は全てを語り終えると、

「故に、俺が自らこの道を行くと決めたのだ」

と、厳かに締め括《くく》った。

「主上を見捨てることを何とも思わぬのですか……」

「心得違いをしている。見捨てられたのは楠木だ」

父は請われて馳せ参じ、粉骨砕身尽くし、最後は意見も聞き入れられずに死地へと送られた。これをそう言わずして何と言うのか。

「それには事情もあったはず。恐らくは廷臣が――」

「ああ、そうだろう。血どころか、汗も流さぬような公家どもが進言した。だが、それを受け入れたのは先帝だ」

多聞丸は遮って言い放った。言葉も、語気も、荒くなり始めるのに気付きながら、止めようともしなかった。

「しかし……父上はなおも向かわれた。きっと主上を尊んでおられたからこそ」

「帝が尊いか……」

多聞丸は目を細めた。

「違うと」

虎夜叉丸は鋭い眼光を向ける。

「いや」

多聞丸は小さく首を横に振った。

近頃、この話ばかりをしている気がする。帝が尊い存在か否か。それはもうよい。多聞丸とてその貴《あて》なる血脈を敬う気持ちが無いではないのだ。

「そうであったとしてもだ。何故、それを理由に戦わねばならぬ。何故、そのために死なねばならぬ」

多聞丸が低く問うた。虎夜叉丸はすぐに返す言葉を持ち合わせていなかったらしい。暫し思案した後、絞るように答えた。

「主上はそれほど尊い……そういうことです」

多聞丸の脳裡にさっと茅乃の顔が浮かんだ。過日、茅乃も同じような答えをしたことを思い出したのである。

何故、己は茅乃にあれほど苛立ちの感情を覚えたのか。その答えがようやく解った気がする。茅乃は虎夜叉丸に似ているのだ。

虎夜叉丸を得心させられぬ不甲斐《ふがい》なさ、何とか説得せねばならないという焦燥。それらが知らぬうちに思い出され、茅乃に対してあれほどまでに感情を露《あら》わにしてしまったのであろう。

「俺はそうは思っていない」

多聞丸は茅乃に言った時と同じように返した。

「しかし、父上はそうだったはずです」

虎夜叉丸は繰り返し強調して続けた。

「皆も聞いていたということならば、父上が好きにしろと仰ったことは真なのでしょう。しかし、その本心はどうだったのでしょうか」

「どういうことだ」

「父上はお優しい御方《おかた》だったと聞いています」

「その通りだ」

虎夜叉丸が少し不安げに言い、多聞丸は大きく頷いた。

「故に……そのように仰っただけではないでしょうか」

「どうだろうか」

恐らくは違う。ただ断定することも出来ないため、多聞丸の答えもどうしても曖昧にならざるを得ない。だがこれが却《かえ》って勢い付けることとなり、虎夜叉丸は拳を握って熱弁を振るった。

「本心では意志を継いで欲しいと願っておられたはず。いや、継いでくれると信じていたはずです！」

「父上の御心《おこころ》を勝手に決めつけるな」

多聞丸も思わず声が鋭くなった。が、虎夜叉丸はやはり引き下がらずに訴えかける。

「では何故、父上は死ぬと解っていながら行かれたのですか」

「父上は勝ちを諦めてはいなかった」

「そうでしょう。しかし、九分九厘は勝てぬ戦だと覚悟していたはず。それくらい私でも解ります。何故、向かわれたのです」

虎夜叉丸は繰り返し問うた。きっと今だけではなく、答えをくれぬ天の父に向けて問うてきたのだろう。苦しみ抜いた末、得た答えこそが「勤皇」だったのだ。虎夜叉丸にとって、己はその答えを根底から引っ繰り返そうとしている存在なのだろう。

「それは……」

多聞丸は言葉を詰まらせた。

「お聞きになっていないのでしょう」

それはその通り。父はその問いに対しては答えを曖昧にしたままであった。いつか己にも解る時が来る気がするという言葉を添えて。

「故にお主の答えが間違っているとも言わぬ。だからこそ俺は今もずっと考え抜いている」

「その結果がこれという訳ですか」

虎夜叉丸は呆れ果てたように吐き捨てた。

「ああ、そうだ」

「楠木が……認められませぬ」

「認めずともよい。俺が当主だ」

多聞丸は斬るように言い放った。これは虎夜叉丸を黙らせるために敢えてそうしたのか。それとも己の中にまだ微かな葛藤があるからか。それは自身でも曖昧であった。

「英傑の子が逆臣になるとは……」

虎夜叉丸は唇を噛み締めて秋天を見上げた。

「それは違う」

「何が違うのです。北朝に降り、足利に阿《おもね》るなど逆臣と言わずして何と言うのです」

虎夜叉丸は顔をさっと降ろし、怒気を隠すことなく捲し立てる。多聞丸は心から溢《あふ》れる全てを乗せて静かに言った。

「英傑の子ではない。父上の子だ……俺も、お主も」

互いに見つめ合い、僅かに声の無い時が訪れた。音はあった。木々のさざめきだ。また二人の間を風が抜けていく。まるで過熱する二人を止めようとするように。

多聞丸は細い息を風に混ぜると、再びゆっくりと口を開いた。

「お主の強い想いはずっと解っていた。還俗すればきっと命を賭して戦おうとするだろうと。俺が止めたとしても」

楠木党の中にも、虎夜叉丸のような考えの者が皆無とはいえない。虎夜叉丸が声高に南朝への忠義、北朝の討滅、父の仇討《あだうち》を叫べば、同調する者もきっと増えて来る。そうなれば楠木は二つに分かれてさらに事態は混迷に陥るだろう。それだけは何としても防ぎたかった。

「お主に見張りを付ける」

多聞丸が言い放つと、虎夜叉丸ははっとした顔になった。そこまでするかなどと罵《ののし》らないのは、今は勝手に還俗することも過ぎっていたのだろう。

「そうですか……」

虎夜叉丸は蚊の鳴くような声を漏らし、その躰《からだ》からは先ほどまでの熱が抜けていくようだった。

「解れとは言わぬ。ただこれを楠木の目指す道と決めた」

もう返事も無かった。虎夜叉丸は再び高い空を仰いだ。

「また来る」

多聞丸が腰を上げて歩み始めた時、虎夜叉丸が呼び止めた。

「一つだけお訊きしても」

「ああ」

多聞丸は振り向かぬまま応じた。

「父上は……私を……抱いたことはあるのでしょうか？」

虎夜叉丸はか細い声で尋ね、多聞丸はぐっと唇を噛み締めた。

虎夜叉丸はあと数日で師走《しわす》という頃に生まれた。河内には珍しく粉雪がちらついていたことを覚えている。父とは二年半ほどしか過ごすことは出来なかった。しかもその頃、父は多忙を極めて大半を京で過ごしていた。何も覚えていなくとも無理は無い。

多聞丸の胸に虚《むな》しさと憤りが込み上げているのはそれが理由ではない。虎夜叉丸がそのような問いすら憚るほど、物心が付いた時から楠木正成は英傑に祀り上げられていたということだ。英傑の子がそのような軟弱な問いはしてはいけない。決して軟弱などではないのに、実の兄に訊くのさえ勇気を持たねばならぬほどに。

「ああ。お主が生まれたことを聞き、大急ぎで戻って来られた。部屋に入って来るなり抱き上げ……満面の笑みを浮かべておられた」

「そうですか……」

虎夜叉丸の声に安堵の色が混じっていた。

「またな」

多聞丸は言い残すと再び歩み始めた。今は虎夜叉丸も顔を見られたくはないだろう。いや、己が掛ける言葉が見つからなかったのだ。

何と言ってやれば良かったのか。心の中の父に問い掛けるが答えは無い。また一陣の風が吹き抜け、多聞丸を巻くように木の葉が舞い踊っている。

※

師走に入った。今年も残すところ僅かになり、正月を迎えるための支度で俄《にわ》かに忙しくなる。これは武家に限ったことではなく、百姓や商人たちも同じである。どの家でも注連縄《しめなわ》を作り、村々の社《やしろ》では年籠《としご》もりの用意をするのである。

武家となると門松の支度をしたり、あるいは鏡餅をこさえたり、さらには家々での風習や儀式もあってなかなか忙しい。楠木家では鏡餅を一枚ずつ、縁起物として領内の村に遍《あまね》く配る。村では大層喜んでくれるものの、これがなかなかに大変なのだ。

「兄上、そこに置いて下され！」

新たに蒸した糯米《もちごめ》が運ばれて来ると、次郎が額の汗を拭いながら言った。当主であろうが、その弟であろうが、楠木家では正月支度に加わるのが慣習である。が、今の次郎のように自ら杵《きね》を取って餅を搗《つ》くことは珍しい。

「代わろうか」

多聞丸は手を差し伸べた。すでに己から代わって半刻以上、次郎はずっと餅を搗き続けている。今日は一段と冷え込んでいることもあり、次郎の肩からは湯気が上がっていた。

「もう一つ作ったら頼みます」

次郎は笑うと、熱い、熱いと言いながら、布に包まれた糯米を臼《うす》に入れた。

周囲には同じような木臼が八つ。郎党たちが代わる代わる搗き役、捏《こ》ね役を務めて鏡餅を作っている。

「間に合わぬぞ！　気合いを入れろ！」

次郎が呼び掛けると、郎党たちは応と快活な声を発した。

「糯米が来ねばどうせ搗けぬぞ」

多聞丸は頰を緩めた。

女たちは糯米を蒸すのが役目。母も陣頭に立って差配し、それを女中頭の津江《つえ》が補佐している恰好である。

「もう一つ出来ました」

「来たか」

次に運んで来たのは頭に白布を巻いた石掬丸である。何故か、石掬丸は糯米蒸し組に加わっている。石掬丸は普段から己への給仕、客への接待で竈《かまど》を触ることが多く、扱いが頗《すこぶ》る上手い。さらに女中たちからも人気が高く、弟のように思われているらしい。こちらに回して欲しいと頼まれたのである。

「間に合いますかね……」

石擲丸は上目遣いに顔を覗き込んだ。

「まさか正月支度まで翻弄されることになるとはな」

多聞丸は苦く頰を緩めるものの、石擲丸は流石に何も答えない。口を真一文字に結んで、聞こえぬふりをして視線を逸《そ》らす。

普段ならばここまで正月支度に追われることは無い。今年も無理の無い段取りを組んでいたのだ。しかし、予期せぬことが起こった。

急遽、師走八日に興国《こうこく》から正平《しょうへい》に改元が行われたのである。それはそれで祝い事を行わねばならないため、そちらの支度で相当人手が取られてしまった。故に年越しの支度の方は、このようにかなり遅れが出てしまっているのだ。

「夜もやらねばならぬかもな」

多聞丸はそう見通している。もう大晦日《おおみそか》まで残すところ七日だが、まだ領内の村の半分にも行き届かぬほどしか用意出来ていない。作るだけではなく届けねばならないのだ。

「御母堂様はそのおつもりです」

石擲丸は微笑みを浮かべた。母は今も声を張って女中たちを差配しているらしい。多聞丸があのことを告げた時は消沈していたものの、以後は表にはあまりその色を見せなかった。とはいえ、今日ほど活《い》き活《い》きとしている日は無かった。

「それは何よりだ」

多聞丸も白い歯を少し覗かせた。

周囲で小気味のよい掛け声が続く中、

「兄者！」

と、呼ぶ声が少し離れたところから聞こえた。

「この声は……」

こちらに向かって来る十人ほどの一団がある。そのうち一際大きな男がこちらに向けて手を振っている。

「新発意！　手伝え！」

次郎も気付いて呼び掛ける。和田新発意である。その横には兄の和田新兵衛の姿もあった。

「そのつもりで来た！」

「おお、そうか！」

近付いてから話せばよいものを、新発意と次郎は大声で会話を始めるものだから苦笑した。きっと新兵衛も同じような表情をしているだろう。やがて一団が辿り着いた。

「おう」

「お久しぶりです」

多聞丸が軽く声を掛けると、新兵衛は薄く笑みながら頭を下げた。

「言うほど間が空いていないだろう？」

「とはいえ、あれ以来です」

新兵衛が言うあれとは、茅乃を救い出した時のことだ。新兵衛が無事に茅乃を吉野まで送り届けたということは使いの者より聞いているが、その途中の詳細は何も知らない。

「揉めたか?」

多聞丸は笑いを堪《こら》えながら訊いた。新兵衛は茅乃に対して憤っており、送り届ける役を命じた時は嫌そうな反応をしていた。

「いいえ。御屋形様の命《めい》ですから。心を鎮めつつ応じました」

「ということは、何かあったのか?」

「吉野に辿り着くまで、散々問いを投げかけられました。御屋形様はどのような御方なのかと」

「ほう」

多聞丸は眉を開いた。普段はどのような暮らしを送っており、どのような振る舞いをし、どのような言葉を使うのか。と、いったところらしい。

「他にも河内のこと、和泉のこと、楠木党の物流のこと……勿論、口外してはならぬことは一切漏らしてはおりません」

新兵衛は毅然《きぜん》とした態度で臨み、茅乃はそれにむっとしたようになり、またひと悶着起こりそうな一幕もあったという。

「まあ、気にもなるか」

多聞丸は一笑に付した。茅乃は宮中では勿論のこと、外でも恭しく扱われてきたはずだし、あのように口論に発展するのも恐らく初めてのことだろう。

「私は好きませぬな」

新兵衛は小さく鼻を鳴らした。多聞丸はふっと息を漏らして話を転じた。

「今日はどうした。真に手伝いに来てくれたのか？」

「はい。東条が正月支度に苦戦していると伝わってきたので」

「まるで戦だな」

多聞丸は虚けるように口をへの字に曲げた。

「この慌ただしさですからね」

「そちらは良いのか」

和田家でも正月支度はせねばならない。改元の祝いもまた同様であり、慌ただしくなっていてもおかしくはないのだ。

「昨年まで新発意が真面目にやらぬせいで、いつも際《きわ》になっておりました。故に今年は常よりも一月ほど早く支度を始めたことが功を奏しました」

新兵衛は小言を交えながら訳を話した。

「お主、代われ。石掬丸！」

一つ餅が搗き終わったところで、新発意は郎党から杵を分捕った。

「承知しました」

石掬丸が嬉しそうに蒸し上がった糯米を臼に入れる。新発意は小指から順に杵を握り直すと、気合いと共に猛烈な勢いで餅を搗き始めた。捏ね役は手を打たれないかと顔を引き攣《つ》らせている。新発意は次郎に向けて、

「どうだ」

と、得意げな顔を向けた。

「強く搗けばいいってもんじゃない。水みたいになっちまうぞ」

「そ、そうなのか?」

新発意は狼狽して、杵を振る手をそろりと緩める。その姿が何処か滑稽で、郎党たちからどっと笑い声が上がった。

「今年は様々なことがあったが、何とか無事に終えられそうだ」

度重なる朝廷からの呼び出し。金毘羅《こんぴら》党との戦い。茅乃の救出。そして、母や虎夜叉丸、皆への想いの告白。例年に比べて確かに多くの出来事があった一年となった。

「重なるものなのでしょう。まだ今年は少し残っておりますよ?」

新兵衛は珍しく虚けるように片笑んだ。

「怖いことを言うな。もう沢山だ」

新発意たちが加わったことで、一層賑《にぎ》やかとなった衆を見つめながら、多聞丸は穏やかに口元を綻《ほころ》ばせた。


和田家が「援軍」に駆け付けてくれたおかげで、正月支度の遅れは徐々に取り戻すことが出来た。鏡餅も乾いたものから順に村々へと配っていく。ようやく目途《めど》が立ったのは二日後のことである。その間、新兵衛と新発意らは泊まり込みで手伝ってくれた。

明日には和田に戻るというので、皆で夕刻から、離れで小さな宴《うたげ》をしていた最中のことである。俄かに母屋である屋敷の方が騒がしくなった。

「何だ」

次郎が盃《さかずき》を置いて眉間に皺を寄せる。どうやら来客があったらしい。大塚は決まって年の暮れに挨拶に現れるものの、今年は向こうも改元のことで多忙を予想して、すでに十日前に訪ねて来ている。野田の親仁は年賀には訪れるものの暮れに来ることは無い。そもそも二人だったならば、これほど屋敷がざわつくことも無いだろう。

「これは……逃げた方がよいかもしれぬ」

多聞丸は腰を浮かせた。年初と初夏、二度に亘《わた》って立て続けに朝廷からの使者が来た。これまでは年に二度くらいだったものだから、この分だと今年は三、四度になってもおかしくないと危惧していたが、以降は全く無かったので拍子抜けしていたのだ。だが、今のこの騒ぎはそれではないか。だとしたならば、屋敷に必ずといっていいほどいる年暮れを狙ったのだと予想された。

「石掬丸、香黒を……あっ、母屋か」

次郎は立ち上がって額を叩いた。今日はいつもよりも酒が進んでいるため、少し前に石掬丸が母屋に酒を取りに向かったのだ。

「新発意」

「おう」

新兵衛が呼び、新発意が厩に向かおうとしたその時である。石掬丸が走り込んで来た。その手に酒を持っていないことからも只事でないことが判る。多聞丸は短く問うた。

「朝廷からか」

「はい」

「すぐに出る。不在であると──」

「弁内侍様です」

「何……」

石摑丸の一言に、多聞丸は吃驚《きっきょう》で声を詰まらせた。

「弁内侍殿を使者に立てたということか」

新兵衛が訊くと、石摑丸はやや困惑の色を浮かべながら応じた。

「それが……お一人なのです」

「供も付けずにか」

新兵衛も驚きに細い目を見開く。

「そうです。故に屋敷では騒ぎに」

「兄上、まさか……」

次郎がにやにやにやしながらこちらを見る。実は皆に隠れて書状でも送っていたのではないのかというところだろう。

「馬鹿なことを言っている場合か」

多聞丸は一蹴すると、次郎はふざけたように肩を竦《すく》めた。

「では、何だ?」

新発意は太い眉を下げて首を捻る。

「余計なことを言うから真になったではないか」

「申し訳ございません」

多聞丸がちらりと見ると、新兵衛は眉間を指で摘まんだ。今年もまだ少し残っているので、何かが起こるかもしれないと軽口を叩いていたことだ。

「避けとくか？」

次郎が真面目な顔に戻って尋ねる。何の話かは判らない。聞いてしまっては厄介になることも有り得る。

「会おう」

「よいのですね」

新兵衛が不安げに念を押す。

「どうにでもなろう」

一人で来ているということは、正式な使者としてではないことは確か。ならば後でうやむやにすることも出来よう。それにやはりこの時刻に一人で来るというのは訝《いぶか》しい。己も正直なところ気になる。

「先に御召し物を用意致します」

石掬丸は身を翻して屋敷に向かおうとした。

「待て。このままでいい。ここで会う」

別に侮っている訳ではない。正式な使者でないならば、こちらもそのような対応をしたほうが後に面倒を避けられると考えた。

「ここに？」

次郎は苦笑して辺りを見渡す。瓶子《へいじ》、盃、肴《さかな》の入った皿が散乱している。

「まあ、よかろう。石掬丸、こちらに通せ。母上には考えあってのことと伝えよ」

仮にも朝廷の者である。母ならば恭しく出迎えねばならぬと思うだろう。そう伝えておかねば気を揉むに違いない。

「承知しました」

石掬丸は会釈して走り去った。

「しかし、何でしょうか……」

新兵衛は顎に手を添えた。

「見当も付かぬな」

多聞丸は首を横に振る。新兵衛、次郎も黙して考え込む。重苦しい雰囲気の中、新発意だけは今のうちにと言わんばかりに、瓶子に残った酒を腹に流し込んでいる。それを見て考えているのが馬鹿らしくなった。どうせすぐに判ることとなのだ。多聞丸はふっと息を漏らし、

「やはり少し片付けるか」

と、皆に提案した。

「お連れ致しました」

石掬丸が戻って来た時、まだ片付けの途中であった。

「来たか」

多聞丸は瓶子を両手に持ったまま振り返る。石掬丸の向こうに、茅乃が顔を覗かせている。その顔は緊張に強張《こわば》っているように見えたが、すぐにむっとしたものに変わる。

「片付けてから通して下さればよいものを」

「急に訪ねて来るからだ」

多聞丸も負けじと返すと、茅乃はさらに何かを言おうとしたが止めた。先日よりもどうもしおらしい。何か、頼み事があるのだと察した。

「これよりは私が」

石掬丸が片付けを引き継ぐ。多聞丸は座るように勧め、茅乃も大人しく従う。皆も腰を下ろして車座になった。石掬丸が極力音を立てぬように片付けを進める中、

「如何《いかが》されました。一人で来られるとは余程のこと」

と、多聞丸は切り出した。茅乃とはあれ以来会っておらず、書状のやり取りもしていない。新兵衛に己のことを尋ねていたとは聞いたが、それは一体この不忠者は如何なる男なのかと探っていたに過ぎない。少なくとも好意は持っていないはず。それがこうして訪ねて来るなど、どのような風の吹き回しか。

「人払いをお願い出来ますか」

茅乃は左右をちらりと見て静かに言った。

「この場にいるのは弟であり、従兄弟《いとこ》であり、股肱《ここう》の者です」

「しかし……」

茅乃はなおも躊躇《ためら》いを見せた。

「この者らがいる場所で言えぬようなことならば、私も聞くことが出来ません」

多聞丸がはきと言い切ると、茅乃は覚悟を決めるように二度、三度頷いた。

「解りました……しかし、他言は無用でお願い致します」

「承知した」

多聞丸が目配せをすると、皆が一様に頷く。

「主上のお味方になって頂けないでしょうか」

ほら来たとばかりに、次郎が口を曲げる。新兵衛は細い溜息を漏らしている。つまりは帝のために兵を挙げろということだろう。そうは思いつつも多聞丸は敢えて、

「それは如何なることで」

と、惚けてみせた。

「主上の御命《おいのち》が危ないのです」

茅乃は声を落として絞るように言う。皆の視線が宙で絡み合う。どうも予想していたものとは風向きが異なるらしい。

「詳しくお聞かせ下され」

「改元のことは」

「当然、知っています。そのせいで……」

正月支度が遅れて大変な目に遭った。と、言いそうになるのをぐっと呑み込んだ。

「何か？」

茅乃は訝しそうに訊く。

「いえ、何も。続けて下さい」

「改元ともなれば様々な儀式を行います」

「でしょうな」

多聞丸はよく知らないが、武家でも祝い事を行うのだから、朝廷ともなれば大仰な儀式が幾つもあるのだろうとは思う。

「その儀式の最中、主上が襲われました」

「何ですと……」

多聞丸は言葉を失った。皆も吃驚の表情に変わる。

「儀式の中には主上がお一人になるものもあります。そこを刺客に狙われたのです」

帝にはこの日ノ本において最も上位の大神官という側面もあり、神事も取り仕切ることになる。その中には日没後から神饌《しんせん》を供える部屋に一人で籠もり、神々に禱《いの》りを捧《ささ》げるものもあるらしい。その最中、刺客が部屋に忍び込んだというのだ。

「そのようなことが出来るのか」

敵はいるはずがないと油断していたこともあろう。とはいえ、部屋に入るのは一介の公家ではなく帝である。護衛が周囲を警戒するのではないか。そう矢継ぎ早に問いを投げ掛けると、茅乃は大きく頷いた。

「はい。その部屋の前には二十一人の護衛がいました」

「それを突破したというのか」

「いえ、板壁が開いたのです」

「壁が……？」

何を言っているのか理解出来ず、多聞丸は尋ね返した。

「はい。隠し扉です」

茅乃は応じると口をぎゅっと結んだ。帝が入ったその部屋の入り口は一つだけ。しかし、壁がすうと横にずれて穴が出現した。このようなものは決して無かった。そう遠くない過去、何者かが予《あらかじ》め細工を施したということになる。

「帝は」

成り行きが気に掛かる。いつの間にか話に惹きこまれ、多聞丸は少し身を乗り出した。

「すぐにお気付きに」

滑りをよくし、音をなるべく消すため、隠し扉の枠には蠟《ろう》が塗り込まれていることが後に判った。が、それでも全ての音を消し去ることは難しい。帝はすぐに異変に気付いたらしい。

「耳が良いようだ」

「それもあるとは思います。主上は……些細な音でも目を覚まされますので」

茅乃は出来る限り婉曲《えんきょく》に言っているが、良いというより鋭敏、過敏な性質らしい。茅乃はさらに言葉を継いだ。

「物音がしたのでそちらを向くと、そこには柿渋の装束に身を固めた男がいたとのこと」

「透波の類でしょうな」

新兵衛が口を挟んだ。その儀式が行われていたのは日没後とのこと。つまり夜である。闇に紛れるには黒が良いと考えがちだが違う。少し目を凝らせば常人でも見分けられてしまう。むしろ闇に紛れやすい色こそ柿渋なのだ。それを知っているあたり、偸盗《ちゅうとう》術に長《た》けた者であることは間違いない。

「主上は刺客と目が合いました。頰かむりの隙間から双眸《そうぼう》が爛々《らんらん》と光っていたとのこと」

「それは……恐ろしいでしょうな」

多聞丸は顔を歪めた。別に帝でなくともそうだろう。戦場を勇猛果敢に駆け巡る武士であろうとも、ふいのことに身を強張らせるはずだ。しかし、帝は次の瞬間には、

——曲者《くせもの》！

と、大音声で叫んだという。

多聞丸は舌を巻いた。なかなか出来ることではない。今帝はよほど豪胆であるのか。いや、些細な音でも目を覚ましてしまうのだから符合しない。

——自らが狙われていることを知っているのか。

多聞丸は内心で呟いた。襲われることを覚悟して、予め様々な状況を想定し、それへの対応を練習していたのではないか。ならば小さな物音に鋭敏に反応するのも理解出来る。

「お怪我は？」

多聞丸は低く尋ねた。無事とは聞いたものの、怪我の一つでもしていそうな状況ではある。

「いえ……」

茅乃は首を横に振った。帝は助けを呼ぶと同時、唯一の出入り口に向かおうとした。刺客はそうはさせじと遮ろうとする。その刹那、帝は刺客の予想外の行動に出た。

「刺客の入って来た隠し扉に飛び込まれたのです」

「何と」

多聞丸は眉を開いた。

帝が気付いた時、どのように動くか刺客も予想を立てていただろう。帝は見事にその裏を掻《か》いた

ということになる。

しかし、刺客が二人以上いることは考えなかったのか。もしそうならば隠し扉の前で、二人目の刺客と鉢合わせすることになる。

「十中八九、刺客は一人であると」

そう帝は後に話したらしい。

根拠としてはこうである。まず帝を狙うとなれば刺客も命懸けとみて間違いない。一人が退路を確保するより、二人で襲い掛かるか、正規の出入り口を塞いで帝の逃げ道を封じることを優先するはず。

つまり刺客が二人いたならばすぐに姿を現すはずである。故に刺客は単独である見込みが高い。

そこまで瞬時に考察したというのだ。

とはいえ、確実とも言えない。最後は胆力を振り絞って隠し扉に飛び込んだ。すると扉の先は別の部屋に繋がっており、そこから廊下へと逃げ遂《おお》せたという。

「その刺客は如何に」

「逃げられぬと悟ったようです」

すぐに護衛が部屋に踏み込んだ。さらに帝が逃げた方からも声が聞こえたことで、退路を断たれたと察したらしい。短刀で自らの首を掻き切り、血を撒き散らしながらどっと頽《くずお》れたとのこと。

「ご無事で何よりです」

多聞丸がしみじみと言うと、茅乃は淡い驚きの色を見せたので、

「一体、私をどのように思っているのです」

と、苦笑と共に続けた。朝廷によって楠木家が翻弄されたのは事実。父を死に追いやった遠因も朝廷にあると思っている。とはいえ、帝が災難に遭って欲しいなどとは微塵《みじん》も思っていない。茅乃には口が裂けても言えぬが、北朝に降ったあとも帝をお守りしようとは思っているのだ。

「しかし、私に何故そのことを？」

多聞丸は言葉を重ねた。

「隠し扉など易々《やすやす》と作れるものではありません」

「そうでしょう」

「主上がその部屋にお籠もりになることも知っている必要があります」

「やはり、そういうことですか……」

多聞丸は丸い息を吐いた。

「はい。廷臣の中に裏切り者がいます」

茅乃は忌々しそうに漏らした。何者かが予め隠し扉を作って刺客を手引きしたということだ。しかし、いつか来るだろう改元に備え、そのようなものを拵《こしら》えれば露見する危険も大きい。つまり改元すら、その裏切り者が画策した恐れがあると茅乃は話した。

「改元は如何にして決まったのです」

「朝議でそのような話が出たとのこと」

今、南北両朝の争いは少なくとも畿内周辺では沈静化している。共に来たる時に備え、力を蓄えているという訳だ。だが、北朝のほうが大きな地盤を持っているため、勢力の差は時を追うごとに開きつつある。つまり南朝は追い詰められているのだ。

この流れを変えるため、まずは重苦しい雰囲気を一掃したい。さらに南朝がここから再び「正しく世を平らにする」という確固たる意志を、諸勢力に伝えた方がよい。そのために「正平」に改元をしてはどうかという話で纏まったらしい。

「誰が言い出したのです」

「それが……」

茅乃は表情を曇らせた。正直なところ、誰が言い出したのかははきとしないという。少なくとも一人が言い出した訳ではない。何人かの話し合いの中で、

――そのような流れ。

になったというのだ。

「有り得るでしょうな」

多聞丸は頷いた。裏切り者がいたとして、一人でそちらの方向に持って行けば後に怪しまれる。だが皆を巻き込んで誘導するのは難しくない。しかも裏切り者は一人とは限らないのだ。そうなればより流れを作るのは容易いだろう。

「もはや誰も……信じられませぬ」

茅乃は迷いを振り切るように言い切った。元来、廷臣の中にそのような不忠者がいることなど疑いもしなかったのだろう。未だ信じたくないという想いも滲ませている。

「お一人にしないほうがよいだろう。特に暫くの間は」

「しかし、そうもいかないのです」

茅乃は細い首を横に振った。

「年賀ですか……」

「その通りです」

間もなく短い正平元年が終わって新年を迎える。庶民ですら祝い事があり、武家でもそれに忙殺されるのだ。何かにつけて儀式の多い朝廷ならば猶更《なおさら》であろう。中には帝の近辺に人がいてはならぬものも存在すると茅乃は話した。

多聞丸もここまでの話を聞いて、茅乃が何のために己を訪ねて来たのか、朧気《おぼろげ》ながら解って来た。

茅乃は二度、三度頷くと、意を決したかのように切り出した。

「帝をお守り頂けないでしょうか」

「やはり」

そう来たか。途中から予想していた通りであった。

次郎や新発意は驚きと困惑の入り混じった顔を見合わせる。石掬丸は給仕の時は会話を漏れ聞いても努めて反応を示さないが、この時ばかりは一瞬動きを止めたのが判った。一方、新兵衛は同様に話の筋からある程度は読めていたらしく細く息を吐く。

「故に、当家に参られたということか」

多聞丸は返答を先に送って会話を続けた。

「はい。今は吉野にいる誰にも頼れません」

茅乃だけでなく内通者が紛れ込んでいることに気付いている公家はおり、今の吉野では皆が疑心暗鬼に陥っている。茅乃も誰が味方で、誰が敵か判別出来ない。話が漏れてしまうことは疎《おろ》か、知らずに帝を弑《しい》そうとする大悪人を頼ってしまうことさえあり得るのだ。だからこそ、吉野に滞在している訳ではなく、今は疎遠ですらある己こそ適任と考えた訳だ。

「容易く守れと申されるが、如何様《いかよう》にしろと？」

「御屋形様」

新兵衛が小声で制す。

「訊いているだけだ」

まだ引き受けるつもりは無い。いや、むしろ断るつもりでいる。その理由を探すためにも、茅乃の考えはもう少し聞いておきたかった。

「正直なところ……何も……」

「考えはつかぬと」

多聞丸が言うと、茅乃はこくりと頷いた。

これまで帝の警護を担って来た訳ではないのだから無理もない。それに幾ら高位とはいえ、女官が口を出せることは限られているのも確かだ。

「敵に通じている廷臣がいると、気付いている御方は他にもおられるとのこと。そちらに任せては如何でしょうか」

「当初は私もそう考えました。しかし、互いに腹を探るばかりで、今に至るまで何一つ手を打てていません」

「それで貴方《あなた》が動こうとした訳ですか。何故、そこまでなさる」

「主上をお守りせねばなりません」

茅乃はこの問いに即答した。

「何故、そこまでして守ろうとするのか……そう尋ねてしまえば、また言い争いになりそうですな」

多聞丸は先手を打って自嘲気味に口を歪めた。茅乃は暫し沈痛な面持ちで俯《うつむ》いていたが、ゆっくりと顔を上げて再び口を開いた。

「私からお尋ねしても？」

「ええ」

「楠木様は主上が弑されたとしても、一向に構わぬとお考えですか」

「そうではない」

他者によって奪われてよい命など存在しないと心より思っている。多聞丸は否定しつつも付け加えた。

「ただそれは帝であっても、武家であっても、商人や百姓であろうとも同じこと……貴方には解っては頂けないでしょうが」

先帝や廷臣たちの無理難題で父が死なねば、また違った考えになったのかもしれない。しかし、多聞丸にとってはそうなのだ。たとえ不忠と罵られようが、不義と蔑まれようが変わりはしない。

「今、確かに帝は危うい状況なのだろう。だがそれは廷臣たちが招いた事態であり、彼らの手によって解決すべきことと存じます」

多聞丸は落ち着いた口調で突き放した。故に楠木が巻き込まれる所以《ゆえん》はない。楠木が新たな道を進もうとしている今、関わるべきではないとも考えている。

茅乃はまた項垂れた。重苦しい雰囲気が場に漂う。此度のことは聞かなかったことにしてお送りしましょう。そう言い掛けた時、茅乃がか細い声で話し始めた。

「もし……もし、とある百姓が今まさに賊に襲われているとします」

「何の話を……」

「お聞きください」

言い掛ける最中、茅乃は顔をさっと上げた。その瞳は潤んでおり、木窓から差し込んだ夕陽がそれを輝かせる。

「ああ、聞こう」

多聞丸は思わず素直に応じた。

「その百姓の子が、父を助けて欲しいと駆け込んで来たならば、楠木様は如何になさいます。お助けになるのではないですか」

多聞丸の脳裡にまた新平太《しんぺいた》の顔が浮かんだ。新平太が泣きじゃくりながら、己の袖を引いている光景が過ぎったのである。その時、己は如何にするか。嘘は吐けなかった。

「助けに駆け付けるだろう」

「帝であっても、武家であっても、商人や百姓であろうとも奪われてよい命などない。先刻、楠木様はそう仰ったではありませんか。何故、主上だけ……お見捨てになるのです」

茅乃は込み上げる嗚咽《おえつ》を呑み込むようにして言い切った。

多聞丸は天井に向けて吐息を飛ばす。これは茅乃の言い分に理がある。これで助けぬとあれば、反対に帝だけ差別しているということになる。今少し、本心を語る必要がある。

「私の父をご存知ですか」

「当然です。それがこのことと……」

「聞いては下さらぬか」

多聞丸は柔らかく言った。先ほどと立場が入れ替わったような恰好で、茅乃はその瞳を逸らさぬまま小さく頷く。

「父は朝廷に殺された。私はそう思っています」

多聞丸は静かに言った。茅乃はまた憤慨するだろうと思いながら。しかし、茅乃は何も言葉を発することなく、きゅっと口元を結ぶのみであった。

「そう単純な話ではないことは重々承知です。しかし、父が先帝に身命を賭して尽くしながら、最後に死地に赴かねばならなかったことは事実です。少なくとも先帝はお止めにはならなかった……」

皆の前でも口にするのは初めてのこと。新兵衛や新発意は固唾《かたず》を呑んで見守り、次郎は膝の上の拳を強く握りしめている。

「先刻の譬《たと》え話の子と同じです。ただ私の場合は助けを請う相手すらおらず、見送るしかなかったということです」

「朝廷を……お恨みになっているのですね」

茅乃は絞るように言った。

「さて……正直なところよく判っていません。恨んでいるのは死地に向かわせた廷臣なのか、止めて下さらなかった先帝なのか、それとも無邪気に父を英傑に仕立てた人々なのか。あの日、縋《すが》りついてでも止められなかった己自身なのかもしれません」

多聞丸は胸の内を吐露した。賢しい茅乃のことだから、今後の楠木の動向も朧気に解ってしまったかもしれない。それでも良かった。この場においては、何故か嘘は吐きたくなかったのである。

「解りました……」

茅乃は雫《しずく》が水面に落ちるような小さな声で言った。今日遂に激昂しなかったのは、助けて欲しい故の阿りからではないだろう。理解こそ出来ないかもしれぬが、多聞丸の真は伝わったらしい。

「最後に一つだけ……よろしいですか」

「ええ」

茅乃の断りに、多聞丸はまた静かに頷いた。

「先帝と今帝は別です。楠木様と御父上が別であるように。それだけは……」

解って欲しいということだろう。茅乃は最後まで言わなかった。いや、言えなかったらしい。薄い唇を噛みしめて深々と頭を下げた。

茅乃は己を英傑の子だからではなく、楠木正成の子だからですらなく頼って来たということ。自らを助けた己ならば、帝でもきっと救ってくれる。その一心で縋りに来ただけなのかもしれない。

——俺は。

多聞丸は問い掛けた。父にではない。己にである。救うべき相手が帝でなければ、訪ねて来たのが茅乃でなければ、果たして己はこのように迷いもしただろうか。

多聞丸が自問自答に暮れる中、茅乃はすっと立ち上がると身を翻した。小さな風が起こる。鼻先に触れたのは、僅かに残った香の匂いだけではない。ここまで必死にやってきたことによる生きる人の匂いであった。

「待たれよ」

その時、思わず口を衝《つ》いて出た。茅乃は振り返らない。顔の辺りに手を運んで横に滑らせるのみである。

「一人で来たのです。送って頂かずとも――」

「いや、やろう」

「え……」

茅乃は吃驚に声を詰まらせる。新兵衛は眉間を摘まんで溜息を零すが、新発意は身を乗り出して目を輝かせている。次郎は途中からもう解っていたらしく苦笑しつつも頷く。こちらの様子を窺う石掬丸さえ口元を綻ばせていた。

「貴方の言う通り。一個の命が脅かされているのだ。こうして助けて欲しいと頼まれているのだ。ならば出来るだけのことをする」

多聞丸は凛《りん》として言い放った。

今、救えるかもしれない命をただ救うだけ。楠木の今後とは別の話である。何かが吹っ切れたのか、己でさえ驚くほど清々《すがすが》しい気分であった。

「よろしいのですか……」

茅乃はゆっくりと振り返った。頰に微かな痕《あと》があり、襟の辺りが丸く滲んでいた。

「貴方が頼んで来たのではないか」

多聞丸はからりと笑い、未だ当惑する茅乃に向けて続けた。

「そもそも一人で来られたのは昼間だからこそ。それでも危ないというのに、もう陽が落ちてしまうのですぞ。その後先考えぬ振る舞いは止めた方がよい」

「そういう楠木様は――」

「俺もそうです」

茅乃がむっとして言い返そうとするのを、多聞丸は苦笑で遮った。茅乃はきょとんとしたが、やがて、ふっと柔らかな息を漏らした。

「そうですか」

次郎が相互を見比べながら言った。

「案外、お二人は似ているのやもしれませぬな」

「それはないだろう」

「全く違います」

多聞丸と茅乃の言葉が重なり、新発意までが噴き出す。新兵衛もようやく諦めがついたのか、引き攣ってはいるものの笑みを取り戻した。

次郎に促されて茅乃が再び腰を下ろしたところで、多聞丸は咳払いをしてまた話し始めた。

「ともかく……今後の手立てを講じます。何と言って吉野を出て来られたのです？」

「前回、北の方を訪ねたところ、賊に阻まれたことは皆が知っています」

「やはりご自身で」

多聞丸は苦く頬を緩めた。観心寺の仁周も公家から聞いて知っていた。あれほど怒って帰ったのだから、茅乃は己のことを語らないと思っていた。いや、念頭に無かったというべきだろう。このあたりの詰めの甘さが、時に御曹司育ちと言われる所以だと痛感する。

「嘘は申しませぬ。故に改めて会うためと」

「廷臣たちにも懲りぬ人だと思われたのでは？」

「私がそのような女だということは知れ渡っていますので」

多聞丸の軽口にも、茅乃は飄々《ひょうひょう》と返した。

「しかし、護衛も付けずというのは怪しまれるでしょう」

「一計を打ちました」

まず今回、北の方と面会するのは、あの観心寺ということにしたらしい。観心寺ならば吉野からそう遠くはなく、楠木家の勢力圏の中央でもある。皆が再度の襲撃は無いと安堵したようだ。

その観心寺の堂の一つで、北の方と語り明かす。積もる話もあるため、もしかしたら二、三日に及ぶかもしれないと伝えてある。観心寺の宿坊で女官と護衛は待たせておき、その間に茅乃は一人で抜け出してここに来たという。

この筋書きを作るため、信用の置ける女官である稲生、観心寺の僧数人の協力を得ているらしい。観心寺と楠木館は目と鼻の先。女の足でも一刻もあれば着く。一人でここに来られたことに得心した。

「ならば本日はここにお泊まり下され」

「よろしいので？」

茅乃は人並みに不安そうな顔を向ける。

「母上らには何か上手く理由を伝えます。今後のことを話さねばなりますまい」

「承知しました」

切れ長の目に喜色を滲ませつつ、茅乃は力強く頷いた。

「御屋形様、此度は……」

新兵衛が窺うように低く言った。

「そのつもりだ。大塚にもすぐに報《しら》せる。野田の親仁にもな」

金毘羅党の一件では、大塚たちには内緒でことを行った。結果、尻拭いをさせてしまったのだ。大塚をもっと頼るべきだったと、多聞丸の胸に刻み込まれている。

「すぐに手配をします」

石掬丸が一足飛びに動き出す。急ぎ郎党を走らせて東条への参集を頼むのである。

「明日の昼頃でしょうか」

茅乃は話に出たのが、大塚惟正《これまさ》、野田正周《まさちか》だと解っているらしい。大塚は和泉国から来ることを鑑み、そのくらいに話し合いが行われるのかと尋ねているのだ。

「いえ、夜明けには来てくれるでしょう」

「そんなに……」

「楠木党は動くとなれば速いのです」

多聞丸は片笑みながら言葉を継いだ。

「母屋に客間があります。むさ苦しいところですが、大塚らが来るまでお休み下され」

「俺……拙者が」

次郎は武家らしく言い直し、茅乃を案内するために立ちあがった。任せておけと目で語り掛けて来る。茅乃は寺への寄進を頼みに来たなどと、母や他の者には上手く言い繕ってくれるだろう。

明朝、多聞丸が見立てた通り、大塚が楠木館に到着した。卯《う》の刻のことである。それから半刻ほどして野田の親仁もやってきた。すぐに離れに通されて、野田の第一声は、

「大塚は相変わらず早い」

と、いうものであった。

大塚の方が遠くに拠《よりどころ》があるのに、自身の方が遅くなったことで、申し訳なさそうに眉を下げる。

「滅相もない。野田殿は指図もせねばならぬでしょうから」

物流の仕事は日々のことであり、一日でも休めば滞りが生じてしまう。野田がこちらに来るため、息子の弦五郎《げんごろう》と道之助《みちのすけ》に指示を与えて任せてきたらしい。

「で、この度は。戦ですか？」

野田はのそりと身を乗り出して尋ねた。一口で話せることではない。急ぎで集まって欲しいとしか伝えておらず、詳細に関しては全く報せていない。この面々を招集するとなった時、真っ先に思い浮かぶのはそれであろう。

「どうも別のようですな」

大塚は衆をゆっくりと見渡した。多聞丸だけでなく、和田兄弟の様子を見てそのように感じたらしい。多聞丸は頷いて口を開く。

「間もなく揃う。それから話をした方がよいと考えていた」

「次郎様ですな」

「うむ。あともう一人」

「もう一人……?」

大塚は反芻《はんすう》するように訊き返した後、誰なのだといった風に目をやるが、新兵衛は気付かぬ振りをして遠くを見つめていた。

やがて次郎が姿を見せた。その直後、後ろにいる茅乃を見て、大塚と野田は顔を見合わせた。大塚が我に返ったかのように、さっと居住まいを正そうとするのを、

「朝廷よりの使者ではない」

と、多聞丸は制した。大塚は訝しそうに眉を顰《ひそ》め、野田は苦く緩めた頬をつるりと撫でた。二人にとっても予想すらしていないことだったらしい。

「私から話します」

多聞丸はそう前置きし、帝の身に起こったこと、昨日のやりとりの全てを詳らかに話した。大塚は全てを聞き終えると、

「なるほど」

と、曖昧な相槌を打った。

「大変な話ですな」

野田は耳を傾けている時から、ずっと苦笑しっぱなしである。大塚は細く息を吐いて尋ねた。

「もうお決めになったのでしょう?」

「ああ」

大塚が話を覆そうとしていると思ったのか、茅乃は不安そうに口を結ぶ。

「決めるのはよいのです。それは御屋形様の思うままにすればよい。しかし、先々のことは如何

に？」

茅乃の前で南朝から離叛《りはん》すると言う訳にはいかず、大塚は濁しながら訊いた。

「我らは我らだ。それは変わりない。ただ……」

今回、守るべき相手が帝ではなく、百姓であっても同じことをする。改めてそう言おうとしたが、大塚はすっと手で制し、

「いえ、結構。仰りたいことは伝わっています」

と、厳かに答えた。

「苦労を掛ける」

「何を仰います。野田殿は……」

「御屋形様の言う通りだろう。青屋《あおや》の坊主さえ命が危ないとなれば救ったのだ。帝だからとて見捨てる訳にはいかぬだろう」

野田は金毘羅党から灰左《はいざ》を救い出した一件を引き合いに出し、了承の意を伝えた。

「一つ、よろしいか」

大塚は茅乃に向けて言った。

「何でしょうか」

「我らが護衛のために御所に入ると言っても、反対なさる公卿《くぎょう》はおられるでしょう」

「それは……はい」

茅乃は正直に認めた。

南朝が楠木家に期待を寄せているのは確か。とはいえ、今の態度を快く思っていない廷臣もいる

らしい。かような者たちは、楠木家の力なぞ借りずとも北朝を討てると、出来もせぬのに息巻いているとか。

そのような中、いきなり楠木家が護衛を申し出たとしても、うまいところだけを持っていくつもりだと反論しそうだという。朝議を重ねれば、楠木家の力を使うという方向にはなるはず。しかし、間もなく年が明ける。そのような時はもう残されていないのだ。

「それは結構。故に、我らは陰からお守りしたく存ずる」

「陰から……ですか?」

「左様。森に潜みます」

南朝の御所は吉野の山奥にある。周囲には深い森が広がっている。その草木の中に隠れて、帝の身に危険が迫った時に駆け付けるという訳だ。

「しかし、それでは……」

茅乃が言い掛けるのに対し、大塚はすっと手で押し留める。

「刺客が出来《しゅつらい》した時、即座に間に合わぬということですな」

「はい」

茅乃は薄い唇を絞った。

「公人《くにん》に紛れ込ませることは出来ませぬか」

公人は公方人《くほうにん》、公方者とも呼ばれ、朝廷の雑務を行う者のことである。武家でいうところの中間《ちゅうげん》、下人に相当する。

「確かに……それならば」

茅乃は二度、三度頷いた。

彼らは貴族などではなく、庶民の出である場合がほとんど。誰が辞めて、誰が仕えても、公家たちはさほど気にはしない。ましてや改元が行われた時などは、これを節目にして入れ替わりが多い。つまり今は潜り込むには、絶好の機会と言える。

「すでに新たに集まっているということは？」

新兵衛が横から尋ねた。そのような時期ならば、すでに公人の採用が決まっているのではないかということである。それを押しのけて、あるいは無理に追加で送り込めば、怪しむ者もいるのではないかと危惧しているのだ。

「先帝の頃から仕えていた公人たちが、この一、二年の間にかなり辞しました。さらに新たな公人もなかなか……」

世代の交代が起こっているのは、朝廷でも変わらないらしい。

後醍醐帝の頃に仕えた公人たちの中には天寿を全うした者、老境に入ったことで役目を辞して故郷に戻っている者も多いようだ。

ならば新たに雇えば良いと思うのだが、そう簡単な話でもないという。南朝が不利ということは庶民でさえ感じ取っており、いつ北朝軍が攻め込むか判らないところに仕えようとは思わぬ。茅乃は暗にそのことを伝えた。

「故に問題はないかと。ただ一度にどっと増えると怪しまれます」

「数人でよいのです」

「ならば何か筋書きを考えましょう。その公人が……」

「はい。近くでお守りします」

大塚が力強く答えた。茅乃はよき案であると満足そうである。が、大塚には裏の思惑がある。

楠木家が御所の警備をすることに反発する公卿は確かにいるだろう。普通ならば朝議を経なければならないのも確かだ。ただ朝廷は度々使者を送ってくるなど、楠木の力を使いたいと思っている。恐らくは反発する者を抑え込み、御所の警護を命じる運びになる。そのことを、

――楠木は望んでいない。

のである。南朝に出仕したとしても、北朝に鞍替え出来ぬではない。しかし、北朝は何らかの策を疑って警戒し、交渉がより難しいものになってしまう。

世間からの風当たりも強いものになるかもしれない。今後、楠木が予定通り事を進めるためにも、公にならぬほうが良い。大塚はそう考えて、巧みに茅乃を誘導したのだ。

茅乃を騙すような真似をしたのを少々心苦しく思いつつも、多聞丸は何も口を挟むことはなかった。

「私からも一つ、お尋ねしてもよろしいですか」

「何でしょう」

茅乃が言い、大塚は眉一つ動かさずに応じた。

「正月行事の間、帝を刺客から守るならば公人に紛れ込ませるだけでもよいと思うのですが……何故、さらに森に潜ませるのでしょう」

公人に紛れ込んだ者が刺客を止められないならば、すでに帝に危害を加えられているということ。森に伏せた者が何の役に立つのかということだ。いや、楠木が何かよからぬことを考えているので

はないかと、茅乃の頭には疑念が過ぎっている。

「我らが帝に叛くと？」

大塚ははきと踏み込んだ。

「い、いえ……そのようなことは……ただ、不思議に思った次第です」

茅乃は明らかに狼狽の色を見せた。大塚はやはり海千山千。疑うならば楠木党は引くと匂わせることで、今後もこちらの要求を通しやすく持っていく。

「新兵衛、訳が解るか」

大塚はここで新兵衛に振った。次の世代の補佐役としての新兵衛に期待しており、ことあるごとに育てようとしているのが解る。

「次に刺客が現れた時、一人とは限らないということでしょうか」

「よく見た」

大塚は口角を少し上げた。

「それは……」

茅乃は動揺しつつ呟く。

「次は数人、いや数十人で襲って来ることも、十分に考えられるということ。むしろ拙者はその見込みが高いと思っております」

まず刺客は誰が放ったものか確かではない。ただ十中八九、北朝の何者かであろう。そして、これはあくまで推測に過ぎないと前置きした上で、

「足利直義だと思います」

と、大塚は言った。

「高師直ではないのですか？」

茅乃は表情を曇らせた。前回、襲撃を受けたことで、嫌悪感を募らせているのが手に取るように解る。

「むしろ師直は嫌がるでしょう」

大塚は鷹揚に首を横に振った。

高師直は自他ともに認める北朝一の戦巧者である。

つまり最も功績を挙げられるのは戦場ということになろう。師直ならば己の手で吉野を陥落させ手柄にしたいはず。刺客で帝を弑してしまえば、その機会は失われるかもしれない。故に仕向けるはずはないというのだ。

「直義はその反対です」

帝の命を奪うことで南朝が自壊するならば、師直が功績を挙げる機会を未然に防げる。仮に崩れなくとも混乱が生じるのは間違いなく、そのような南朝を倒しても手柄とは呼べぬと主張するだろう。つまり北朝の仕業ならば、直義が企てている線が濃いのだ。

「この話を聞いた時から、直義の顔が過ぎっていました」

大塚は敢えてさらに付け加えた。これは茅乃にではなく、己に向けてのものだろう。北朝に帰順するに当たり、楠木家は師直派ではなく、直義派を通じようと決めている。直義の企《たくら》みを楠木党が妨げたとなれば、心証としてはよろしくない。だからこそ公にではなく、暗躍したほうが良いというのだ。ことの先々まで深慮していることに舌を巻き、大塚に相談して良かったと改めて思った。

「話を戻します。仮に刺客を放ったのが直義であった場合、今は相当に焦っていると思われます」

今の時勢を鑑みるに、来年には再び両朝の戦いは激化することが予想される。直義としては、そうなる前に帝の暗殺を成し遂げたかったとみえる。

南朝の公家と通じ、隠し扉まで作っていたことから、かなりの時を掛けて綿密に計画してきたことが窺える。その計画が失敗に終わり、残された時も少ない今、なりふり構わずにやってくることが考えられる。多くの刺客を投じるというより、小規模な軍勢での奇襲に近いことをしてくるかもしれない。大塚は十分に有り得ると語り、

「森に人を伏せねばならぬ訳をご理解頂けましたか」

と、淡々とした口調で結んだ。

「そこまで考えが及ばず……訝しむような真似をして申し訳ございません」

茅乃は正直に疑心を持ったことを認めて謝罪した。

「いえ。疑心暗鬼になっている以上、仕方ないことだと存ずる」

大塚は慰めるように言った。この辺りの押し引きも抜群の上手さで、新兵衛などは感心したように目を見開いている。

「御屋形様、如何でしょうか」

全ての地均《じなら》しを終え、大塚は話を振った。

「公人として送り込む者、森に潜ませる者、合わせてどれくらいの数になる」

「敵が衆で襲って来たとしても、三十を超えることは無いでしょう」

それ以上の人数を送れば露見する見込みが高いことから、最大でもそれくらいの数であると考え

られる。

「では、こちらも三十ほどか」

「はい。ただし敵も選《よ》りすぐりの者を送るはず。こちらも精兵にせねばならぬかと……」

大塚は不安そうに新発意に視線を送った。

「ならば当然、俺は選んで下さいますな」

新発意は拳を掌に打ち付けた。

「正直、お主の武勇を使わぬのは惜しい。が、落ち着きが無さ過ぎる。ただでさえその図体《ずうたい》で目立つのだ。大人しく従うと誓うか」

「肝に……何だったか」

新発意は困り顔で首を捻る。

「肝に銘じさせます」

新兵衛が横から言い、新発意はそれだと小さく呟き、ぶんぶんと首を縦に振った。

「御屋形様もくれぐれも慎重になさって下さい」

「俺も……良いのか？」

多聞丸は吃驚して声を詰まらせた。

そのような危ういところにわざわざ当主自らが出向くべきではない。東条にじっと腰を据えて待っていればよい。大塚ならば必ずやそう言うと思い、相談した時点で吉野に行くのは諦めていたのである。

「公人に化けなされ」

大塚は続けて静かに言った。刺客が出た時により危険な役回りである。多聞丸は苦く頰を緩めながら尋ねた。

「如何なる風の吹き回しだ」

「賊ばらに敗れるような腕前ではありますまい。他の公人役は一騎当千の者としますのでご安心を」

「だとしてもだ。気紛れということはあるまい」

多聞丸に迫る危険を、一割、一分どころか、一厘でも少なくしようとするのが大塚という男である。此度の進言はやはり大塚らしくはない。

大塚は暫し黙考した後、言葉を選ぶようにして答えた。

「拙者は御屋形様のお考えに必ずや従います」

「ああ」

「ただ、ご決断をして頂かねば動けません」

「その通りだ」

「最も恐ろしいのは土壇場での迷いです。そうならぬため、一度は御覧になったほうがよいと考えました。危険を冒す価値はあるかと」

大塚は真綿で包むように語ったため、茅乃は当主の心得を説いている程度に思えるだろう。しかし、多聞丸には真意が伝わっている。北朝に鞍替えした後、即座に南朝に兵を向ける時、

——御屋形様は必ずや迷いなさる。

と、言いたいのだ。

決して迷わぬ。今、口でそう言うのは容易い。が、その時になってみなければ、解らぬこともあるのかもしれない。大塚はずっとそれを危惧しており、この機会に「朝廷」なるものを身近に見せようとしているのだろう。

「見定めよう」

「お願い致します」

多聞丸が大きく頷くと、大塚は深々と頭を下げた。

こうして多聞丸を始め、この場にいるほとんどの者が吉野に向かうことが決まった。他は事の性質上、大塚が抱える透波を中心に選抜することになった。

「後は何時《いつ》、どのように、森に人を入れるかですな」

大塚は顎に手を添えた。公人を装う者は構わぬとして、御所近辺の森に潜伏する者たちだ。ただでさえ御所に続く道は厳重に守られており、帝が襲撃を受けた今ならば猶更である。

「儂《わし》もそれを考えていた。なかなか難しいぞ」

野田が話に割り込んだ。正面から入れぬならば、尾根から山に登るという方法しかない。しかし、吉野山は存外険しく、そこに至るまでの山々も同じである。足利軍と戦って劣勢に立たされて、守りに優れたところに朝廷を置いたのだから当然といえば当然である。

未だかつて登ったことのない山を行くのだ。まずすんなりと辿り着ける保証は無いし、よしんば出来たとしても、かなりの時を要して年明けまでに間に合わないかもしれない。

さらに体力の消耗も懸念される。途中、雨や雪に見舞われようものなら、下手をすれば命さえも危ういのだ。

「何か手を講じる必要があるな。茅乃殿」

「は、はい」

多聞丸が呼ぶと、茅乃はびくっと肩を動かした。

「何か手立てはありませぬか」

この場において朝廷に最も詳しいのは茅乃である。多聞丸の問いに、茅乃は大きく息を吸い込んだ後に答えた。

「そうですね……御所への道には武士の見張りが立っているのです」

南朝の本拠である吉野には常に数千の軍勢がいる訳ではない。北朝と戦うのはあくまで南朝に与《くみ》する国司、守護、地頭、豪族、あるいは悪党である。吉野やその近隣に結集してから戦に臨むこともあれば、それぞれの領地から直に戦うこともある。また北朝の軍勢が吉野を窺うとなれば、檄《げき》を飛ばして近くの味方を結集するという次第である。

ただ南朝に与する者の中には、当主の兄弟や、次男三男などを吉野に派遣する者がいる。これは帝の側近くに仕えて出世を目論《もくろ》むという意味もあるが、情勢をいち早く知るためでもある。中には家としては北朝に与しながら、弟や子を吉野に送り込む者さえいる。両朝のどちらが勝ったとしても、家の安寧を図ろうとしているのだ。

南朝としてもそうした思惑は重々承知で迎え入れている。重大な秘密は伝わらぬようにすればよいし、その者を通じて家ごと寝返らせることが出来るかもしれないからだ。

ともかくそのような武士たちが、吉野には凡そ二百人ほどいる。彼らは武官として帝の護衛、吉野の警備などに当たっているのだ。

「それは昼夜を問わずですか」

多聞丸は身を乗り出して訊いた。

「はい。しかも先の一件があってからは、立ち番と見回りを増やしておりますので厳しいかと思います。ましてや三十近い数となると……」

茅乃は考え込んだが妙案は浮かばないらしい。

「暮らしに要るもの、たとえば米や酒はどのようにして運び込まれます」

「それは大炊寮《おおいりよう》の御方が。とはいえ、実際にはその下役が担っております」

「そこに人を紛れ込ませられませぬか」

「大炊寮にも……」

茅乃は口籠もった。まだ内通者は誰なのかも、何人いるのかも見当がついていない。大炊寮の中にもいるかもしれないということだ。茅乃は首を横に振りつつ続けた。

「残念ながら下役にも伝手《つて》というほどのものは」

出入りしているのを見掛けることはあるし、数言ならば会話をしたこともあるかもしれない。しかし、頼んで聞き入れてくれるような関係ではなく、上役である大炊寮の官に報告されるのが落ちだろうという。

「他のものはどうでしょう」

食べ物以外にも暮らしに必要なものはあり、それらを管轄している者がいるはずだ。多聞丸が諦めなかったのは、今はそれ以外に方策が思い付かないからだ。

「例えば衣などは織部司《おりべのつかさ》ですが……残念ながら大炊寮と同じです」

「そうですか」

何か他に道はないか。すでに多聞丸が一から考え直そうとしていたが、茅乃はまだ話を続けた。

「何故か大炊寮より、下役の頭を務める御方はよくお見掛けしますが、会釈をするだけですので。名は何と仰いましたか……あ、あ……あお……」

茅乃は少しでも何か手掛かりになればと、必死に名を思い出そうとする。しかし、すでに多聞丸は目を見開き、皆と順に顔を見合わせていた。

次郎は苦く口元を綻ばせ、新兵衛は目を細め、新発意はにんまりと口角を上げる。野田はふふと息を漏らし、大塚は頰を引き締めて頷く。

「茅乃殿、その男の名は……」

多聞丸が名を告げると、茅乃はあっと声を上げ、その後に大きく頷いて認めた。


（下巻に続く）

今村翔吾（いまむら・しょうご）
1984年京都府生まれ。2017年『火喰鳥 羽州ぼろ鳶組』でデビュー。18年同作で第７回歴史時代作家クラブ賞・文庫書き下ろし新人賞を受賞。同年「童神」で第10回角川春樹小説賞を受賞（刊行時『童の神』と改題）。20年『八本目の槍』で第41回吉川英治文学新人賞、『じんかん』で第11回山田風太郎賞、21年「羽州ぼろ鳶組」シリーズで第６回吉川英治文庫賞、22年『塞王の楯』で第166回直木三十五賞を受賞。著書に、「くらまし屋稼業」「イクサガミ」各シリーズ、『幸村を討て』『茜唄』『海を破る者』『五葉のまつり』など多数。

初出
「朝日新聞」2022年８月15日から2024年３月31日。

人《ひと》よ、花《はな》よ、　上

2025年４月30日　第１刷発行

著　　者　今村翔吾
発 行 者　宇都宮健太朗
発 行 所　朝日新聞出版
〒104-8011　東京都中央区築地５-３-２
電話　03-5541-8832（編集）
03-5540-7793（販売）

印刷製本　中央精版印刷株式会社

ISBN978-4-02-252045-6
定価はカバーに表示してあります。